Minagawa Hiroko COLLECTION

皆川博子コレクション
4
変相能楽集

日下三蔵 編

皆川博子コレクション

Minagawa Hiroko COLLECTION

4

変相能楽集

目次

PART 1

PART 2

装画　木原未沙紀
装幀　柳川貴代

顔師・連太郎と五つの謎

PART 1

春《しゅん》怨《えん》

1

春というのに、宵《よい》から淡い雪になった。さらさらと長い女の髪が窓を叩くような雪音《ゆきね》をききながら、「五郎《ごろう》」と連太郎《れんたろう》は、机の上に坐らせた人形に話しかける。

人形、といっても、子供がもてあそぶ愛らしいものではない。

いつの時代の作か。知人の好事家は、室町時代と見当をつけた。そのとおりなら、大変なものだが、綱木《つなき》連太郎は、骨董としての値打ちにはさして興味はない。

この人形には、顔がなかった。

頭部は荒けずりな黒ずんだ堅い木片を組み合わせて楕円の球形とし、それを頑丈な鉄の箍《たが》で締め鉄鋲《てつびょう》を打ちこんでとめたものである。衣服は未晒《みざらし》の麻の小袖で、これはかなり時代が下がるようだ。まだ布目がしっかりしている。

おそらく、この頭部に面と髭《ひげ》をつけ、曳山人形として用いたのだろうというのが、好事家の説であった。曳山は、祭りの際に綱をつけて曳く山車《だし》である。

仕事で金沢を訪れたとき、彼は、この人形に出会った。その瞬間、彼は、人形に惚れた。

鉄の箍と荒々しい鑿痕《のみあと》は、顔のない人形を荒《すさ》ぶる精霊のようにみせた。

職業柄、顔には人一倍目を惹かれるのかもしれない。彼の仕事は〝顔師〟。文字どおり、顔をつくる。つまり、舞台化粧を専門にしている。歌舞伎役者なら、大名題でも下っぱでも、顔は自分でつくるが、邦舞の舞踊家は、顔師の手をわずらわせる。まして、おさらい会などにでる素人は、顔師の手にかからなければ、あの特殊な白塗りの化粧はできない。

顔を持たぬゆえ、あらゆる顔、ひいては、あらゆる内部を包含するかにみえる人形は、わかちがたい分身にめぐりあったような感覚を彼にもたらす。

人形は、ときに荒若衆ともなり、優婉な女とも、童子とも老人ともなる。役者のようだ、と彼は思う。役者は己の個性に役の性根を重ねあわせ、独得の人間を顕現する。荒々しく勁《つよ》い人形に女人の貌《かお》が顕れるとき、彼は女形を思わずにはいられない。

五郎、と、彼は人形を呼ぶ。五郎は、御霊《ごれい》に通じる。

「思い出すな、おまえと初めて会ったときを」

五年……になるか、と指を繰る。

「金沢に行ってくれないかな」

鴻輔《こうすけ》が切り出したのだった。

「西沢昭子って、おぼえているだろう」

「お弟子？」

「だった」

「名前を言われても……」

「連さんに、三度、顔をつくってもらったことがある。一昨年は『雨の五郎』をやってもらった。あのとき、十二だった」

「思い出したよ。丸ぽちゃの女の子。凛々《りり》しい男顔につくるのに、ちょっと苦労した。去年の温習会には出ていなかったな」

「越したんだ、金沢に。おふくろさんが結婚してね。おふくろさんの方も、連さん、会のたびに楽屋で顔を合わせているよ。おふくろさんなんていうと小母さんじみるが、若々しい美人だよ。見れば、連さんもきっと思い出す」

西沢昭子の母、久仁子は、以前は、自前で出ている芸者であった。踊りも絃《いと》も達者な、芸でつとめる真の意味での芸者である。

しばしば座敷に呼んでくれる客、玉江昭光《たまえあきみつ》と親しい仲になった。生まれた娘に昭の一字をつけるほど、昭光は久仁子と昭子をいつくしんだが、彼は妻帯していた。

昭光の父、玉江華峰《かほう》は、金沢に住む著名な友禅作家であった。昭光は画才より商才に恵まれ、玉江の友禅の販売と宣伝に手腕を発揮し、上京する機会も多かった。金沢に家庭を持つ昭光の、久仁子はいわば東京妻であった。

昭光と妻の和世との間には子供がいないので、昭光はいっそう昭子を溺愛した。

久仁子は座敷をひき、昭子の養育に専念した。そうできるだけの仕送りが、昭光から、あった。

一昨年の春、昭光の父と妻が、自動車に同乗中事故に遭い、二人とも死亡した。半年の服喪の後、昭光は久仁子を入籍し、昭子ともども金沢に呼び寄せた。……と、鴻輔は簡単に事情を説明した。

昭子は六歳から近所の師匠について邦舞の稽古を始め、九つのとき鴻輔の直弟子になった。

飛行機で日帰りできるのだから、月に二度ぐらい上京して、鴻輔の教えを受けるようにしてもよいと昭光は言ったのだが、久仁子が辞退した。

「昭光さんのお母さんがまだ健在だしね。昭光さんの弟もいる。親類縁者も多い。和世という奥さんのいるときから、昭光さんの世話を受けていたわけだろ。久仁子さんとしては、まわりに気兼ねするよな」

それでも、まるきり止めてしまうのは惜しいと、地元で、昭光が昵懇《じっこん》にしており玉江の友禅の得意先でもある他流の師匠についた。金沢には袖崎流の師はいないので、鴻輔も了解ずみのことである。

「今度、名取になったそうだ」

「早いね」

「おれが鍛えあげてあるもの。それに、まあ、親父さんの金《これ》の力もね」

それで、と鴻輔は続けた。

「今度の温習会で、名取の披露を兼ねて『娘道成寺』を踊る」

「大変なものをやるな。地方《じかた》を頼むの？」

「そう」

以前は素人の温習会でも専門の地方が音曲をつとめるのが当たり前だったが、近頃は手軽にテープですませることが多い。邦舞の温習会は、入場料をとる公演と違い、費用のすべては出演する弟子が演《だ》しものに応じて負担せねばならぬ。地方への謝礼は、中でも金額が張る。

昭子を嫡出子として翳《かげ》りなく育ててやれなかった負い目と、ようやく手もとに引き取り晴れやかに暮らせるようになった安堵感、喜び、それらが、昭子の名取披露に大金を投じさせる力になったのだろう。そう、連太郎は思った。

「昭子の希望で、ぼくに観《み》に来てほしい、そうして、顔はぜひ連さんに作ってほしいというんだ。少し遠いけれど」

「そりゃあ仕事だから、どこだろうと声がかかれば」

邦舞の舞台化粧を専門とする〝顔師〟は、近ごろでは数が減り、一番多い東京でも十四、五人しかいない。貴重な職人である。

連太郎と鴻輔のつきあいは長い。

連太郎の父親は、踊りの小道具製作を専門とする会社の社長である。社長というとたいそうに聞こえるが、芝居の小道具を一手に引き受けている藤浪のような大きなところとは違い、職人を五、六人使っているだけで、一応会社組織になっているのは税金対策であった。長兄が、父の仕事の後はつぐことになっているので、連太郎は、ゆくゆく兄の下で働くようになるのは気が進まないから、顔師の道を選んだ。父の職業柄、顔師に何人か、知り合いがいた。

踊りの顔をつくるのだから、邦舞の心得もあった方がいいとすすめられ、自分でもそう思い、袖崎流に入門した。中学を卒業した年であるから、本格的に身につけるには遅すぎる。四つ年下の鴻輔と相弟子になった。六歳から厳しい稽古をつづけてきた鴻輔は、ふだんはやんちゃ坊主だが、踊りにかけては、連太郎を酔わせる伎倆と雰囲気を持った兄弟子であった。

連太郎は高校に通いながら顔師の修行をし、卒業すると大学にはすすまず、修行に専念し、やがて一本立ちした。修行中から、鴻輔の出る会には、時々師匠の手伝いをしていたが、独立してはじめてつくったのも、鴻輔の顔であった。鴻輔は鷺《さぎ》娘を踊った。

鴻輔は、若年だが、邦舞ではかなり知られた存在である。

由緒ある袖崎流の、七代目家元袖崎歌流を伯父に持ち、六歳のときから伯父の厳しい薫陶を受けた。伯父が京都に居を移してからは、東京に残っている高弟につき、月に一、二度は京都に通って、伯父に学び、十五歳で名取になった。実子のない伯父に、次代家元にと嘱望されている。

顔師は、一人前になるまでに七、八年、味のある顔をつくれるようになるには十年から十五年はかかる。高校のころから修業をしてきた連太郎は、舞台映えのする顔をつくるので人気があり、東京近辺ばかりではなく、北海道から沖縄と、いたるところから仕事の依頼がある。古典舞踊を厳しい指導のもとに習得しようという者は昔にくらべ激減したが、かわって、中高年の女のあいだで、手軽に習える新舞踊や民謡舞踊を習う者が増えた。

「それもね、連さんには、昭子一人の顔つくりに専念してほしい。他の弟子の顔は、地元の顔師がやるのだそうだ」

連太郎は、ちょっと返事に詰まった。

ふつう、顔師は、一つの公演の顔つくりをすべて任せられ、主催者からまとめて礼金を渡される。出演者の数が多くて一人でさばききれなければ、仲間の顔師に助っ人を頼むし助手も使うが、それらへの謝礼は、顔師が自分の受けとった礼金の中から按分する。その他に個々の出演者からの心付けもあり、一公演を請け負えばかなりな収入になる。

温習会で、他の弟子をさしおき、ただ一人の弟子のために一人の顔師が専任でつくなどという例はなかった。

「もちろん、時間をつぶして金沢まで来てもらうのだから、地元の顔師とはまったく別に、玉江さんの方から、十分に謝礼を出すと言っている」

「地元の顔師は承知か」

「話はついているそうだ」

「道成寺の顔だろ。おれなら、下塗りを含めても二十分で仕上がる。まあ、腕を気に入ってくれたのだろうから、腹の立つ話ではないけれど……」

温習会の化粧をそっくり請け負えというのなら、当然、即座に引き受けるし、手が足りないから助っ人に来てくれという話でも、条件が折り合えば承知する。しかし、玉江昭光の申し出は、何だか、金《かね》のありあまっているのをひけらかされるようでもある。

「この先、金沢で舞踊を続けてゆくのなら、今ついている師匠が頼みつけている顔師となじんでおく方がいいと思うがな」

「それはそうなんだが……。昭ちゃんは、本当のところ、ぼくのところで稽古を続けたかった。月に二度ぐらい上京してもよいという玉江さんの提案に大喜びしたんだが、久仁子さんが許さなかった。昭光さんのお母さん、つまり久仁子さんには姑、昭ちゃんには祖母にあたる人が、久仁子さんにどういう感情を持っているか、昭ちゃんもそのあたりを察したのだろうと、ぼくは思うんだが、とにかく、ごねないで、母親に従った。でも、今度の会では、ぼくに観に来てほしい、顔は連さんにつくってほしい、そう言ったんだそうだ。それで、昭光さんが、よしと承知した」

昭子は電話で鴻輔に頼んできた。昭光も電話口に出て熱心に言葉を添え、更に、丁寧な手紙もよこした。

「で、鴻さん、行くの?」

「流派の違う元の師匠が顔を出すのは、どうかとも思ったんだが、昭子にせがまれてね」

「いつ?」

「三月三日。会は十時から六時半までで、昭子の出番は、たぶん五時ぐらいからだろう。トリに師匠の短いのが一つあり、道成寺はその前だ。それこそ日帰りでもいいのだけれど、せっかくだから二泊でも三泊でも、こっちの都合のつくかぎりゆっくりしていってくれと、玉江さんに誘われた。残念なことに、そうのんびりはできなくてね。二日も昼はふさがっているので、夕方着く便で行って一泊し、翌日、会が終わったら最後の便に乗る。一泊二日で慌しいけれど、会の当日は、昭ちゃんの舞台さえ観ればいいのだから、昼間、少し時間がある。二日の夜、一席設けてくれるって。そっちの都合は、どう?」

「いいよ」快く請け合った。

2

出迎えの人々の中に、連太郎は、見憶えのある顔を見出した。向こうも素早く二人をみつけ、肩のあたりにあげた手をつつましく振って合図しながら、目もとが懐かしそうにやわらいだ。

昭子はふっくらした丸顔だが、久仁子は細面で瞼《まぶた》の彫りの深い、淋しさを透して華やぎの仄見える顔立ちであった。

「お遠いところを申しわけございません」

小腰をかがめ、目もとが甘えるようにやわらぐ。

「我儘《わがまま》を申しましてねえ。でも懐かしいわ、久しぶりに先生にも綱木さんにもお目にかかれて。いま、車を廻しますから、出たところでちょっとお待ちになっていてくださいね」

「運転、あなたが自分で？」

鴻輔の目が、草履ばきの足もとに投げられる。

「ええ、免許はずいぶん前に東京で取って、年季は十分にはいっていますのよ」

そらせた指先で軽く胸を叩き、小走りに去った。裾さばきが綺麗だ。

外に出ると、底に湿りけのある寒さが襲った。懐に雪をはらんだような灰汁《あく》色の雲が重く垂れ、空が低い。

「少し痩せたな、あのひと」

鴻輔は独り言《ご》ちた。

間もなく、クリーム色のカローラが停まり、久仁子は運転席を下りて、二人のために後部のドアを開けた。

「東京からお出でになると、お寒いでしょ」

「あなたはもう、お慣れになった？」

「いいえ」

鴻輔の何げない問いに、強過ぎるほどの語気で、久仁子は否定した。寒さだけではない、さまざまの不如意が、「いいえ」の一言にこもっているように、連太郎は感じた。

「でも、今年はこれでずいぶん暖かい方なんだそうですわ。雪も、覚悟してきたほどではありませんでしたし」

「もうほとんど残っていませんね、雪」

「雪下ろしに苦労しないですみました。ひどいときは、二メートル近くも積もるんですって。そういうときは、屋根の雪を、男の人たちがスコップで掻き落としますの。去年は、私どもの方でも人夫を頼んで」

「大変でしたね」

「姑が万事心得ていますから、私は指図に従うだけ」

お二人にお出でいただけて、とハンドルを持つ久仁子は、前を向いたまま、軽く頭を下げた。

「ほんによございました。昭子がどんなに喜びますことか」

言葉を切り、久仁子はスピードをあげた。

「どのくらいかかるんですか」鴻輔が訊く。

「市内までですか？　空港から、そうですわね、五十分……ぐらいかしら。おとりした宿は、市内の中心部にあります古い日本旅館ですの。新しい設備のととのったホテルも市内に幾つもございますけれど、風情のある方がよろしいかと」

「それはありがたいですね」連太郎が応じると、

「あら」と久仁子は軽い笑い声をたてた。

「やっと、綱木さんのお声をきいたわ」

「ほんと、無口だからね、この人は」鴻輔が口をはさむ。

「あの、わたしも昭子も、綱木さんのことを、最初はね、何だかとっつきにくくて怖いみたいって思ったんですけど」

「この人はね」と鴻輔が、「わかりきったことは言わない。雨続きのときに『よく降りますね』とか、雨が上がったら『止みましたね』とか。だから、会話の潤滑油が乏しいんですよ。それから、七つしか知らないことを十も知っているようにべらべら喋るということをしない。自分の言葉に慎重なんだな。その分、わたしがよく喋る」

「まあ、先生」久仁子は、また笑った。おもしろがっているというよりは、昂《たかぶ》っている気持ちが少しうわずった笑い声になったというふうだ。

「顔師というのは、わりあいセクシーな職業でね」鴻輔は続ける。「顔師自身は、仕事だから何も感じないいんだろうが、顔をつくってもらってい る方が、時々あやしい気分になってしまうようですよ。背中から胸まで、こう、下地を塗りこむでしょ。出演前の、心細いような興奮したような、常ならぬ精神状態にあるときでしょ。ことに舞台に立つ経験の乏しい人ほどね。力強い指の感触が、とても頼もしく、恋愛めいた感情にまで昂まる。あれ変な話になったな」

鴻輔の屈託のない笑い声は、危うく淫靡《いんび》になりかねない話題を、からりと爽やかにした。

鴻輔の言うように、連太郎は、顔をつくってやった相手から、後々、しんねりとまといつかれることがしばしばある。ことに、中年の女が露骨に態度にみせる。下地のびんつけ油を丹念に力をこめて擦りこむ連太郎の指が、女の肌の奥にふだんは何くわぬ顔でひそんでいる禁じられた感覚を誘い出すらしい。連太郎の方では一人一人の名も憶えていないほどなのだけれど、彼の指の動きを自分一人に向けられた特別な誘いかけと誤解する女も中にはいて、迷惑する。

三人の会話は滑らかに進まず、始終とぎれた。連太郎が無口なせいではなく、原因は久仁子にある、そう、連太郎には思えた。久仁子は、話したいことがあるのにそれを口に出せないでいる。無理をして興味のない話に調子を合わせている。だからぎくしゃくするのだ。

「昭ちゃん、元気にしていますか。こっちの暮しに馴れました？」鴻輔が訊く。

「ええ」

久仁子は短くそう応えただけであった。いいえ、と言っているように、連太郎には感じられた。姑が万事心得ているから、わたしは指図に従うだけ、と言った先刻の久仁子の言葉を思い合わせると、久仁子と昭子のここでのありようが、想像がつく気がした。しかし、他人がかってな憶測をすることはないと、連太郎は目を窓外に投げる。淡い藍墨を流したような薄闇を背景に、硝子にうつる彼自身が彼を見返した。

3

犀川《さいがわ》、浅野川、二つの流れが古都金沢を貫き、波重い日本海に注ぎ入る。かつて水が清らかであったころは、烈風すさぶ冬のさなか、雪を浮かべた川水に腰まで浸《つ》かっての、友禅流しが行なわれた。

夏の野に、野の精が見開いた瞳と紛《まが》う可憐な露草の、その青い花液で描かれた下絵の輪郭に、蜘蛛《くも》の糸のように細く糊を置き、加賀友禅独得の多彩な挿し、下蒸し、伏せ糊、地染め、本蒸しと、こまやかに手間をかけて染め上げた絹布は、茶褐色の糊の仮面の下に覆われている。

清冽な川水に、職人の手が一閃、絹布は清姫の裳裾《もすそ》さながら流れ伸び、醜い伏せ糊が洗い流され、燃える蘇芳《すおう》、沈む藍、黄、緑、墨色、加賀五彩が艶然とあらわれる。

「ほんときの美しいこと」鴻輔と連太郎の間に座を占めた芸妓は、二人にかわるがわる酌をしながら、丸っこい眼をいっそう丸くする。清香です、と名乗られている。ずんぐりと小肥りで、濃い白粉の下から小皺がのぞき、四十二、三かな、と連太郎は見当をつける。あけっぴろげな声で賑やかに喋る。

「ほやけど、川が濁ってしもたさけ、もう見られんがやわねえ。いまは、水槽の人工川で洗うさけ、風情も何《なあん》もあったもんでないがですと」

「今でも、黒の留袖などは川で晒しますがね」

玉江昭光が穏やかに言葉をはさむ。

「黒だけは、川で十分に流さんと、後で下着に色がうつったりしますからね」

五十に手が届くという昭光は、恰幅がよく、下ぶくれの顔が、小鼻の脇に脂が浮き精の強さを思わせる。死んだ先の妻との間に子供ができなかったのが不思議なほどだ。

旅館にバッグを置き、その後、久仁子は料亭に二人を案内した。通された座敷に昭光と昭子も来ており、懐石料理を共にした後、昭光は二人を『東の廓《くるわ》』の茶屋に招いたのである。

久仁子の運転する車に、昭子も同乗した。昭光が助手席に着き、昭子は鴻輔と連太郎の間にはさまった。

連太郎の記憶にある女の子より、昭子ははるかに大人びていた。ふっくらと丸かった頬がひきしまって、顎の先がつんと細い、怜悧で少し神経質そうな細面《ほそおもて》になり、周囲の大人たちがかわすとりとめのない雑談にほとんど加わってこなかった。

道成寺、自信あるかい。鴻輔が問いかけたとき、ううん、というように首を振る仕草と目もとに、押さえた甘えが仄見えたように、連太郎は感じた。

東山の裾の、迷路のように入り組んだ袋小路や鉤の手の路地を、久仁子はいそがしくハンドルを切り返して抜ける。

浅野川のほとりの東の廓は、犀川沿いの西の廓、北の廓、主計《かぞえ》町の廓とともに、かつては遊郭として華やいだ町すじである。わけても東の廓は、京の祇園になぞらえられるほど格式が高かった。今も幾つかの貸座敷が東には残っているが、一見《いちげん》の客はとらぬ見識を持っている。芸妓は座敷からの呼び出しに応じ、自分の住まいから出向いてくる。

色褪せて素木《しらき》に近くなった紅殻《べんがら》格子の、どれも同じ造りの家が、狭い道の両側に一続きに連なり、連太郎たちが車を下りたとき、白地に墨で『ひがし』『藤乃家』としるした軒灯に、灯《ひ》が入っていた。しかし、色里の艶《なま》めかしさは外観からはすでに窺えない。昔であればぞめき歩いたであろう遊客の姿もなく、絃《いと》の音も聴こえず、脂粉の香も漂ってはいなかった。

久仁子と昭子は座敷には上がらなかった。昭光と連太郎、鴻輔を下ろし、久仁子は昭子一人の乗った車を運転して去った。最初からそういうことに決めてあったのか、昭子は不平は言わなかったが、先生、明日ね、と去りぎわに鴻輔の小指に小指をからませたのだった。連太郎にも、笑顔を残した。何か心細そうな、縋《すが》るような微笑が、芯は負けず嫌いなのだと思わせる顔立ちに重なった。

藤乃家は、明治の初期に建てられた造りが、中もほとんどそのまま残っている。大戸を開けて中に入ると、一間半の三和土《たたき》、その奥に更に格子戸があり、老いた女将が出迎えた。

表の間口は狭いが、奥行きは、見かけからは思いもつかぬほど深い。黒く煤けた太い垂木が頭を圧《お》す。急な曲り階段の、磨きこまれて黒光りする厚い踏板を上ると、二階はすべて座敷で、三畳の茶室、四畳半、襖をはずせば一続きの広間に使える六畳と八畳。昭光が常々上顧客《とくい》だからなのだろう、一番上座敷の八畳に通された。朱漆をかけた杉板の天井と柱は、古びてくすんだ色合を帯びていた。

女将が突き出しやら酒盃やらをはこび入れ引き下がった後に、すぐにあらわれたのが、座持ち上手の清香であった。

やがて、境の襖がすらりと開き、もう一人、芸妓が敷居ぎわで頭を下げた。

「吉弥といって、踊りの名手です」

昭光はひき合わせた。

「吉弥、今日のお客さんは恐《おとろ》しがやぞ。昭子の東京のお師匠さんと、明日、昭子の顔をつくってもらう顔師さんや」

「ほんじゃ、わたし踊れませんが」

吉弥はそう言ってにっこりしたが、臆した様子は毛ほどもなかったが、昭光が連太郎の名を告げると、「ああ」と小さい声を上げた。「お名前は、よう知ってます」

盃が幾たびも廻《めぐ》り、連太郎は仄かな酔いにほうっとくつろいで、

「あなたのその着物」と、吉弥に話しかけた。

「いいねえ。ちょっと変わった柄ゆきだが……やはり加賀友禅なんだろうね」

「お気に召しました？」

吉弥は笑顔で応じたが、その表情が、芯から嬉しそうなのに、連太郎は、ちょっと意外な気がした。言葉の区切りごとに、吉弥は切れ長な目もとにやさしい微笑をみせるのだけれど、それは職業的なもので、心の奥から滲み出る笑《え》みではないと、連太郎にも察しがつく表情だった。心はどこかよそに置き、うわべ三分ばかりのところで応対しても、客にそらぞらしさを感じさせない技巧が身についている。

着物の柄を褒められるくらい、馴れきっており、とりたてて本心嬉しがることでもないだろうに、女はやはり、身につけたものを賞讃されるのは、何度聞いても新鮮な喜びがあるのだろうか。

「しかし、綱木さん、これでは加賀友禅とは言えんですよ」

玉江昭光が少し声を険しくした。

金沢は、京に次ぐ友禅の産地である。京友禅は、早くから実験的な大胆な柄、抽象模様の図柄なども取り入れたが、加賀友禅は写実風な花鳥山水の図柄の伝統を守り続けている。それも、小さい模様を寄せて構成したデザインが多い。色は、古典的な加賀五彩を基調に、繊細なぼかしの手法を用い、江戸期の友禅の面影をもっとも濃厚に残しているともいわれる。

「それだけに、野暮ったいとも評されて、以前は東京では加賀友禅というたら見向きもされんかった。それを改めて、今の人の感覚に合うようにしたおかげで、加賀友禅は大変なブームになったん

ですが、加賀友禅は、あくまで加賀友禅や、伝統は守らないけん、と私は思うてです。これが玉江の加賀友禅と思われては困ります」

「玉江の？　お宅で作られたものなんですか」

鴻輔が訊いた。

「滝人《たきと》さんが」

「弟です」

吉弥と昭光の声が重なった。

吉弥のまとった座敷着は、遠目にはほとんど白緑《びゃくろく》一色の裾濃《すそご》のようにみえるが、淡い色の下から別の淡い色が滲み出るような、複雑なぼかしである。糸目糊を置いてその中に彩色した技法はたしかに友禅なのだが、模様は地の色とまぎれるほど淡く、しかも抽象的な図柄であった。淡く淡く仕上げられているのに、弱々しくはない。仄かな青、仄かな紅が、霞立つような艶めかしさで迫ってくる。

「京友禅にもない柄ですね」

「京友禅は、箔置きやら刺繍やらで豪華にしますでしょう。加賀は、染《そめ》一すじ。滝人さんの友禅は、みごとな加賀友禅ではないですか」

吉弥は言いつのり、土地の言葉になった。

「まあ、ここでおまえと口論しても始まらん」

昭光は肉づきのよい手を振り、清香が、

「ほんなら、わたしが地方をつとめますさけ、姐さんの踊り、東京の先生に見てもらうまいか」

気さくにとりなした。

4

翌日、昭光に案内された玉江の友禅工房は、玉砂利を敷いた広い前庭と車寄せを持った、間口の広い和風の二階家であった。

入口は四枚の硝子戸で明るく、七、八坪ありそうな化粧タイルの床に、応接セットが据えられ、何か近代的なデザイン事務所の接客室というふうだ。

右手が舞台のように高くなり、そこだけ畳を敷きこみ、衣桁に友禅が三、四点、陳列されている。伝統的な色づかい、柄ゆきと、現代的なセンスがほどよく調和した、親しみやすい図柄であった。

「父の作品です」ソファーにくつろぐようすすめながら、昭光は言った。久仁子と昭子は同行せず、旅館から工房までセダンを運転したのは、玉江の販売部の社員であった。

昭子の出番は午後五時ごろである。十時開演といっても、早い時間に舞台に立つのは、稽古を始めて日の浅い新弟子ばかり、出演者の由縁《ゆかり》の者は、親類縁者友人、打ち揃って見に来るが、他人には退屈きわまりない代物だ。

連太郎たちは、そこまでつきあう必要はない。連太郎は三時半に楽屋入りして昭子の顔をつくり、鴻輔は更に遅く五時少し前に会場に行くことにし、それまでの時間を、どこでもお望みのところに御案内します、と昭光は申し出た。連太郎は、兼六園や成巽閣《せいそんかく》といった観光名所より、手描き友禅の現場が見たかった。自分が顔つくりという裏の仕事をしているから、美しいものの陰にある、それが作り上げられるまでの過程に人一倍魅《ひ》かれるのかもしれない。工房を訪れた後は、車であちこちを慌しく連れ廻られるより、ひっそりした裏通りを一人でぶらぶら散策したいというのが、連太郎の希望であった。鴻輔は車で名所見物する方を望んだので、工房を出たら後は別行動をとることにした。

事務員がはこんできた落雁と抹茶を味わい、それから昭光は二人を仕事場に誘《いざな》った。

ドアを一つくぐると、その奥は古びた造作になる。展示室を兼ねた接客部分だけが新しく増築されたのであった。急な階段を上ったとっつきが、短い廊下をへだてた二十畳はありそうな和室で、職人たちが、男も女も入り混じって、下絵を青花で布地にうつしたり、糸目糊を置いたり、色を挿したり、手仕事に黙々と打ち込んでいた。

地染めの部屋は一階にあり、ここは板の間で、一反に仮綴じして伸子張りした布地が何十筋となく張り渡され、染料を含ませた刷毛を手に引き染めするここの職人は、熟練者らしい年配の者ばかりであった。

「この後、本蒸しして、それから、例の友禅流し。まあ、こんな具合です」

ほとんど事務的な口調で昭光は説明し、

「それじゃ、これから先生は兼六園の方へ御案内しましょう。綱木さんも、どこか御希望のところまで車でいっしょにどうですか」

「弟さん、滝人さんにはお目にかかれませんか」

連太郎は言った。昨夜見た、吉弥の友禅が眼裏《まなうら》にある。吉弥は、その姿で端唄の『加賀鳶』を踊った。大名火消の中でも、加賀百万石前田侯に抱えられた加賀鳶は、「何《い》れ《ず》も背丈五尺の余、面たくましく勇ましく、右手に五尺の鉤をかざし」と江戸の風俗志にしるされているように、格別華やかで威勢がよく、かつ喧嘩っ早いことで知られた。

きりりとした吉弥の男舞は、踊りに目の肥えた連太郎をも、陶然とさせた。技巧の冴えを越えた、吉弥の内にある何か哀婉なものが、連太郎を酔わせた。境の襖を払い、次の六畳間で吉弥は舞ったのである。傍には絃を奏でる清香がいる。舞える空間は、ごく狭かった。その限られた空間に、清冽で華麗で、ひそかに淫蕩な気配が、おびただしい蝶の鱗粉のように充ちた。

その後で、連太郎が手水《ちょうず》に立ったとき、吉弥は、わかりにくいところだからと、後からついて階段を下りた。階下の部屋部屋は、かつては抱え妓《こ》たちの支度部屋、女将が腰を据えて妓《おんな》たちを指図していた茶の間、仏間、女将の寝所、などに使われていたもので、遊客のための艶冶《えんや》な二階座敷と異なり、頑丈だがいたって粗略な造りであり、冷やりと暗かった。

奥深い廊下の先にある手水場の外で、吉弥は待っていた。

廊下に出てきた彼に、お兄さん、いつまでこちらに？　と問いかけた。
四十二、三と見当をつけた清香に姐さんと呼ばれるのだから、少なくとも四十代半ばなのだろうが、廊下の薄闇は、吉弥から年齢《とし》を消した。といって、年若い女の生硬さはなく、長い歳月をかけて色で洗い抜かれ、散りこぼれようとする夜桜の風情が、身についていていた。
明日、玉江さんのお嬢さんの舞台が終わったら、最終便で帰るよ。

帰らさらな、なりませんの？

まあ、そういう予定にしているけれど。

もう一夜、延ばしてほしいな。

吉弥はそう言って、すいと指をからませた。しなやかで冷たい指であった。

口だけのお愛想と思いながら、
延ばしたら、つきあってくれるの？

冗談口調で応じた。

お願いがありますんやわ。

何だろう。

お兄さんに、わたしも顔をつくってほしい。

明後日、踊りの会でもあるの？

それなら、もう一泊してもいいなと思った。

こっちから頼んでも、吉弥の舞台化粧なら、してみたい。

鴻輔は四日は決まった稽古日なので、三日の最終便に乗らねばならないが、連太郎は軀《からだ》が空いていた。温習会や発表会は、土曜、日曜、祭日などに集中するから、彼が忙しいのは、月のうち、五日、六日から、せいぜい十日ぐらいなものである。それで十分にゆとりのある暮らしができる収入があった。

温習会やありませんけど。

こっちにも、顔師さんはいるんでしょ。

おるまさるがやけど。吉弥は眉根を寄せ、首を振った。

昨夜のそんなやりとりが、滝人がつくったという友禅を着けた吉弥の姿とともに、思い起こされた。

「弟は別に工房を持っとって、ここにはおらんのです」

昭光は突き放した口調で言ったが、是非そちらも見せていただきたいと連太郎が粘ると、弟子を案内につけてくれた。

鴻輔は昭光と共に先にセダンで去り、弟子は小型のライトバンに連太郎を乗せた。

昨日よりいっそう、空は重い。車の中は冷えきっていた。暖房が十分に効いてくる前に、細い路地を幾曲りもして、車は古びたしもた屋の前に停まった。大正ごろにでも建てられたのか、日本下見の板壁が黒ずみ、木目が浮き出していた。

めったにないことだが、初めて会った瞬間に、歯車がかっちり嚙み合ったように、心をひらくことのできる相手が、稀に、いる。

予感は、あった。吉弥の着ていた友禅。淡くやさしい色合いなのに、凛と、そうして艶に、迫ってくる勁《つよ》い力を持つ。

吉弥は、これも加賀友禅だと肩を持つ言い方をしたが、加賀の伝統からは、全くはずれていた。

「商社はね、今までにない新しいセンスの友禅を、と無責任なことを言うんです」

四十二ときいたが、滝人は、三十代の青年にみえた。

「しかし、あまり新しすぎて、加賀の特徴を失ってしまったものでも困る、ってね。そこのところを、うまくバランスをとったのが、死んだ親父の作品です。加賀の特徴は、いわゆる加賀五彩ですね、その濃淡も含めて、四十色から五十色と、実に多彩です。それから、ぼかしですね。必ず輪郭から内側に向かってぼかす。葉の一枚一枚、花の一ひら一ひらを、丹念にぼかす。三段ぼかしといって、一枚の葉を三色にぼかしわけたりする。それから、虫食いという奴ですね。木の葉に虫の食った跡を描く。親父は、こういう伝統にのっとった上で、現代の人にも抵抗なく受け入れられる作風を作り出した」

　それはそれで完成されてしまっているんですよね。滝人の方でも、最初から連太郎に心をひらいていた。昭光は、手に負えない気むずかし屋だと言っていたのだったが。

「だから、親父の作風を引き継ぐというのは、楽ではあるし、商売的にいっても安全な路ではあるけれど、ぼくとしては」

　昭光の工房にくらべると、ふつうのしもた屋を使っている滝人の仕事場は窮屈なほど狭く、職人の数も少ないが、連太郎は、清々しい熱気を感じた。

「古典に戻るか、全く新しいものを作り出すか、親父の作風から逃れるためには、その二つのどちらかを選ぶほかはない。古い原点に戻るのも、ぼくにはずいぶん魅力があったんですが、思いきり新しい方向を採りました。伝統を破壊した、これが加賀か、と、まわりから叩かれっ放しですよ。しかし、加賀の精緻なぼかしの技法なくしては、作れないんです、ぼくの友禅は。モチーフも、花鳥山水です。ぼくのやり方でデフォルメしてあるだけで。親父が死んでからですよ、ぼくがここに仕事場を移したのは。ぼくのものは玉江の名では売れないと兄貴に言われ、独立しました。兄貴は、親父の作風をぼくに引き継がせたい。ぼくは、描く方はやるが売り込みは下手だから、玉江の販売ルートからはずされるのは糧道を断たれるようなものでね。ぼくがギブアップするのを兄貴は見越して、待っているんだろうけど」

　そう簡単には軍門には下らない、と滝人は、笑った。子供のころは悪戯好きだっただろうと思わせるような笑顔であった。

「少しずつだけれど、ぼくのをと名指しの注文も増えています。ただ、一点作るのに非常に時間がかかるので、コストを下げられないんです。ほんとにぼくのを好きだと感じてくれるひとに着てほしい、と思っても……。そこに矛盾があって」

滝人の仕事机の後、本来は床の間であるべき場所に置かれた書棚には、美術書が溢れていた。

机の隅の電話が鳴った。

受話器を取った滝人の応対から、相手が久仁子らしいと察せられた。

「昭ちゃん？　いいや、来とらんが……」

………

「うん、わかった。もし来たら、もちろん、すぐ知らせるが」

………

「いいや。おれ、昨日も今日も、昭ちゃんには会うとらんがね」

電話を切った滝人に、

「昭子さん、こちらに来るんですか？」

連太郎がたずねると、

「いや……」

滝人は口ごもり、腕時計を見た。

「昭子が、姿が見えないそうで」

ちょっとためらってから、打ち明けた。

「まだ時間は十分にあるんだから、心配することもないと思うけれど……。嫂《ねえ》さんの言うには、ちょっと様子がおかしいので気にしていたら、いつのまにかいなくなってしまった……って」

「様子がおかしいって、どんなふうに」

「緊張してナーヴァスになっていたんじゃないですかね。具体的には聞かなかったが」

あそこにでも、もぐりこんだかな、と滝人は独り言ち《ご》、腰を浮かせた。

「綱木さん、すみませんが、いっしょに来てもらえますか。昭ちゃんはあなたを信頼しているようだから、あなたの顔を見たら落ちつくかもしれない」

「心あたりの場所があるんですか」

「ええ、まあ。ひょっとしたら、という程度ですが」

連太郎を誘い、滝人は階段を下りた。

みかけは小体《こてい》だが、この家も、奥に向かって深くのびていた。

「ときさん」と滝人が呼ぶと、杉板の引違い戸が開いて、中年の女が顔をのぞかせた。そこは台所で、女は水仕事をしていたらしく、濡れた手を拭きながら、

「何？」と語尾を上げる。

「昭ちゃん、来なんだか」

「さあ、気イつかんかったねえ」

二階の仕事場は十分に暖房が入っているが、階下は冷え冷えとしている。炊事や掃除に通ってきているという手伝いのときのほかに、階下に人の気配はなかった。独り身なのだろう。

突き当たりは蔵座敷になっていた。鉄扉は開いており、太い木の格子戸だけが閉まっていた。鍵はかかっていない。

「昭子は、時々、学校をさぼってここに入りこんでいることがあるので」

滝人は小声で言い、格子戸を引き開けた。

5

明かりはともっていた。

しかし、後になって思い返すと、そのとき蔵座敷は暗黒で、茫とした光が、昭子の捻《ねじ》れ捩《よじ》れて横たわった軀と、苦悶の極の表情を刻みこんで強《こわ》張《ば》った顔を、照らし出していたように感じられてならない。

強い印象を与えるものだけが認識され、その他は見えても見えない、そういう状態であるからだろう。

滝人が、すうっと沈みこむように昭子の傍に膝

をつくのも、彼は見ていた。滝人は手をのばし、睡《ねむ》る人を揺り起こすようにゆさぶった。頭ががくがくと揺れ、焦点を失った眼と歪《ゆが》んだ口もとは微動もしなかった。スカートはスリップごとめくれ上がり、腹の方まで露《あら》わになっていた。名前を呼び、ゆさぶりながら、滝人は昭子の鼻孔に手をあてがい、胸に耳を押しあてた。

滝人は昭子の軀を仰のかせ、馬乗りになって人工呼吸を始めた。とうに動きをとめたように見える器官を、何とかよみがえらせようとしていた。

「医者に電話してくる。綱木さん、人工呼吸、できますか」

「やったことはないですが……」

「それじゃ、ぼくが続ける。医者と、それから、昭子の家へ。医者は阿部さんといって、古くからの玉江の主治医です。電話番号、メモしてください。電話は階下にもあります。廊下に出て……」

口迅《くちど》に教えられ、連太郎は力のはいらない冷えきった足を無理に動かし、蔵座敷を走り出た。

久仁子は、すぐに電話口に出た。昭子さんがこっちに来ている、と連太郎は告げた。具合が悪いようだから、いそいで、来てください。ええ、お医者には、わたしが電話します。番号は滝人さんからききました。

具合が悪いって……。久仁子が問い返す。どんなふうなんですの。

とにかく、いそいで来てください。

手遅れなのだとは、口にできなかった。

医者にも、急病だとのみ告げた。すでに絶命していると言ったら急行してくれないかもしれないと慮《おもんばか》ったのである。

蔵座敷に戻ると、滝人は人工呼吸はあきらめたらしく、仰向けにととのえて横たわらせた昭子の顔を撫でていた。

「久仁子さんも、医者も、すぐに」

「綱木さん、この苦しそうな顔、何とか……。嫂さんがこんな顔を見たら……」

そう言いながら、滝人は藪睨《やぶにら》みのまま見開かれた眼の上瞼を撫でる。

顔面に刻まれた、死の直前の苦痛の痕を消す方法は、連太郎も知らない。根気よくマッサージする以外の手段は思いつかなかった。昭子の歪んだ口もとを撫で、頬をさすった。

まだ死後硬直は始まらず、筋肉が弛緩する一方の状態にあったからだろう。撫でさするごとに、昭子の表情は和らいでゆく気がした。

瞼が、閉ざされた。口もとの歪みも消えたとき、滝人は立って、座敷の隅の方に行った。

連太郎の眼にも、ようやく、部屋のたたずまいが映る。厚く塗り籠められた土壁に囲まれた部屋の隅には、金で家紋を描いた黒漆塗りの長櫃が積まれていた。一つを下ろそうとしているので、連太郎は手を貸した。二つの櫃の蓋を、滝人は開けた。かなり時代を経たらしい衣裳や小物が詰められている。中のものを滝人は次々に取り出し、何か物色している様子だ。一枚の小袖が、目当てのものだったようで、それを滝人は、仰のいた昭子の軀にひろげ掛けた。

櫃の中に、奇妙なものを、連太郎は見た。

黒ずんだ木の、楕円形の球体である。木片を組み合わせ、頑丈な鉄の箍《たが》で締め鉄鋲を打ちこんで留めてある。鑿《のみ》の痕が荒々しい。ふと心惹かれ、手を差し入れ、取り出してみた。球体は人形の頭部であり、黄ばんだ麻の衣をまとった胴と脚が続いていた。

顔のない――正確に言えば目鼻のない、奇妙な人形であった。よほど古いものらしくみえる。身の丈一メートルはありそうだ。手足は付根と関節で動く。一人操りの人形のようだ。鉄の箍と荒々しい鑿痕は、荒《すさ》ぶる精霊のようなもの凄まじさを、古怪な人形に、与えていた。

手放し難い執着をおぼえた。

人形を櫃に戻し蓋を閉ざしたとき、足の裏に鋭い痛みが走った。見ると、ガラスの破片が刺さっていた。慎重に抜き去る。幸い、強く踏みつける前に気づいたので、深い傷にはなっていなかったが、靴下の裏で血が少し濡れた。靴下と足の裏の間に折り畳んだハンカチをはさんで血止めにした。

医師と久仁子は、ほとんど同時に着いたらしい。チャイムの音は蔵座敷までは届かず、ときが応対に出たのだろう。小走りの足音が聞こえ、久仁子は蔵座敷に駆け込んで来た。医師が続いた。

滝人は久仁子の前に立ちふさがるようにして、実はすでに死亡しているのを発見したのだ、と告げた。ショックが大きすぎると案じて、綱木さんが、急病ということにして知らせてくれたんです。

久仁子は義弟を突きのけ、小袖に覆われて仰のいた昭子の傍に走り寄った。

6

「一酸化炭素中毒に似とるが」

と、初老の阿部医師は無愛想な声で言い、部屋を見まわした。

「この部屋の暖房は」

「電気の温風ヒーターです。ガス中毒なんか起こすわけはない」

「うむ、昔はよく、こういう閉め切った部屋で練炭や炭火をがんがん熾《おこ》して、中毒する者が多かったんだが」

温い風を吹き出しているヒーターに、阿部医師は目をむけ、

「もう一つ、遺体がこういう特徴をみせるのは、青酸中毒なんだが」低い声でいった。

「青酸！」久仁子はのけぞりかけ、傍にいた連太郎が背をささえた。滝人はうつむいて膝頭をつか

み、その手の甲がわずかに慄《ふる》えていた。

「あの、主人に電話を……」久仁子は手を宙に泳がせ、「滝人さん、お願い」

「ああ」滝人はよろめきながら部屋を出て行った。

「電話といっても、御主人は……」

兼六園のあたりを鴻輔と共に見物しているはずだ。

「車に電話がついていますから」虚ろに久仁子は応えた。

「死斑があらわれ始めとるでしょう」

滝人は去り、久仁子は茫《ぼう》っとしているので、医師は連太郎に目を据えて、一言一言念を押すように教える。

「まだ淡いが、綺麗な鮮紅色でしょう」

死の色が、仄かに、昭子の肌を彩っていた。医師の指摘するとおり、皮膚の内側に淡い紅を挿したようであった。肌が友禅になっている。ふとそんな思いがした。

「一酸化炭素中毒と青酸化合物中毒が、こういう死斑をあらわす。これが凍死体だと、もっと鮮やかな紅色です。硫化水素なら暗緑色、塩素酸カリは暗褐色。ガス中毒の原因になるようなものはこの部屋にはないから、青酸化合物でしょうな」

「青酸カリはアーモンド臭があるとかききますが」

「それは、胃や腹腔を解剖《ひら》いたときに、独得の臭気がするのであってね、このままではわからんです。それから、純粋の青酸カリというのは、特殊な研究室などにしか置いてない。素人がわりあい簡単に手に入るのは、青酸ソーダなどの化合物です」

医師も昂って、何か喋り続けずにはいられないのだろう。

「解剖すれば、青酸中毒なら簡単にわかる」

「止めてください！」久仁子は叫び、昭子の骸《むくろ》の上に覆いかぶさるように身を伏せた。号泣が奔《ほとばし》った。このときまで、衝撃のあまり泣くことさえ忘れていたようだった。

「しかし、奥さん、変死の場合は」

言いかけたとき、滝人が戻ってきた。医師は言葉を続けた。

「変死の場合は、警察に届けなくてはならんのですよ。解剖を行うか行わんか、決定権は検察・警察側にある。変死であっても、例えば、ビルの屋上から飛び下りるところを大勢の人が目撃しとったとか、まぎれもない自殺だと警察が納得すれば、解剖はせんこともあります。しかし、この場合は……」

「滝人さん、先生にお願いしてよ。解剖なんて、あんまりかわいそうだわ」

「昭子さんが誰かに殺されたとしても、ですか」

医師の言葉に、久仁子は大きく躰を慄わせた。

「それを調べるためにも、警察に知らせんとならんでしょうが」

奥さん、と医師は声を強めた。

久仁子は脳貧血を起こしたのだろう、みるみる唇が白茶け、前に突っ伏した。医師の指図で連太郎と滝人は久仁子を寝かせ、帯をゆるめた。

久仁子がようやく意識を取り戻し身じろぎしたとき、昭光と鴻輔が着いた。

警察に届けるという医師の言葉に、昭光も難色を示し、病死ととりつくろってほしいと頼みこんだ。

「玉江さん、これは、体面の何のと言うておれん事態だが。遺書でもあって、昭子さんが自殺したというのがはっきりしとれば、お宅も世間態やら何やらあろうから、病死の診断書を書かんでもない。しかし、こんな言葉を使うと、また奥さんが気分が悪くなるかもしれんが、私はどうも、七分三分で、殺されたのではないかと思うが。青酸ソーダは手に入りやすいと言うたが、昭子さんのような中学生には難しかろう」

「学校の理科室なんかに置いてないかな」鴻輔が

言った。「厳重に鍵をかけて保管してはあるだろうけれど」

「すると、昭子さんは、今日学校にしのび込んで毒物を盗み出し、それからここに来た、ということ？　昨日は、舞台を鴻さんに見てもらうと楽しみにしていた」

連太郎が言いかけるのに、医師は言うべきことはさっさと言ってしまおうと思っているふうに、急《せ》き込んで、言葉をかぶせた。

「遺書がない、ということもある。それもまあ、自殺する者が、必ず遺書を残すとは限らないとも言えるが」

「わかりました」

ふいに身を起こし、きっぱり、久仁子は言った。

「調べてもらいますわ。昭子が自殺などするはずは、考えてみれば、ないんですもの。そりゃあ、東京にいたころより、鬱屈した顔をみせることが多くなっていたわ。土地や学校にうまくなじめないみたいで、それに、お姑《かあ》さまは、わたしと昭子がお気に召さないようで、あなたの知らないところで、わたしも昭子もずいぶん嫌味を……。そんなことがあるので、自殺……と思ったんですけれど、今日の舞台を見ていただきたくてわざわざお二人を東京からお招きしたのに、舞台に立つ前に自分から死ぬなんて、あり得ないことだわ」

「それじゃ、すぐ警察に。私が連絡しようか」

医師が腰を浮かすのを、昭光が制《と》めた。

「待ってください。もう少し、その、考えてみんと。殺人ということで警察が来ると、まっ先に疑いをかけられるのは、滝人ではあるまいか」

「おれが？」

「おまえでないと、警察を十分に納得させられないと、お互いに迷惑だ」

「おれがどうして昭ちゃんを」

滝人は絶句し、

「警察に介入されて困るのは、兄さんじゃないのか」

激昂して声をあげ、はっとしたように口をつぐんだ。

「何！」

昭光は、滝人が暴力でつかみかかろうとしたとでもいうように、唇を白くし、身をよけた。

「何を、おまえ、ばかげたことを」

力の抜けた声で昭光は笑った。

大口の脱税でもしているのだろうか。連太郎は思った。

そうして、さし出がましいなと思いながら、棘々《とげとげ》しくなった空気を和らげようと、言葉をはさまずにはいられなくなった。

「昭子さんと滝人さんは、ずいぶん仲が好かったようじゃありませんか。昭子さんはよく学校をさぼっては、この部屋に入りこんでいたと」

毒物死であれば、その毒は、恐ろしい苦痛を与えるものだったただろう、凄まじく変貌した昭子の顔を和らげようと撫でさすっていた滝人のやさしさを、連太郎は思い浮かべる。

土地になじめず、祖母に冷たいあしらいを受け、鬱屈していたという昭子の、ここは小さい隠れ家だったのだろう。

「ほんと、滝人さん、昭子、学校をさぼって始終ここに？」

久仁子は、くってかからんばかりに、

「なぜ、教えてくださらなかったの。ちっとも知らなかった。ここで何をしていたの」

「寝ころがって音楽を聴いていたようだよ」

「ステレオも何も無いじゃないの」

ここへの逃避は昭子の秘密であり、滝人はそれを守ってやっていたのだなと、連太郎は思う。母がようやく父といっしょになった。その生活が辛いと、昭子は母には口にできなかったのだろう。

「CDの、ウォークマンみたいに持ち運べる小さいプレイヤーがあるだろう。あれを持ち込んでいた。それで、ぼくも、この冬は、ここにヒーターを入れてやったんだ。ふだんは使わない納戸だから、暖房設備はなかったんだが、昭子が心地よく過ごせるようにと」

そんなにかわいがっていたのに、なぜ、おれが、と言いたげな眼で滝人は兄をみつめた。

昭光は目をそらせ、

「おれは、おまえを疑ったりはせんよ。しかし、警察がどう思うかだ。何しろ、この部屋で死んでいたのだ。最初に発見したのも、おまえだ」

「第一発見者が犯人というのは、間々《まま》あるけれど、幸い、おれはずっと綱木さんといっしょだったよ。昭子に毒を与える時間などなかった」

ふと、妙なことを連太郎は思いついた。

滝人は、犯人であり得た。

昭子は滝人になついていた。滝人の言葉なら、何でもきくだろう。二人で連太郎を驚かそうと企てる。昭子が蔵屋敷で死んだふりをしている。ころを見計らって、滝人は連太郎を蔵座敷に連れてゆく。——丁度、久仁子からの問い合わせの電話があったのが、好いきっかけになった——。そうして、連太郎を電話をかけに走らせたりして、戻ってきたら、昭子は起き上がっていて、連太郎のあわてぶりを笑う。そんな計画——。そうして、連太郎が席をはずしている間に、即効性の毒を与える。毒入りのチョコレートとか……。

いや、それは違う。滝人犯人説を否定できることに気づき、連太郎はほっとした。彼が鴻輔と別行動をとり滝人の工房を訪れるのは、前からの予定にはないことだった。午前中昭光の工房を訪れ、後のスケジュールを相談しているときに、連太郎が希望して決まったことだった。昭光が滝人に電話して、連太郎が訪ねることを告げたのだ。

それから、昭子をここに呼び出して、いたずらの計画を昭子に吹きこむ……できないことではないか。

しかも、滝人は連太郎がどんな人物か、まるで知らなかったのだ。これが初対面だ。滝人より先に死体のふりをしている昭子を抱き上げることもあり得る。

いや、そうしたら、その後の殺人計画を取り止めればいいので……などと思いながら、こんなことを気軽に考えられるのは、滝人を信じられるからだ、あり得ない馬鹿げた空想だとわかっているからだ、とも思った。

無残に歪んだ顔を撫でていた滝人の指。警察は、あのやさしい指を知るまい。第一発見者の滝人に疑いをかけるだろうか。小袖をかけてやったやさしさも、証拠隠滅のために死体を動かしたというふうに解釈するのだろうか。

「警察が何を言おうと、おれは平気だよ」

滝人が、憤然と言う。

「まさか、お姑さんてこと、ないわよねえ」

久仁子は、半ば一人言のように、昭子に話しかけた。

「お姑さんは、たった一人の孫だというのに、ちっとも昭子をかわいがってくれなかったわよねえ。和世さんがお気に入りだったからねえ」

和世さん？

前の奥さんの名だ、と鴻輔がささやいた。

皆に聞こえよがしに喋っているのか、錯乱ぎみで譫言《うわごと》のように思いが声になるのか。

「お父さんも滝叔父さんも、もしかしたらお祖母さんが、って思っているのかしら。それで警察を嫌がるのかしら。昭子、教えてよ。誰がこんなことを」

「やめろ」昭光がどなるのと、

「嫂さん、やめてくれ」滝人が声を絞るのが同時であった。

「おふくろは関係ない」反りの合わないようにみえる兄弟が、ほとんど声を揃えるように叫んだ。

正座していた連太郎は、坐り直そうとし、足の裏にかさぶたをはがされるようなちょっとした痛みをおぼえた。

彼の眼裏の隅には、長櫃の中の古怪な人形が、それまでずっと在った。その人形の、無い眼が、眼裏いっぱいにひろがるような気が、そのとき、した。

「とにかく、警察に」

結論をつけるように、阿部医師は立ち上がった。

「やむを得ません。だが、警察の車でものものしく来たりしないように、頼んでください。マスコミに嗅ぎつけられて騒がれるのは叶わん。署長も玉江の頼みなら、そのくらいは融通《ゆうずう》をきかせてくれるはずだ」

7

発表会の会場に詰めている師匠には、とりあえず、急病で舞台を下りると電話で連絡した。ほどなく警察が数人、監察医と共に到着した。監察医の所見も青酸性毒物による中毒死であった。剖検のために、遺体は大学病院に運ばれた。

蔵座敷を係官が検証する間、皆は一階の来客用の座敷で待つように命じられた。

この座敷にも温風ヒーターが据えてあり、滝人がスイッチを入れた。音をたてて、温風が吹き出した。

座敷に、中村と名乗った主任が入ってきて、昭光にすすめられるままに上座についた。昭光とは親しい仲らしく、滝人とも顔見知りなようだ。

「しかし、何で、滝人さん、すぐに警察に届けなかったのだ。発見したのが、何時だって。十一時半か。警察に知らせが入ったのは、十二時半だ」

「急病で死んだと思ったものですから」

「私は、早く連絡しろと進めたのだが」阿部医師は弁解がましく言った。係官が到着するまでに認めておいた死体検案書はすでに主任に渡してある。

「奥さん、昭子さんがいないと気づいたのが何時ですって？」

着くなり、早速に、およそのことは皆が口々に説明したのだが、中村主任はあらためて一人一人の顔をみつめながら確認する。

「十一時ごろでした。昭子は三時半から仕度を始めればよいのですけれど、他の方のを全部見ないのは失礼ですし、お昼ごろまでにわたしと昭子は会場に行くということにしてありましたの。それで、そろそろ仕度をさせなくてはと思って探したんですけれど、どこにもいなくて」

「滝人さんのところに問い合わせたのは、ここに来ているだろうと思う理由が何かあったんですか」

「いいえ。念のためと思っただけで」

「滝人さんは、まず、あの蔵座敷をのぞいた。どうして、あそこにいるとわかっていたんですか」

「わかっていたわけじゃない。さっきも言ったでしょう。昭ちゃんは、よく、学校をさぼってはここに来て、蔵座敷に入りこんでいた」

「なぜ、蔵座敷に」

「落ち着けるからじゃないですか」

そっけなく、滝人は答えた。苛《いら》だちを押さえこんでいる様子だ。

「奥さん、昭子さんの姿を最後に見たのは？」

「朝、七時ごろでしたかしら、起きてきて、顔を洗ったりしてから、やはり舞台が気になるのか、あまり食欲がないと、ミルクを一杯飲んだだけで、二階の自分の部屋に上がっていきました」

「そのとき、変わった様子は？」

「緊張していたようですけれど……」

「その後、顔を合わせていない」

「はい」

「お宅は広いからな。家の人に知られず抜け出すこともたやすくできるだろうが、なぜ、ここに……。玉江さん、あんたは」

「わたしは今日は昭子に一度も会うとらん。生きておる昭子にという意味だが。起きたのは八時少し過ぎだった。昨夜少し遅くまで、こちらと東の藤乃屋で飲んだので。それから飯を食って、うちの若いのに車で迎えに来させ、それに乗って、先生と綱木さんを迎えに旅館に行った。お二人をうちの工房にお連れし、仕事場を見ていただいて、わたしは先生と車で兼六園に行った。綱木さんは、滝人の仕事場が見たいと、こっちに来られた。そうでしたな」

「綱木さんがここに着いたのは？」

「奥さんから問い合わせの電話がかかる三十分ぐらい前ですから、十一時ごろじゃないでしょうか。時計を見もしなかったけれど」

「綱木さんが来るまで、滝人さんはどうしていました」

「二階の仕事場にいましたよ」

「何時ごろから」

「十時に仕事場に入りました」

「それまでは」

「寝ていた。二階のわたしの部屋で」

「たしか、お宅のときさんは通いだったよね」

「そうです」

「何時に来たんです」

「ときさんに聞いてください。いつも、だいたい、十時少し過ぎに来ることになっている。今日もそうだったでしょう」

あ、と、そのとき久仁子が小さい声をあげた。

「奥さん、何か？」

「あの……忘れていたんですけど、朝、電話がかかってきたんでした」

「誰から」

「わかりませんの。うちの電話は、ホームテレフォンで、一つの回線で三台置いてありますの。居間と、客間と、昭子の部屋と。外からかかってくると、いっせいにベルが鳴って、一番早く受話器をとった電話機につながる、あれです。スイッチで他の部屋に切り換えられます。わたしはそのとき台所にいて」

「ああ、そうだ。顔を洗っているときベルが鳴っているのを、そういえば聞いたな」

「すぐベルは止みましたから、向こうがかけ違えて切ったのか、昭子が階上《うえ》でとったのか、どちらかだろうと思って、その後いそがしくしていたものですから」

「玉江さんが顔を洗っていたときというと、八時から八時半の間ぐらいですか」

「そんなものです」

中村主任は、滝人に目を据えた。

「二階の職人さんたちは、何時ごろここにくるんですか」

「仕事は十時から始めるから、その少し前ぐらいから」

「すると、それまで、滝人さんはこの工房に一人か。一人住まいでしたな」

「そうです」

「思い出してほしいんだが、電話をかけて呼び出したんじゃありませんか」

「昭ちゃんをですか。いいえ」

「しかし、他の者が、昭子さんにここに来いというのは、おかしいですな」

滝人は唇をひきしめ、眼を閉じた。表情を読まれまいとするかのように。そうして、

「わたしではない」

短く、言った。

「朝、八時から八時半の間に、電話がかかってきた。昭子さんが、その電話には出たらしい」

「昭子が受話器をとったのではなく、向こうがかけ違えたのに気づいてすぐに切ったのかも。嫂さんだってそうかもしれないと思ったというし」

滝人は抗議した。

そのとき、係官の一人が顔をのぞかせ、「主任」と呼び、手招いて耳打ちした。中村主任は係官に座敷に居残るように命じ、蔵座敷の方に行った。

昭光が滝人に、来い、と目顔で命じた。

「おまえに訊きたいことがある」

無言で滝人は立ち上がった。

「どこへ」係官が声をかける。

「二階です。すぐ戻ります」

昭光は言い、連れ立って部屋を出た。階段を上る足音が続いた。

鴻輔と連太郎はどちらからともなく顔を見合わせた。

言い争うような声と物音が続き、天井に凄まじい音がひびき、静かになった。

争う声が聞こえたときから、係官は部屋を出て階段を上り始め、連太郎たちも続いた。ちょうど蔵座敷から戻ってきた中村主任が、皆をかきわけて階段を走り上った。

仕事場の脇の小部屋の戸の前に、別の警官と職人たちが集まり、戸を引き開けようとしていた。職人たちは、仕事場で、警官から事情聴取を受けていたのだった。

「内側から、しんばり棒でもかってあるようです。簡単な引き戸です。鍵はついていないそうだから、すぐ開くと思いますが」

警官が報告する。力まかせにゆすったり引いたりしているうちに、かたりと音がして、戸は開いた。

四畳ほどの小部屋で、雑多なものが納めてある。その間に、昭光と滝人が倒れていた。

階下に運ばれた昭光は、ほどなく失神から醒めた。

「滝人は？」

誰もが無言でいる。冷静な声で「亡くなった」と告げたのは、阿部医師であった。

「わたしじゃない」昭光は叫び、「いや、わたしだったのだろう」と声を低めた。

「恥になることだから、人前では訊けなかった。滝人が昭子を呼び出し、その……毒を服ませたのかも……。そう思ったとき、わたしは、とんでもないことを考えてしまった。滝人は独身だ。どうも、昭子をたいそうかわいがっていたらしい。その……言いにくいことだが、叔父姪の墻《かき》を越えるようなことが二人の間に……。それが、昭子の死と関わりがあるのではないかと……。そうであったら、決して、警察にそのことを喋るんじゃない。そう言いたくて……。滝人は激昂し、わたしになぐりかかった。取組み合いになり、向こうは若く力がある。こちらも死物狂いで……。突きとばされ、頭を何か打ちつけたらしく、わたしは気を失った」

「内側にしんばり棒をかったのは」

「わたしです。破廉恥な疑いで弟を糾弾しているところを、弟子たちにのぞかれたくなかった」

「あなたも、鈍器でなぐりつけたのではないですか」

「いや、何も手にはしませんでした」

「青銅の花瓶を振り上げてなぐったのではありませんか。こんな大きい、重い、首の細いのが床にころがっていた。首のところを持って振り下ろしたら、十分、兇器になる。挫傷の傷口とも適合する」

「ああ、それでは、たぶん、それが棚から落ちたのだ……」

昭光は呻《うめ》いた。

「わたしが突きとばされて壁にぶつかったはずみか、あるいはわたしも反射的に弟を突きとばしていて、その衝撃のためか、棚から落ちたのに違いない。何という……」

昭光は呻いた。

「わたしは、弟を殺してしまったのか……」

解剖の、精密な検査の結果を出すにはまだ時間がかかるが、昭子の死因は青酸化合物の経口投与であることだけは、主任が病院に問い合わせ、正確に判明した。

過失致死容疑で、昭光は係官の車で警察に連行された。

ふつうの乗用車であったから、近所の目につかないですんだ。昭光は、諦めきったように車に乗ったが、警察が公表するまで、事件のことは言いひろめないでくれと、職人たちやときさんにそれだけは言い含め、連太郎と鴻輔にも頼み込んだ。悪質な殺人ではないということで、中村主任をはじめ係官も昭光に同情的だった。青銅の花瓶には昭光の指紋は検出されなかったのである。

中村主任は、なお、滝人の工房に残り事情聴取を続行した。

「綱木さん、蔵座敷のヒーターは、昭子さんの遺体を発見したとき、すでについていたのですね」

主任は念を押した。あらためて訊かれると、連太郎は記憶に自信がなくなった。あのときの状態を思い返す。

「ついていたとすると、奇妙なことになるのですよ」

主任は、半ば、久仁子に説明するように、

「さっき、署員が報告してきたのだが、ヒーターのスイッチの一番上にあるのは、滝人さんの指紋なのです。これは、どういうことなのか」

「ヒーターは、ついていなかったと思います」

連太郎は言った。蔵座敷に踏みこんだときの底冷えする寒気がよみがえった。

「すごく寒かった。ヒーターの音もしていなかった」

「すると、ヒーターをつけたのは、いつ？」

「わたしが電話をかけにいっている間だと思います。戻ってきたら室内が暖まっていたので、ほっとした」

「確かですね」

「はい……」

ああ、それでは、連太郎は声に少しはずみがついた。

「昭子さんの死は、他殺ではない、自殺という傍証になりますね」

自殺であったとしても、少しも喜ばしいことではないけれど、滝人が殺人者と疑われる条件は失せたことになる。滝人はすでに何の弁明もできない。汚名はくまなく拭い去りたかった。

「なぜ?」

「昭子さんは、あの寒い部屋で死んでいた。自殺の意志がなければ、まず、ヒーターをつけるのが当然じゃないでしょうか。どのようにして毒が口に入ったのかわからないけれど、まずまっ先にするのは、暖房を入れることでしょう。自殺するつもりなら、ヒーターはいらない。習慣でつける場合もあるから、ついていたら、他殺自殺の判別材料にはならないけれど、ついていなかったということは、自殺だからといえるんじゃありませんか」

「なるほど、しかしね、それだけでは、自殺の決め手にはならない。他の場所で殺害して、例えば、この座敷なり他の部屋なり、ですね、それから蔵座敷にはこび、放置しておく。あなたがいま言ったように、自殺らしく思わせるためにね。そういう考えも成り立ちます」

「しかし、自殺をよそおわせたいのなら、もっと、それらしく……。薬の容器を手に持たせておくとか……。第一、どうやって服毒させたのでしょう。解剖でその辺はわかっていないのですか。他殺だったら、飲み物に混ぜるとか、食物に混入して食べさせるとか、しなくてはならないでしょう。青酸化合物というのは、どういう形状のものなんですか」

「粉末です。だから、自殺であれば、その容器がなくてはならない。それが、見当たらなかった」

「カプセルに入っていたということは」

「カプセルの成分は検出されなかった。胃の内容物は、青酸性の毒物以外になかったといいます。致死量は０・０５から０・３グラムという、ごく少量ですむ猛毒だ。親しい間柄であれば、昭子さんのような女の子であれば、どんな口実ででも、たやすく口にさせることはできるでしょう。例えば、昭子さんは舞台の前で気が立っている。これを服んでおくと気持ちが落ちつくとか」

「滝人さんが昭子さんを殺したと決めてかかっているんですか」

「いや、そんなことはない。可能性を検討しているだけであってね」

「理由がないでしょう。殺す理由が」

「玉江さんが難詰したことが、案外、的を」

「まさか！」久仁子が叫んだ。

「そんなことはありません。いいえ、いいえ」

「自殺の理由なら思いあたりますか」

「いいえ……。ここの暮らしが、十分に楽しいものでなかったということはありますけれど……」

「道成寺がプレッシャーになっていたのかなあ」

鴻輔がつぶやく。

「大変な難役だからなあ」

「でも……でも、それなら、東京からお二人をお招きしたりはしませんわ」

自信がないから、逆に、自分をのっぴきならないところに追いつめるということも、ないわけではない、と連太郎は思った。

けれど、いよいよとなると、どうにも自信がなく、だからといって、今さら、下りることもできず……。しかし、それが、命を絶つほどのことと は思えない。

思えない、というのは大人の考え方で、プライドの高い女の子にとっては、自信がないからと下りるような恥ずかしいことは、耐えられなかったのかも。

毒物も、前からかくし持っていたのかもしれない。周囲の大人の目が届かぬところで、自殺へと傾く心とひそかに闘っていたのかもしれない。

それにしても、薬の容器がないというのが不自然だ。粉末なら、瓶に入れるか、紙に包むか、何かが残っていなくては。そう思ったとき、足の裏を刺したガラスの小さい破片を思い出した。しかし、欠けたガラス瓶などは、あの部屋にはなかった……。

やがて、中村主任は、引きあげていった。滝人に最も濃厚な疑いをかけていたようで、その滝人が死亡したため、事件の糾明にいささか熱を失ったようにみえた。

「姑が腰を痛めて動けないので、助かりますわ」

久仁子は言った。

「前からお悪いんですか」

「いいえ、今朝、階段を踏みはずして腰を打ちましてね。寝込んでいます。刑事さんが、うちの方へも行って、お祖母ちゃんからも話をきいているのでしょうね。元気だと、もう、やかましくて……。わたしも、家に帰らなくては。主人が警察に連れて行かれたとなったら、姑はきっと、わたしを叱るわ」

「奥さんは、何も」

「ええ。でも、姑の目から見ると、何もかも、わたしが悪いことになるのよ。先生は、最終便で東京にお帰りになっちゃうのね。心細い……」

「連さんが、もう一泊しますよ」

「そうでしたわね」

吉弥との約束を、連太郎は、鴻輔には告げていなかった。吉弥は、邦舞の玄人である鴻輔に見られるのは気が重いと言ったのである。自分一人のために舞うのだから、と。鴻輔にかくし事をすることはめったになかったのだが、連太郎は、告げるのを止めた。軀が空いているから、もう一日ゆっくりしていくとだけ言ったのだった。

うちに来てくれ、と久仁子は懇願した。

姑と二人で顔をつき合わせているのはたまらない。今度は、わたしが姑を殺しかねないわ。昂っているからだろう、そんなことを口走った。しかし、すぐに思い直した様子で、二人には旅館に帰ってゆっくり休んでくれと言った。

「飛行場までお見送りはしませんわ。先生、かんにんしてくださるわね」

「もちろんですよ。わたしの方が、昭子さんのお通夜にも出られなくて申しわけない」

「お通夜は、明晩になりますわ。昭子がうちに帰ってくるのは、明日になるそうですもの」

そう言って、久仁子は泣き伏した。

8

連太郎は、自分の軀が消え失せたように感じた。

雨戸を閉ざした座敷に、明りは古風な行灯一つであった。油皿のかわりに蠟燭を立てたものである。

弱い光の中に、仄白く舞う吉弥が、一条のスポットライトを浴びたかのように、彼の眸《め》に鮮烈だ。

黒髪の結ぼほれたる思いをば
解けて寝た夜の枕こそ

歌と絃《いと》をつとめる清香の姿は、ほとんど薄闇に溶けこんでいた。

解いたらとめどない嵩《かさ》のありそうなゆたかな髪は一すじの遅れ毛を細いうなじに残して束髪に結い上げられ、飾りは白珊瑚の笄《こうがい》。くっきりした富士額を露わに、凛とした細面《ほそおもて》、彫りの深い瞼のくぼみに灯明りが翳を落とす。男舞の似合いそうな長身だが、〝ひとり寝《ね》る夜の仇枕〟と、女の孤独を舞う吉弥は、儚《はかな》くおだやかであった。時にきらりと勁《つよ》く、そうして、身にしみついているであろう色の汚れが、清冽な面ざしに饐《す》えた艶を滲ませていた。

この上なく贅沢な一刻であった。

芸妓の名に恥じぬほどの芸を身につけた妓は、この土地にも数少なくなっている。

踊りにかけては土地一番といわれる名妓、吉弥が、自分の住まいに連太郎を招いたのである。

　愚痴な女子《おなご》の心を知らで
　しんと更《ふ》けたる鐘の声
清香の絃が、嫋々と合の手を入れる。

もう、わたしも年やさけ、『黒髪』も舞えんようになるがやろと思《おも》てねえ。

吉弥はそう言って、客に見せるためではない、ただ自分一人のために、舞いたい、その顔をつくってほしいのだ、と言った。

お座敷やったら、この薄化粧で舞うのやけど、一世一代やさけねえ、晴れの舞台のように、顔師さんの手で。
七十、八十になったって舞台に立つ名手はいるじゃありませんか。花の盛りのひとが、何ということを言うんです。
ありがと。ほやけど、綱木さんは東京のお人やさけ知りまさらんやろけど、わたし、旧制の女学校出ですよ。女学校出の芸妓やいうて、ここでは、名物やったわ。

ちょっと待ってくださいよ。旧制の女学校出といったら……。

いそがしく頭の中で年数を数える連太郎に、昭和の五年生まれやわ。吉弥は、あっさり告げた。

連太郎は背筋がぞくっとした。ようやく、人魚を食べたの？

吉弥は軽く笑った。

一日一日、汚《きた》のうなるのが自分でわかるさけねえ。ほんの少しでも色香の残るうちに、舞い納めやわ。

もったいない。舞い続け、踊り続けてくださいよ。声をかけてくれたら、いつでも顔をつくりに来ます。

嬉しいこと。

明日の夜、深夜ですまないけれど、十二時過ぎに住まいの方に来てもらえないだろうか。お座敷がひとつあるけれど、十二時には終わると思う。

昨夜、手水場の外の廊下で、吉弥はそう言ったのだった。

座敷に戻ると、
ああ、妬《ねた》ましいねえ。煽りたてるような陽気な声を清香があげた。お二人のむつまじいことねえ。

わたしがおらん間、東京の先生と玉江の旦那さんと、清香ちゃん、両手に花やったやろが。

吉弥も笑って言い返したのだった。

夕《ゆうべ》の夢の今朝覚めて
ゆかしなつかし　遺瀬《やるせ》なや
積もると知らでつもる白雪
舞いおさめ、閉じた扇を膝前において、吉弥は頭を下げた。

「みごとでした」連太郎はほうっと息をついた。

張りつめた空気が和らいだ。清香が三味線をおいて立ち、電灯をつける。吉弥は行灯の灯を吹き消した。そうして、

「あれ、雪……」と、耳をかたむけた。

長い髪がさらさらと雨戸を打つような音を、連太郎も聴く。

清香は酒肴をはこんできた。

床の間には雛は飾られていない。そのかわり、桃の一枝が細口の花瓶に挿してあった。

「吉弥さん。滝人さんが、なくなったよ」

盃に口をつけてから、連太郎は言った。昭光の切な願いが聞き入れられたのだろう、マスコミはまだ動き出してはいないようで、テレビニュース

も玉江の家の変事を告げはしなかった。しかし、明日の朝には知れわたることだろう。

「悪い冗談」

吉弥は袂の先で打つ仕草をした。吉弥の着物は、昨夜のとは違うが、やはり滝人がつくった友禅であった。

「本当《ほん》、いやな冗談やわ」

清香が、むっとした声を出し、それを消すようにけたたましく笑った。

「玉江さんと争いになってね。はずみで」

「そんな……。ええかげんにしてほしいわ」

「その前に、昭子さんが死んでいる」

「もう、やめてほしいわ」

吉弥は言ったが、清香はひぃっと咽声《のどごえ》をあげた。

「昭子さんが……どんなにして」

「青酸性の毒物を、服《の》んだのか服まされたのか」

わたしは、自分で服んだと思う。そう連太郎が言いかけたとき、清香は形相が変り、吉弥にむしゃぶりついた。

「姐さん、わたしを殺すつもりやったがか」

9

羽田に向かう飛行機の座席に、連太郎はもたれている。彼の膝の上の包みには、顔のない人形が納まっている。

滝人の形見にと、久仁子に頼んでゆずってもらったものであった。

今日一日、彼は、久仁子の傍にいて何かと心配りした。棘々《とげとげ》しくなりがちな久仁子と姑の間の緩衝役になりもした。その礼心から、久仁子は何かお土産に差し上げたいと申し出た。土蔵の人形を、と即座に連太郎は言った。ふだんの彼なら遠慮するところだ。あんな古ぼけた汚ならしいものでいいんですか、と久仁子は申しわけながった。

姑は、彼を相手にくどくどと久仁子への嫌味を言うことで、気を晴らしていた。姑は声をひそめて、昭光の前の妻、和世と、玉江の先代、昭光には父である華峰が自動車事故で死んだのも、久仁子の呪詛のためだなどと、大時代なことさえ言ったのである。しかし、久仁子は、思いのほか、萎《しお》れてはいなかった。姑も年だ、いずれは自分が姑の地位にとってかわると予想するからだろう。

昨夜、清香と吉弥の口から明らかになったことを、彼は、心の中に納めた。

昨日の朝、昭子に電話をかけたのは、清香であった。吉弥と清香は名乗った。そうして、昭子の耳に毒のある言葉を注ぎこんだ。

お父さんの前の奥さんとお祖父さんが死んだのは、あんたのお父さんが事故を起こすように車に細工をしたためだ。二人が死ねば、あんたのお母さんといっしょになれると思ったからだ。お母さんも承知だ。郵便受けに、あんたの役に立つものを入れておいたよ。見てごらん。

郵便受けには、白い粉を薬包紙に包み、更にビニール袋に入れたものを、投げ入れておいた。

「毒やとは思わんやった」

しかし、昭子には、毒物だと思わせるような話し方をした。

吉弥は、清香が望むすべてを、易々と手に入れてきた。清香は常に吉弥の引き立役であった。

「わたし、どれほど滝人さんを好いてやったか」

滝人に愛されることは諦めている。せめて、滝人が吉弥を嫌悪するようになってくれたら。

ようやく、その手段を思いついたのだった。

昭子が滝人に心を許しているさまは、滝人が吉弥に話すので、清香も聞き知っていた。

恐ろしい話をきかされた昭子は、滝人に打ち明けるだろう。悪質な中傷をし、自殺せよと言わんばかりに粉薬を与えたと聞いたら、滝人は吉弥をうとましく思うだろう。

「あほか」吉弥は呆れたように言った。

「滝人さんが、何でほなことを信じまさるかやといね」

「姐さん、あの薬、何にでもよう効くお言いやしたやないか。わたしがちいと分けてほしなあ言うたさな、ほんなら持っていき、とわけてくれたやないか」

吉弥は美しい片頬に薄い笑いを浮かべただけであった。

別れぎわに、吉弥は、さりげない声で連太郎に言った。

「わたし、おなかに、性《たち》の悪い腫れものができたさけね。最後の黒髪舞うて、すっきとしたわね」

その後は、連太郎の想像にすぎない。滝人からは、もう何も聞けない。

足の裏を刺した小さなガラスの破片が、連太郎に、その想像を強いるのである。

昭子は、惑乱した。薬包紙の粉は、昭子に死ねと迫っているかに感じられた。健康な強靭な精神状態であれば、もう少し冷静になれただろうが、あの蔵座敷の他に逃避の場所がないと思うほど、心が衰弱していた。

昭子の行動を連太郎は思い浮かべる。

滝人の家に、行く。滝人は眠っている。

台所に入り、コップに水をみたし、蔵座敷に行く。紙包みの薬を咽に流しこむ。苦悶が襲う。コップは手から落ちてころげ、壁か長櫃《ながびつ》にあたって割れる。

やがて、連太郎と連れ立った滝人が絶命した昭子を発見する。そのときは、滝人も病死と思いこんだ。連太郎が電話をかけに行っている間に、滝人は、昭子が身につけていた遺書を発見した。割れたコップや薬包紙も。

遺書には、父が殺人者であることを吉弥に教えられた。毒物も吉弥に与えられた、と記されていた。滝人は、とっさに、それらのものをすべて隠さねばならなかった。ガラスの小さなかけら一つが、見落とされて残った。

兄が殺人者。昭子に自殺教唆をしたのが彼が愛している吉弥。

警察の手にあっさり委ねることは、滝人にはできなかったのだ。

「昭光さんが前の奥さんとお父さんを、車に細工して死なせたというのは」

「嘘、嘘」と、清香は言ったのだった。ありそうなでたらめを、清香は吹きこんだというのだが、それは真実を衝いていたのではなかったか。だから、警察に介入されて困るのは兄さんだろうと言った滝人の言葉にぎくっとした。

証拠を握られていると思い、手にかけた。

花瓶に指紋がなかったというが、皆が上ってくるまでに指紋を消す余裕はある。それから頭を壁にでも打ちつけて倒れる。殺戮は最初の一瞬にすみ、後の物音や罵声は、昭光の一人芝居だったと考えられる。昭光は切羽つまっていたのだ。争ったはずみの過失、しかも棚の花瓶が落ちてという彼の証言が受け入れられれば、犯罪とはみなされずにすむ。

連太郎は、これらの推測を誰にも語らなかった。

ただ、膝の上の包みの中の人形にだけ、語りかける。密告は、彼の気質に合わなかった。

昭光が犯罪者であれば、それを暴き出すのは警察の仕事だ。

機内が昏むように感じられた。目を閉じると、さらさらと長い女の髪が雨戸に触れるような春の雪音《ゆきね》が聴こえ、「わたしがちいと分けてほしいなあ言うたさな、ほんなら持っていき言うてわけてくれたやないか」慄え上がって詰《なじ》る清香の声、そうして、吉弥は片頰に冷やかな笑いを薄く浮かべ、彼の眼裏にすらりと佇《た》った。

笛を吹く墓鬼《ぼき》

1

訪ねてきた鴻輔は、

「墓鬼《ぼき》から、また、招待状がきたよ」

と、封を切ってある手紙を連太郎に渡した。

表書は松本鴻輔宛だが、ワープロで打ってある。差出人は、墓鬼の二字であった。

中も、ワープロで、今年も汐崎の祭りにお出でください、と記されてある。

去年の惨事のため、今年は手筒花火は中止ですが、そのかわり、去年見られなかったからくり人形の山車《だし》をお目にかけられます。お宿は、去年の端林寺に、またどうぞ。

「去年も、ワープロだったな」

「そうだ」

「亡霊もワープロを使う時代か」

連太郎はちょっと苦笑した。

「で、行くのかい」

「行くよ」気負った口調で、鴻輔はうなずいた。

「おれも行こうか。からくり人形の山車《だし》というのを、一度見たいと思っていた」

「汐崎のは、唐子が、ブランコからブランコへと飛び移るそうだ」

連太郎は、文机の上に坐らせてある人形に、「連れていってやるよ」と声を投げた。

2

『笛をふく墓鬼』私考」。

その、エッセイとも評論ともつかぬ小文を松本鴻輔が目にしたのは、去年、梅雨のころだった。

鴻輔は小学校にあがった年に実母を失い、父は再婚した。じきに妹が生まれ、年の離れたこの異母妹を、鴻輔は、からかって泣かせた。そのうち、からかっても泣かなくなり、張合がなくなった。三年前、父が、急性肝炎で他界した。そうして、一昨年の暮も押しつまったころ、異母妹は急逝した。継母は実家に帰った。血のつながらぬ息子と二人で暮らすのを、世間の手前、はばかったのだが、関わりを持つ男がほかにいる様子で、鴻輔は干渉はせず、内弟子二人と通いの家政婦に身のまわりの世話をまかせている。

去年、紫陽花《あじさい》が雨に滲《にじ》む中を、異母妹の高校のときの友人という女の子が訪ねてきた。椰子《なぎこ》さんから借りたままになっていました、と、応対に出た彼に、薄い冊子を渡した。むき出しで持ち歩いてきたとみえ、表紙に雨がしみを作っていた。

『洗濯船』という誌名に、鴻輔は、何か料理や家事の家庭雑誌かと思い、椰子らしくないとも思ったのだが、中を見ると、半ばを素人の投稿で埋めた詩誌であった。同人誌ではなく市販しているもののようだが、詩にはまるで疎い鴻輔は、はじめて目にした。

「『笛をふく墓鬼』私考」も、素人読者の投稿らしかった。それが目にとまったのは、その文章のところどころに傍線が引かれ、筆者の名が水沢奈木とあったからである。名前が、椰子と同音である。ペンネームではないかと思った。

内容に目を通し、ますますその思いを強めた。

大手拓次という大正期の詩人についての文章であった。その名前を、椰子の蔵書の中に見たおぼえがあった。彼は異母妹が私室にしていた部屋に入り、大手拓次を確認した。

『藍色の蟇《がま》』『蛇の花嫁』の二冊が、大手拓次の詩作集で、奥付によると、昭和初期の刊行である。古本屋ででも入手したのだろうが、よほど惹かれるところがあったのか。「笛をふく墓鬼」は、『藍色の蟇』の中の一篇であった。

鴻輔は読書にはほとんど興味がなく、暇つぶしに目を向けるのは、漫画や劇画ぐらいである。職業柄、舞台は、邦舞ばかりではなく、歌舞伎、文楽、更に洋舞、オペラと幅広くなじんでいるが、大正期の象徴派《サンボリスム》の詩人はまったく関心の外にあった。神経の末端が痙攣《けいれん》しているような、あまりに病的な感覚も、彼には無縁なものであった。


しかし、そういう感覚を持つがゆえに、俗世間と協調できず、世の中から孤立した詩人の絶望的な寂寥《せきりょう》は、彼に訴えかける力を持っていた。

椰子は、彼には、無邪気で明るい顔しか見せなかった。しかし、愛蔵書は、持ち主の内面宇宙の顕われである。

椰子の書棚には、詩の本や小説と並んで、『洗濯船』が十数冊あった。水沢奈木の名は投稿欄にしばしば見られた。彼は『洗濯船』の出版元に電話をかけ、水沢奈木が松本椰子のペンネームではないかと、たしかめた。

答えは、否、であった。

水沢奈木は本名であり、住所は、愛知県＊＊郡汐崎町、と番地まで編集者は教えてくれた。

「年齢は？」

「不詳です。五、六年前から、ときどき、詩だの、評論だのを投稿してきています。たいそう秀れたもので、うちでも注目しているんです。いずれまとめて、一冊にして刊行されたら、識者の目にとまるんじゃありませんかね」

考えてみれば、自作であれば、傍線を引いたりはしない。筆者の文に共感したり感銘を受けたりしたときに、その思いを一すじの傍線に託さずにはいられなくなるのだ。

彼は、少しためらってから、水沢奈木に手紙を書いた。早逝した異母妹と、同音の名を持ち、同じ感覚を共有する未知の女性に、一方的に親しみをおぼえたのである。

彼にはみせなかった椰子のほんとうの相《すがた》が、その女性を介して視えてくるのではないか、そうも思った。指の間からこぼれ落ちた水のように、取返しのつかない死であった。その女性は、消えたものをうつす鏡になってくれるのではあるまいか。

突然手紙を出す非礼を詫び、妹の蔵書から貴名を知ったということや、熟読したらしく傍線が引いてあったことなど、いきさつを記し、妹はもしかして、貴女と文通でもしてはいなかっただろうかと書き添えた。

一月《ひとつき》ほどして、彼が諦めたころ、返信が届いた。思わぬ愛読者がいたことを知った喜び、そして、知ったときには、その人はすでに逝去していた哀しみなどをつらね、お兄さまとも、浅からぬ縁《えにし》をおぼえます、よろしかったら、九月十五日、十六日に行われる、汐崎の祭りにおいでになりませんか、お目にかかれたら嬉しゅうございます、と書き添えてあった。そうして、小さい町なので、旅館は一つしかなく、祭りの日はすでに予約で満室なので、知り合いの端林寺という寺にお宿をおとりします、とあった。末尾に、〝水沢奈木こと墓鬼〟と記されていたのだが、本文も名前も封筒の上書きも、すべてワープロなのが、彼には物足りなかった。手書きの文字であれば、書き手の顔立ちや気質、体温まで、伝わってくるような気がするのだが。

誘いにのりたいと思ったが、仕事の予定がつまっていて、すぐには確約できなかった。ようやく祭りの数日前に、軀《からだ》を空けるめどがつき、伺うからよろしくと速達を出した。

返事は来なかったが、とりあえず新幹線に乗った。名古屋で下車し、タクシーで二時間ほど南下する。

汐崎は、三河湾に面した小さい湊町であった。祭りを明日に控え、高張提灯が戸ごとに吊され、鄙《ひな》びた町を華やがせていた。

途中、商店で道を訊き、端林寺はすぐにわかった。中心地をややはずれ、竹藪や雑木林に囲まれた閑静な場所に建っている。本堂も横手の庫裡も、古めかしい。

庫裡の入り口で案内を乞うと、二十七、八の男が出てきた。僧形ではなく、ポロシャツにズボン、有髪である。

「水沢奈木? あの、奈木があなたに、ここに泊まるようにと?」

男はけげんそうに鴻輔をみつめた。

「ええ」

「いつ、そんな約束を?」

「七月の末でしたか、お手紙をいただいたんです。いや、先に、ぼくの方から手紙を出したんですが」

彼が事情を説明しかけると、男は、とにかく、おあがりなさい、とすすめた。

「でも、奈木さんから話が通じていないのでしたら、ぼくはこれで」

「かまいません、どうぞ、どうぞ」

男は鴻輔を奥まった一室に通した。窓の外に、群竹を背にした古い墓地が見えた。

水沢奈木に誘われるに至った事情を説明すると、男は笑顔になった。

「そういうことなら、是非、ゆっくりしていってください。旅館のようなもてなしはできませんが。わたしは、この寺の総領で、丹野弘道といいます。弘法大師の弘に、道を説くの道。いかにも寺の息子らしい名前でしょう。親父が壮健で住職をつとめていますから、わたしは、いまのところは、図書館に勤務しています」

「奈木さんという方の誘いは、社交辞令だったんですね。ぼくがまた、あつかましく押しかけちゃって」

「いいえ、祭りを見にきてくださるのは、大歓迎です。珍しい楽しい祭りです。ぜひ、見ていってください。この部屋、気兼ねなく使ってください。ぼくの部屋ですから、遠慮はいりません。食事も、旅館のようなことはできませんが、うちの者といっしょの惣菜料理でよかったら」

「外で食べますから、かまわないでください」

と、鴻輔は手を振った。

「でも、泊めていただけるのは、ありがたいです。せっかく東京から出てきたので。旅館は満員でしょう？」

「ここには糀屋《こうじや》というの一つしかなくてね。天保創業という古い宿屋なんですが、観光地ではないから、ふだんはがら空きです。この祭りのときだけは、早くから予約で満杯になります。小さい旅館だし、祭りの間は、あそこを役員が会合や会食に使うので、お客さんへのサービスも悪くなる。ここの方がいいですよ。ゆっくりくつろいでください」

「お言葉に甘えます。水沢奈木さんとは親しいんですか」

ちょっと間をおいて、丹野は、何かよく聞きとれない返事をした。

「ぼくに会う気はないのかな、奈木さんは」

「そんなことはないでしょう」

丹野は声に力をこめた。

「あなたのような美青年なら、もちろん、会いたいことでしょう。しかし……」

「しかし？」

「無理なんですよ。奈木は、三年前、死にました。川に落ちて。水死しました」

　今度は、鴻輔が驚く番だった。絶句していると、

「誰のいたずらか、見当はつきます」

　丹野は、すぐに言った。

「あなただって、死者が、投稿したり、あなたの手紙に返事を書いたりしたなんて、まさか、思わないでしょう。その手紙も、ワープロだっていいましたよね。ワープロを打つ亡霊なんて、聞いたことがない」

「誰なんです、墓鬼は」

「奈木の妹でしょう。水沢は、わたしの母の実家です。奈木の上と下に、女の子が一人ずつ。秀美《ほつみ》と和穂《かずほ》です」

「お姉さんではなく、妹さんの方と見当をつけたのは……？」

「いたずら盛りだから」

　丹野は言った。


　そのとき、幽かに、笛の音が窓からしのび入った。

「篠笛《しの》だな」鴻輔はつぶやいた。

「墓鬼が、あなたを歓迎しているんでしょう」

　鴻輔は窓の外に目を投げたが、人の姿は見えなかった。墓地は薄闇に沈みはじめていた。

　足音が近づき、

「おい、行かないか」

　声と同時に、襖が開けられた。

「お客さん？」
　二十七、八にみえる男であった。酒のにおいを漂わせ、目もとが少し紅い。その後ろに、同じ年頃の、メタルフレームの眼鏡をかけた小肥りの男がいた。
「東京から汐崎の祭りを見にみえた。若《わか》のところは満室だから、うちが俄《にわか》民宿だよ」

「どうも」

　足をもつれさせて敷居を越え、若い男はあぐら

をかきながら片手を畳につき、頭を下げた。

「何しろ、今年は、うちは車元《くるまもと》なので、人の出入りが多くてね。祭りの間は、一見《いちげん》さんはおことわりなんだ」

「こっちは、糀屋旅館の」

丹野が言いかけると、

「不良息子」若い男は言葉をひきとった。

「山口静夫くんです」丹野はつづけた。

「車元というと？」

「それは、ですね」

手持ちぶさたなように、柱に寄りかかり腕組みして立っていた小肥りの男が、話に割りこんだ。

「祭りの費用は、一応、町で積み立てるんですが、とてもそれだけでは足りない。それを個人で負担するのが『車元』なんです」

「汐崎中学の、音楽の先生です。弓削《ゆげ》さん」

丹野がひきあわせた。

「明日、おれたち、皆手筒に出るからね」


山口静夫は、鴻輔に、まるで挑むような目を向けた。酔った軀が畳に這いつくばりそうになるのを肘でささえ、下からしゃくりあげるように、見る。

「手筒って、何ですか」

「あれ、この人、手筒を知らないで、汐崎の祭り見物に来たの？」

「一口で言えば、花火です。祭りの一日めは手筒と打ち上げ花火、二日めがからくり人形の山車です」丹野は言った。

傍から音楽教師の弓削が、「太さはこのくらい、長さはこのくらいの竹筒に」と、径十センチ、長さは一メートルほどの寸法を手で示し、

「火薬をつめたやつの口火に火をつけると、凄い火花を噴き上げる。それを小脇にこう、まっすぐに立てて持つんです」

「凄いでしょうね。怖そうだな」

「これができなくちゃ、汐崎の男じゃない」

山口静夫は、わめいた。

「火傷とか、大丈夫なんですか。刺子か何か着るんですか。防火服とか」

「祭りの法被一枚よ」山口静夫は得意げに言う。

「そりゃあ、火の粉を浴びるんですから、法被も点々と焦げるし、終わってから見ると、腕だの肩だの首すじだのに小さい火ぶくれができていますよ」

丹野が言った。「でもやっている間は、熱いとも感じないな。ほんの三、四分なんだが、ずいぶん長い感じがしますよ。ところが、終わったとたんに、あっけなかったなあ、短かったなあ、と感じる」

「打ち上げ花火は、全国どこでもやるけれど、手筒をやるところは少ないですよ。汐崎では、十六から二十九までの者がやるんです。昔は、一種の元服というか、イニシエーションの意味があったんでしょうが」弓削は、教壇で喋るような口調になった。「いまは、希望者だけです。若が言ったように、これをやらなくては一人前の男ではないという気風が、ここには濃厚に残っています。しかし、この頃の若い子——十代のは、怕がってね。希望者が少ないんですよ。二十五、六から上ですね、熱心なのは」

「若、そんなに酔っぱらっていて大丈夫かい。手筒を作る間は、酒断ちだろ」

丹野が言うと、山口静夫は、寝そべったまま大きく手を振った。

「まかしとけって。ベテランだ」

ついでに足もばたつかせ、

「痛て！」とわめいた。

壁ぎわの書棚に足先がぶつかったのだ。

「蹴るな！」

温厚そうな丹野が、荒い声をあげた。

血相変えてというふうなので鴻輔は少し驚いた。

山口静夫も、ふと表情を固くし、丹野をみつめた。丹野は自分を押さえようとつとめているようにみえた。

「手筒は、山口さんが作るんですか」

ぎこちない雰囲気をほぐそうと、鴻輔は訊いた。

「いや、めいめい、自分のは自分で作るんです」

「大切なものだから、人まかせにはできないんですよ」

丹野と弓削は口々に説明する。丹野の表情は、もとに戻っていた。

「でも、素人が作るのは危険じゃないんですか。火薬でしょ、扱うのが」

「前もって講習を受けるし、実際に作るときは花火師が指導します。毎年やっているものは、もう熟練しているし」

「明日使うのを今夜これから作るって、ずいぶん泥縄のようだけれど」

「前もって作っておくわけにはいかないんですよ。火薬には鉄粉が混ざっているんです。だから、詰めて長時間放っておくと、酸化して錆びてしまって燃えなくなる。手筒は必ず、前の晩、火薬を詰めるんです。徹夜仕事ですよ」

「明日は、ばっちり見てよ」山口静夫が寝そべったまま首をもたげた。「東京からのギャラリーなんて、はりきっちゃうよ、おれ」

「おまけに車元だしな」

「車元は親父。おれ、二百万なんて出せるわけないだろう」

「二百万も個人で持つんですか。大変だな」

「そのかわり、祭りの時は総大将だから、すばらしい名誉です。汐崎の者は、どんなに無理をしても、一生のうち、一度は車元をやりたいと言っていますよ」

弓削が言う。弓削も、かすかに酒のにおいをさせていた。

「文政十年ごろから続いている制度です。車元は」

「皆さん、祭りを大事にしているんだな」

「そう、郷里《くに》を離れている者でも、祭りというと帰ってきたりね」

「シュウさん、帰って来ているんだろ」

山口静夫が言うと、丹野はうなずいた。

「うちに泊まっているよ」

「でも、今年は手筒の資格ないんじゃないの。三十だろ」

「手筒作りにはいっしょに行くと言っている。新米の指導に」

丹野弘道は廊下の方に身をのり出し、

「六代目、出かけるよ」と怒鳴った。

「おう」と近いところで声がし、長身の男があらわれた。

「それじゃ、ごゆっくり」

丹野たちは、出ていった。

墓鬼も、明日は祭りにあらわれるのだろう。丹野にそれとなく教えてもらい、もし感じのいい相手なら、声をかけてみよう。そう、鴻輔は思った。速達で連絡したのに瑞林寺に連絡してなかったということは、誘いはリップサービスで、本心は迷惑なのか。しかし、会えば、相手に好意を持たせる自信が、鴻輔にはあった。彼は、こちらから誘いをかけた女にふられたことはなかった。利害関係を伴わぬ遊びであれば。

そのとき、また、ひそやかな笛の音が、しのび入った。

彼は、ふと思った。これは、奈木と名乗った誘い手の、もてなしなのではあるまいか。丹野は、死んだ奈木の妹の和穂だろうと言っていたが……。〝笛を吹く墓鬼〟が、手紙をかわしあうきっかけとなった。それゆえ、墓鬼にふさわしい迎え方を、ことさら、演出してくれたのではあるまいか。彼が来る事を十分に承知し、こんなやり方で歓迎してくれた。そう思いつくと、彼は、墓鬼の仕組んだ趣向がたのしくなった。和穂の年をきいてなかった。椰子と同じくらいの少女であることを、彼は期待した。

もしかしたら、丹野弘道も、何くわぬ顔で、いとこの趣向に手を貸しているのかもしれない。見も知らぬよそ者を、あまりにすんなり受け入れてくれたではないか。

住職の梵妻《ぼんさい》が、夕食の支度ができたからと、呼びに来た。外食ですますつもりだったのにと恐縮しながら、奥に行き、住職夫妻と食膳を囲んだ。

丹野弘道は、家を出る前に、両親に、彼のことを祭り見物に来たのに宿がなくて困っているのを見かね、泊めることにしたから、と、説明したらしい。住職夫妻は、気安く話しかけ、汐崎の祭りの自慢をした。

手筒作りは徹夜仕事になると言ったとおり、弘道は、その夜は帰って来なかった。

翌日は、朝から雲が垂れこめ、時たま雨粒を降りこぼした。


夕方、六時半から始まる手筒花火に先立って、奉納煙火を舁《かつ》ぎ物とした神輿が五基、町の主な通りを練りまわり、陶酔的な気分を盛り上げた。花火の大筒を据えた神輿の上では、法被《はっぴ》を片肌脱ぎにし、背に金銀の御幣《ごへい》を差した少年が二人、わっせェ、わっせェ、の掛声に合わせて提灯を振る。尻上がりな掛声と朱の提灯は、神輿を先へ先へと進ませる力を持つかのようであった。

手筒を奉納する場所は、川べりの広場である。ロープの外側に人が集まり始めたころ、雨脚が繁くなった。しかし、見物があきらめて散る前に、孕《はら》んだ雨を落としつくして爽やかになったというふうに、晴れ上がった。

鴻輔は土手の斜面に立って眺めた。

ロープの仕切りの左手に天幕が張られ、その下は世話係、役員の屯所らしい。手筒花火を抱えた若者が、その背後に群れている。

「よかった、止んで」

「中止かとがっかりしていた」

そんな会話があちこちでかわされる。

水沢和穂には、まだ会っていない。丹野弘道とも昨夜別れて以来顔を合わせる折がないままであった。緊張を要するであろう手筒の前に、紹介してくれと頼むのも気の毒かと、強いて探しもしないでいた。手筒がすんでから、ゆっくりひきあわせてもらおう。

黄昏《たそがれ》の明るみを残した空の下に、太い竹の筒を抱えた男たちが登場した。

遠いので顔はさだかには見えない。鴻輔は、浴衣の袂から眼鏡のサックを出した。それほど強い度ではないが近視で、乱視も混っている。舞台に立つとき眼鏡はかけられないが、コンタクト・レンズを嵌《は》めると眼が充血し痛くなるたちなので、使っていない。

輪郭がぼやけている方が世の中綺麗に見えると、負け惜しみを言っている。浴衣は、東京からわざわざ持参した。祭りは浴衣がけでなくては気に染まない。

「お待たせいたしました。これより奉納手筒花火を……」

スピーカーから進行係の声がひびいた。

「出場者をご紹介します。右より、一番立《いちばんだち》……」

一番立、誰それ、二番立、誰それ、と、名前と職業、年齢がアナウンスされる。

その度に、見物の間から拍手と声援が沸いた。ほとんどが顔見知りなのだろう。ふだんはごく平凡な隣の兄ちゃんが、このときばかりは、晴れのヒーローというふうだ。

口火を手前に、横に倒して抱えた手筒に、世話役がバーナーで点火してゆく。火を噴き出すと同時に直立させ脇腹に添わせて抱え、足を踏んばって支える。

七本の手筒は、いっせいに炎を噴き上げはじめた。十メートルも噴き上がり、枝垂《しだ》れて、千筋《ちすじ》の火の滝となり地に降り注ぐ。その中に手筒師は屹立し、火の粉を浴びながら身じろぎもしない。炎の朱が十分に照り映えるには、空が明るみを含んでいるのが難だが、鴻輔の想像を越えた、凄まじく美しい、悲愴ですらある眺めであった。

最後に炸裂音を響かせて、炎は鎮まった。拍手が沸いたが、次の瞬間、鴻輔は息をのんだ。七人の頭上に、見事な弧《こ》を描いて、虹があらわれたのである。雨上がりのうるんだ空と、炎の熱気がつくり出したものであった。

虹が消えると、じきに夜の色が濃くなった。

二番めの組の手筒が炎を噴くころは、周囲は全く闇に沈んだ。降り注ぐ朱の火箭《ひや》は川面に映り、黒い水底から逆に炎が噴き上がるようだ。

野外で、舞踊劇と手筒花火を組み合わせたものをやってみたいな、と鴻輔は思った。

伝統破壊だ何だと、古手の婆さんたちがまた、うるさいだろうが……。

「ご紹介します」と、アナウンスが響いた。

「一番立、丹野弘道さん、汐崎町立図書館員、二十七歳」

鴻輔はちょっと身をのり出した。

――かぶりつきでないと、よく見えないな。

「二番手、仙頭喜一さん、参州煙火の花火師見習、十九歳。三番立、山口静夫さん、ご存じ糀屋旅館の若大将、二十七歳。糀屋さんは、ご承知のように、今年の車元です。ご声援ください。四番立、弓削俊彦さん、汐崎中学教師、二十九歳。五番立、岩田修司さん。六代目は、この祭りのために、ハワイから駆けつけました。ばらしてしまうと、六代目はほんとうは三十歳で、年齢オーバーなんだけど、海の向こうから、このためにわざわざ帰郷した熱意に免じて、大目に見てよ、と本人が言っています」

見物の間から、好意的な笑い声があがった。

「六番立、小島克平さん、汐崎実業高校二年生、十七歳。七番立、秋山圭介さん、秋山酒店の坊《ぼ》ン、十七歳。以上七名……」
昨日顔を合わせた連中は、みな、この組に入っている。

丹野弘道、弓削俊彦、山口静夫。ハワイから駆けつけた岩田修司というのが、皆が出かけていくときにちらりと見ただけの、寺に泊まっている男だろう。六代目と呼ばれているけれど、鴻輔が写真で顔を知っている歌舞伎の名優菊五郎《ろくだいめ》とは、まるで似ていない。六代目菊五郎は丸顔で小肥りだが、昨日の印象では、岩田は長身で骨ばっていた。

何の六代目なのだろう。

口火に点火された手筒が、次々に直立する。四番立の竹筒に火がつけられた。とたん、轟音と共に、鴻輔の視野は真白になった。

実際に何色だったのか、知覚は識別する力を失った。

白い視野の中を、黒い人影がはねとんだように見えた……。

3

「この部屋だった。去年も」

鴻輔は耳をすまし、聞こえぬ音を捉えようとする表情になった。

夕風に裏の竹の葉がさやぐ。

「お世話をかけます」

連太郎が頭を下げると、丹野弘道は穏やかな笑顔で、おもてなしはできません、と言った。

「珍しい人形ですね」

丹野は、窓ぎわの文机《ふづくえ》の上に坐らせてある人形に目を向けた。

五郎、と綱木連太郎が呼ぶ人形は、顔がなかった。

正確に言えば、目鼻を持たないのである。

頭を壁にもたせかけ両脚を前に投げ出しているが、立たせれば身の丈は一メートルはある。

荒削りな黒ずんだ堅い木片を組み合わせて楕円の球体とし、それを頑丈な鉄の箍《たが》で締め、鉄鋲を打ちこんでとめたものが、この人形の頭部なのである。衣裳は麻の白衣だが、時代がついて黄ばんでいる。

「かなり古いもののようですね」

「金沢の、旧家の土蔵でみつけたんです。一目惚れしましてね」

「二人ぐらいで操れそうな人形ですね」

丹野は五郎に手をのばしたが、遠慮して触れはしなかった。

「ここの曳山人形は、手使いではなく、からくりです。人形のほかに、手筒花火が汐崎の呼びものだったんですが、去年のあれのために、今年は中止です。当分許可が出ないかもしれませんね」

「大変な事故でしたね」

鴻輔から、連太郎はおよその話はきいている。

去年、汐崎の祭りから帰った鴻輔は、すぐに連太郎を訪れ、爆発の現場にいたことを話したのだった。

事件直後の汐崎は大変な騒ぎで、翌日の祭りは中止になるし、よそ者の鴻輔は墓鬼に会うどころではなく、心を残しながら帰京するほかはなかった。東京の新聞では、事件の報道は小さく、手筒が爆発して一人が死亡し、三人が軽傷を負った、死者は中学教師の弓削俊彦さん、としか記されていなかった。

鴻輔はその後身辺が急に忙しくなり、気にはかかりながら、そのままになっていた。忙しさの原因は、袖崎流の内紛であった。

袖崎流は、元禄期の名女形袖崎歌流を流祖とする。もっとも、元禄から現代まで三百年近く、連綿と続いたわけではない。一時絶えていた名跡を、享和のころに復活した。源は歌舞伎にあるが、次第に梨園から遠ざかり、大奥の狂言師をつとめた。門弟も武家の子女や、町人でも豪商の娘のほかは入門を許さないという、見識張った流派であった。明治になってからも、花柳界とは関わりを持たず、いわゆる良家の子女を門弟にしてきた。

東京に拠点をおいていたのだが、鴻輔の伯父である七代目家元は、京都に居を移した。生家が京都にある夫人の望みによるものであった。中心を失った東京在住の門下一統は、東京袖崎会を結成した。

東京袖崎会は理事制をとり、三人の高弟が理事として運営に当たっている。いずれも女性で、六代目の弟子だった高齢者もいる。理事といっても世襲の傾向を帯びてきている。

京都より東京の方が活発に活動している。

去年の暮、七代目が死亡し、未亡人が八代目を継ごうとした。しかし、東京袖崎会はそれに反対し、東京の高弟の中から八代目を樹《た》てようとしている。鴻輔は伯父から八代目相続を言いわたされているると主張するのだが、口約束なので立証はできなかった。

東京袖崎会の理事たちは、鴻輔の襲名に絶対反対の意を表明している。鴻輔はとっぴょうしもないことをやるから、袖崎流の伝統をぶちこわす危険があるというのである。京都ももちろん、鴻輔の襲名は認めない。東京袖崎会を脱退して新流派を樹てようと、鴻輔は決心がさだまりつつあった。そのことが始終心にあり、汐崎の事件や墓鬼の正体への関心が薄れていたのだった。

「墓鬼さんに、今度は会わなくちゃな。和穂さん……でしたっけ」

「それが……和穂に訊いたら、自分ではない、というのです」

「では、お姉さんの方?」

「どうもそうらしいです。たしかめてはいないんですが」

「墓鬼は、死んだ奈木さんということにしておいた方が、いいな。死者にふさわしい名前じゃないですか。墓鬼」

「大手拓次の墓鬼の詩をご存じですか」

「妹の本で、ちょっと見ました。何だか、気味の悪い詩だったな」

「もじゃもじゃとたれた髪の毛、あをいあばたの鼻」と、横から連太郎は口をはさんだ。「ほそい眼が奥からのぞいてゐる」

「あれ、連さん、知ってるの？」

「つちのうへをぺたぺたと歩いて、
すすいろのやせた手を出しては笛をふく。

ものをすひこむやうなねいろである。

ふるへるやうなまやかしである」

「そうだ、連さんは、変なのをよく知ってるんだよな、おれと違って」

「変なの、ってことはないよ。大手拓次は、朔太郎や白秋のように広く知られてはいない、いわば不遇な詩人だけれど、自分の気質に徹した純粋さは」と言いかけて、連太郎は苦笑して口をつぐんだ。

「大手拓次をお好きですか」丹野が声に熱っぽさをこめた。

「ええ、好きな方《ほう》ですね」

連太郎が言うと、丹野は嬉しそうな様子をみせた。しかし、連太郎は、文学青年じみた話はいささかてれくさく、

「手筒というのは、聞いただけでも危険な感じがするけれど」と、話題を変えた。

「去年のあれ以外は、事件は起きなかったんですか」

「昔は、祭りの度に、怪我人が出たり、ときには死人も出たといいますが、怪我人や死人はつきものといった荒っぽい祭りは、昔は多かったんじゃないですか。諏訪の御柱《おんばしら》だって、巨木の上に人がのって、急な崖を滑り降りるから、はねとばされたり下敷きになったり、今でも怪我人が出るそうですよ。汐崎のは、火薬だから、消防署なんかも神経質になってね、ここ何十年、事故はなかったんです。あれは、火薬の詰め方一つで、危険にも

安全にもなるんです」

「どんな構造になっているんですか」

「竹筒の、上端の節を一つ残して、あとの節は抜いてしまいます。節に噴出口を開けて、〝鏡〟といって、赤土とか木なんかで、節を保護する。和紙で噴出口を口張りして、紙屑なんかを詰めておく、それから、火薬を詰めるんです。少ないうちに力を加えすぎると節をいためるから適当にね。ゆるすぎてもいけないんです。少しずつ、少しずつ、入れては叩き詰め、また入れて叩き詰める。黒色火薬を、筒の太さによって、二斤とか三斤。一斤ずつ一袋になっているんです」

「一斤というと、グラムにして」

「六〇〇グラムほどですね。詰め方が悪いと、火をつけたとき、爆発する」

「弓削さんは、その詰め方が悪かった……?」

「そうなんでしょうね」

丹野の口調が、何か歯切れ悪いように連太郎は感じた。

「火薬を詰め終わったら、新聞紙の丸めたのをぎっしり厚く詰めて蓋がわりにします。手筒をやるときは、こっちが下になるわけです。そうして、外側にクラフト紙を巻いて、その上から莫蓙や南京袋なんかを巻き、一番上に化粧縄を巻いて、できあがりです。そのとき、把手になる縄をつけておく。把手を右手で持って左手で支えて、足をふんばって」

と、丹野は坐ったまま、格好をまねてみせた。

ふと、連太郎は耳をそばだてた。篠笛の音が耳をかすめたように思ったのである。

窓の外に目を放つ。鴻輔も、「墓鬼さんかな」と、目を向けた。

「丹野ォ、いるかァ」

酔った声といっしょに、若い男が、危なっかしい足どりで入ってきた。一升びんを抱えこんでいる。

「あ、お客さん?」

「松本さんは、去年会っていますよね」と、丹野に言われ、

「山口さん、糀屋旅館の」鴻輔は即答した。

「また、来てくれたんですか。どうも。去年はね、さんざんだったたから」

「松本さんの友人の」と、丹野は連太郎をひきあわせた。

「どうも」山口静夫は、息を切らしながらあぐらをかき、ついでにちょっと頭を下げ、

「何飲んでるの。ビール？　そんなの止めなさい。祭りには酒。コップちょっと空けて。注ぐから」

「新しいコップをとってくるよ」

丹野は苦笑しながら立つ。

「いいですよ、これで」連太郎は言ったが、丹野は出ていった。

「去年は大変な事故だったそうですね」

連太郎が言うと、

「事故ねえ」

山口静夫は口元をゆがめた。

「事故じゃなかったんですか」

「まあ、事故ということにしておけば、面倒がないからね」

丹野が戻ってきて、コップを配り、山口静夫が持参した日本酒を注ぐ。

「事故ではなかったとすると」

連太郎は、丹野と山口を等分に見た。

「まさか、自爆？」

「迷惑だよ。あんなやり方で自殺されては」

山口静夫はとんでもないというふうに手を振った。

「まあ、ちょっと、疑われたのもいたんですが……」

丹野は言いしぶった。

「殺人の疑いですか」

「殺人？」と、鴻輔ものり出した。

「疑いは晴れたから、秘密にしておくこともない

んですが」

「圭坊《ぼ》ンと克平か。違う、違う。あんな餓鬼、関係ないよ」

「わたしたちの組に、高校生が二人いたでしょう」と、丹野が鴻輔に、「小島克平、秋山圭介というのが。二人とも、実業高校の生徒ですが、汐崎中学出身なんです」

「十代の人は少ないというのに、二人とも勇ましいなと思ったから、おぼえています。あの二人が容疑を受けたというのは、動機があったんですか」

「教師というのは、生徒と信頼関係を結べるのは、ごく少数なんじゃないですか」丹野は言った。

「大半は憎まれたり軽蔑されたり」

「でも、殺意を持つというのは」

「弓削は、音楽の教師だったろ」山口静夫が話をひきとった。「音楽は、高校の試験科目じゃないから、皆、内職するわけですよ、音楽の時間は。それで弓削もさ、その辺は適当にやってりゃいいのに、あの二人、目にあまるからって、落第点《べケ》をつけた。もともと、そう成績のいい方じゃなかったけれど、希望の高校を落ちたのは、弓削のおかげで内申が悪かったからだと、恨んでいたということだ」

「そのくらいのことで殺しますか」

「憎悪とか殺意とかいうものは」丹野が言った。「冷静な他人の目から見たら、不条理なものが多いですよ。しかし、当人には、絶対なんだ。弓削さんは、作曲家として世に出たい希望を持っていたようです。でも、なかなか食べていかれないでしょう。それで中学教師の職についたんだが、生徒も、そして他の学科の教師たちも、音楽をないがしろにすると、憤《いきどお》っていた。自分が挫折した状態にあることと相俟《あいま》って、かなり生徒に当たることがあったらしいんですね。あの二人の方はまた、一次志望の高校を落ちたことで、他の友だちや、ことに女の子から、馬鹿にされるようになった、と……。被害妄想ぎみだったそうでね」

「餓鬼が教師を殺《や》ったとしても、おれは驚かないよ」と、山口静夫が、「ただ、どう考えても、無理なんだ。不可能だよ、手筒に細工するのは。それで、やはり弓削の、自分の詰めようが杜撰《ずさん》だったための事故、という結論になったんだ」

「細工はできないですか」

「むずかしいでしょうね。大勢でいっしょにやるのだし、花火師が見まわっているし、細工といっても、要は詰め方ですからね。他人の筒では……」

「それでも、お二人とも事故ではないと思っているような口ぶりだけど」

「事故じゃないよ」山口が断言した。

「事故ではないのなら、自殺……」

「殺人」と、山口は言い、丹野に、「今年は、来ないんだろ、あいつ」と問いかけた。

「だれ？」

「決まってるじゃないか。ハワイの」

「来るよ」

「もう、来てるのか。ここに泊まるのか？」

「糀屋は満室だろ。泊められるところは、うちしか、ない。まだ着かないけれど、来るという連絡はあった」

「ハワイから……去年もいた、六代目とか呼ばれている、あの」鴻輔は名前を思い出せなかった。

「岩田」

「ハワイに住んでいるんですか」

「不動産の方の仕事をしているらしいんですよ」

丹野が言い、

「日本を食いつめて、あっちで、日本人を鴨に何かやばいことをしているらしいんだ」山口は毒づいた。

「汐崎の出身なんですが、いろいろあって」

「あいつ、今年も来るのか。それなら、おれ、ここではっきり言うよ。東京のこの二人のお客さんに証人になってもらう。明日の祭りでおれが殺されたら、犯人は岩田だからね」

「何だかぶっそうな話だなあ。だいぶ飲んでますね」鴻輔は冗談にまぎらせようと笑ったが、

「どういうことなんですか」連太郎はまじめに訊ねた。

「去年のあれね、弓削は、まちがって殺された。狙いはおれだった……と、おれは思うわけ」

「でも……。わからないな。どうして？　弓削さんの手筒は、火薬の詰め方が悪かったから爆発したんでしょ。岩田さんが弓削さんと山口さんを取り違えることは、ないだろうし。顔見知りなわけでしょ、皆さん」

「よく知っていますよ。あいつはね、おれを憎んでいる。お門違いで迷惑な話なんだが」

「他人の手筒に細工はできなくても、自分の詰め方を悪くする事はできると、山口はそう言うんですけどね」

丹野が言った。

「そうして、すりかえるんですか。でも、それなら、岩田さんにかぎったことじゃありませんね。誰でも……」連太郎が言うと、

「あのね、手筒には、胴の部分にマジックで名前を書くの。他人のとまぎれないように」山口は言った。

「あいつはね、自分の筒にも山口と書いたんだ。おれの字に似せてね。そうして、隙をみてすりかえる」

「そうすると、山口が二本できてしまいますね。岩田さんが、山口と書いてある手筒を持っているのを他人《ひと》が見たら……」

「山口は、ちょこちょこと書き足せば、岩田になるだろ。だから、これは、他の者にはできないすりかえなんだ。ほかの名前では、こういうことはできない。すりかえるまでは、気をつけて、名前の部分を他人に見られないようにしてね」

「でも、爆死したのは、弓削さんですよ」

「おれはね、手筒が始まる直前に、小便に行きたくなって、弓削にちょっとあずけたの。戻ってきたら、もう前の組が終わってこっちの出番になっている。それで、いそいで受けとった。暗くて、名前の字なんて読めないし、確かめようって気もおきなかったよ。何年もやっていて、皆、火薬を詰めるのは馴れているし、昔はともかく、今は、事故なんて起きたことがないんだから、他人の詰めたやつでもべつにどうってことはないんだ。まさか、爆発するようにわざとゆるく詰めるやつがいるなんて、思いもしないもの。名前を書くのも、まあ、伝統というか習慣というか、そんなものでね」

「岩田さんが、自分の手筒の火薬をゆるく詰め、火をつけたら爆発するようにした。それを、山口さんのとすりかえた。山口さんはそれを弓削さんにあずけたので、花火開始の直前に、また、すりかわってしまった」

「そう」

「警察には話したんですか」

山口は首を振った。

「まるで証拠がないもの。こっちの当て推量だけだ。もしかしたら、単純な事故なのかもしれない。下手にそんなことを言い出したら、名誉毀損で訴えられてしまう。それに、岩田はあの後すぐハワイに帰っちゃったからね、一度失敗したから、もうやらないだろう、帰っても来ないだろう、それなら下手に騒がないでおこうとも思った。警察沙汰はわずらわしいし、おれも、確信のある話じゃないから。丹野にだけは、おれの疑惑を打ち明けた。丹野は、まさか、と言うんだが」

「山口さんの推察のとおりだとしたら、山口さんは弓削さんの手筒を持っていたわけでしょう。残った手筒の名前をしらべたら」

連太郎がそう言いかけると、

「それはだめだよ、連さん」

鴻輔が笑った。

「爆発したとたんに、皆、手筒を放り出して逃げましたよ。引火して、七本、全部きれいに爆発しました」丹野が言った。「川を背にした川原の空地を広く仕切ってあったから、その他のにまでは引火しないですんだし、万一の事故に備えて消防の備えは十分だったので、すぐに消し止めましたけれど」

そうして、丹野は山口静夫に、

「六代目が今年も来るというのは、疚《やま》しいところがないからじゃないかと、おれは思うんだけどな」なだめるように話しかけた。

「おれの前で、六代目などと言うな」山口静夫はどなりつけた。

そのとき、丹野の母親が顔をのぞかせた。

「弘道、六代目がおいでだよ」と告げた。

「着いたの？」まずいなというふうに、丹野は眉をひそめ、

「あっちの部屋に通しておいてよ。ここはちょっと」

「やあ」

と、岩田修司が、母親のうしろから長身をのぞかせた。

「来たのか」

山口静夫は気色《けしき》ばんだ。

「おい、修司、おれ、警察に話してあるぜ。今年何かあったら、すぐ警察が動くことになっている」

「何の話だ？」

「わからなけりゃあいいんだ。とにかく、そういうことだ。山口に、ちょいちょい、で岩田だからな」

釘をさしたつもりなのだろう。捨てぜりふのように言って、山口はコップに残っている酒を一気にあおり、出ていった。

「どうしたんだ。あいつ」

「酔っているんだよ」丹野は言い、連太郎と鴻輔をひきあわせた。

「松本さんは去年も見えたんだ」

「去年は、凄まじいことになっちゃって。怕かったですよ。もう二度と手筒はいやだね」

「当分許可も下りないだろ」

岩田は文机の上の五郎に目を向けた。

「珍しい人形ですね」

「岩田さんのお宅は、何か老舗なんですか。六代目と皆さんは呼んでいるようですが」

「糀屋のね」

ちょっとためらってから、丹野が言った。

「でも、糀屋さんは……」

「ぼくの親父の代で、潰れたんですよ」

岩田は言った。感情をみせない平淡な声であった。

「親父が五代目。ぼくは六代目を継ぐはずで、子供のころから、周囲から六代目、六代目と呼ばれていたんです」

「山口さんが買いとったわけですか」

「いまさっき出ていった静夫の親父がね。買いとったというよりは、乗っとったというか。こっちが切羽つまっているとき、ある時払いの催促なしのような形で金を融通してくれたのはいいが、証書には返済期限がしっかり記載されていて、担保が『糀屋』の建物、敷地、のれん、いっさい。うちの親父がお人好しで間抜けすぎた、と。よくある話ですね」

他人事のように突き放した口調が、口惜しさをかくした強がりか、本心か、連太郎にはわからない。

「それで、六代目が山口に復讐というのも、ずいぶん古典的に陳腐な話だよな」

丹野は笑って言った。

「おれが、山口の親父に復讐するの？」

「いや、静坊《しずぼ》ンにさ」

「あいつをぶんなぐったって、始まらないだろ、今さら」

「去年の手筒の爆発さ。静夫は、六代目が仕組んだと思いこんでいる」

「何のために、おれが弓削さんを」

「静夫を殺《や》るつもりが、手違いで」

と、丹野は山口静夫が述べた説を話した。

「さっきの、帰りぎわの捨てぜりふは、そのことだよ」

「なるほど、そういう手段《て》があったのか。惜しいことをしたな」

冗談とわかる口調で、岩田は言った。

「当分、手筒は許可されないだろうし、おれも、この先は年齢制限にひっかかっちゃうしな。せっかく、うまいやり方を、あいつ自身が教えてくれたというのに。あいつ、達者なのはすけこましだけだと思っていたら」

「冗談でも、そんなことは言わない方がいい。静夫に何かあったら、今度は警察の目が六代目に向くかもしれない。静夫が、こんなことをあちらこちらで言いふらしていたら」

「おれは祭りが終わったらハワイに帰ってしまうから、あいつに何が起きようと、たとえ殺されたって、アリバイというやつがあるよ。日本にいるやつをハワイで殺せたら、超能力者だ」

「祭りの最中に、何かあったら」

「ずいぶん取越し苦労をするようになったな。はっきり言っておくけれど、おれは、確かに、山口の奴らは嫌いだよ。憎んでいる。しかし、復讐するのなら、経済的に、あいつらを叩き潰す手を考えるさ。破産させ、糀屋を手放させ、それをおれが買いとる。いい気分だろうな」

「六代目、知っているだろう、山口は、糀屋を取りこわすよ。かねばかり食って、赤字だからな」

「そんな無茶な。あの建物は」

「県の方で重要文化財か何かに指定しようという動きがある。ところが、そんなのに指定されたら、造作に手はつけられない、かねをかけて大事に保存しなくてはならない、そのための補助金はろくに出ない、と、銭勘定のことだけ考えたら、あわない話だ。指定される前に、ぶっこわして、東京の資本と提携して跡地にスーパーか何か進出させるつもりらしい」

岩田修司は少しの間黙りこんでいたが、

「滅びるものは滅びよ、だ」と自嘲的な声で言った。

「もったいないな」

鴻輔が口をはさんだ。

「〝時〟は金で買えないのに。こわしてしまったら、それまでの数百年という歳月は、二度と買い戻せないのに」

「正論ですね」岩田の声音に、皮肉なものを連太郎は感じた。「よそから来た人は、気楽に、そういう正論を口にするんですよ」

「それじゃや、取り壊されても当然だと思っているんですか」

無邪気に、鴻輔は訊いた。

「あの建物が消えるのは、誰より、ぼくが……」

岩田は、激してくる感情を押さえるように言った。

古いということではこの上なく古い五郎に、連太郎は目を向けた。顔のない五郎の目は、岩田に注がれている、と連太郎は感じた。

そのとき、連太郎は、かすかな笛の音を聴いた。鴻輔も気づいたとみえ、窓から顔を突き出し、

「墓鬼さん！」と呼んだ。

笛の音は消えた。

4

その夜は寺に泊まった。

翌日は、町は祭り気分に浮き立った。

手筒は中止されたが、その他の行事は例年どお

り行なわれた。

汐崎町は五つの組にわかれ、それぞれ一基の山車を保有している。昼間は五基の山車がお囃子《はやし》と共に街を練り、夕方から打ち上げ花火が奉納される。いつもなら、打ち上げ花火の前に手筒が行なわれるのだ。花火が終了してから、灯のともった提灯で飾り立てた山車が、再び曳き出され、神社の境内まで運ばれ、並べられる。そのころは、深夜に近くなっている。山車を運び並べた若手の連中は、そのまま社務所で酒盛りとなり、一眠りする。翌日、十時ごろから、からくり人形が奉納されるのである。


昼の山車のお練りを、鴻輔と連太郎と五郎は、人垣の間に立って見物した。

「みごとだなあ」

連太郎は、あまり感情を口に出さない方だが、さすがに嘆声をあげた。

電線につかえるので上山《うわやま》は引き下げてあるが、それでも見上げるばかりの高さである。

寺院の山門の屋根を思わせる破風や虹梁《こうりょう》、桁隠《けたかく》し、前山の檀箱、すべて精緻な彫刻がほどこされ、胴山に垂らした幕は、緋色の地に金糸銀糸で龍虎や獅子、鳳凰《ほうおう》などを絢爛と縫いとり、重厚さと豪奢を兼ねそなえている。

長くのびた綱にびっしりと町の人々がとりつき、狭い道を揉みあいながら曳いてゆく。

山車の中から囃子が流れる。

「祭りは見るものじゃなくて、やるものだな」

鴻輔が言った。

「やってる連中が、一番たのしそうだ。おれも、綱、曳きたくなった」

「よそ者はだめだよ。土地の人たちの祭りだ」

「観光化されていないのがいいな。皆、ほんとにこの祭りが好きでならないってふうだ」

「東京では消えてしまったね。こんなに土地の者が熱狂して盛り上げる祭りは」

「文政九年に造られたのだよ、うちの組の山車は」

世話役らしい老人が、人なつっこく話しかけた。

「汐崎は、昔は財力があったからね。こんな立派なものが造れた。今新しく造ったら、一基につき四億はかかる。幕は、一昨年新調したんだが、幕だけで五千万かかったよ」

「今はこんな手のこんだ細工をする職人はいないでしょうね」

老人のにこにこ顔につられ、連太郎も笑顔で応じた。

「珍しい人形」

傍で若い女の声がした。

藍染めの浴衣を着た、二十代半ばにみえる女が、五郎に目を向けている。湯上りのような爽やかなにおいがした。

連太郎が返事をする前に、鴻輔が、

「あの……墓鬼さん？」

ちょっとためらってから、言った。

「間違っていたら、ごめんなさい。水沢奈木さんのお姉さんの、秀美さんじゃありませんか」

「秀美ですけれど、どうしておわかりになったの」

「直感です。あたったでしょ。勘はいいんだ」

「東京のお客さんね」

「ゆうべ笛を吹いていたの、あなた？」

「いいえ」

秀美は首を振ったが、けげんそうな顔つきではなかった。

墓鬼は、死んだ奈木さん。

連太郎は、声には出さず、五郎に言った。

五郎は答えなかった。

綿あめの入ったビニールの袋を手にした中学生ぐらいの少女が、人をわけて近づいてきた。

「和穂さんでしょ」

鴻輔は言いあてた。

漆黒の空に華麗な火の華がひらく。連太郎と鴻輔は、川原に仮設された桟敷に肘枕で寝そべって、ビールをのみながら見物している。

「手筒というのを見られなくて残念だな」

連太郎が言うと、

――秀美さんと和穂さんにはぐれちゃった方が、もっと残念だろ。

五郎が言った。

人形が語る言葉は、連太郎の内奥の声なのだから、自問自答しているにすぎないのだけれど、思いもよらぬ言葉が、人形の言葉としてふいに浮かんできて、驚くことがある。つまり、インスピレーションと呼ばれる心の働きなのだろうが、五郎を媒体としてそれが閃《ひらめ》くのに、連太郎は気づき、この奇妙な古怪な人形を手もとから放せなくなっている。五郎に霊力があるなどと本気で考えているわけでもないが、ただの無機物と笑い捨てるには、情が移りすぎていた。

秀美姉妹と話をかわしたかったのだが、人の群れにさえぎられてじきに別れ別れになってしまい、鴻輔も残念がった。

「いよいよ最後の一発が打ち上げられるというとき、山口静夫が、

「こんなところにいたのか」

と寄ってきた。あいかわらず酔って足もとがさだまらない。

「これから、山車のお練りだから、来なさいよ」

鴻輔の手をつかんで引き起こし、連太郎の傍に横たえられた五郎に、

「あんたも来な」

と、抱きとろうとした。五郎は、その手を払いのけた。五郎をあやつって払いのけさせたのは、連太郎だが、彼の意志を越えた、彼自身の手の動きであった。

「あ、失礼」

連太郎は、もののはずみのようにごまかした。

山車の傍には丹野や岩田などもいた。

「おれ、こいつから目が離せないんだ」

山口は、露骨に岩田を指さした。

「何を仕掛けられるかわからないからな」

「しつっこいな」

岩田が吐き出すように言ったところをみると、山口は、何度も同じことを言ってからんでいるのだろう。

「公平中立の、東京の人が証人だからな」

と山口静夫は、なおもからんだ。

「おれに何か起こったら、誰が犯人か、すぐにわかることになっているんだからな」

「酔っ払いが転んで怪我したって、責任は持てない」

岩田は言った。

「そうか。その手でくるのか。だがおれが山車の上から落ちたら、酔っ払ったせいじゃなくて、こいつの細工だからな。東京の人、おぼえておいてよ」

岩田がなぐりかかりそうな気配を示すのを、丹野たち周囲の者が制《と》めた。

提灯で飾られた山車は、町並みを練り、神社に向かう。

五基の山車が境内に整列するさまは壮観であった。巨大な車体を、ほとんど隙間なく並列させるのは、かなり難事である。しかし、梶棒にとりついた男たちは、試行錯誤なしにぴたりと定位置におさめ、成功のよろこびと開放感に溢《あふ》れたどよめきをあげた。それから、仮眠をとりに社務所に入りこむ。

連太郎と鴻輔も、山口に強引に誘いこまれ、仲間に加わった。

社務所の広間に一升びんやビールびんがころがり、誰もがくたくたに疲れながら、なおも酒盛りが続く、早々と寝倒れた者もいる。

ふいに、岩田の怒声がひびいた。

「そんなにおれに殺されたけりゃ、ぶっ殺してやる」

岩田はビールびんを逆握りにして立ち上がった。それまで、山口がしつっこくあてこすったり嫌味を言ったり、しつづけていたのである。

目の据わった岩田の形相に、山口は、畳に腰を落としたまま、這って逃げようとする。

「この野郎」

岩田がつめ寄るたびに山口はにじって逃げ、板戸の前まで追いつめられた。

「いいぞ、やれ、やれ」

とわけもわからず無責任にけしかける声がとぶ。制《と》めようとする者を、「いいから、やらせとけ」と、逆に制める者もいる。

岩田は板戸をひき開け、山口を中に蹴りこんだ。

板戸の奥は、窓もない小部屋で、納戸に使われているらしい。

山口を押し込むと、岩田は板戸を閉め、ありあわせの棒を、しんばり棒にした。

「おい、開けろ」中から山口がわめく。

「朝になったら出してやるから、そこでおとなしく寝ていろ」岩田はどなりかえした。

「そこの方が、おまえも安心だろう。おれに殺されるの心配はないからな。朝になっておまえが死んでいたら、まるで密室殺人だ」

そう言って、岩田は板戸の前にぴたり軀を寄せて寝そべった。

山口は少しわめいたが、じきに静かになった。酔いつぶれて眠ったのだろう。岩田も大あくびして、目を閉じた。

ざわめきに、連太郎は目ざめた。雑魚寝していた男たちが起き出して、身支度をしている。鴻輔も起き直った。連太郎が板戸の方に目を向けると、岩田はまだ眠っていた。

「六代目、若をそろそろ出してやれよ」

男たちの一人が岩田の肩を小突いた。

連太郎と鴻輔は、何となく顔を見合わせた。朝になっておまえが死んでいたら、まるで密室殺人だ。冗談だろうがそう言った岩田修司の言葉が思い出されたのである。

岩田は起き直ってのびをした。男の一人がしんばり棒をはずし、岩田の軀越しに板戸を開けた。朝の光が小屋に流れこんだ。

背を向けて横たわっている山口静夫の軀が光にさらされた。

連太郎は少し緊張し、緊張した自分を嗤《わら》った。何も起きるわけはないじゃないか。

しかし、岩田は密室だなどと言ったけれど、内鍵がかかっているわけではない。外からしんばり棒をかったただけである。その気になれば岩田は、皆が寝しずまっている間にしんばり棒をはずし、引戸を開けて中に入り、山口を扼殺《やくさつ》し、また、しんばり棒を元どおりにしておくことはできるのだ。

そのくらいのことは、誰だって思いつくよな。

彼は、五郎に言った。

岩田さんも、そんなことで密室殺人が成立すると思うほど愚かじゃないよな。

あたりまえだ、というように五郎は顎をつき出しただけだった。

「おい、若」

男が声をかけ、ゆさぶると、山口静夫は、うるさそうな声を出し、起き上がって、頭を押さえた。二日酔いなのだろう。

連太郎はほっと軀の力を抜き、顔を洗いに外に出た。

並んだ五基の山車は朝日を浴びていた。

「少し本気で、密室殺人を心配しちゃった」

御手洗で口をゆすぎながら、鴻輔が連太郎にささやいた。

「険悪だったものな、あの二人」

はるかに高い上山の前面に、造りものの桜の小枝が飾られ、小さいブランコが五つ、吊り下げられている。

右端のブランコの横棒《バー》に、唐子人形が両手を上げた形でぶらさがった。

唐子の軀が揺れる。次第に大きく揺れ、軀が水平になる。足が、次のブランコのバーに届いた。両手が離れ、唐子は逆吊りになった。

見物の間から拍手が起きる。

再び、唐子はスイングし、のばした両手が、次のバーに届く。足が離れ、唐子は、ぶら下がる。そうして、また、一心にスイングし始める。

「不思議だな、磁石かな」

鴻輔がつぶやいた。

五基の山車は、それぞれ異なるからくりを奉納する。浦島が乙姫から玉手箱をもらい、開けたとたんに、顔が老人に変化するもの、唐子がろくろ車を押して廻るもの、くぐつ師の人形が小さい人形をあやつってみせるものなど、さまざまだが、どれも、山車の中にいる男たちが糸であやつっている。仕掛けの糸は見物に見えないが、構造の見当はつく。しかし、最後に奉納された唐子のブランコ渡りは、鴻輔も連太郎も仕掛けがわからなかった。

「ブランコは静止したままだよな。動いているのは人形だけだ」

「でも、人形は、手も足も、バーから離れるんだから、糸は使えない」

「やはり、磁石かな」

連太郎がひとり言《ご》ちると、

——違うよ。

五郎が言った。

おまえ、わかるのか。

——わかるさ。

くそっ。五郎がわかるということは、彼自身の意識下の意識は、このからくりを見抜いているということにほかならない。くそっ、と、連太郎はもう一度声には出さず罵った。

鴻輔は、からくり人形の妙技に見惚れながら、合間合間に目をあたりに走らせている。秀美たちを探しているのだなと察し、彼も会いたくて見廻すのだが、まだみつけられないでいた。境内はおびただしい人波で埋められていた。

「あれは、磁石ですか」

裸の肩に祭半纏をひっかけた男に、連太郎はたずねてみた。

「いや、磁石なんか使わないよ。簡単なものだよ。簡単」

男は、少し得意そうに笑った。

――自分で考えろよ。

五郎も、少し得意そうに言った。

ついたり離れたりするのだから、磁石利用であれば、電流を流したり切ったりする電磁石ということになる。人形は江戸の後期、天保のころ作られたのだそうだ。そのころは、電磁石はまだ知られていなかっただろう。平賀源内はどうだったかな。源内の発明品の中に電磁石利用の細工はなかっただろうか……。

三体の唐子人形の最後の一体がブランコを渡り終わって山の中にひっこみ、奉納からくりはすべて終了した。

山車がそれぞれの格納所に曳き戻されることになる。最初の組から順に、梶棒の網をかけ声勇ましく締め直し、音頭と共に動き出す。梶棒に男たちがとりつき、ゆさぶり立てるようにして方向を転換する。

連太郎は、人をわけ、山車に近寄って見物した。

上山には、からくり人形たちがそれぞれ飾られてある。ブランコ唐子は、一体だけ、ブランコに両手をあげてぶら下がっている。さっきの機敏な動きは消え、ただ、ふらふらと揺れているばかりだ。

ブランコ唐子の山車は、最後に、動き出した。

少し進んで、すぐに停まった。重量のある車体だから、動かすのは骨なのだが、いったんはずみがついて進みだせば、あとは滑らかに動くはずなのである。

「それ、元気が足らんぞ」

山車は揺れ、唐子人形が落ちてきた。

片手に五郎を抱いたまま、連太郎はあいた手をのばして、唐子を抱きとめた。

唐子は少し口をあけ、愛らしく笑っている。

上にのばした両手の先端と、両脚の先は、それぞれ針金でつないである。バーに鉤が突き出ており、そこに針金がひっかかって止まっているのだとわかるが、軀をゆらし、次から次へ渡ってゆく仕掛けは、見当たらなかった。

「何かつかえているんじゃないのか」

巨大な車輪が、ごりり、と動いた。

見物は一瞬静まり、次いで絶叫があがった。

ローラーのような車輪に踏みにじられながら、地に倒れた脚があらわれてきたのである。

四つの巨大な車輪は、四角い台輪で半ば以上かくされている。車体の下にもぐりこめるほどの隙間はなかった。夜のうちに、酔って車の下にもぐりこみ寝入ってしまった、というふうなのだけれど、それは不可能なのだった。

轢《ひ》き潰されながらあらわれた脚は鉛色で、冷えきっていた。骸《むくろ》であることが明らかなので、警察官が到着するまで、そのままにされた。

やがて駆けつけた係官によって、山車の車体が調べられ、胴山の床の一部が、釘を抜かれ、はずせるようになっていることが判明した。

死者は、丹野弘道であった。

5

連太郎と鴻輔は、荷をまとめた。早く出て行ってくれと明らさまに言われたわけではないけれど、悲嘆に沈んでいる丹野の両親にとって、よそ者が目障りでならないふうなのが感じとれる。ことに、母親は、連太郎が伴った奇妙な人形が災いをもたらしたとでも言いたげであった。

丹野弘道の死因は、絞殺であった。死亡時刻は、深夜。疲労と酔いで皆が眠りこけているとき、殺戮は行われた。骸は山車の車体の下にかくされた。

境内には、朝の八時ごろから見物がぽつぽつ集まり始めていた。兇行と隠匿は、それによってもある程度限定できる。

地元の人々は、正体のわからぬ犯人に激怒していた。一つには、丹野が他人の恨みを買うような人柄ではないということ、そうしてもう一つは、大切な祭りを汚されたという理由であった。

山車を血で汚すような殺し方をするやつは、土地の者じゃない。よそ者に決まっている。

そう話し合う声が、連太郎や鴻輔の耳にも聞こえた。

母親の気持ちを汲み、連太郎は五郎を布で包みバッグにしまったが、その前に五郎は、彼に一つの示唆を与えていた。

でもなァ、と連太郎は五郎を布で包みながら、ためらった。

他人の持ち物だぜ。

——たしかめたいだろう。

そりゃやな。

——あのおふくろさんに許可を求めたって、ことわられる。

連太郎は、部屋の隅の本棚の扉に手をかけた。扉は、ガラスの裏側に布を貼ってあり、開けなくては中が見えない。

「他人《ひと》のだぜ」鴻輔が見咎めた。

「本ぐらい、見てもかまわないだろう」

「まあ、な」

「少し、調べてみよう」

本から目を上げて、連太郎は鴻輔に言った。

瑞林寺を出て、連太郎は、通りすがりの主婦らしい女に、水沢家への道をたずねた。すぐ近くの雑貨屋を、女は示した。

「ありがとう」と言って、連太郎は、雑貨屋の前を素通りした。

「寄るんじゃないのか」

「先に、花火師のところに行く」

雑貨屋を訪れたのは、日が落ちてからであった。水沢秀美は、まるで病み上がりのような顔つきに一変していた。

「昨日、丹野さんに紹介された東京の……」

と言いかけると、秀美は、うなずいた。

「和穂さんは？」

「留守です」

「それはよかった。和穂さんは、何も知らないのでしょう？」

「何をですか？」

固い声で、秀美は言った。

「丹野さんがなぜ死んだか、です」

秀美は、無言で連太郎をみつめた。

「丹野さんは、『洗濯船』を何冊も持っていました。新しいものも含めてです。それから、松本が」と鴻輔を指し、「水沢奈木さんに宛てた手紙も、その本の間にはさまっていました。しかし、松本は、住所を、出版元できいたとおり、ここに宛てたのです。ここに、いったん手紙は届き、それから、丹野さんの手もとに渡っている」

連太郎は言葉を切り、

「墓鬼はあなたですか」

「いいえ」

秀美は言った。

「和穂さんでもない」

「和穂は、関係ありません」

「丹野さんだったのですね、墓鬼の名で、鴻輔を招待したのは」

「どうして、そんなことを今さら、お確かめになりたいの」

「丹野さんが亡くなった。誰のしわざか、心当たりがおありですか」

「あなたは、まるで、警察の人みたいね」

「警察は好きじゃありませんよ」

「わたしも」

秀美は、ちょっと笑った。薄い形のよい唇の端をつり上げるような笑いであった。

「綱木さん……でしたわね。松本さんとごいっしょに、来年、もう一度、汐崎の祭りにお出でになりませんか？　ことに、松本さん、是非、来ていただきたいわ。たぶん、墓鬼から招待状がいきますわ」

「それはいけない」連太郎はさえぎった。

「なぜですの」

「来年、また、惨事が起きるのは、この町の大切な祭りのためにも、よくないでしょう。秀美さん、あなたも、汐崎の祭り、大切でしょう」

「ええ、でも、もっと大切なものだって、あるわ」

こらえかねたように、ほとんど叫ぶように秀美は言った。

連太郎から何もきかされていない鴻輔は、あっけにとられて二人を見くらべた。

「あのブランコ渡りの唐子は、うまくできていますね」

連太郎は、続けた。

「前の四つの山車のからくり人形は、どれも糸を引いてあやつる仕掛けだから、唐子だって、当然、人形に仕掛けがあると思いますよね。ところが、あれはさ」

土地の人間で仕掛けは知りつくしている秀美に説明することはない。連太郎は、後の方は鴻輔に話しかけた。

「人形は何の種も仕掛けもない。仕掛けは、バーにあったんだ。それも、ほんとに簡単なことだ。あの横木が、糸の仕掛けで、廻るんだ。それによって、鉤の位置が、左の真横、真下、右の真横、と位置が変る。人形の針金にひっかかったり、はずれたりする。横木の鉤が、人形をブランコからブランコへ、順送りに動かしている。ブランコは静止したまま丸い棒だけが半転するんだから、遠目に見たのでは、まるでわからないんだ」

「そうか。人形が動くとみせて、バーが動いていたのか。まるで、ミステリでよくいうレッドヘリングだな」

「丹野さんの死もね、みせかけのごまかしがあったとしたら、と思った」

連太郎は、秀美の方に向き直った。

「丹野さんの遺骸が、なぜ、山車の下にかくされていたのか。そこから、考えを進めたんです。殺害の時刻が、はっきり限定されますよね。なぜ、限定するのか。当然考えられるのは、アリバイ作りですね」

連太郎は、バッグから五郎を取り出し、膝の上に置いていた。連太郎自身は、押し強く、他人の秘事に首をつっこんだりするのは嫌いな性質《たち》だ。しかし、丹野のことは秀美の前ではっきりさせねばならなかったし、苦手な強引さを発揮するには、五郎が必要だった。五郎によって、彼自身の、ふだんは表にあらわれない性格が活躍し始める。彼は、いつからか、そのことに気づいていた。

「昨夜、絶対に兇行ができなかったのは、山口静夫。納戸に閉じこめられ、外からしんばり棒をかけられ、おまけに、仇敵の岩田修司が、引き戸の前で番犬みたいに寝ている」

「山口静夫が、丹野さんを殺した、って言いたいのか」鴻輔が口をはさんだ。

「あの納戸、抜け穴があったのか？」

「抜け穴があったら、アリバイは成立しない」

「それじゃ、誰か共犯者が、しんばり棒をはずして、外に出してやったんだ。それしか、ない。そして、兇行の後、納戸に入ってから、しんばり棒をかってやる」

まさか、秀美さんが共犯者だなんて言うんじゃないだろ、と、鴻輔は表情で連太郎に問いかけてきた。

「共犯者は、岩田だ」

「山口を殺そうとした男だろ、岩田は」

「と、山口がわめきたてただけだ。二人は、かげで」

連太郎は、両の手を握り合わせてみせた。

「そうじゃありませんか」

「なぜ、わたくしにお訊ねになるの」

「奈木さんの死は、山口静夫が原因ですね」

秀美は、わずかに目をそらせた。表情を読まれたくないという意識が働いたように。

「そうして、丹野さんと奈木さんは、愛し合っていた」

「いいえ」

「違いますか」

「あなた、どうしても、来年の祭りにもう一度来てくださることは、拒絶なさるの」

「というのは、つまり、ぼくの言おうとしていることをあなたは察し、ほとんど、それを、間違っていないと肯定なさるわけですね」

「奈木は、山口静夫のために、投身しました」

秀美は言った。

「あんな男に何されようと、平気でいればよかったのよね。そういう場合、よく、周囲の大人が言いきかせるじゃありませんか。狂犬に嚙みつかれたと思って、忘れろ、とか。でも、奈木みたいに、少し度が過ぎるほど潔癖でもろい子には、無理だったのよ」

「丹野さんは、それを……」

「弘道さんは、奈木を、ええ、愛していたわ」

「一方的に？」

「そう。かぎられた人しか、その愛には気づかなかったけれど。奈木は、『洗濯船』の常連投稿者だった。奈木が死んだ後、奈木の名前で、弘道さんは、『洗濯船』への投稿を続けたわ。奈木が使っていたワープロ、わたし弘道さんに形見にあげたの。死んだ奈木がぼくの軀を使って書いていているようだ、って……、弘道さん、わたしに言ったわ。『洗濯船』の編集者は奈木が死んだことを知らないから、本は奈木宛に送ってくる。わたしが中継して、弘道さんに渡していたわ」

「松本の手紙も」

「ええ」

「山口静夫に復讐を企てることを、丹野さんは、いつ、あなたに打ち明けたんです？」

「打ち明けてくれたら、どんなに嬉しかったか……」

「あなたは、何も知らなかった？」

「知っていたら……」

「止めた？」

「手を貸したでしょうね」

「丹野さんは、松本を、奈木さんの愛読者であった椰子さんに見立て、その眼の前で、山口を殺そうとした。去年……。失敗したけれど」

「笛は？」

二人のやりとりを半ば茫然と聞いていた鴻輔が、口をはさんだ。

「秀美さんでないのなら、丹野さんが、テープで聴かせたんだろ、鴻さんへのもてなしに。タイムスイッチで操作するか何かして」

「せめて、笛ぐらい、わたしに協力させてくれてもよかったのに。あの人、わたしには何も……。もてなしの意味だけではない。奈木を実在させたかったのよ、弘道さんは」

「花火師さんに、ぼくは会って話を聞いてきました。手筒には黒色火薬を使うが、もっと危険な、白色火薬というのがあるそうですね。衝撃に敏感で爆発力も非常に大きい。黒、白、といっても、見た目にそう違いはない。紙袋に詰めて火薬は銘々に配られる。同じ袋に白色火薬を詰めておき、すりかえることは、手筒そのものをすりかえるより、たやすい。花火師さんの間では、あの事件について、そういうやり方もできるなという話が出ていたそうです。しかし、警察で事故と結論が出たのに、面倒なことになるのはわずらわしいと、黙っていた」

それが、と、連太郎は、一息ついて、続けた。

「ちょっとした手違いで手筒が弓削さんのとすりかわってしまったのは、山口静夫が言ったとおりだ。山口静夫は、自分が狙われていると気づいた。しかし、相手が岩田修司ではないということも、山口にはわかっていた。岩田修司は、糀屋にはみれんを持っていないし、のっとられたと恨んでいるわけでもないと、山口は承知していた。そうじゃありませんか？」

誰だろうと考えたとき、山口は奈木さんのことに思いあたった。

丹野さんの殺意に気づいた山口は、丹野さんが又復讐を企てるであろう今度の祭りに、先手を打つことにした。警察に言えば、自分が奈木さんに与えた醜行が表に出てしまう。それはかくしとおしたかった。

「ぼくの想像ですが、岩田は金に困っていた。山口は、糀屋を処分して手に入る金を、岩田にも分配するという約束で釣り、共犯にひきこんだ。昨夜、喧嘩して、山口を閉じこめさせアリバイを作る、皆の寝しずまった深夜、岩田は山口を外に出す。山口は、山車の中にひそむ。岩田は、前もって、丹野さんに、去年の手筒の事件のことで密談があると言い、あるいは犯人が誰だかわかっているると匂わせて脅迫したのかな、深夜、山車の中で会うことに話をつけておく。約束の時刻に、丹野さんは、岩田と山車に入る。山口が待ちかまえている。二人がかりで……。山口は納戸に戻り、岩田がしんばり棒をかう」

「何も証拠のないお話ね。すべて、想像なのね」

「警察が調べれば、たとえば、山口がハワイに遊びに行っては、岩田とつきあっていた、というようなことが明らかになるかもしれませんね。奈木さんのことも……」

「それは、やめて！」

「しかし……」

「どうして、わたしに、こんな話をなさったの」

「来年の祭りに、あなたが殺人者になるのを防ぐため」

「だって……、弘道さんは、殺されたのよ」

「その前に、丹野さんが、手を汚している。あなたは、それを公にしたくない。死者であっても……。だから、自分の手でひそかにと……」

丹野の両親の顔を、連太郎は思い浮かべた。息子が被害者であると同時に、加害者でもあったと知らされたら……。

「連さんの言ったこと、本当ですか。そんないきさつがあったんですか」

鴻輔が秀美の顔をのぞきこむようにして言った。秀美は、かすかにうなずいた。

「秀美さん、ぼく、来年も、汐崎の祭りに来ますよ。あなたが山口と岩田に復讐するのを見届けるためじゃない。ぼくも連さんも」五郎も、と鴻輔はつけ加え、「警察は好きじゃない。でも……、あなたが殺人者になるのは、もっと、いやだ」

秀美の瞼が静かに濡れた。

おまえが、おれによけいなことを教えるから。

連太郎は、五郎に言った。

――真実は、美しいとはかぎらない。

五郎は、言った。寂しい翳が、五郎の顔にさした。

ブランデーは血の香り

1

維納《ウイーン》のホテルで、この葉書を認めている。

そう書きかけて、綱木連太郎はペンを置いた。

月並だな、と、机の上に坐らせた五郎が、皮肉っぽい笑いを含んだ目で言う。

たしかに、月並だな、と連太郎も苦笑を返した。

スリッパを脱ぎ、ベッドに仰のいた。

くすんだ深紅色のカーテンを左右に絞り開けた窓の向こうの夜景に目を投げ、ワインの酔いに快く身をゆだねる。

思いがけず実現した、彼にとって初めての欧羅巴《ヨーロッパ》への旅であった。

職業柄、国内はあちらこちら移動している。渡欧は、仕事のためではなかった。鴻輔がもちかけた話であった。

「嘘みたいに安く欧羅巴旅行ができるんだが、連さん、行かないか」

鴻輔が、そう言ったのである。

鴻輔の弟子に、大手旅行代理店の重役を父に持つ者がいる。代理店で募集しているツアーの一つが、出発間近になって二人キャンセルし、最小催行人数に一人分足りなくなった。

団体旅行の場合、代理店として採算がとれるぎりぎりの人数のラインがある。ツアーの内容によって異なるが、この〝オーストリア・ドイツ・ロマンの旅12〟と銘打ったツアーの場合は、十五人であった。12という数字は、十二日間の日数をあらわす。もっとも往復に三日半はとられる。メンバーが最小催行人数に充たない場合は、ツアーそのものがキャンセルになる。

「だから、その穴を埋めてくれればツアーがつぶれないですむ。何十パーセントだかのキャンセル料は受領したから、こっちの負担額は、ごく少額でいいという話なんだ。その上、団体より一日早い便でよければ、ビジネス・クラス――つまり、ふつうの窮屈なエコノミー・クラスより一つ上の――ファーストとエコノミーの間だな、その航空券が、たまたま一枚、大幅な割引率で手に入るから、それを使わせてくれるって。欧羅巴の観光はそろそろシーズン・オフに入りかけているんだ。だいぶ寒いらしい。でも、こんなうまい話、めったにないぜ」

墺太利《オーストリア》の維納、西独逸《ドイツ》のミュンヘン、そして、ルードヴィヒ二世の作ったあのノイシュヴァンシュタイン城を訪れ……とルートを説明され、連太郎は身をのり出した。

ハプスブルク王朝の華麗な繁栄と悲惨な凋落、維納に花開いた芸術、その残影にわずかなとも触れることができるのだろうか。音楽も美術も、かつて、その最も絢爛とした部分は維納にあった。そうして、十九世紀末、落日の前にひときわ燃えさかる空のように、芸術の精髄は維納にひしめいたのだ。

とびつきたいような申し出ではあったが、しかし、

「お弟子の家の人が、師匠に敬意と好意のプレゼントだろう。おれが利用するのは、筋違いなん

じゃない？」

「陰謀だよ」

鴻輔は言った。大袈裟な言いように、連太郎は笑いかけたが、鴻輔がおかれている立場を思い出した。

「そのお弟子に、あっちの息がかかっているのか？」

あっちというのは、鴻輔の家元継承に反対する東京袖崎会の理事たちを指す。

「断言はできないけれど、おれが二週間近く東京を——日本を、離れていたら、その間にどんな……」

「うまい条件で海外旅行に誘い出しておいて、その間に……」

「キャンセルが出て人数が足りなくなったというのは、偶然だろうし、それを利用して……というのは、おれの疑心暗鬼かもしれない。純粋に好意からの申し出なのかもしれないけれど、とにかく、おれはいま、こっちをあけられないよ。パスポート、持ってるだろ」

「韓国に行ったとき取った。しかし、団体より一日早く行くということは、外国で一人で行動しなくちゃならないわけだろう。おれ、日本語だけだよ。喋れるのは」

「それが、ほとんど心配ないようになっている。成田で飛行機に乗るくらいは平気だろ。昼ごろ着く。維納の空港に、代理店の支社から派遣されたミーティング・スタッフというのが出迎えに出ていて、ホテルまで連れていって、チェック・インを手伝ってくれる。昼ごろ着く。団体は翌日の同じ頃に着いて、午後バスで市内観光だ。だから、こっちは、着いた日の午後と翌日の午前、一人でフリータイムを持てる。希望なら、その間、日本語の話せるガイドを頼むことができるという話だった。出迎えとガイドの料金はこっち持ちだが、たいした額じゃないよ。ガイドは、半日で、円にして九千円ぐらいらしい」

「鴻ちゃんが行くと思うから、ゆきとどいた便宜をはかってくれるわけだろ」

「まあね。で、おれも一応、ＯＫしたの。すっかりホテルやガイドの手配もととのったところで、どうしても都合がつかないので、代わりに連さんにでも行ってもらってもいいかと訊いたら、どうぞ、ってさ。弟子というのは、連さんも顔を作ったことのある娘《こ》だよ。本木三千代という」

「名前はおぼえていないな。顔を見たらわかるかな」

「向こうは連さんを知っている」

「もし、鴻ちゃんの言うように理事側の陰謀だとしたら、ちょっと痛快な肩すかしをくわせた事になるな」

「理事の婆さんたちが本木三千代のおふくろさんに接近している事は、知っているんだ。本木夫人としては、好意からのプレゼントかもしれないけれど、婆さんたちにとってチャンスであることは間違いない。のるわけには、おれとしては、いかないよ」


昨日の午後、維納の目抜き通りケルントナー・シュトラッセに面して建つ小ぢんまりとしたホテルのロビーにあらわれたガイドは、きつい顔立ちの日本人の女性であった。化粧気のない黒ずんだ肌、意地の強そうな薄い唇。眼鏡が表情をいっそう険しくしている。輪郭は卵型にととのっており、連太郎は、眼鏡を取り去って化粧をした顔を想像した。醜くはなかった。


三十代の半ばか。くすんだ灰緑色のワンピースに灰色の上衣をひっかけている。

「高野敬子《たかのけいこ》です」

日本文字で印刷された名刺を手渡してガイドは名乗り、どういうものに関心があるのですか、とうるおいのない口調で訊ねた。

「歴史、音楽、美術、それによって、案内する場所を決めます」

愛想笑いの影もない応対が、連太郎にはむしろ気楽であった。

欧羅巴は初めての、全くのお上りさんだから、何を見ても珍しい、と正直なところを言うと、

「明日の午後は、団体といっしょに市内観光ですね。それでは、団体の行かないところに案内します」

と言って、連太郎が手にしたバッグに、荷物は邪魔だろうという目を向けた。

高野敬子がまず連れて行ったのは、ホテルのすぐ向かいにある『冬の宮殿』と呼ばれる建物であった。

宮殿、といっても、外観は、大通りに面して黄土色の壁が剝き出しに建った、そっけない建物である。鉄扉がものものしいが、それとて、宮殿という名称が呼び起こすような雅趣はない無骨なもので、ガイドに教えられなければ見過ごしてしまいそうだ。

内部は、ハプスブルク家歴代の、王とその妃たちの墓所であった。

過剰な彫刻によって飾られた鉄の巨大な柩《ひつぎ》が、おびただしく安置されていた。

「シェーンブルン宮殿――夏の宮殿――は、欠かせない観光名所で、明日、綱木さんも団体といっしょに行くと思いますが、この冬の宮殿は、日本の団体は全く見に来ません。なぜですか」

と、高野敬子は、咎《とが》めるように連太郎をみつめた。

日本を離れてよほど長いのだろうか、と連太郎は思った。高野敬子の語調には、日本の話し言葉に特有な曖昧さや語尾のやさしさが消失していた。

抑揚の乏しい、錆《さび》をふいた鉄板を風がゆするような声で、高野敬子は、絶えまなく喋った。連太

郎には呪文めいた響きしか持たぬハプスブルク家の王たち王妃たちの名や事蹟、その年代をたてつづけに並べ、合間に、他の観光客を案内しているガイド仲間をみつけては、尊大ともみえる態度で声をかけた。地元のオーストリア人らしいガイドたちは、一目おいたような親しさを敬子にみせた。敬子のドイツ語がどのくらい正確なのか連太郎にはわかりようもないが、何の不自由もなく流暢にこなしていることは確かであった。

しかし、連太郎は、何か痛々しいものを高野敬子に感じた。苦労知らずのお嬢さん育ちではないようだ。意地で鎧《よろ》った内側は傷だらけなのではないか。年上の敬子に、そんな、いたわりめいた感情を連太郎は持ち、

――なあ。

バッグの中の五郎に、同意を求めた。もちろん、声には出さない。

苦労しぬいて皮膚をこわばらせた女への、やさしさを含んだまなざしを、敬子の方でも感じたのだろうか。冬の宮殿、聖ステファン寺院の内部……と、短い慌しい半日の観光を終えホテルに向かいながら、

「綱木さん、あなた、明日も団体に加わるのは止めて、私をガイドにして、一日フリーで観光した方がいいんじゃありませんか」と言った。「団体はつまりませんよ。気忙しくて騒々しくて。団体は明日の昼ごろ着いて、駆け足で市内だの夏の宮殿だの見てまわります。あなたと私は、明日、午前中に二人だけで夏の宮殿に行きましょう。午後は幾つもの団体がかち合って、混みます。昼食は、団体は入れない、市内の古い有名な小さいレストランに案内してあげます」

連太郎は、高圧的な押しつけがましい態度をとる相手は極度に嫌いなのだが、高野敬子の押しつけがましさには不快感は持たなかった。そっけない口調の底に好意があったし、敬子の孤独感が、

痛いほど感じとれた。団体旅行の経験はないが、時間の無駄の多い、面倒なものであろうということは推察できる。言葉が通じず、勝手がまるでわからないから、多くの人は止むを得ず団体に加わらざるを得ないのだ。敬子の提案を、連太郎は即座に受け入れた。

「あなたは、今日、一枚も写真を撮りませんでしたね」

ホテルに帰り着き、ラウンジで珈琲をのみながら、敬子は言った。

「私が、取る暇をあなたにあげなかったのかしら」

「カメラは持ってこなかった」

「忘れたの？」

「自分の眼で見る方が、写真を撮るより、いいから」と、連太郎は言った。

「写真の画面って、眼で視たものと、イメージ違っちゃうでしょう。写真を撮るって、こんな小さいファインダーをのぞくことでしょ。もったいないよ。写真家が、表現手段として、あるいはメッセージや記録として、撮るのは、また別だよ。でも、ぼくは写真は素人だ。フルオートで撮りまくるより、自分の眼で視ていたい。もちろん、時間が経てば、忘れる。しかし、心に本当に深く残ったことだけは消えない。時が経つほど鮮明になる。不要なものは洗い流され、後に砂金が篩《ふるい》に残るように……」

「気に入ったわ」と、敬子は、連太郎の言葉の途中で、大きくうなずいた。そして、日本人の観光客は、見る前に、写真を撮ることに夢中になる、と露骨に悪口を言った。

ラウンジの壁には、手書きの楽譜が数枚、一つずつ額装されて飾られていた。

敬子は連太郎の知らない作曲家の名をあげ、その作曲家がホテルの持ち主のために作った曲を自ら書いて贈ったのだと説明し、ホテルの持主は双子のお婆ちゃんで、九十何歳になるけれど、二人ともまだ健在なのだ、などと、くつろいだ口調になった。

　空のカップを下げに来たボーイと、敬子はふざけた応酬をかわし、手をのばしてボーイの腕をつかむまねまでした。ボーイは笑いながらよけた。

「彼は、風邪をひいているから、うつさないために近寄らないと言っているのよ。こっちの人はユーモアが好きなんです。非常に」

　あまりユーモラスとは言えない野暮ったい説明を、敬子は加えた。土地に馴染みきっているさまを彼に誇示したがっている。無意識に滲み出る強がり……。そんな気が、連太郎には、した。

　それが昨日のことで、今日、一日、敬子にガイドしてもらった……と、ベッドに仰のいたまま、連太郎は思い返す。黄ばんだプラタナスの葉が、眼裏に散り舞う。

「そのバッグ、必要なんですか。何も持ち物はいりませんよ」

「必要なんです」

　朝、最初にかわした会話は、それだった。

　五郎を見せれば、珍しがって、いろいろ訊くだろう。わずらわしいので、連太郎はそれ以上何も言わなかった。

　いわゆる観光名所である。シェーンブルン宮殿は、昨日見た柩の羅列された冬の宮殿ほど心に残らず、それより連太郎があっけにとられたのは、レストランで敬子が隣席に坐ったドイツ人の観光客を相手に示した雄弁ぶりであった。
　十五、六人も入れば満席になるような小さい店だが、壁から天井いっぱいに、ここを訪れた人々のサインが、書き散らされ、その中には名を知らぬ者のない作曲家の自筆の署名もあり、維納《ウィーン》の名所の一つになっている。
　隣席のドイツ人の老夫婦と、初対面であるにもかかわらず、敬子はじきに親しげに話し出した。あいかわらず、相手を説得せずにはおかぬというふうな強い話しぶりだが、そのうち、突然、烈しい演説口調になった。滔々《とうとう》とドイツ語でまくしてる敬子に、老夫婦はいささか辟易した様子で、先に席を立った。

「日本の国際的な立場について、きちんと説明したのよ」

敬子は昂奮を鎮めきらない表情で、連太郎に教えた。

「まちがった観念を持たれるのは、私、がまんならないの。言うことは、はっきり言わないとね」

強くなりますよ、ここで一人で暮らしていたら、と敬子は低い声でつけ加えた。

通り過ぎる旅人の目には、維納は、古都という呼び名にふさわしいたたずまいを見せる。血の抗争、大戦の悲惨の痕にまでは、旅人の目は届かない。石畳にプラタナスの黄ばんだ葉が厚く積もり、梢は絶えず枯れ葉を散りこぼす。

ワグナーもマーラーも、ここでは人気がない、もてはやされるのは明るく澄明なモーツァルト、軽快なシュトラウスだと、敬子は言った。墺太利が抱える重苦しい歴史と、その軽やかな好みとのギャップに連太郎は興味を持ったが、口にすれば討論じみた会話になりそうなので、控えた。ユダヤ問題だのヒトラーだの、果てしなく深入りしそうな話の緒《いとぐち》であった。

午後は敬子の勧めにしたがって歴史博物館と美術史博物館をゆっくり廻り、建物の外に出ると、街はすでに黄昏《たそがれ》に沈み、大道の真中で、民族衣装を着けたインディオのような若い男が数人、笛やギターを奏で単調なメロディーを歌をうたい、人を集めていた。

「こうやって欧羅巴を無銭旅行する若い人が多いのよ。この街の音楽学校の学生たちも、辻で演奏するわ。魅力的なら見物が集まる。つまらなければ誰も立ち止まらない。腕だめしになるわけ」

五時半ごろホテルに帰り着いた。連太郎も顔を見おぼえた初老のドアマンが、手持ちぶさたな顔つきで立っていた。敬子と親しげに言葉をかわし、敬子は、

「日本人の団体が、まだ着かないんですって」

と、連太郎に話を伝えた。

「観光バスで慌しく走り回っているんだわ」

敬子の声音には、いくぶん、冷笑が含まれていた。

「仕方ないでしょ。日本は遠い。誰もが気軽にしょっちゅう来られるところじゃない」

連太郎は、団体で行動せざるを得ない同国人の肩を持つ口調になった。

「欧羅巴の国同士なら、ロンドンからウィーンだって、飛行機で一時間半、九州から北海道に行く程度の感覚で動けるけれど、日本からとなったら」

言いかけて、ちょっと悔やんだ。敬子は、いいかげんなところで自説をひっこめ折り合いをつけることはしない。相手を論破するまで言いつのる。と、この一日半のつきあいでわかっている。そうしなければ、この地で暮らし抜いてこられなかったのだろうということも。しかし、連太郎としては、新聞の投書欄などで見かけるような話題を、したり顔で延々とやり合うのはごめんだ。

好都合なことに、彼が待っていた日本人の団体が、疲れきってよろめくようになだれ込んで来たので、話は打ち切られた。中年から初老の男女と、若い男女がほぼ半分ずつ。ソファにくずおれ、床にしゃがみこむ。成田からロンドン経由でウィーン郊外のシュベヒャート空港まで、およそ十六、七時間、狭い畿内の椅子に身を固定し、それだけでも疲れるのに、着いたその足で、めぼしいところを見物してまわったわけだ。

小柄な若い女性が連太郎に近づき、

「綱木さんですか？」と声をかけ、にこっと愛らしい笑顔をみせた。

「添乗の上田晴子です。チェック・インと部屋割りをすませてから皆さんに御紹介しますから、ちょっとお待ちになってくださいね」

ブルーのコートの裾を翻《ひるがえ》し、ハイヒールの踵《かかと》を小きざみに鳴らして、上田晴子はフロントに行き、背のびして、カウンターの向こうの男にバウチャーらしい書類を見せている。

「少し頼りない感じね」

敬子が顔を寄せてささやいた。

連太郎はさすがに不機嫌な顔を敬子に向けた。自分も疲れているだろうに笑顔を作る小柄な添乗員に好感を持ったところだったので、一々けちをつけるな、と言いたい気分になったのだが、そのとき、敬子の表情の異様さに気づき、言葉を呑んだ。


あれは、何か信じられないものを見た、という顔だったな。

ベッドに軀をのばしたまま、連太郎は五郎に話しかける。

五郎は、このとき、無言であった。

時として、五郎は、応える。饒舌《じょうせつ》に、あるいは皮肉に、喋りもする。声は無い。

それは、つまりは、連太郎の内奥の声であり、自問自答しているにすぎないのだ、と、連太郎の理性はわきまえている。しかし、思いもよらぬ言葉が、五郎を媒体に、浮かぶことがある。インスピレーション。名づければ、そう呼べるだろう。

目鼻を持たぬ古怪な人形を、ただの無機物とは、連太郎は思い捨てられないのである。

あのとき、高野敬子の視線は、ツアーメンバーの方に向けられていたよな。彼は、話しかける。

「誰か知っている人でも？」

連太郎の問いに、高野敬子は、いいえ、とぶっきらぼうに首を振っただけであった。

敬子の視線の先を彼は追ったが、メンバーの誰をみつめているのか、見定められなかった。

彼が加わったことで、最小催行人数十五人に達したのだから、打ち重なるようにして憩んでいるメンバーは十四人、団体としては少人数な方だろう。彼はまだ、一人一人の特性や顔立ちまでは見きわめがつかず、疲労で灰色になった一つの大きな塊りのように感じられた。

添乗員の上田晴子が、子供っぽい人なつっこい笑顔で戻ってきて、

「皆さん、鍵をお渡しします」と、声をはり上げた。

「その前に、御紹介します。東京からおみえの綱木連太郎さん。都合で一足先にこちらに来ておられ、今日から、グループに参加なさいます」

よろしく、と連太郎は椅子から立って頭を下げた。

「夕食は、私たちはホテルのレストランでとりますが、綱木さんもごいっしょですね」

上田晴子は確認し、メンバーに、

「夕食は、七時。七時です。レストランは、フロントの左手、そのドアが入口です。七時までに、レストランに直接おいでになってください。よろしいですね。はい、鍵をお渡しします。安原さん。215号室です。この階はG。皆さん、よろしいですか。G、1、2、となります。215号は、ですから、三階です。よろしいですね」

一言ごとに念を押し、笑顔をつけ加える。

敬子の虚勢が痛々しいのとは違った意味で、晴子の一生けんめいな笑顔も、連太郎には痛々しく感じられた。

安原さん、と呼ばれて立ったのは、中年のくすんだ女だった。流行に関係ない目立たないベージュのコートの下から、たるんだ灰色のスカート

がのぞいている。少しがに股で、よたよたと鍵を受け取ると、長椅子に腰を下ろしている紳士然とした老人に小腰をかがめて、「参りましょう」と小声で言った。

夫婦にしては、みなりも年も違いすぎた。年の違う夫婦は、そう珍しくはないかもしれないが、服装の差は不自然なほどだ。老人は、カジュアルなツィードのスーツ、休日をたのしむ銀行か大会社の重役といった風格で、長身の背をまっすぐに伸ばし、中年の女より足どりは確かなようにみえた。

連太郎の眼は、二人を追った。エレヴェーターがわかるだろうか、と、いささか気になったのである。

このホテルのエレヴェーターは、壁ぎわに作られてはいない。ホテルの中央が吹き抜けになっており、吹き抜けを囲む回廊の一角に突き出た形で、小さい箱型の筒を密着させたふうにしつらえられているのである。前面が透明なガラスの扉であるのも、一見、エレヴェーターらしくない。ボタンを押すとワイヤーロープが動くのが見え、ケージが下りてくるのだが、扉は手動である。ケージの床が階の床と水平になったとき、自分の手で開閉する。彼は最初まごついた。欧羅巴の古い建物のエレヴェーターは、手動の、しかも鉄格子の扉が多いと敬子から聞かされ、そう言えば、映画でそんな場面を見たことがあると、思い出したのだった。

老人は、エレヴェーターに歩み寄り、上昇のボタンを押すと同時に扉を引き開けケージに入った。この階にケージは止まっていたのである。

女があたふたと後に続いた。

「それでは」と、敬子が短く言った。ガイドのつとめは終わったから、これで帰るというつもりらしい。老人に気をとられていたため、敬子が誰に、あるいは何に、あれほど驚いたのか、わからないままであった。

詮索することでもないので、お世話になりました、と連太郎は軽く頭を下げた。

高野敬子は、上田晴子と二言三言、言葉をかわし、陽の落ちつくした街に去っていった。ドアマンが挨拶の声をかけたが気づかぬふうであった。背が心もち前かがみに丸まっているように、みえた。


もう、二度と会うことはないひとだろうな。連太郎は五郎に話しかける。五郎は応えない。維納には、あと二日滞在する。明日の近郊の〝維納の森〟を団体の貸切バスで訪れ、明後日は丸一日フリータイム、その翌早朝、出発して飛行機でミュンヘンに向かうという旅程である。フリータイムの一日を、高野敬子にガイドを頼むこともできるが、
あの固苦しい饒舌を一日じゅう聞かされるより、一人でのんびりした方がいいな。

——一人でか？

五郎が、いたずらっぽく言った。

五郎と二人でさ。

——高野敬子が、誰を見て驚いたのか、気にならないのか？

他人のことは気にしない。

連太郎は、灯を消した。

2

悲鳴をあげて、敬子は、はね起きた。

「どうしたの」

ルームメイトの半沢久美が、並んだベッドから少し身を起こした。アラーム・クロックの蛍光塗料を塗った長針と短針が、四時二十分を指し、青白く光っている。

「いいの」

短く、敬子は答えた。

「ばかね。いらっしゃい」

久美は、毛布のはしを少し持ち上げて招く。

敬子は久美のベッドにもぐりこみ、久美ののばした腕に頭をのせた。久美は抱き寄せた。

「これで、怕くない?」

「怕いわ」

「甘い夢を見させてあげる」

「見させて」

「泣いているの?」

「一度ぐらい、泣かせて。わたし、ずっと泣かないできた。辛くても、泣いたら負けだと思って」

「泣きなさい」

敬子は、久美にしがみつき、号泣した。

「泣きつくしたら、冷静になるのよ」

久美はささやいた。

＊

「わたしたち、ウィーンにいるんだよね」

吐息と共に、古谷和美は窓の外の夜景を眺め、並んで立った大伴千津は同じような吐息で応えた。

大通りをへだてた向かい側、石の建物の向こうにゴシック風な教会の尖塔が黒くそびえる。建物の一階はブティックが多い。ウィンドウはまだ明るく、光の中にドレスが浮き出している。

「信じられないねえ。ほんとうに、ウィーンに来ちゃったのよねえ」

「うん」

「日本に帰ったら、また、毎日伝票とにらめっこね」

「忘れようよ、仕事のこと」

「就職して三年間貯めたおかね、からっぽになっちゃったけど、やっぱり、来てよかったなあ」

「うん」

「あのさ、北海道から来てる木島さんとかいう小母さんいるでしょ、あのひと、あたしの帽子みてさ、こっちで買ったんですか、だって。原宿で千五百円で買ったのに。わたし、意外と垢抜けてみえるんだね」

「は、は」

＊

「お父さん、床をこんなに濡らしちゃだめですよ」

木島はま子は屈みこんで、バスタオルで浴槽の床を拭きまくりながら、開け放したドアの向こうに声をかける。

「叱られますよ。日本のお風呂と違うんですからね」

「ばか。そのくらいのことを知らんと思っているのか」

夫の木島徳爾は、ベッドの中からどなる。

「だって、びしょびしょですよ」

「少しぐらい湯がはねるのはやむを得ん。早くおまえも寝ろ。おまえががたがたしていると、眠れんじゃないか」

「だって、これからお父さんの靴下とシャツを洗わなくちゃ」

「余分に持って来ているだろうが」

「一泊で移動するところでは洗えないんですよ」

「まったくおまえは貧乏性だ。海外旅行の間ぐらいのんびりしなさい」

「お父さんが、のんびりさせてくれないんじゃありませんか。少しあの新婚さんを見習ってほしいわ。男の人がやさしいんだから」

「人前で、あんなべたべたできるか。気色悪い。ああいうのは、長持ちせん」

＊

浅井香子は、ドレッサーの前で長い髪にブラシをあてる。

「おいでよ」

ベッドに横たわった清巳が招《よ》ぶ。

生返事で、香子は鏡の中の自分に微笑みかける。

シースルーのネグリジェの襟元は花のようなフリルで飾られ、この部屋のゴージャスで甘やかな雰囲気によく似合っている。

しかし、香子は、少し物足りない。二人は愛しあっている。この上なく。でも、それを眺める第三者がいない。他人の目に、愛しあっている、幸福の絶頂にいると映ってこそ、それは手応えのある確かなものになる。

間のびした声に甘さをこめて清巳が呼ぶ。

香子は立って、クローゼットの扉を、又、開けてみる。ウォーク・イン・クローゼットを、香子はこの部屋で初めて目にした。ハンガーには、二人のコートがかかっているだけ。このクローゼットをいっぱいにするくらいの衣裳を持った客が泊まることがあるのかしら。

「ねえ、こっちで買ったら、毛皮のコートが安いわよね」

「そりゃ、日本よか安いだろうな」

気のない声で清巳は言い、「おいでよ」と声に力をこめる。

＊

矢上昌子は、伯父の寝息をうかがった。

熟睡しているようだ。

ベッドを下り、テーブルの上の鍵を握り、足音をしのばせ廊下に出た。

敷きつめられた絨毯が、靴の音を消してくれる。

エレヴェーターの前に立ち、下降のボタンを押す。鎖が揺れ、ケージが下りてくる。ガラスの扉を開け中に入り、1のボタンを押し、

——まちがえたわ。

舌打ちをして、Gを押した。

伯父は何度も渡欧しているから馴れたものだけれど、昌子は、ことごとにまごつく。フロントのある一階は、1ではなく、Gなのだ。

昌子が用のあるのは、ロビーに備えつけられた公衆電話である。使い方は、夕食の後で添乗員に教わっておいた。公衆電話の使用法なんて訊いて、変に思われなかったかしら。何のために必要なんですか？　そんな質問は、上田さんはしなかった。たいそう気持ちの好い女の子のようだから安心だわ。

1で、エレヴェーターは停止した。昌子は苛々して、動き出すのを待った。

Gに停まったので、いそいで扉を押し開け外に出た。

公衆電話をかけているところぐらい、誰に見られたっておかしいところはないけれど、伯父の耳に入ると、うるさい。誰に何の用でかけたのだ、と問いつめられるだろう。

「おやすみ」

ただ。その一言を電話口で言いたい。怒られるかもしれない。関係ない顔をしていろと言っただろう。と、荒らい声を浴びせるだろうか。それでもいい。声をききたい。

ロビーに人影はなかった。教わったとおり、コインを入れて、このホテルの電話番号をダイヤルする。

交換手の声がした。何を喋っているのかわからない。とにかく、「ツー、ゼロ、ファイブ」と相手の部屋番号を唱える。交換手は何か言い、発信音に変った。

昌子は、待った。相手は出ない。

外出しているのだろうか。

腕時計を見る。十一時をちょっと過ぎている。ホテルのバーで飲んでいるのかしら。のぞいてみようか。もし、いたら、馴れ馴れしいところをバーテンなどにみせなければいいのだ。

同じツアーで来ているのだから、バーでたまたま顔を合わせたら、少しぐらい言葉をかわしたって不自然なことはない。

受話器をおき、うろうろと、昌子はバーを探した。

ここかと見当をつけて、金文字の記された扉を押す。重い扉だ。この国の人たちは、皆、軀が大きくて力が強いのだろう。何もかもがっしりと大きく重い。トイレのフラッシュだって、全身の力をこめて押さなくては動かない。

「そこ、クローズですよ」

背後から若々しい声。ぎくっとして振り向いた。

新婚旅行でツアーに加わっている、川北さん、ていったっけ、感じのいいカップルだ。

「こんな早く閉まっちゃうんですか」

「レストラン、十一時までみたいですよ」

女の方が言った。

「バーじゃないんですか、ここ」

「バーは、そっちです」と、男が指さす。

「ここは、ほら、皆でディナーをとったレストランですよ」

「これから飲むんですか。ファイトだなあ」

女が言う。

「あなた方は?」

「オペラ座に行ってきたの。フロントで切符もとってもらって。だけど、もうくたびれちゃって、途中で出てきちゃった。今日は、強行軍だったもの。もう、だめ。部屋に戻ったら、こう」

女は両手をのばして、ぱたっとうつ伏せに倒れる身ぶりをし、「お休みなさい」とエレヴェーターの方に二人で去った。

昌子は二人を少し羨《うらや》み、教えられたバーのドアを押した。

今度は楽に開き、前にのめった。

薄暗い狭いバーのスタンドには、男が二人腰かけていたが、金髪と褐色の髪であった。昌子は、のぞいただけで扉を閉めた。エレヴェーターの前に戻ると、カップルをのせて上っていったのだろう、ケージは見えず、鎖が揺れていた。昌子は力無く上昇ボタンを押した。

部屋の鍵をしずかにまわし、ドアを開けて、立ちすくんだ。消して出たはずの灯りがともっていた。

「どこへ行っていた」

伯父が言った。

「ちょっと、あの……」

「まあ、いい」

意外なことに、伯父はそう言った。しかし、さぐるような視線は、昌子から離れない。昌子は身をちぢめ、スーツケースから寝衣を出し、セーターを脱いだ。

＊

妻も娘も寝入ったようだ。

倉橋宗雄は、闇の中で眼を開く。左の手首に指頭を触れ、脈をさぐる。

あと、何度、娘にたのしい思いをさせてやれるだろうか。ゆたかな思い出を残してやりたい……。

＊

あっちに、ターゲットをかえようか。

友井泉は、思案しながら、コートの衿を立て、タクシーに乗りこむ。

主人は心臓が悪くて。倉橋知子が木島はま子に話しているのを夕食のとき小耳にはさんだ。あまり寒い風にあたったり、高い石段をのぼったりするのは控えていますの。

木島はま子というばあさんは、実に重宝だ。初対面の人の身の上をあれこれ訊ねるのがエチケットと心得ている。こっちは、それとなく聞き耳をたてているだけで、いろいろな情報が手に入る。

知子と、娘の万梨江と、どちらが……。いそぐことはない。しかし、チャンスは逃がすな。

運転手に行先を告げ、友井泉は腕時計に目を落とす。九時四十分……か。

3

ホテルの前に横づけになっている貸切バスに乗りこみ、連太郎は、あれ、と目をみはった。二度と会うことはないと思っていた高野敬子が、ガイドシートに腰を下ろし、運転手と話し合っている。ドイツ語の会話の内容は連太郎にはまるでわからないが、敬子が何かを説明し、太った赭《あか》ら顔の運転手は、首をかしげながら問い返しているふうだ。

「今日のガイド、高野さん？」

連太郎は声をかけた。

「そうです」

昨日の親しさは忘れたように、敬子はそっけなかった。一人とだけ馴れ馴れしくするのは他のメンバーに不快感を与えるから、つつしんでいるのだろうと、連太郎は敬子のそっけなさを、むしろ好もしく感じたが、敬子の方ではあまりに不愛想すぎると思い直したのか、

「今日来るはずのガイドが都合悪くなったので、急に、わたしがつとめることになったんです」と説明した。

全員が揃うと、高野敬子は立ち上がってマイク

に口を当てた。

「お早うございます。今日一日、皆さんのガイドをつとめる高野敬子です」

あいかわらず抑揚のない声であった。

「今日みなさんを案内するのは、ウィーンの森。森といっても、皆さんが想像するような、樹の鬱蒼と茂ったいわゆる〝森〟ではありません。葡萄畑や牧場のひろがる広い丘陵地帯を〝ウィーンの森〟と呼んでいるのです」

年中、同じせりふを喋っているのだろう、よどみなく、高野敬子はつづける。

市街地を抜けると、窓外は、枯れた葉をつけた葡萄畑と広々とした空ばかりになった。煉瓦の壁に赤い屋根の、童画めいた農家の集落が、時折、窓の外を流れ去る。

二人掛けのシートを一人で占め、隣の席に連太郎は五郎をおさめたバッグを置いている。大型のバスに添乗員とガイドを含めても十七人の乗客だから、十分すぎるほどゆとりがあった。

昨日、添乗員の上田晴子からメンバーのリストのコピーを渡され、全員と夕食を共にしたので、グループのおよその構成を、連太郎も知った。

十五人のメンバーのうち、ハネムーンのカップルが二組。夫婦というよりは、恋人の雰囲気をまだ持っている。そのうちの一組、浅井清巳と香子は、周囲の人間などまるで目に入らぬもののように、恍惚とした霧の中に閉じこもっているふうだ。食事の間も、ナイフとフォークで両手がふさがらないかぎり、手をつないでいた。

リストに記されているのは名前と住所だけで、職業や年齢は書かれてないのだが、かわされる会話などから、少しずつ見当がついてくる。

老紳士安原修三と同行している中年の女は矢上昌子といい、妻ではなかった。おじさまと呼んでいるから、姪《めい》なのだろう。

安原とほぼ同年輩の木島徳爾と妻のはま子。木島は北海道で冷凍食品の製造と卸しの会社を経営し、ロータリークラブのメンバーでもあるという。地方の名士らしい。どちらもにぎやかに笑いよく喋る。くったくのない夫婦であった。

五十代半ばにみえる倉橋宗雄は、名古屋で開業している医師で、妻の知子、娘の万梨江と、家族三人で参加している。知子は四十前後、真梨江は高校一年ということだ。万梨江は前のひとの娘なのですと、倉橋知子は言った。

「学校はお休みになったの？」

木島はま子の問いに、万梨江は眼を伏せて答えず、知子が、「このひとの学校は私立のミッションで二期制なんです。いま、秋休みで」

「まあ、秋休みなんていうのがあるんですか」

「休みは一週間なので、少し欠席もすることになるんですけど、海外旅行は若いうちの方が実《み》になると主人が申しましてね」

知子は娘と夫の代弁をし、倉橋も万梨江も口をはさまなかった。万梨江は父親に身を寄せ、押し黙っていた。

女同士二人連れの古谷和美と大伴千津は、同じ職場で働いている親友だそうだ。ロマンティックな旅を夢見て、ボーナスやサラリーをせっせと貯めた、と言っていた。

連太郎のほかに、単独参加者が一人おり、連太郎は一瞥《いちべつ》して、ゲイかそれとも女に性転換した元男性か、という印象を受けた。

淡いラヴェンダー・カラーのシャツに男仕立てのスーツ、骨ばった顔に化粧が濃かった。男にしては華奢すぎ、女にしては節の高い手の長く湾曲した爪は黒みがかった深紅色のマニキュアがほどこされ、黒々とアイライナーでふちどられた眼の目尻は肉食獣をまねて長く切れ上がり、紫のアイシャドウが瞼に翳をつくり、頰の暗い紅も顔の陰翳をきわだたせていた。声は男とも女ともつかぬ低声、名前も、友井泉、と性別不詳である。性を露わにせざるを得ない喉《のど》は、真紅のスカーフでかくされていた。

もちろん、パスポートには男女の別は明記されているわけだし、上田晴子も承知しているはずだ。連太郎は、それ以上こだわるのは止めたのだった。


ゆったりとしたバスの中で、窮屈に二人掛けしているのは、ハネムーンのカップルの浅井清巳・香子と、倉橋宗雄・万梨江の父娘だけだ。倉橋知子は別の席に坐っている。ハネムーン・カップルでも、川北幹人・暁子の一組は、通路をへだてて両側に、一人ずつ別れてゆっくり坐っている。昨夜の夕食の席で、木島はま子に問われるままに、二人が朗らかに話したところでは、六年越しでつきあっていたということで、たえず軀を寄せあっている浅井清巳・香子のカップルとは対照的に、いたってさばさばしている。


暁子はまるで化粧気がなく、セーターによれよれのジーンズという無造作なかっこうであまり人目を惹かないが、おそらく、グループの中で一番の美女だと、連太郎は思う。

軒先に松の小枝を飾った、ホイリゲと呼ばれるワインの新酒を飲ませる居酒屋が十数軒立ち並ぶグリンツィング村、シューベルトが『菩提樹』を作曲した水車小屋のあるメードリンク、皇太子ルドルフが愛人と情死したマイアリンクの館……と、観光名所ごとにバスは停まり、敬子は説明するのだが、世紀末の光芒を煌めかせた維納を語るにしては、あまりにそっけない口調であった。

昼食は、ドナウ河を見下ろす小高い丘の上のレストランで摂った。

予想したほどに寒くはなく、ワインで仄かに上気した頬に、晩秋の風は快かった。

庭園に出て見晴らしをたのしんでからテーブルに戻ってくると、川北と暁子、木島夫妻、古谷和美、大伴千津などが笑い興じていた。倉橋知子も混じっている。知子の夫と万梨江は、庭を散策しているのを見かけた。浅井清巳と香子は、少し離れたテーブルで肩を寄せ合い、上田晴子に写真を撮らせている。安原と矢上昌子は別のテーブルで高野敬子と喋っている。話題はもっぱら安原がリードしているようで、高野敬子は珍しく黙っているが、あまり熱心に聞きいっている様子ではなかった。

「綱木さん」と、川北が呼んだ。

「仲間に入りませんか」

「何の？」

「賭けです。賭け」

他の者も、手招く。

「賭け？」

テーブルの上には、カードもダイスもない。

「いま、友井さんいないから、その隙に。本人のいる前じゃや、悪いからね」

「女性ですよ、もちろん。男があんなお化粧しますか」

木島はま子が断言した。

「しますよ、小母さま」

古谷和美が、目を大きく見開くことで語気を強調し、

「ちょっと、『地獄に堕ちた勇者ども』のファースト・シーンで、ヘルムート・バーガーがディートリッヒばりに女装したような雰囲気よね」

と、大伴千津に同意をうながす。

「うん」千津は、うなずく。

「友井さんの性別？」

「そう。綱木さん、どっちだと思います」

「上田さんに訊けば、わかるでしょう？　添乗員はパスポートをチェックしているから」

「だから、訊く前に賭けですよ。今ね、女性説は、木島さん御夫妻と、ぼくとこいつ」と川北は暁子を指し、「男性説は、古谷さんと大伴さん、

二人とも、『モーリス』なんか熱中して観たって人だから、男であってほしいという願望なんだよな。それから、倉橋さんの奥さん」

「絶対、男性よ」知子はきっぱりと言い、含み笑いした。

「綱木さん、さあ、どっち？」

木島はま子は、はしゃいで迫った。

「下りますよ」

悪趣味な賭けに調子を合わせる気にはなれず、皆をしらけさせるかなと思いながら、連太郎は言った。

「あの人が戻ってくる前に、上田さんに確かめなくちゃ」

古谷和美があせり、木島はま子は、

「ちょっと、ちょっと、上田さん」と呼びたてた。

カメラを浅井清巳に返して、上田晴子は寄ってきた。

「いやだ。ひどい賭けをなさるんですね。男性ですよ、あの方」

上田晴子は明快に言い、にこっという笑いをつけ加えた。

「男があんな化粧をするのかね、近頃は。嘆かわしい」

「あら、きれいよね」

「うん、タイハイ的」

友井が戻って来たので、皆は口をつぐんだ。

連太郎は友井の足もとに目を落とし、男性だと納得した。マニッシュな女のようにつくろっても、足のサイズだけはごまかせない。男の足は、ほっそりした女の靴には嵌まらない。歌舞伎の女形は、裾の長い衣裳をまとうことで、足をたくみにかくしている。裾引きのあの衣裳だから、男が女に化けとおせるのだ。

きれいよね、タイハイ的、と讃辞を贈った二人の若い女の子は、友井に憧れるような眼を投げた。

再び、バスは出発した。黄ばんだ木立の間のゆるやかな起伏の道を進む。

両側からさしのべた枝がアーチを作る坂道を抜けると、古い石積みの城館がそびえ、その前でバスは停まった。周囲には建物も庭園もない、荒寥《こうりょう》とした地に、ただ一つ、灰色の中世の城が取り残されている。

ブレーキをかけた運転手が、添乗員の上田晴子にドイツ訛りの英語で話しかけた。上田晴子は、英語は達者である。

「皆さん、運転手さんの言うにはですね、ここは、ふつう、日本人の団体は来ない所なんだそうです。珍しいところに来られて、よかったですね。ビッグ・サプライズですね」と通訳し、上田晴子は、にこっと可愛い笑顔をつけ加えた。

城門を通り、まず中庭に敬子は全員を案内した。建物は、中庭の四周を整然と取りかこみ、中央に彫像で飾られた石造りの噴水がある。建物は一部は三層、一部は五層で、四隅に望楼がそそり立つ。

「この城は、十五世紀から十六世紀にかけて築かれたものです。外壁はこのように立派に残っていますが、内部は、火災にあって焼亡し崩壊したままになっています。そのために、かえって古い趣きがあり、また、城の構造もよくわかると、興味を持つ人も多いのです。皆さんは、昨日、美しい宮殿シェーンブルンの観光をすませたし、この後、明後日ですが、ミュンヘンに行き、あちこちで、ノイシュヴァンシュタイン城だのホーエンシュヴァンガウ城だの、きれいに整えられた城をいろいろ観光する予定だそうですから、こういう荒れたままの城も、一つぐらいはいいのではないかと」

敬子の説明をろくに聞かず、皆はカメラをあちこちに向けるのにいそがしい。

「いま、二時二十分です。四十分、自由行動にします。三時に、この噴水の前に集まってください」

腕時計に目を向けて、敬子は言った。

「修学旅行の小学生みたいに、ぞろぞろ行列して歩いてばかりいるの、皆さんも、いやでしょう。ここは、特に説明するようなことはありませんから、中世の古城の雰囲気を自由に味わってください」

「三時です。皆さん、よろしいですね。三時まで自由行動。集合場所は、この噴水の前」

上田晴子が復唱して念を押した。

集合時刻にいつも遅れるのは、ハネムーン・カップルの浅井清巳と香子である。香子は〝ヨーロッパで、愛する相手の腕の中にいる自分〟の姿にうっとりしているふうにみえ、清巳も、〝女の子を抱きしめている自分〟に惚れ惚れしているふうだと、連太郎は感じる。二人が軀を離すのは清巳が香子の写真を撮るときだけで、初老の木島徳爾はそれが苦々しくてならないらしく、露骨に不快な眼を向ける。

自由行動は、連太郎にはおおいにありがたかった。今日初めて団体に加わってみて、一昨日の午後と昨日、敬子に個人でガイドしてもらった一日半が、どれほどのびやかなものであったか、思い知らされた。気に入った場所に心ゆくまで足をとどめることは許されず、他愛ない土産物あさりにつきあって退屈な時を過ごさねばならない。ささやかに許された四十分の自由を、思いきり一人で堪能しようと、連太郎は石の城の中に足を踏み入れた。

4

あの人を、みつめてはいけない。伯父に何も悟らせてはならない。

矢上昌子は、友井泉から目をそらし、伯父に従って歩いた。

でも、この古城こそ、伯父を〝過失死〟させるのに、願ってもない舞台だ。何とか、打ち合わせをしたい。

外観は方型の中庭を回廊型の建物がとり囲んだだけの短調な構造にみえたのだが、中に入ると、石壁が突出して行手をさえぎったり、狭い石段を上り下りしたり、迷路のようだ。

日本人の団体は来ないといっても、一応、観光の対象にはなっているのか、入り口の脇には入場券の売場があり、ドイツ語と英語、フランス語、三種類のパンフレットもおいてあった。安原は、英文のを一冊買い求めた。

主な部屋の壁には、ドイツ語で説明をしるしたプレートが取り付けてあり、安原はパンフレットに記載してある図面とてらしあわせ、一人でうなずいている。昌子に説明する親切心はない。説明したところで興味を持たないだろうと決めこんでいるのだ。

実際、昌子は、石の壁が剝き出しになっただけの荒れはてた建物など、いっこう面白くない。せっかく外国に来たのだから、ゆっくり買物をして、女性雑誌の口絵写真にあるような洒落た店できどって珈琲などを飲んでみたい。いや、そんなことのために、来たのではなかった。

友井と、何とか連絡をとらなくては。

実行するのは、彼であるべきだ。わたしは、アリバイを立証する役まわりにしてもらう。

わたしが欲しいのは、おかねじゃない。

のびやかな時間と、あの人の軀だけ。

わたしだって、承知している。あの人が、わたしを本心から愛してくれているのではないことぐらい。資産家の安原の、ただ一人の、わたしが肉親だと知ったときから、彼は、わたしにやさしくなった。

伯父の前では、わたしは、野暮でくそまじめで少し頭のめぐりが悪い女でなくてはならない。

　伯父は、五年前、二度目の妻を亡くしてから、ようやく両親に死別し一人で暮らしをたてている姪の存在を思い出し、家事をまかせるために呼び寄せた。最初の妻も、病没している。しかたないのだ。華奢で弱々しい女が伯父の好みなのだから。労働力として呼び入れたわたしには、ひたすら頑健で野暮であることを望んでいる。

　伯父に子供がいないのは、わたしには天恵だ。しかし、謹厳そうな顔をしているくせに、伯父は、好みのタイプの女性があらわれたら、結婚する意欲は、あの年で十分にあるのだ。わたしにとって幸いなことに、面喰いの伯父の気に入る女性がまだみつからないだけのことだ。

　旅行中にチャンスがみつかるかも、と、わたしは、ひそかに友井を誘った。

ジゴロ。ひも。それが、友井泉だ。百も承知だ。誠意だの愛だの、期待するほどわたしは愚かじゃない。でも、彼は、美しい。それで十分じゃないか。わたしは、彼を、飼う。伯父が〝事故死〟したら。

　安原修三の資産は、彼が一代で築いたものであった。自然科学系の学者で、本業は金銭とは縁が無いのだが、たまたま有能な証券会社員が彼を担当し、彼は言われるままに売り買いするだけでみるみる財を増やしたという。

　彼の妹である昌子の母親は、食品会社につとめるサラリーマンと結婚した。昌子が高校一年のとき会社が倒産した。伯父の妻は、昌子の一家から経済的に頼られては困ると、一家を寄せつけなかった。伯父は自分の仕事に没頭し、妻が吹きこむ昌子一家の悪口――おかねをかりに来て困るとか、うちの財産をあてにしているとか――を疑わずに真に受けていた。

　父親が泥酔して車にはねられ死んだ後、昌子は高校を中退し、小さい美容院に住み込みでつとめた。手に職をつけようと思ったのである。美容学校に通うような余裕はなかった。しかし、女中同様に家事の雑用や子供の世話まで押しつけられ、仕事はろくに教えてもらえなかった。母親もパートで働いていたが過労で倒れ入院した。その付添いを理由に美容院をやめた。母は没し、昌子はしばらく茫然としていたが、求人広告を見て、水商売に入った。

両親が健在で暮らしも穏やかだった子供のころ、昌子はバレエの稽古に通っていたことがある。子供の他愛ない憧れと母親の好みが一致しただけのことで、才能に恵まれたわけではないから長続きはしなかった。酒場づとめをすることになったとき、その店のバーテンが、幼時、同じ稽古場に来ていた男の子の後身であることを知り、奇遇に驚いた。それが、友井であった。一、二度、軀をかわした。友井はそれ以上興味は示さず、昌子は、じきに酒場をやめ、化粧品のセールスに鞍替えした。客として、時たま、友井のいる酒場に顔を出した。友井は一つの店に永続きせず、転々とした。昌子は足跡をたどっては、訪れた。友井はうるさがったが、昌子が裕福な男の唯一人の身内と知ったときから、親切になった。

「ここは、王の寝室だな」

安原が言った。プレートを読みながらの一人言であった。

「そうですか」

反射的に、昌子は答えた。

「この真下は、図面で見ると、地下牢のようだ」

「地下に牢屋があるんですか」

「もう少し気のきいた返事はできんのかな」

伯父は、頭の鈍い人間を軽蔑している。そうして、たいがいの人間は、伯父の眼には、間が抜けてうつるらしい。楚々とした女性は、頭が切れなくても許されるのだが。

地下牢……。

「暗いんでしょうね」

そこに、美しい友井を鎖でつなぐことを、昌子は想像した。軀の中がうるおった。

壁にうがたれた狭い窓から、昌子は外を眺めた。木立の点在する曠野《こうや》も、くすんだ雲がアラベスクを描く蒼穹も、何の感興も昌子の心に喚び起こさなかった。

「行くぞ」

と苛立たしげに伯父は靴音をたてた。

中庭に向いた回廊に、二人は出た。

倉橋と妻、娘の三人が、上端がアーチ型をなす窓から中庭を眺めていた。

「あれは、物見の塔なんでしょうね」

夫に話しかけている倉橋知子の手にも、安原が持っているのと同じ英文のパンフレットがあり、城の見取図のページが開かれていた。

「上まで登ったら、見晴らしがよさそうね」

「ほら、根性《こんじょ》出せ」声がした。若い女の声であった。

川北暁子が回廊を歩いて来ながら、後ろを向いてはっぱをかけたのである。相棒の川北幹人が顎を出して息を切らしている。

「あら、男性の方がへばっちゃってるの」

倉橋知子が言った。

右手の棟の窓に、昌子は、赤いスカーフの友井をみかけた。早く、打ち合わせしなくては。人目につかないところで。

「てっぺんまで行ってきたんですよ」

川北が、息も絶え絶えというさまを誇張した。

「あの塔？」

「いえ、右の螺旋階段。四つもあるんですよ。同じようなのが四隅に」

「ほら、ファイト！」

川北暁子は、しゃがみこもうとする幹人の尻をひっぱたくまねをした。

ファイト！　昌子は、自分がはげまされたような気がした。

「あの、ちょっと、トイレに行ってきます」

小走りに、走り去った。

＊

塔の、てっぺんまでとは言わない、半分も登ったら、夫は心臓の発作を起こすだろう、と知子は思う。

医師であり、自分の軀の状態をよくわきまえている夫は、無理はしないだろう。

結婚は、失敗だった。

そう、知子は認める。

夫が、万梨江に注ぐ愛情の、せめて半分でも、わたしに向けてくれるなら、わたしは、夫の死など決して望みはしないだろうに。

昨日、友井が背を支えてくれた感触を、知子は思い出し、快さが再び波のように軀を走った。

夫は、ただ、万梨江に母親が必要だという、それだけの理由で、看護婦だったわたしを妻にした。

わたしが看護婦だった間は、万梨江はわたしに懐いていたけれど、母の座についたら、ろくに口をきかなくなった。

当然だ。万梨江の気持ちは、よく理解できる。理解はできるけれど、快くはない。

倉橋は、心臓に負担がかかって危険であるため、再婚後一月《ひとつき》もすると、夜を共にしなくなった。

当然だ、性よりは生のほうが大切だと、よく理解できる。しかし、知子の軀の淋しさは、みたされようもない。

シェーンブルン宮殿を、昨日、走りまわって見物した。団体が幾つも重なって混んでいたので、ガイドは、その先へ抜けようと、皆をせきたてて、走らせたのである。

夫は疲れたとバスに残っていた。もしあの中に加わっていたら、今日は、わたしは未亡人になっていたかもしれない。

知子も、疲れていた。そろそろ更年期に入りかけた年である。十七時間のフライト。空港に到着して休む暇もなくバスで市内めぐり。豪華なロココ式の大広間を走りながら、知子は立ちくらみした。しゃがみこみそうになるのを、やさしく勁《つよ》い手がささえてくれた。

「ゆっくり行きましょう。遅れたって大丈夫ですよ。バスは、おいてきぼりにしやしません」

男の腕に、知子はよりかかった。かすかに化粧品の香料が漂った。

遠目に見ていたときは、知子も、まさか男性が化粧するなんてことはないだろうし……と迷っていた。

力強くささえてくれた友井の腕に、ほんのわずか、意識的に、更に力が加わった。

――ああ、何年、こういう抱擁から遠ざかっていたことか……。

友井は、すっと離れた。紅をさした唇が、やわらかく微笑した。

あの微笑は……と、知子は、後で思った。もしかしたら、わたしの指を飾るキャッツ・アイの指輪に向けられたものでは……。

男の熱いまなざしを浴びるほど、美しくも若くもないことを、知子は自覚していた。夫は、知子が、彼の地位と収入にふさわしいみなりをととのえるのに、非難がましいことはいっさい言わなかった。家事を切り盛りし、万梨江に不足な思いさえさせなければ、知子が何を買おうと、気にかけないふうであった。

男とたのしい思いができるぎりぎりの年齢に、わたしはなった。……たとえ相手がおかね目当てであろうと……。

今日は、まだ、友井と一度も言葉をかわしていない。友井の方で接近してこないのだ。夫がいるからだ。わたしも、夫の前で、平然と応対できる自信がない。化粧した男なんて、夫の目から見たら、唾棄すべき屑なのだろう。しかし、腐敗直前の果物の香がこよなく濃密なように、友井のマニキュアをした華奢な指は、妖しくわたしの血をかきたてた。化粧を落としたら、貧弱な体軀のつまらない男なのかもしれない。と思う分別は、知子も持っていた。しかし、脂粉に包まれた友井が蠱惑的な存在であることは、事実なのだ。

夫は、愛情深い父親ではあるけれど、わたしには男ではない。このまま、わたしも夫と共にゆるやかに老い朽ちてゆかねばならないのだろうか。

右手の窓にちらりと見えて消えた友井の赤いスカーフが、知子の眼裏でゆらめきつづける。

＊

「泉！」

声をひそめて、昌子は背後からささやいた。

周囲に人の姿はないが、用心しなくてはいけない。

「振り向かないで。ここは、あの計画に最適の場所よ。やって。突き落として。細かい打ち合わせを、地下で。あそこなら、人目につかない。わたし、先に行っている。あまり時間はないの。トイレにと伯父に言ってある。いいわね」

ついと離れた。

＊

自由行動ということにしたので身軽になったためか、敬子は、個人ガイドをつとめた昨日のように、連太郎に付き添って城の中を案内してまわってくれた。

特に説明するようなことはない、と敬子は皆には言ったのだが、一部屋一部屋、ここは従者の間、ここは大広間、ここはチャペル、というふうに教えられれば、ただ漫然と歩きまわるより興味が湧く。チャペルの天井は火災にあって焼け落ちたということで、仰ぐと空が見え、白い翼の鳥が窓から窓へ飛びかう。

螺旋階段への入口で、二人は足をとめた。上は望楼に通じる階段、下は、地下室に続いている。

連太郎は思わず嘆声をあげた。

角のすり減った石段は、二、三段下りるとその先は突然闇に没する。徐々に暗くなるのではない。足もとに、沼が深々と黒い水をたたえたように、闇がわだかまっている。

「地下に何があるんですか」

「倉庫ね。ワイン・セラーとか。それから、地下牢と牢番の部屋ですって。わたしも下りたことはないわ」

「もし、灯火なしでこの地下牢に幽閉されたら、一時間とたたないで気が狂うだろうな。陰鬱な闇だ」

足音が近づいた。振り向くと、友井泉であった。友井泉は、ためらいのない足どりで、闇の中に下りて行こうとする。

「友井さん、危ないですよ」

友井泉は、ちょっと肩をすくめる仕草をし、石段を下りはじめた。足先から闇に浸されてゆく。

「まだ、時間は十分あるけれど」

腕時計を見て敬子はつぶやき、

「でも、気をつけてください」

と声を投げた。

「勇気あるなあ」

連太郎が言ったとき、古谷和美と大伴千津が近づいてきて、下り口をのぞき、きゃア、怕い!

と悲鳴をあげた。

友井泉は、振り向いて手招いた。肩のあたりはすでに闇に呑まれ、濃くいろどられた顔と手首が浮き出していた。

「いや！　怕い」

首を振る女の子たちに、かるく手を振って、友井泉は闇に呑まれていった。

「鍾乳洞より凄いね」

「観光用の鍾乳洞なら、灯りがついているもの。ここ、照明、ないんですか」

「ないみたいね」

「いやだ、何か出そう」

「下に地下牢もあるんだって」

連太郎が言うと、二人は声を揃えてきゃアと叫んだ。

＊

人数をかぞえ、上田晴子は運転手に困っちゃうのよね、というしかめ面をしてみせる。目はにこにこ笑っている。

集合時刻を五分過ぎた。連太郎は、敬子といっしょに、定刻の少し前にバスに戻った。木島夫妻などは定刻の十分も前からバスに乗りこんでいたというし、他の者もほぼ揃ったのだが、四人、まだ足りない。

「すみません、お待たせして」

「さっき、トイレに行ったんだが、それきり道に迷っているのかな」

安原が腹立たしさを声に剝き出しにして言う。

「ここのトイレ、コインがいるんですよ。コイン・ロッカーみたいにスロットにコインを入れないと、戸が開かないんですの」と、木島はまま子が皆に聞こえるようなはりのある声で言う。

「さっき、わたしも慌てましたの。矢上さんも、開け方がわからなくて困っておられるんじゃありません」

「いや、トイレに行くといって別れたのは、二十分――いや、もっと前かな。一人で見物しているのだろうと思っとったが」

「まだ戻られないのは、矢上さんと、浅井さんのカップルと」

上田晴子が言いかけると、

「来た」と、木島徳爾がさえぎった。

「悠々と手をつないで歩いて来る。皆を待たせて申しわけないというふうには思わんのだな、あの二人は」

ぶらぶら歩いて来た浅井清巳と香子は、バスの前まで来て立ち止まった。古城を背景に、清巳は香子の姿をカメラにおさめ、

「早く来なさい、皆、待っとる」

木島はついにどなった。

「どうも」と、別に悪びれもせず二人は乗り込み、

「もう出発ですか」

清巳が上田晴子に訊く。

「きみたちの時計は遅れとるんじゃないかね」

木島が皮肉った。

「まだ、あと二人」

「何だ。それじゃ、いそぐことなかったな」

清巳が香子に甘くささやき、木島は憮然とした。

「どうもすみませんな」

安原が、連れの遅れを皆に再度詫びる。

「矢上さん、あと、友井さんですね」

上田晴子は、のび上がって、メンバーの顔ぶれをたしかめた。

「友井さん、地下で迷子になったんじゃないかしら」

「うん」

女の子二人が心配そうにうなずき合う。

「地下？　友井さん、地下に下りたんですか」

「あそこは、暗いだけで、迷うようなところで

はないはずですよ」

敬子が言った。

「石段を踏みはずして、足とか怪我して動けないってこと、あるわよね」

「うん」

運転手は、警笛を鳴らした。まだ城内に残っている二人をうながすように。

城の壁の中までは届きはしないだろうが。

「もう少し待ちましょう」

上田晴子は腕時計を見ながら言った。

「今日は、もう、ホテルに帰るだけですから。お夕食は、有名なビアホール、『ホフブロイハウス』で、豪華なディナーとショウをたのしんでいただきます。皆さん、もうちょっと、待ってあげてください。明日は、一日、自由行動です。ショッピングを十分にたのしめますね。免税店へもご案内します」

にこっと、上田晴子は栗鼠のように前歯をのぞかせた。

5

「それっきり、人がひとり、消えてしまったんだ」

連太郎は、免税店で買ったブランデーの口を開け、二つのグラスに注いだ。

鴻輔の住まいの応接室である。外観は純和風の家だが、玄関ホールの脇に洋室が付いている。

この部屋では、誰はばかることなく、五郎を椅子の脇に坐らせている。旅の間はバッグに入れっ放しだった。他人に奇異な目で見られ、由来を一々説明するのはわずらわしい。

「何が起きても不思議はないような、古怪な城ではあったけれど……」

集合時刻を二十分過ぎても矢上昌子と友井泉はあらわれず、安原と敬子、上田晴子が城内に探しに行った。皆はバスの中で更に十五、六分待たされた。敬子が戻って来て、運転手に独逸語で何か言い、運転手は太った軀をゆるがせて席を立ちバスを下りた。

「運転手さんに、地下を探すのを手伝ってもらいます」

敬子は説明した。

「懐中電灯か何か、あるんですか」

深い闇を思い浮かべ、ぞくっと鳥肌立ち、連太郎は訊ねた。

「ここの事務員に訊いたら、照明はあるんだそうです。シーズン・オフなので消してあったということで、いま、つけてもらうことにしましたから」

運転手と敬子が連れ立って城門の向こうに消えると、不安なざわめきが車内にひろがった。

更に十数分、上田晴子が戻ってきた。唇がまっ白だった。

「皆さん、ちょっと事故がありましたので、このまま、もう少し、お待ちになってください」

笑顔をつけ加える余裕はないようだった。

何があったのだと、ざわめきが高まる。

「ええ、ちょっと。少しお待ちください」

「上田さん、事故って、何だね」

木島徳爾が、皆を代表して、詰るように問いただした。

「友井さんが、地下で怪我とか……？」

古谷和美が腰を浮かした。

「いえ、友井さんは、まだ、みつからないんです」

「それじゃ、矢上さん？　矢上さんが事故にあわれたんですか」

木島はま子が急《せ》き込んだ。

「石段を落ちて足をくじくか何か、なさったんですか。危ないのよね。石段。わたしも転びかけたんですよ。お怪我、ひどいんですか」

「あの、わたし、すぐに又まいりますから、こ

のバスの中で、皆さん、お待ちになってくださ
い。絶対、外に出ないでください。何かあると
大変ですから」
「何かあると、というのは、どういう意味です
か」
倉橋宗雄が訊いた。
「何かあると大変、というのは、穏やかじゃな
いな。ここは、そんな危険な場所なんですか」
「いえ……、あの……」
上田晴子は口ごもり、栗鼠のような前歯で下
唇を噛んだ。
「矢上さん、亡くなられたんです。もうじき、
警察が来ます。皆さん、どうか、落ちついて、
落ちついて、このまま静かにお待ちになってく
ださい。お願いします」
バスの中は騒然とした。倉橋宗雄が声を大き
くして、
「警察が来るという事は、死因が、何か……」
「倉橋さん、お医者さまでしたね」上田晴子は、
ほっとしたような目を向けた。
「すみませんが、いっしょに来ていただけませ
んか。じきに警察が来れば、あれですけど、で
も、やはり……」
「まだ、死亡したわけではない？　処置すれば
助かるか？」
そう言いながら、倉橋宗雄は立ち上がった。
「お父さま」と、万梨江が心細そうに腕にすが
りついた。
「いえ、亡くなられたんですけど……。来てい
ただけると助かります」
「あなたはさっき、何かあると大変だからバス
の外に出るなと言ったね。あれは、どういうこ
となんです。何か危険なことがあるのであれば、
わたしは娘を残して行くことはできないが」
上田晴子は、落ちつかなく目をさまよわせた。
唇がふるえ、叫び出したいのをけんめいにおさ

えて冷静を得ようとしているふうであった。

「すみません。あの……、わたしにははっきりわからないんですけど、運転手さんや安原さんは、あの……」

言いかけて声がつまり、上田晴子は、必死に、にこっと笑顔をつくろうとした。


「警察の調べで、矢上昌子というひとは、扼殺された上、頭を割られていた。壁に思いきり叩きつけて割ったらしいということだった。壁にその痕があったそうだ。そう、矢上昌子の遺体は、地下で発見されたんだ。そして、もう一人、友井泉は、それきり、みつからない」

連太郎は、「な」と五郎に言った。

「あの夜は、ホフブロイで夕食どころじゃなかったよ。皆、ホテルに足止めだ。敬子の通訳で、警察の事情聴取を受けた。警察の結論は、友井泉が、矢上昌子を殺害して逃亡したのだろうということだった。なぜそういう結論になったかというと、矢上昌子の伯父、安原修三の証言があったからだ。安原修三は、姪の昌子が友井にいれあげているのに少し以前から気づいていたのだそうだ。昌子が安原の金をごまかして着服しているのに気づき、興信所員に身辺を調べさせた。すると、友井の存在が浮かび上がった。昌子は安原の金をせっせと友井に貢いでいた。意見をしても逆効果だろう。少し引き離したら熱が冷めるかと、昌子を海外旅行に伴うことにした。ところが、驚いたことに、友井がメンバーに加わっていた。昌子が手引し、ひそかに旅先でデートしようというのかと、あつかましさに安原は呆れた。そうして、好き勝手にするがいい、そのかわり、帰国したら、昌子を絶縁し、家から出そうと、決心していたのだそうだ。

友井の方では、昌子に嫌気がさしていたのではないか。人目につかない地下室でデートし、昌子にしつっこく迫られた友井が、つい、昌子を殺してしまったのではないか。そうして逃亡したのではないだろうか。というのが、安原の推測だった。この推論は、説得力があった。友井は、パスポートは身につけているし若干の金も持っているのだろうが、空港や列車の駅にすぐ手配をしたから、逃げきれはしないと、警察は楽観していた」

「それで、一件、落着か?」

ブランデーの香りをたのしむように、鴻輔は目を細め、

「違うだろ、五郎?」と話しかける。

「事件の翌日、フリータイムの一日、おれは、ショッピングは興味がないから、高野敬子の住んでいる部屋を訪ねてみたよ。旅行代理店のウィーン支店に問い合わせて、住まいはすぐにわかった。市内の、ドナウ河を渡った裏通りにある古い建物の最上階だった」

「どうして、訪ねる気になったんだ」

「五郎のせいさ」と、連太郎は、荒々しい鉄の箍で締めつけられた、目鼻のない五郎に目を投げた。

「五郎が、行けと言ったのかい」

「ああ」

「つまり、連さんが、警察の結論に、何となく納得できなかったってことだ」

わけ知り顔に、鴻輔は微笑む。

敬子は、驚いた顔で、それでも少し嬉しそうに、おれを迎え入れた。ルームメイトと同居して二部屋を使っているのだと敬子は言った。

一部屋が居間、奥のもう一つをベッドルームに使っているということで、ベッドルームはもちろん見なかったけどね。

居間は、飾りけのない部屋だった。頑丈な木のテーブルと古びたソファ、アーム・チェア。編みかけのセーターか何かが籐の籠に入ってい

た。わたしが編んでいるのよ、と敬子は言い、少しはにかんだように笑った。仕事についているときよりも、敬子ははるかに女らしいやさしい感じで、香水さえつけているようだった。

お料理も、わたしはうまいのよ。

そう敬子が言ったとき、おれは、個人ガイドをしてくれた日に、レストランで敬子が問わず語りに話したことを思い出した。

最初のうち、わたしは、独逸語は何も知らなかった。字も読めなかった。それでも自炊しなくちゃならないから、マーケットで罐詰を買ってきたの。開けてみたら、まずくて食べられたものじゃない。ドッグフードだったのよ。わたし、罐を床に叩きつけて泣いたわ。声をあげて泣いた。その後、二度と泣くまいと決心したわ。わたし、がむしゃらに独逸語を勉強した。食べるためにガイドのライセンスをとったけれど、試験はむずかしいのよ。今では、この国の人が、わたしにガイドとして必要なこの国の歴史や地理を教わりにくるくらいだわ。

がんばり屋なんだね。

観光客に見せる顔と、ここで働いて生きていこうとする者に見せる顔は、違うのよ、維納という街は。

罐を床に叩きつけて泣いたわ、そう言ったとき、敬子は、それまでに味わった屈辱やら孤独やら、寂寥やら、怒りやら、すべてを叩きつけるような激しい身ぶりをしたのだった。

でも、幸い、すてきなルームメイトと今はいっしょだから。日本人の女の人で、音楽の勉強に来たんだけど、こっちで恋をして同棲して、別れて、今はわたしと同じようにガイドをしているわ。

敬子が珈琲を淹《い》れてくれているとき、ノックの音がした。敬子が立ってドアを開けると、両手に溢れるほど花を抱えた背の高い女が入って来た。ハイヒールを履いた足を後ろに蹴るようにしてドアを閉めた。

「ルームメイトの久美さん」と、敬子は紹介した。


おれが顔師という職業でなかったら、と、連太郎は続けた。

「わからなかっただろうな。あいにく、おれは、素《す》の顔に化粧を加えたらどう変わるか、濃い化粧の下の素顔はどんなふうか、見当がつく。もちろん、一目ですぐには見抜けなかった。しかし、おや、と何か気にかかるものを感じた。長身の、女にしては骨ばった軀つきの久美というルームメイトを、思わずしげしげと眺めた。それから、女の足もとに目を落とした。

男の足が女の細い靴を履くことはできないが、女が、詰めものをした男の靴を履いて足のサイズをごまかすことは、できる……。


久美という女は、平然としていた。しかし、敬子の表情が、敬子自身と、彼女の大切な友人、愛情深い共犯者を裏切った。敬子はふるえ、立っていられなくなった。ルームメイトは花を放り出し、敬子をささえた。そして、おれに強い目を向けた。

ドッグフードだったのよ。わたし、罐を床に叩きつけて泣いたわ。悲痛な敬子の声が、耳の中で鳴った」

異国を放浪し、野垂れ死にしてもかまわないと、捨て鉢に、敬子は、わずかばかり手もとに残った有金を持って日本を発ったのだった。友井に貢ぎつくし、貢ぎきれなくなったところで、「別れた」という表現を、敬子は使った。捨てられた、とは、こんりんざい口にしたくなかったのだろう。堕胎もしたわ、と、敬子は、わざとのようにどぎつく言った。

友井と日本でどんな悲惨ないきさつがあったのか、事細かに聞く必要は、おれにはなかった。むしろ、聞きたくなかった。

疲れた様子でホテルに着いたツアーのメンバーの中に友井を見出した敬子は、その夜電話をかけ、友井をこの部屋に招《よ》んだ。そうして、殺した。

殺すつもりで招んだのではなかったというが。久美が、友井の服を着け、化粧を友井に似せ、ホテルに帰った。翌日、友井泉として、久美はツアーと行動を共にした。

メンバーは、まだ、互いの顔を詳細に憶えるほど親しくなってはいなかった。印象さえ似ていればごまかせると思った。

「敬《けい》が、なぜわたしを好きになったか、倒れている友井の顔を見て、わたしにもわかったわよ」

久美は、そう言って苦笑した。

他人同士の集まりだと思って安心していた。それでも極力他の者と顔をつき合わせぬようにし、古城で、〈友井泉〉は不思議な消失をする。そのために、古城をスケジュールに入れた。敬子は他の者と常にいっしょにいるようにする。久美は地下で化粧を落とし、じみな女の姿に戻り、皆がバスに乗りこんだころ城から出て行く。

万一、友井の過去が調べられ、敬子が疑われても、アリバイがある。計画は、それだけの単純なものであった。

思いがけず、矢上昌子から、奇妙な言葉をささやかれた。

泉、振り向かないで。ここは、あの計画に最適の場所よ。やって。突き落として。細かい打ち合わせを地下で。あそこなら人目につかない。わたし、先に行っている。あまり時間はないの。トイレにと伯父に言ってある。いいわね。

この女は、友井泉を、以前から知っているのだ。

とっさに、久美は、計画に一部つけ足しをしなくてはならなくなった。

友井の骸は、敬子が欧羅巴放浪に使ったがっしりしたトランクに詰められ、まだ、ベッドの下に置かれていた。香水も花も、腐臭をまぎらすためであった。

昨日は、始末をする暇がなかった。今夜、車で処分しに行くところだった。と敬子は放心したような声で語った。


「それで?」鴻輔はうながした。

「それだけさ」連太郎は言った。「ドッグフードの罐を床に叩きつけて号泣した。敬子にそういう思いをさせた男だよ、友井は。そうして、矢上昌子は、その友井をそそのかして、誰かを突き落とさせようとしていた。おれは、敬子と握手し、久美に目礼し、部屋を出た。五郎のバッグを抱えて」

なア、と連太郎は五郎に言った。

——矢上昌子、友井泉、それぞれ、どういう過去を持っていたか、知らないだろ。

五郎は言った。

知らない。

——わたしも、知らない。

わかっているよ、おまえの言いたいことは。わずかな、一方的な知識で、他人を断罪するなと、おまえは……。

鴻輔は、ブランデーのグラスをテーブルに置いた。

「血のにおいがする」

「自分では手を下さなくても、結果的に、おれは殺人に加担したものな」

連太郎は、グラスに唇をつけた。

牡丹《ぼたん》燦《さん》乱《らん》

1

小雨混じりの昨夜の肌寒さが嘘のように、晴れ上がった。

連太郎は、床の中で歯ぎしりする思いだ。よりによって、今日という大切な日に風邪をひきこむとは、と、熱のために朦朧《もうろう》とした頭に悔しさが不快な澱《おり》になる。

鴻輔の温習会、発表会には、連太郎が顔を作る。これはもう、あらためて、約束を取り交わすまでもない、当然なことであった。しかも、今日の会は、鴻輔としては、一生に二度とない特別な舞台である。七代目未亡人と東京の理事、そうして鴻輔、三つ巴の跡目争いが続いていたが、鴻輔は、密かに独立の準備を進め、ついに東京袖崎会を脱会し、初代袖崎香竜を名乗り新流派を樹立する運びになり、今日がその披露のリサイタルであった。

〝香竜〟は、流祖袖崎歌流の前名である。

しかし、新流派といっても、流名はおなじ袖崎であるから、東京袖崎会の理事、幹部は、名乗りを許さぬといきまき、妨害の手段に出、弟子筋に中傷の噂を流したり、弟子の引き抜きにかかったりしてきた。

　鴻ちゃん、いっそ、まったく新しい流名にしたら、と、連太郎は言ったことがある。本名の松本鴻輔のままでもいいじゃないか。名前にこだわることはないだろ。

　連さんがそんなことを言うとは思わなかった。鴻輔は、やや心外そうに応じた。名前は、単純な符牒とは違うよ。長い重い時の流れが、〃袖崎〃の名に籠っている。ぼく一人の存在なんて、ちっぽけなものだ。袖崎の名を冠るとき、ぼくは、代々の袖崎歌流、ことに、芳沢あやめ、水木辰之助、荻野沢之丞とともに、元禄かぶきの女形四君子と謳われた、初代をほんとに身近に感じるんだ。

　能の役者が、能面をつけて、異界のものに変形するように、袖崎を名乗ることで、松本鴻輔は、ある別なものに変わるんだ。

　鴻輔の語気には連太郎を十分に納得させる気迫があった。

　弟子たちが、数番つとめ、鴻輔は最後に『鏡獅子』を踊る。大役だが、これがつとまらぬようでは、家元を名乗るのもおこがましいということになる。

　昨夜、雨に濡れたのが祟《たた》ったな。五郎に目を向ける。

　五郎はくふっと笑った。タクシーがなかなか拾えず、濡れそぼちながら舗道に立っているあいだに、寒気がしてきて、あ、これはいけないぞ、と思ったが、どうしようもなかった。ようやく帰宅して、床に就く前に、ありあわせの売薬はのんだのだが、横になっているうちにみるみる熱が上がるのを感じた。

　熱に浮かされた不快な夜が明け、起き上がると、足もとがおぼつかない。

　朦朧としたままで顔をつくっても、満足な仕事はできない、無理をしたら、かえって鴻輔に迷惑をかける恐れがあると、判断した。

同業の玉村宰治に電話して、代わりを頼んだ。

「なんや、ずいぶんひどい声してるな。よっしゃ。まかしとき」

「大事な舞台なんだ。くれぐれもよろしく頼むよ」

「ドンマイ」玉村は、かるく応じた。「鴻輔さんの晴れの舞台とあっては、わたしだってはりきるよ」

「うちの松橋が行くから、こき使ってくれ」

「もっちゃんがいっしょか。そら助かるわ」

「あいつまだ下塗りしかできなくてね。たとえつくれても、家元のはとてもまかせられない」

「鴻輔さんなら、作り甲斐があるな。舞台映えのする顔だね、あの人は」

昼少し前に、すでに会場の赤坂T＊＊ホールにいる鴻輔から、電話がかかってきた。

「風邪だって？」

「すまん」

「ちょっとがっかりしている」

「玉さんにはよく頼んでおいたから」

「おれは、連さんにつくってもらうと、気が落ちつくんだがな。だめか？」

いくぶん甘えのまじる鴻輔の声であった。そうして、おれの出番は三時半だから、もし、来られたら来てよね、と付け加えて、切ったのだった。

置き時計に目をやる。

二時四十八分。タクシーで二十分あれば着く。今すぐ出れば、ぎりぎり、顔をつくる時間はある。間に合わなくても、おれが見ているだけでも……、鴻輔は心強いかもしれない。な？　五郎に目で問いかける。

いつも辛辣なことを言う五郎だが、このときは、自惚れるなよ、とは、言わず、行けよ、と目で促した。もっとも、五郎は目鼻を持たないのだが、連太郎に語りかける表情はゆたかだ。

起き上がってみると、十分に休養したのがよかったのか、薬が効いたのか、思いのほか、しゃっきりしている。これなら、大丈夫だと、身支度にかかった。五郎も笑顔になり、早く連れて行けと急《せ》き立てる。

2

会場のホールは、盛り花が溢れ、贈り主の名が麗々しい。鴻輔がときどき振りつけをするので、TV関係の名も見える。

その中に、東京袖崎会の名札がいちだんはでやかに人目を引く。内幕を知らなければ、祝意のこもったものと見るだろうが、今日の参加者のなかで、鴻輔と東京袖崎会の確執を知らぬものはほとんどいないだろう。それでも、一応うわべは飾るのだなと思いながら、楽屋にまわった。

鴻輔は一人部屋を使っている。玉村が、鴻輔の顔の下塗りをしていた。

「連さん」と、鏡のなかのまっ白い顔が、笑みを含んだ。

「大丈夫なのかい」玉村が手を止めた。

「熱が下がったようなのでね」

「連さんが出馬なら、わたしは用済みだな」玉村は座をゆずり、「もっちゃんの方をみてこよう」と立ち上がった。

連太郎の弟子の松橋基雄は隣の楽屋で、胡蝶をつとめる若い弟子の顔をつくっている。

踏み出した玉村の足先が、畳におかれた湯呑みに触れた。

「あ、これは粗相《そそう》を」ほとんど空だったとみえ、ひっくり返った湯呑みは、わずかに染みを畳につくっただけだったが、玉村は恐縮した。控えていた鴻輔の弟子のひとりが、すばやく布巾で拭った。

玉村が出て行ったあと、鴻輔は、

「よかった。やはり、連さんにつくってもらうと落ちつく」小声で言った。「違うんだよな、どうしても。顔が気に入らないと、舞台も、どうもね。このあと、四、五日寝つくことになっても、来てよ、と言いたかった。実は、さっきも、もっちゃんに、電話をかけてもらったんだ。連さんに、そうとう無理でも、来てほしいって。そうしたら、ベルは鳴っているのに出ないというから、たぶん、こっちに向かっているのだと、心待ちにしていた」

目顔で促し、連太郎は、鴻輔と膝を突き合わせて向かい合い、化粧道具の包みを解いた。

鏡獅子は、前半は、たおやかな大奥の女小姓・弥生、後半は獅子の精の勇壮な踊りとなる。

連太郎が、鴻輔の顔の上に先ずつくるのは、ゆうにやさしいおんな顔である。ふくよかさに欠ける顔立ちを、紅のたすけを借りて、連太郎は、優婉につくりかえてゆく。気品といじらしさを持たせねばならない。小姓弥生が可憐であるほど、後半の獅子の豪放壮麗が引き立つ。相反する二つの役柄を一人で踊り分けることを要求される演《だ》しものであった。

初演は明治二十六年、九世団十郎によって舞台にかけられている。原曲は、江戸中期につくられた『枕獅子』で、前半は傾城といういかにも江戸歌舞伎らしい趣向のものであった。それを、高尚好みの団十郎が、大奥の小姓に変えたのだが、その団十郎自身が、「踊りで、近年もっとも苦しいのは、鏡獅子であった」と語っている。「長さから言えば道成寺が一番だが、これはたびたびつとめたから、いまは手慣れている。鏡獅子は、前は女でからだを締めつけられ、すぐ反対のものになるので、その苦しさはいいようがない」

そう、語ったというほどの難曲なのであった。

それをわざわざ取り上げたことに、連太郎は、鴻輔の自負と気負いを感じる。見事に踊り抜けば、一門のいわば反逆者である鴻輔に対する周囲の評価は高くなるだろう。客席には、他流の家元も多数列席しているはずであった。

3

客席の緊張が次第にゆるむのを、袖に立って見守る連太郎は、敏感に感じる。

前列に席を占めた顔見知りの批評家が、不遠慮に欠伸《あくび》をするのを連太郎の目は捉えた。

鴻輔のお小姓弥生は、申し分なく美しい。しかし、まるで迫力がなかった。そつなく、振りをなぞってはいるけれど、批評家が欠伸《あくび》をもよおしても当然だと、連太郎すらみとめざるを得ない。

ときしも今は牡丹の花の、咲くや乱れて散るは散りくるは

手獅子を掲げた弥生に、黒子の操る差し金の蝶が二羽、戯《たわむ》れかかり、すると、作り物の手獅子に獅子の精霊が憑依《ひょうい》し、弥生のからだは、獅子に振り回される。鴻輔の腰が決まっていないのに、連太郎は驚いた。

今、舞台に立っているのは、本当に鴻輔なのか。そんな疑いすら湧く。偽物が、袖崎香竜を名乗り、わざと拙い踊りを披露しているのではないか。理由はいうまでもない。鴻輔に恥をかかせ、新流派を発足と同時に潰すために。

もちろん、ありえない妄想であった。鴻輔の顔をつくったのは連太郎自身であり、振袖の着付けをするあいだも、連太郎は傍に付き添っていたし、その後も、鴻輔が舞台に立つまで一緒にいた

……と思う。

第一あれが別人であるとしたら、鴻輔はどこにいるというのだ。

いくら、舞台化粧を厚く塗り重ねてあるといっ

ても、見間違えるわけはない。足もとがなにか頼りないといっても、弥生は、鴻輔以外の誰でありようもなかった。

からだの具合が悪いのか。次に考えたのは、それであった。

しかし、楽屋で顔をつくっているとき、ふだんより緊張してはいたけれど、それは大舞台をひかえて当然なことで、体調を崩している様子は、まったく見られなかった。

差し金の蝶が、舞いながら、花道にかかる。それを追う手獅子につられて、弥生も花道を揚幕に入った。入れ代わって、蝶の翅を背に飾った女童のこしらえの愛らしい胡蝶の精が、上手下手から、舞い出る。

連太郎は、揚幕から袖に戻ってくる鴻輔を待った。二羽の胡蝶の舞いが舞台をつないでいるあいだに、弥生から獅子へ、化粧も衣裳も変えねばならない。

戻ってきた鴻輔の息づかいは荒かった。脳貧血でも起こしたのだろうか。連太郎は思ったが、しかし、大丈夫かなどと尋ねている余裕はない。たとえ、からだが不調であろうと、ここで、退くことはできない。鴻輔の気力に、成否はかかっていた。

楽屋に戻る暇はないので、袖で化粧を落とし始めると、

「濡れ手拭い」短く、鴻輔は命じ、野太い、呻きとも吐息ともつかぬ声を洩らした。

弟子が楽屋に走る。持ってきた濡れタオルをしばらく鴻輔は額に押し当て、「氷」とさらに命じた。しかし、氷の用意まではない。「すみません」弟子はおろおろする。鴻輔はふらりと足もとを泳がせた。そうして、からだを立て直し、さ、と連太郎を促した。

手早く隈取りをとり、獅子の顔につくりかえる。力づけるように、連太郎は鴻輔の肩に強い手

をおいた。

胡蝶は、羯鼓《かっこ》の舞いになる。獅子の出が近い。

「先生気張っとくれやす」傍に来ていた玉村が心ない声をかけた。連太郎は思わず、咎める目を玉村に向けた。

「先生疲れておいやすのか」気づかぬふうに、玉村は続けた。

能管が鋭く響き、鼓、太鼓が加わって乱拍子となり、獅子の出を促す。

静かな露の拍子が続き、獅子頭《ししがしら》を着した鴻輔は、自分に気合を入れるようにして、揚幕の方に向かった。


しばらく待たせたまえや、影向《ようごう》の時節も今幾程に世も過ぎじ

揚幕がかかげられ、獅子があらわれ出る。連太郎は胸苦しさをおぼえる。それでなくとも、重い毛を、流れに、左右に、巴《ともえ》にと振り回すのは、たいへんな苦行なのである。少しでも軀の具合が悪ければ、振り切れるものではない。

本舞台にかかった獅子に可憐な胡蝶が戯れかかる。

獅子とらでんの舞楽のみぎん、牡丹の花房匂いみちみち
大きんりきんの獅子頭、打てやはやせや牡丹芳、牡丹芳
黄金のずいあらわれて……

獅子はいさんでくるくるくると、と、囃子は容赦なく、狂いの合方に進む。鴻輔の足の乱れは、ますます明らかで、連太郎は目を伏せたくなる。

見ておいで。五郎が、声無く、叱咤した。目をそむけるな。鴻輔の無残を、ともに苦しめ。そう、五郎は言っているのだった。

正面きって、鏡獅子の最大の見所である狂いを、鴻輔は、始めた。床にとどく見事な毛を前に垂らし、左右に振り、宙を回し、鴻輔は、大きくよろめいた。客席からざわめきが起きた。踏みとどまったものの、腰がくだけ、膝をつきかけて、立ち直る。長い重い毛に鴻輔のほうが振り回されているかのようだ。

幕！　と連太郎は叫びたくなる。獅子をつとめきれない鴻輔ではない。連太郎はよく承知している。今日は、からだの具合が悪いのだ。しかし、客の目にはどう映ることか。獅子の毛も振れぬ舞踊家が、新流派を樹て、家元を名乗るなど、とんでもないおこがましい話だ。ほとんどのものがそう思うのではないか。技倆のほどをわきまえず、難曲を舞台にかけ、結局、未熟をさらけだした。そんな嘲りの声を、連太郎は聴く心地がする。

——まさか、おれの風邪がうつったのでは……。

顔をつくっているあいだにうつったとしても、こんなに早く発病することはあり得ない。そう、思い直す。少なくとも、半日や一日の潜伏期間はあるだろう。鴻輔も、気づかぬうちに風邪をひきこんでいたのだろうか。顔をつくっているとき、熱があるようには感じられなかったが……。気分が悪いのを、おれに気づかせぬように振舞っていたのだろうか。

鴻輔がのけぞるのが目に入り、連太郎は声をあげかけた。次の瞬間、このうえなく無様な恰好を、鴻輔は曝《さら》した。舞台に腰をついたのである。囃子方の動揺がつたわる。獅子は床にくずれ、狂いの合方のみが烈しい囃子を続けたのは、時間にすれば一瞬といえたが、連太郎には、とほうもない長さに感じられた。「やめたほうがいいんじゃないの」客席の声が、囃子の合間を縫って、はっきり、連太郎の耳に届いた。

万歳千秋と舞い納め

長唄が、狂いの囃子を断ち切った。幕切れを早めようという心配りであろう。

獅子の座にこそ直りけれ

二羽の胡蝶は定めの位置についたが、白頭の獅子は、手負いのようによろよろと、二畳台の上にあがるのがせいいっぱいで、見得をきる力はなく、ようやく型をつくり、とたんに、どうとあおのいて倒れた。もがいて、置き直り、見得をきろうとする。慌しく幕が引かれた。

楽屋に運び込まれた鴻輔のありさまは、連太郎を拍子抜けさせた。寝息を立てて、鴻輔は寝入っていたのである。

4

「睡眠剤を盛られたんじゃないのか」

連太郎の問いに、鴻輔は答えない。

鴻輔の稽古場は、しずまりかえっている。リサイタルが無残に終わったあと、弟子たちも気づまりなのか遠慮してか、顔をだすものは少ない。庭の青葉が目を和ませる。

「ふつうでは考えられないことだもの」連太郎が言うと、

「前の夜、飲んだからな」

鴻輔は呟いた。

「いくら飲んだからって、あの時間まで二日酔いってことはないだろう」

「ああ、でも、向こうはそれを言い立てるだろうし」

〝向こう〟が何を指すか、言うまでもない。

すでに、鴻輔が大役に気遅れし、まぎらすために、精神安定剤をのんだが、のみすぎてああいうことになったのだとか、いや、のんだのは酒だ、ずいぶん酒の匂いがしていたそうだ、などと、無責任な噂がひろまっている。

「証拠は何もない。泥試合になれば、こっちがますます、恥をさらすだけだ」

鴻輔は言った。力の抜けた声だ。気落ちしているのは無理もない。意気込んで一歩踏み出したとたん、取り返しのつかない無様なことになったのだ。

病気をおして出演したのだろうと、好意的に同情しているものもいるけれど、晴れの舞台で獅子の毛を振り切れなかったということは、致命的な悪評を鴻輔にはりつけた。

「証拠はみつけるさ」連太郎は言った。「誰がやったにしても、あっちの差し金に決まっている」そう口にしたとき、連太郎の脳裏には、玉村の顔があった。

袖で獅子の着付けをする鴻輔の気持ちを乱すような言葉を、玉村は無神経に口にした。楽屋で、湯呑みをひっくり返したことも、疑えば疑わしい材料になる。玉村は、東京袖崎会の理事たちとも親しいのだから、買収される可能性はないとはいえなかった。

もっとも、買収の可能性を言えば、玉村にかぎったことではない。弟子たちをはじめ、楽屋に出入りしたもののすべてについて、考えてみる必要がある。

「おれは、確信するよ。何か眠くなるものをのまされたのだ」連太郎は言葉を重ねた。

「思い出してみてくれ。楽屋で、何を口にいれた」

「思い出すのもいやだ」

「お茶を呑んだだろう。誰がはこんだ？」

「細かいことはおぼえていないよ。こっちもかなり、緊張していた。あがっていたともいえる」

「楽屋にいたのは、玉さんと、あと、誰だ」

「その話はやめてくれ」鴻輔はさえぎった。

「あのときのことを思っただけで……」

平静をよそおっていた鴻輔の声が、ふるえを帯びた。

やがて、気を取り直したように、

「一年、雌伏《しふく》する」目を壁に向け、鴻輔は呟いた。「来年『道成寺』を出す」

「もう、来年の再起を考えているのか。それなら、大丈夫だな」

しかし、決意をのべるにしては、あまりに覇気のない鴻輔の声であった。

「獅子をやるよりは、道成寺のほうがいいな、たしかに」

同じものを出したのでは、いかにも、前の失態を言訳じみる。

「来年はおれも風邪などひかないようにするよ」

「下塗りから連さんにやってもらっていたら、うまくいったかな」

冗談とわかる口調で鴻輔は言った。

「失礼します」襖が開き、内弟子の北川藤馬が、茶を運び入れた。

鴻輔は、内弟子を二人同居させているだけで、家族はいない。新流派を樹て、家元を名乗るのに、内を守る妻がいないのは不都合だろうと、結婚をすすめる話はずいぶん持ちこまれていた。鴻輔も妻帯する必要は認めていたが、独立とリサイタルの準備の方が焦眉の問題で、それが落ちついたら考えると言っていた。

身辺に女性の影はあった。連太郎が知っているだけでも、五人か六人親しい女性がいる。弟子とは一定の距離をおくよう、鴻輔は心を配っていた。誰を贔屓《ひいき》したの何のと、若い師匠の周囲は口さがない。

仕事の性質からくるものか、はんなりした色気が身のこなしに滲み、水商売の女たちに商売気抜きで惚れられがちである。さらりと鴻輔は遊ぼうとするのだが、相手が本気になり手を焼いたことが何度かあった。

鴻輔に恥をかかせようと企んだものは、東京袖崎会とは限らない。鴻輔は気づかぬだけで、女から恨みをかっているかも知れない……。氷片を浮かべた冷えた茶の淡い緑に目を和ませながら、連太郎は思った。


連太郎が帰ろうと腰をうかせたとき、もうひとりの内弟子、沢井拓也が、客の来訪を告げた。

それをしおに、連太郎は座をたった。

「また」と鴻輔は目で挨拶をしただけで、見送らず、次の客を待つ。

沢井が玄関にいっしょに来た。玄関で、北川が、二人の客の応対をしていた。

「どうぞ奥へ」沢井が言い、北川が、二人を座敷の方へ案内した。

「いやみを言いにきたのかな」奥に通る後ろ姿に目をやって、連太郎はひとりごちた。客は、東京袖崎会の理事、袖崎歌女と歌寿であった。

今年還暦を迎える歌寿の、恰幅のいい背は、汗染みが着物に浮いている。歌女は、四十二。三人の理事のなかでは一番若い。先代の理事の娘である。七十二になる最長老の袖崎歌志津は同行していない。しかし、二人の来意が何であるにしろ、もっとも強い発言力を持った歌志津の意向を体しているに違いない。気になったが、戻って席に加わるわけにもゆかない。

「何の用なの」

「何もおっしゃいませんでしたけれど……」案じ顔で、沢井も奥に目をやった。

「拓ちゃん、ちょっと、あけられる?」

「先生にことわらないと……。来客中にかってに外出するわけにも」

「北川さんがいるだろ」

「ええ、でも……」北川は兄弟子である。具合が悪いのだろうと察しはしたが、いつになく強引に、連太郎は誘った。沢井は奥にゆき、ちょっと買物にとことわって、戻ってきた。

ソアラの助手席に沢井を乗せ、連太郎は近くの喫茶店に車を向けた。

「今日くることになっていたの、歌寿さんたち」

「いいえ、突然です」

そうだろうな、前からの約束なら、鴻輔が連太郎に言わないはずはない、とうなずきながら、

「あれから、時々見えるの？」

「いいえ、はじめてです」

沢井は言葉をとぎらせ、

「わたしも、綱木さんとお話したかったんです」

と続けた。

「さっき、先生と話しておられるのが聞こえたんですが、綱木さんも、うちの先生が、なにか、罠に嵌められたと思っているんですか」

「拓ちゃんは、そうは思わない？」

「思います」強く、沢井は言い切った。

「どう考えても、おかしいですよ、あれは」

「すぐに血液検査でもすれば、わかったかもしれなかったな」

「ほんとですね。どうして、あのときそれを思いつかなかったんだろう」

「よい考えは、後で出る」

「でも、先生がね、あのことはもう言うなと。ぐちっぽいことをくどくどと言うのは嫌だって」

「拓ちゃんは、あのとき、楽屋にずっといた？」

「席をはずしたことがないわけじゃないけど、まあ、だいたい」

「誰々が楽屋に出入りしたか、思い出してみてくれないか」

沢井はこのことを始終考えていたとみえ、即座に、十数人の名をあげた。

「ほかに名前を知らないひともいますし、わたしが席をはずしている間に、来たひとはいるかもしれませんけれど」

「このなかの誰を拓ちゃんは……」水をむけると、沢井は慎重に、特定のひとの名はあげられないと言った。

5

「ぼくは、胡蝶の楽屋で子役の顔をつくっていましたから……」

松橋基雄は目をそらせた。そうして、うろたえたように視線をさらに伏せた。基雄の視線の先に五郎がいたのだ。相手の顔をまともに見ないのは、基雄の癖だ。小心なのである。

松橋基雄の父親は小道具造りの職人で、連太郎の父が経営する小道具制作専門の会社に属している。子供のころから基雄も踊りの世界になじんでいた。高校のころは演劇の方面に進むといっていたが、卒業後、陰の仕事のほうが自分に向いていると気づいたといって連太郎に弟子入りした。舞台の魔力に捉えられはしたが、役者としてたつには度胸がなさすぎ、裏方で立ち働くには小柄で体力が乏しい。まして、演出をするほどの力量がないのは誰の目にも明らかだ。しかし、連太郎のみるところ、顔師としても、きわだった才はない。ごく凡庸なのだった。命じられたことは、生真面目にやるのだけれど、きらめき立つものがない。パンチ・パーマをかけたりしたのも、少しは人目に立ちたいという願望のあらわれらしいのだが、からかわれるたねを増やしただけだった。「鴻輔先生の」と言いかけて、香竜先生の、と新しい名に言い直し、

「楽屋にあまり入らなかったので、そっちのほうの人の出入りは……」

「基雄は鴻さんの熱烈なファンだから、あっちの

楽屋の様子も気をつけていたかと期待したんだが」

　電話の音に話は妨げられた。基雄が先に受話器をとり、「沢井さんからです」と、取り次いだ。歌女と歌寿の来訪の用件が何だったのか、さしつかえなかったら知らせてくれと、連太郎は沢井拓也に頼んでおいたのである。いつもなら、鴻輔が話そうとしないことにおせっかいに首をつっこむことはしない。話したければ、鴻輔のほうから積極的に話すだろうと、控えている。しかし、今は、放っておけなかった。

「袖崎の名を名乗るなという勧告でした」口惜しそうに沢井拓也は告げた。

「綱木さんとわかれて家に帰ったら、お二人はまだ、うちの先生を難詰している真っ最中で、歌女先生は声がでかいから、部屋の外まで、びんびん聞こえるんですよ。まさに口をきわめて罵るというやつで、わたしなんか、部屋に乗りこんで、引きずり出したくなった。うちの先生に迷惑をかけるばかりだからと、腹の虫をおさえましたが、蛸《たこ》の足食う大星由良之助の心境でした」

「で、鴻さんは？」

「一言もなし……でした。うちの先生としては、頭下げているよりほかないんですよね。何も言えませんよ。ほんと、この上ない恥を舞台で……。睡眠剤なんてことを言い出したら、向こうを居丈高にさせるだけだし……」

「でも、まさか、袖崎の名を捨てろとは」

「決して」激した声が、送話口からひびいた。「来年、雪辱ですよ。やりますから。そのときは、綱木さん、頼みますよ」

「お弟子さんが動揺しているということは……」

「ええ、それはまあ」沢井はくちごもった。

「いま、公衆電話でかけているんです」そう、沢井は続けた。「だから、だれにも聞かれない」

「で？」連太郎は促した。

しかし、沢井は、よほど言いにくいことなのか、また……と言葉を濁し、切った。

　翌日、連太郎は北海道に仕事があり、ひとり、飛行機に乗った。少人数の舞台なので、他に人手を頼むほどのことはない。札幌に一泊し、翌日は小樽にまわった。どちらも、邦舞家のリサイタルである。大人数の弟子の顔をそれぞれ立てる発表会と違い、数をこなさなくてすむ点では楽だが、どちらも楽屋に気迫が漲《みなぎ》っていて、快い疲れを連太郎は感じた。惨憺《さんたん》たる結果に終わった鴻輔の会を思いあわせずにはいられず、辛くもあったが。最終便で帰京し、タクシーを自宅に走らせた。

　一人住まいである。家は無人であった。玄関に明かりがついている。消し忘れて出たのかと、さして気にもとめず鍵を出そうとすると、扉が中から開き、「先生！」松橋基雄が裸足で土間にとびおり出迎えた。

　その切迫した顔つきが、連太郎に予感を与えはした。

　基雄はほとんど抱きつきそうになり、さすがに自制して、大きく息をのみ、

「鴻輔先生が亡くなられました」うわずった声で、一気に言った。

　沢井から、基雄のところに電話があったのだと、連太郎にまつわるようにして、基雄は告げる。

「ここに電話したら、留守なので、わたしのところに知らせてきたんです。それで、先生が戻られたら、すぐお知らせできるように、ここに来て……、わたしが着いたの、つい四、五分前です」

「鴻さんは、……事故か」

「詳しいことはわたしもまだきいていないんです。あちらも取り乱しておられて、とにかく、綱木先生が帰宅されたら鴻輔先生のお宅のほうに来ていただきたいと……」

　基雄の声を聞きながら、連太郎の手は、電話に

のびていた。

北川が出た。

事故か、と急き込む連太郎に、北川の声はあいまいにためらった。横から、受話器をとったのか、沢井の声にかわり、「とにかく、来てください」半泣きの声が急き立てた。


「自殺か」

違う。五郎は答える。運転する連太郎の脇に五郎はいる。

違う。五郎は言う。しかし、それは連太郎の心の底の願望のあらわれかも知れなかった。

五郎はたしかに、連太郎が思いもしない暗示や示唆を与えてはくれるけれど、いくら古いものであっても、人形に超能力があると信じるほど、連太郎は現実離れしてはいない。連太郎自身の潜在的な思考があらわれる。その媒体で、五郎はあるのだ。

彼自身の能力を超えた予言力を五郎が持っているのであれば、と、連太郎はこのとき、強く願った。

6

鴻輔の家の、玄関の車寄せに止まっているのが警察のものであると認めたとき、連太郎は軀から血のひくのをおぼえた。二台置くスペースはないので、連太郎は門の前に車を止めた。傘を持ってきていなかった。門から玄関まで、ほんの少し走るあいだに、ぐっしょり濡れた。ドア・ホーンに答えたのは、沢井の声であった。

家の中には私服制服の警察官が我が物顔に歩き回っており、連太郎に咎めるような目が集まった。先生の友人で、私と北川が相談して呼んだんです。沢井は、説明した。沢井の顔は土気色になっていた。

「どうして、警察の人が?」声をひそめてたずねると、

「変死なので」沢井も、聞き取れないような声で告げた。

警官の許可を得て、沢井は連太郎を居間に通した。

鴻輔が居間として使っている部屋は、八畳の日本間である。毛足の長い絨毯を敷き、漆塗りの座卓を据え、床の間には、大輪の牡丹が青磁の壺に投げ入れられてあった。その前に横たえられ、白布に顔を覆われたのが、連太郎には信じがたいことだが、鴻輔なのであった。枕頭に北川も侍《じ》していた。白布に滲んだ血痕を、散り敷いた牡丹の葩《はなびら》と、一瞬、連太郎は錯覚した。布からはみ出た髪は、つややかに濡れていた。

顔を見てもいいかと、目顔で沢井に聞くと、沢井は両手に顔を埋めた。

白布をめくり、連太郎は、と胸をつかれた。あまりに無残な傷口であった。まるで狂暴なけものに食いちぎられたように、くびすじが、ぱっくりと穴を開けていた。連太郎は布をもとに戻した。手がふるえた。私服の警官のひとりが来て、連太郎の傍に座を占め、部長刑事の吉田と名乗った。

「舞台化粧の仕事をしているそうですね」

「鴻さんはいったい……」

「よほど、親しいのですか」連太郎と沢井を等分に見て、主任は聞く。「親戚などもいるだろうに、それをさしおいて、まず、こちらを呼んだというのは」

「先生は綱木さんを一番信頼しておられました。わたしと北川も、先生がなくなられたのに動揺して、とにかく綱木さんに来てもらおうと……」

「まだ、私は何も事情を聞いていないんです。どういうことなのか、教えていただきたい」

歯の根が鳴った。

「松本さんの身辺については、あなたが一番詳し

いわけですか」

「沢井さんや北川さんのほうが、日常のことはよく知っていると思いますが」

しかし、鴻輔が誰よりも心を許していたのはおれだ、その自負は連太郎にあった。

「忌憚ないところをお聞きしたのだが、松本さんに殺意を持つものの心当たりはありますか」

「殺された！」うわずった笑い声が、彼の意志にかかわりなく迸《ほとばし》った。「まさか」そうして、一語一語、連太郎は力をこめた。

「他人に恨まれるような人じゃありませんよ、鴻さんは」そう言ったが、この凄まじい傷口は……。

「あの……」沢井が口をはさみかけ、主任をちらと見て目を伏せた。

「いいだろう。きみから、遺体を発見したときの模様を説明して」主任は、沢井に顎をしゃくるようにした。

「あの……」話そうとして沢井は喉をつまらせ、ようやく、

「先生は獅子に喉を……」

「え？　獅子？」

「順序だてて話さないとわからないだろう」

北川が話をひきとった。

「わたしも沢井も外出していたんだ」咳ばらいをして、喉の掠れをとり、

「わたしは煙草を買いに出た。沢井もレンタル・ヴィデオ屋に行くというので、連れ立って出た。途中でわかれ、わたしも借りたいヴィデオがあるのを思い出し、ヴィデオ屋に行ったら、沢井はもう帰ったあとだった」

「ええ、わたしのほうが先に帰りました。それで、このお居間の外から、ただ今帰りましたと声をかけたんだけど、返事がないでしょ。それでまあ、ご挨拶はすんだからと、自分の部屋で借りてきたヴィデオなんか見ていて、そこに北川さんも

帰ってきて、二人で見ていたんですが、先生がお休みになるときは、わたしたちがお世話をするから、お声のかかるのを心待ちにしていたんです。あまりいつまでも……。それで、ひょっとして、TV見ながらうたた寝でもと思って、襖を開けたら、先生はおられなくて、ただ……」

沢井は声をつまらせ、助けをもとめるように北川に目を向けた。

「来客があったらしく、客用の湯呑みや魔法瓶なんかが出ていて」北川は言葉を継いだ。「どこかに出かけられたのかなと思った。それで、先におお寝間の支度はしておいたほうがと、沢井が」

「ええ、わたしが、二階にのぼったんです」

二階には、檜の所作舞台をしつらえた稽古場と座敷、鴻輔の寝間が続いている。階段を上がったとっつきが稽古場なので、まず目にはいる。

「そうして、雨戸を閉めようとして、窓を開けてなにげなく下に目を向けたら……」

言いさして、沢井が声をのんだ。

「こいつが駆け下りてきて、先生が庭に、と、もう、慌てふためいているので、わたしもいそいで縁側から庭を見た。そうして、はじめて気がついたんです。先生が庭に倒れられておられるのに。血まみれで……」

「血まみれで……」呆けた声で、連太郎はくり返す。

沢井は、くっと息をつき、

「獅子が……」と言った。

「このお弟子さんたちの話によると、流派の争いがあったそうですね」主任が口をはさんだ。

「それは、すんだことです」鴻輔の完敗によって、けりがついたというべきだろう。相手に殺意を持つとしたら、それは、鴻輔のほうだ。向こうは鴻輔の存在まで抹殺する必要はないのだ。鴻輔は、来年ふたたび起つ、と連太郎には名言していた。しかし、だからといって、今、向こうが鴻輔を抹殺せねばならぬほど切羽詰まった事情はないはずであった。

「もっと早く帰っていたら……。ヴィデオなんか借りに出なけりゃよかった」

「獅子というのは」

「手獅子ですよ」

わかりきったことを、というように、沢井は棘のある口調を投げた。

「鏡獅子の？」

鏡獅子にもちいる手獅子は、ふつう、小道具屋から借り出すのだが、鴻輔は、立派な頭を私有している。小道具制作を専門にしている連太郎の父のところの職人がつくったもので、かつて、連太郎の父が贈ったものだ。

「手獅子が先生の咽を嚙み千切ったんです」

困惑した目を、連太郎は主任にむけた。

「嘘だと思うなら、あの手獅子、見てください。主任さん、いいでしょう。綱木さんは小道具にもくわしいんです。なにか細工がわかるかも」

鴻輔が、リサイタルで使った手獅子は、歯を剝いた口から鼻頭にかけて、血に染まっていた。いかにも、獅子の頭が生気を帯び、猛々しく血をすすり肉を啖《くら》ったというふうだ。

「嚙みついていたんです」

沢井は言った。

「もちろん、わたしだって、作りものの獅子が……なんて、信じやしません。でも……」

理屈ではありえないこととわかっていても、あのありさまを見たら……と、沢井は訴えるような目を連太郎にむけた。

7

「おれは、かなり、合理主義者なんだよ」

五郎にむかい、連太郎はひとりごちる。別室に基雄がいるので、声には出さない。連太郎が奇妙な人形を大切にしていることは基雄も知っているけれど、それが、連太郎にとってどういう意味を持つか、そこまでは気づいていない。

基雄は住みこみではないのだが、昨夜は連太郎の帰宅を待って泊まりこんだ。遅い朝食の支度も基雄がやったので、連太郎はいくらか食べられた。今朝ばかりは、自分一人のために朝食の支度などとてもする気になれない。

何をする意欲も湧かず、五郎を相手にときどき独り言をつぶやくだけだ。

「獅子頭が、鴻さんの首を食い千切ったなんて、誰だって思いはしないさ。人間がやったにちがいないんだ」

五郎に話すことで、連太郎は自分の考えの整理がつく気がする。

「おまえは見なかったなあ。でも、おまえには視えているだろう。まるで、あの獅子が嚙み千切ったとしか見えないありさまだった。鴻さんが獅子とたたかって、ついに敗れたとでも……」

沢井がたずねてきたのは、昼を過ぎてからであった。

「もう、かってに出歩いていいの?」

「べつに容疑者ってわけじゃないから、何をしたってかまわないんです」

「あれから、何か、わかった?」昨日は、警察官が詰めているので、立ち入った話は聞けなかった。

「あれの結果、わかったんだろ」

解剖の剖見だのという言葉を、なまなましすぎて、連太郎は口に出せない。

「ええ、まだ、帰ってみえないですけど」鴻輔がちょっと外出しているような言い方を、沢井はした。

「来客があったらしいって、拓ちゃん言ってたろ。誰だかわかったの?」

「まだ、わかりません。けれどね、指紋がついてないんですって」

「指紋？」

「湯呑みとか、そういうのに」

「やはり、その客が？」

「でなけりゃ、指紋を消したりしませんよね」

わたし、気になっていることがあって……と、沢井は言いよどんだ。

「わたしの口からはとても言いにくいし、もし間違っていたら、わたし、北川さんに顔向けできなくなるので、うかつに言えないんですけど」沢井はまた、ためらってから、「北川さん、煙草を買ってから、レンタル・ヴィデオの店に行ったって、言ってましたでしょ。でも……、何も借りてはこなかったんです。わたしね、今日、ここにくる前に、ヴィデオ屋に寄って、それとなく確かめたんです。北川さんらしい人はあらわれていないんです、店に」

また、沢井は連太郎の反応をうかがう。

「それじゃ、北川さんが嘘を？」

「ええ」

「どうして」

「わかりません」

「北川さんは今日は？」

「葬式の準備とか、いろいろ。先生のご遺骸が帰られないと、具体的な段取りはできないんですけど、それでも、人が死ぬって、忙しいことなんですね」ようやく、冗談めかした口を、沢井はきいた。

「わたしも、お通夜にいるものをととのえに出てきたんです。急がなくちゃ。あの……いま言ったこと、どうしましょう。黙っているのもあれだし、そうかといってわたしの口から、北川さんを疑わせるようなこと、警察にいうのは嫌だし」

「その程度のことなら、警察がすぐ調べあげるよ。拓ちゃんが嫌な思いをして警察に言わなくても」

沢井は指を擦りあわせたり、わけもなく突然吐息をついたり、目にみえて苛立っていた。

「そうですよね。そして、北川さんにやましいところがなければ、警察になにを聞かれたって、心配はありませんよね。冤罪《えんざい》なんてこと、大丈夫ですよね」

「大丈夫だよ」確信はないけれど、連太郎はきっぱりうなずいて、沢井を安心させた。

沢井が辞去して一時間ほど後、北川が、憔悴した顔で立ち寄った。

北川もまた、連太郎になにか言いたげであった。基雄に命じて、茶を淹《い》れさせ、相手が口をきるのを待った。

「あの客なんだが……」少し言いよどんでから、北川は、

「東京袖崎会の誰かだと、わたしは思うんだ」強く言った。

「どうして?」

「先生にあんなことをするのは、ほかに考えられない」

「そんなことはないでしょう」

鴻輔は、来年ふたたび起つ、と連太郎には明言していた。しかし、だからといって、今、向こうが鴻輔を抹殺せねばならぬほど切羽詰まった事情はなかった。そう、連太郎が言うと、

「連さん、敏子さんのこと、先生からきいていた?」北川は、連太郎の予想外のことを言った。

「敏子さんて七代目の奥さんのほうの?」

「そう」

七代目末亡人の姪の敏子は、京都に住み、幼いころから邦舞を修め、七年前、七代目の許しを得て、十五歳で名取になった。

七代目未亡人が家元の座につくのに反対する東京袖崎会の理事のあいだでは、敏子に八代目をという気運が強まっていた。敏子は七代目に可愛が

られていたが、血族である伯母とは、仲が悪い。東京袖崎会としては、年の若い敏子なら、どうにでも懐柔できる。七代目未亡人に袖崎会を牛耳られるのをさけるためには、敏子の擁立《ようりつ》は、つごうのいい旗印であった。

「敏子さんなら、京都の会に呼ばれて、顔を作ったことが何度かあるけれど」

「敏子さんはね、うちの先生と結婚を望んでいた」

「鴻さんはそれを？」

敏子の一方的な気持だろうと連太郎は思った。

「先生がどういうお気持ちだったたか、それは先生の口からはきいていないけれど、敏子さんは本気でね。前から好意は持っていた。それが、あのことで、先生に同情しちゃったんだな。同情と恋心が一つになって、かなり、強く意思表示を」

「知らなかったな」

「理事のばあさんたちにしてみれば、うちの先生と敏子さんが結びつくのは、まったくもって、困るわけだ。しかも、敏子さんは、八代目を自分が継いだら、すぐにうちの先生にゆずるなんて言い出した。ばあさんたちも慌てるわけだ」

ずいぶん何事でも鴻輔から打ち明けられているが、この話はまだ聞いていなかった。

鴻輔は敏子を熱愛してはいない。もし愛しているなら、かくしごとの下手な鴻輔のことだ、連太郎が気づかないはずはなかった。しかし、敏子の求愛には、八代目家元の座がかかっている、となると、こうもあっさり袖にするにはためらいがあったろう。しかし、子供っぽいともいえる潔癖さも、鴻輔はまだ失っていない。功利的な結婚の話に心を動かされていることを、おれに話すのは、いやだったのかも知れない。前に、連太郎は、袖崎歌流の名にこだわるな、と言ったことがある。そのとき、鴻輔は、連さんはわたしの気持がわからないのか、と、ちょっと悲しそうにした。

今度も、家元の座にこだわるのを、おれに軽蔑されると思って黙っていたのか。あるいは……敏子のことはまるで念頭にないので、話題にもしなかったのか。

「でも、北川さん、理事はみな、年だよ。一番若い歌女さんだって、四十二だ、たしか。獅子に喉笛かっ切らせるなんて荒事はできないよ」

「あの獅子だけど、まさか、連さん、あの作り物の小道具が、とは思わないだろう」

「やったのは人間に決まっている。しかし、なぜ……」

「ばあさんでも、あれを使えば殺せるなんてことはないかな」

「ちょっと待ってよ。北川さんは、理事を犯人に決めつけているようだけど、敏子さんのことがあるにしても、なにも殺人なんて過激なことはする必要がないだろ。鴻さんが、ＯＫしたわけじゃなし」

「最初から殺意まではなくてもさ、穏やかな話し合いのつもりが、言い争いになって、はずみで」

「はずみで、なら、逆になりそうなものだ。それに、獅子はなぜ」

「あれは、凶器をごまかすためじゃないだろうか」そう、北川は言った。

「凶器の種類などがわかると、そこから犯人が割り出される。何かそういうものを使ったとしたら」たとえば、と北川は続けた。「凶器がささって折れた、なかなか抜き取れない。抉りとって、それをごまかすためにあんな細工を」

「簪《かんざし》、の脚のようなものを想像しているの？」

「まだ、そこまではっきりとはね。こういうことも考えられる。項《うなじ》に針を刺して殺すというの。針なら女でもできる。それをごまかすために」

「それは、あまり現実性がないよ。一刺しで急所を突いて殺すなんて、素人にたやすくできることじゃない」

そう反論しながら、沢井の言葉が浮かぶ。北川はヴィデオ屋に行ってはいないのに、嘘をついたという。

もっとも、ヴィデオ屋の店員が、北川らしい人物をみかけなかったと言っても、それを鵜呑みにして、北川が嘘をついたときめつけるわけにはいかない。大きな店であれば、店員の目につかないこともあるだろうし、目当てのヴィデオがなければ、手ぶらで帰ってくるのは当たり前だ。

「わたしは、東京会の理事がからんでいると確信するよ。警察にもそう言うつもりだ」

「たしかな証拠もないのに?」

「連さんはどう思う。理事の婆さんたちにとって、うちの先生はうっとうしい存在だろう。そりゃあ、一度は叩きつぶした。でも、敏子さんという伏兵があらわれたとなると……」

「来客が誰だったか、警察が調べているんだろう。こっちがあてずっぽうであれこれ言ってもしかたないいんじゃないの」

来客が誰だったのか。手獅子に嚙み千切らせたのは、なぜか。その疑問は脳裏を去らないし、鴻輔に害意を持つものは、理事たちのほかに思い浮かばない。

しかし……、

「身もとがわかる凶器というのは何だろうな」

五郎に問いかける。

「理事がやったっての、ほんとでしょうか」

五郎ではなく、基雄が、境の襖を開け、顔をのぞかせた。

「まさかあの年寄りが……」

否定しながらも、北川の言葉が浮かばせた情景は、消えない。

理事の誰か、ということになれば、年から考えて、歌女だろう。

歌女が、簪逆手に、銀の鋭い脚を喉頸《のどくび》に打ちこむ。脚が折れ、抉り出さなくてはならない。刃物で抉って取り出したが、このままでは、殺害方法を推測され、身に危険が及ぶとあせり、傷口をひろげ、それだけでは安心できず、傷の上から獅子の歯でさらに噛み千切らせる。

鴻輔が倒れていたのは庭先だったという。雨が降っているのに庭で争いになる状況というのは何だろうか。

座敷で口論になり、鴻輔が庭に逃げ出し、歌女が追う。雨降りしきるなかの殺し場。芝居の一場面ならともかく……。

歌女が殺意をもって、刃物を振りかざし襲いかかったとしたら、とっさに鴻輔も庭にとびだすかも知れない。追いすがった歌女が、一突き……。その場合、背中ではないだろうか、刺されるのは。

「殺し屋」連太郎は呟き、思わず苦笑いした。

「殺し屋？」

基雄が頓狂な声を出した。

「理事のほうに切羽つまった事情があったとしてさ、誰かにやらせた、って、ちょっと思ったんだ。でも、そんな馬鹿なことをするわけはないな。金でやとって殺させるなんて、脅迫の種を蒔《ま》くようなものだ」

そう打ち消したが、殺し屋、とつぶやいたとき、連太郎の頭のすみを、玉村の顔がよぎったのだった。

焦るなよ。五郎の声を聴いた。玉村が湯呑みをひっくり返したり、鴻輔に心ない声をかけたからと言って。

「でも、あの湯呑みに睡眠薬が入っていたとしたら、証拠湮滅だ」

「え？」基雄が聞き返した。

8

その日、朝のＴＶのニュースや新聞の記事に連太郎は注意したが、さいわいあまり猟奇的な扱いをしたものは、なかった。タレントなどと違い、邦舞家には世間の感心が薄いからだろう。警察も獅子頭がどうこうというようなことは、ことさら取り上げて発表しなかったものとみえる。と、ほっとしていたのだが昼過ぎ、ルポライターの八木と名乗る男が連太郎をたずねてきた。

「袖崎香竜さんは、大切な舞台で……」と、鴻輔の失敗を、八木は口にし、「そのとき、あなたが舞台化粧をしたそうですね」

「そうです」短く、連太郎は答えた。

「香竜さんは」八木が質問を続けようとしたとき、ドアホーンが鳴り、基雄が対応に出た。

「……捜査本部の……」と、客の声がきこえ、八木は言葉を切った。

「警察のようですね。追い払われる前に退散しよう」そう言ったが、玄関とは逆のほうの襖を八木は開け、するりと隣室に身をかくした。刑事との話を立聞きするつもりらしい。連太郎はそのままにした。聞かれて困ることもないはずだ。隠し立てして、勝手な憶測記事を書かれるほうが迷惑は大きい。

基雄が座敷に案内した刑事は、ちょっとみたところは銀行員とまちがえそうな律儀なかっこうで、もの言いもやわらかく、ただ、目付きだけは、先入観のせいか、気持ちよくはなかった。

「松本さんが舞台をしくじったとき、あなたが舞台化粧をしたそうですね」

八木と同じことを、刑事はたずねた。

「あのとき、松本さんは睡眠薬をのまされたと、弟子は主張しているが、実際そんなことがあったのですか」

言いながら、刑事は机の上の五郎にちょっと目をやったが、それ以上の関心は示さず、答えを促すように、視線を連太郎に移した。

「わたしには、確定はできません」連太郎は慎重に言葉を選んだ。

「わたしに言えるのは、鴻さん……袖崎香竜は、ふつうなら、決してあんなぶざまな舞台をみせはしないということです。ただ、わたしはだれかが細工するところを目撃したわけではない……」

「袖崎流には、厄介な内紛があったそうですね」

「そういう問題は、わたしより、袖崎会の当事者のほうが」

「香竜さんは、袖崎会の理事に含むところがあったんじゃありませんか」

「含むというのはどういう意味ですか」

「文字どおりの意味ですがね。恨み、憎しみを持っていたのではないか、ということです」

「鴻さんは、いさぎよく、あの舞台を他人のせいにはしない覚悟でした。睡眠剤をのまされたなんて言い立てても、向こうが肯定するはずはないでしょ。証拠はいっさいないんだから。水掛け論になるばかりだ。来年、道成寺を踊り抜き、雪辱する、そう、言い切っていました」

「しかし、客観的な証拠のあるなしにかかわらず、松本さん自身は、わかっていたわけでしょう。薬をもられてたかどうか」

「本人も、疑ってはいても確信を持って断言はできなかった。直前まで、精神的にも肉体的にも、緊張の極だったわけですから、舞台に立ったとき限界がきたと言われても反論はできない。だから、鴻さんは、他人のせいにはしない、と決めたんです」

「しかし、相手に何も含まないということはできないでしょう。あれだけの目にあって」

「もし、鴻さんが、恨みを持っていたとしたら、どうなるんですか。殺されたのは、鴻さんなんですよ」

「松本さんは、相手を呼び寄せたとも考えられますね」

「そんな！」隣室で、基雄が声をあげた。

「誰か？」

「弟子です、わたしの」そう言ってから、隣室にルポライターもいることを思い出した。

鴻輔が殺意を持って理事を呼び出したなどと、刑事は疑っているのだろうか。そんな思惑を無責任に書かれては困る。発表会の事件で、鴻輔は十分に傷つけられていた。これ以上の汚名はたくさんだ。

「断言します。鴻さんは、いさぎよい男です。恥は舞台の成果によって雪《そそ》ぐ。それ以外の醜い考えは持ち合わせていなかった」お引き取りください、と、連太郎は言った。

刑事が去ると、八木は出てきて、質問を続けようとした。刑事に言ったことのほかに話すことは何もない、連太郎はつっぱねた。

夕方のニュースは、鴻輔の死が、異様な状態であったことを告げ、東京袖崎会の内紛、そうして、過日の袖崎香竜の舞台の失態には、事情があることを匂わす記事も多かった。誰が、とあからさまに名をあげはしないが、東京袖崎会の理事をだれもが思い浮かべるような書き方であった。

八木がニュースを流したわけではあるまい。時間の余裕がない。警察の調べを、マスコミが把握したのだろう。

連太郎は、さらに何人かのマスコミ関係者の抜き打ち訪問を受けねばならなかった。鴻輔のいさぎよい態度のみを、連太郎は語った。不確実な疑いを口にするわけにはいかない。

誰とも名をなのらぬものから電話を受けたのは、その翌日である。

若い男の声であった。

袖崎香竜が舞台を失敗したのは、東京袖崎会のものに睡眠剤をのまされたためだというのは、本当か、と、声は詰問に近かった。連太郎は刑事に答えたのと同じ言葉をくりかえした。電話は、北川や、沢井にもかかってきたそうだ。一人二人ではなく、何人も、続いて、同じ趣旨の質問を浴びせてきた。なかには、袖崎流のだれそれだがと、名をはっきり名乗るものもいた。

歌女をはじめ、理事たちは厳しい取り調べを受けたようだ。しかし、鴻輔の死に関しては、いずれもアリバイが立証された。捜査官も、女性で、しかも歌女を除いては高齢の理事たちが、流血の殺人をみずから手をくだして犯したとは考えにくく、他人を教唆したのではないかという線で、捜査は進められていた。

やがて、週刊誌などが、この事件を書き立てた。若い美貌の家元の奇妙な死、ということで、理事たちは悪玉に仕立てあげられていた。名誉毀損などで訴えられないよう、巧妙な書き方をしてあったが。

北川と沢井も一時は、理事の意を受けて、鴻輔を殺害したのではないかと、厳重に調べられた。ことに北川は、嘘をついていたようだという沢井の証言から、ずいぶんつっこんで調べられたのだが、ヴィデオ屋に行ったという言葉を撤回しなかった。そうして、店員は気づかなかったが、ほかのものが、店で北川と顔をあわせたと証言し、疑いは晴れた。

「北川さんの疑いは晴れたそうだよ」

連太郎は、五郎に話しかける。

「でも、誰か、鴻さんにあんな惨いことをしたやつがいることは、事実だ。五郎、わからないか」

そっちだって、わかっているんじゃないのか。

五郎は言った。

「ああ、わかりかけてきたような……」

そのとき、隣室で、呻き声がした。

9

わたしが、と、松橋基雄は言った。

手首だの咽だの、ためらい傷だらけだが、どれも深いものはない。

連太郎は手早く傷を布で縛り上げながら、机の上の紙に目をとめた。

自分が鴻輔先生を殺した、と書かれた文字の上に、血の飛沫が散っていた。

馬鹿、と連太郎は笑い捨てた。

そんなにしてまで、鴻さんに殉じたいのか。

「ほんとに、わたしが。歌女さんに言われて、やったんです。そこに書いたとおりです」

基雄は、言い張った。「買収されたんです」

自殺するつもりなら、鴻さんがやったように、一思いにすっぱり、咽を切り裂かなくてはだめだ。連太郎が言うと、基雄は目をみはった。

「知ってたんですか」

「だんだん、わかってきたよ。二人の企みを、基雄はいつ知った」

「沢井さんから、あとになって聞いたんです。始めから知っていてだましたわけじゃないんです」

「拓ちゃんは、鴻さんが死んでいる、と、いったんだな」

「ええ、最初の電話では、それだけ」

「おまえに知らせたあとだな、拓ちゃんと北川さんが、手獅子であんな細工をして、他殺のようにみせかけたのは」

「ええ、だって……」

だって、あんまり口惜しいんですもの。基雄は言った。

「自殺では、世間の目も向かず、発表会のときの理事の陰謀は、世間に知られることはない」連太郎が言いかけると、

「だから」と基雄は言葉をかぶせた。

「沢井さんと北川さんが、相談して。少しは成功したでしょ。あっちはずいぶん叩かれたじゃありませんか。沢井さんと北川さんは、鴻輔先生のために、大働きしたんです。わたしも……」

「過激すぎるよ、おまえは」

「だって、このままでは、結局証拠不十分で、婆さんたちは、たいしたダメージも受けず、すんでしまいます。マスコミがちょっと悪者扱いして書き立てたけれど、そんなの、じきに忘れられてしまう。だから……」

「おまえが、理事に買収されたと?」

「ええ。でも、死ぬのってむずかしい」

「基雄、鴻さんと、何かあったのか」

基雄はあいまいに首を動かしただけであった。

酔ったまぎれに、鴻輔が、基雄の唇をふれるぐらいのことはしたのかもしれない、と連太郎は思ったが、追求するのはやめた。

共謀しているのを悟られないため、沢井はわざと北川を讒訴《ざんそ》したりしたのだな。電話に目をやった。問いつめれば、二人は、連太郎には打ち明けるかもしれない。電話に向けた視線に、五郎の顔のない顔が、入った。

来年は雪辱すると、連太郎の前ではせいいっぱい気を張ったことを言っていた。しかし、鴻輔は、死に傾斜する自分をとめようがなかったのだ。

少し羨ましく、連太郎は愚かしい行為に身を投じようとした基雄を見た。

北川と沢井は手を取り合い、基雄は単独で、鴻輔の復讐をはかったのだ。

——あんたが、もう少し餓鬼だったら、五郎は言った。誰かがあっちの差し金で睡眠薬を湯呑みにいれるところを目撃した、と偽証したところだな。

「あいにく、おれは、大人すぎたよ」

そう呟いたとき、鴻輔がいないのだということを、連太郎は烈しく思った。

消えた村雨

1

二十畳ほどの畳敷きの楽屋が、化粧と着付けの部屋に当てられている。出演者が控えている楽屋は別にある。

曲目は四十八曲、人数は五十人を越える。

連太郎に助っ人を頼んできたのは、同業者の玉村宰治であった。

当然、連太郎はことわった。

袖崎歌流襲名記念の発表会である。八代目を継いだのは、七代目未亡人の姪、敏子であった。東京袖崎会の望みどおりになったわけである。仕事とはいえ、連太郎がこころよく引き受けられるわけはないと、「わたしだって承知だよ」そう玉村は言った。「しかし鴻輔先生の亡くなられたことで、東京袖崎会の理事さんたちは痛いお灸をすえられたんだし、このさい水に流して……」

顔師の仕事を続けてゆくからには、袖崎流と袂《たもと》を分かったままなのはよくないと、玉村なりに連太郎のことを思った計らいなのかもしれなかった。また、袖崎流としても、数少ない顔師のなかでもとりわけ技倆のいい連太郎は貴重な存在である、亀裂を埋め、また仕事を依頼したいと望んでいるらしい。連太郎と鴻輔の結びつきがどれほど緊密なものであったか、理事たちは思い及ばず、連太郎にしても袖崎流を無視することはできまいと、いくぶん高をくくってもいるのではないか。そう連太郎には感じられた。

　連太郎が承知したとき、基雄は、師弟の縁を切らせてもらいます、と言った。

　あっちは、とうとう睡眠剤を盛ったってことは、否定しとおしたんですよ。そりゃ、あっちは、悪評はたったし、内情を知るひとたちにはわかるでしょうよ、でも、事情を知らない世間は、どこまで鴻輔先生のことを……。鴻輔先生の汚名、完全に晴れたわけじゃないんですよ。基雄は言いつのった。

　顔をつくるのは、玉村とその弟子の山田、そうして、今日は助っ人の連太郎。三人がそれぞれ鏡台を背に坐り、浴衣の楽屋着一枚の出演者が向かい合って、目をつぶる。無駄話をかわす暇もない忙しさである。

　山田は下塗り専門で、連太郎と玉村が紅を刷き眉や唇を描き、顔をつくってゆくのだが、山田の下塗りがまにあわなくて手が空けば、連太郎と玉村も、下塗りから手がける。

　鬘師《かつらし》や着付けの衣装係の手が空いているのが手伝って、二人がかりで羽二重を締め上げる。固煉《かたねり》の太白脂で眉をつぶし、顔ぜんたいに下地の鬢付油《びんづけあぶら》を塗る。のど首、首すじ、背のほうまで、両手でマッサージするように塗りこむ。その上から、溶いた煉白粉で顔を真白に塗りつぶす。

　ここまでが下塗りで、表情のない仮面のような顔になる。薄い紅を刷き、眼ばりをいれ目尻に紅をさし、眉と唇を描くと、素顔からはおもいもつかぬような舞台顔が生まれてくる。

　化粧がすむと、左側の一劃《いっかく》で、衣裳をつける。鬘師が鬘をつけてやる。山田が、手に白粉を塗る。手を塗るのは、身支度の最後である。

入口に近い右の隅では、使い終わった鬘を、鬘師が解いている。簪笄《かんざしこうがい》を抜きとり元結《もとゆい》を切ると、島田も吹輪《ふきわ》も、ひとしなみの無残なざんばらになる。

小さいこどもたちの、手習子《てならいこ》とか菊づくしとかいった初歩の番組はすでに終わり、中盤にかかっていた。

「昼飯、食堂からとりますが、何にします？」

マネージャーが連太郎たちの注文をとりに来た。

「メニューはハンバーグランチとスパゲッティとサンドイッチです」

「おれ、ハンバーグ。遠慮しないで、ぐっと力を入れて踏みつけてください。その方がやりやすいんだ」

後《あと》の方は、坐った連太郎の腿《もも》の上に足をのせた女に、言う。素足で踊る役なので、足にまで白粉を塗る。

「はい、すみました。しっかりやってらっしゃい。次の方」

山田の手で白塗りを終えた若い女が、

「お願いします」

と、連太郎と膝をつきあわせて坐った。

「『今様須磨』の村雨《むらさめ》です」

「『今様須磨』の村雨……。歌奈さんですね、京都の方の」

「はい」

「あれ、おかしいな」

連太郎はプログラムを見なおした。客用の豪華なものではなく、一枚刷りの簡単なものである。化粧のすんだものには、心おぼえの印《しるし》をつけてある。

「『今様須磨』は、村雨も松風も、もうすんでいますよ」

「あら、そんな。何かのおまちがえじゃありません？」

「印をつけまちがえたかな？」

連太郎も自信がなくなる。何しろ慌しい。一々、何の顔を作ったとおぼえてはいられないから、すんだ順に印をつけてゆくのだ。

のんびりと、時間まぎわになっても来ない者は呼びにやらなくてはならないし、あまりにせっかちで早く来すぎた者には、化粧がくずれるから、もう少しあとでと、適当な時間を指示してやらなくてはならない。

『今様須磨』は、能の『松風』をもとに作られた所作事で、文化十二年五月、江戸の市村座で初演されている。

須磨に流された在原行平《ありわらのゆきひら》が、勅免により都に帰ることになる。契《ちぎ》りをかわした海女《あま》の松風、村雨の姉妹が、あとを慕って追おうとする。ここまでが上の巻で、下の巻は、松風の狂乱と、松風に横恋慕する漁師の此兵衛とのからみになる。行平と此丘衛は早替りで一人がつとめる。烏帽子《えぼし》をつけた綸子《りんず》の着流しに小忌衣《おみごろも》、白塗りの貴公子行平と、しゃぐまのすっぽり銀杏、赤っ面の漁師を早替りで演じわけるおもしろさがある。

松風、村雨の姉妹は、揃いの石持《こくもち》に淡紅《とき》色の前帯、化粧腰蓑《こしみの》、髪は馬のしっぽ。

汐汲《しおくみ》、クドキ、狂乱、立廻りと、ことに松風は大役で、素人の舞台としては大きい演《だ》しものの一つであった。

それだけに連太郎も、「須磨の松風ですね」「須磨の村雨ですね」と、それぞれ、ことさら念をいれて顔をつくったおぼえがある。

「いや、村雨は、さっきたしかにつくりましたがね」

「あら、困るわ、そんな」

ケイちゃん、と、女は隣で玉村に顔をつくってもらっている女に呼びかけた。

「おかしいのよ。村雨をやるのはわたしなのに、だれかが、村雨の顔を先につくったって」

「そんなァ」

ケイちゃんと呼ばれた女は、真白な顔をむけた。

「だれか、いたずらしたんとちがう？　でなかったら、顔師のお兄さん、勘ちがいしたはるんやわ」

「ま、とにかく、顔をつくりましょう」

村雨が二人できあがったにしても、おれの知ったことじゃない。こっちは言われたとおりにつくるだけだ。もっとも、村雨の顔というのは、若い娘の顔につくるだけのことで、ほかの娘役とちがった特徴があるわけではない。

連太郎は、入念に眉を描いた。仕上げるのに十四、五分はかかる。下塗りは、連太郎なら五分ですむが、玉村は七、八分、山田だと十分以上かかる。

「ありがとうございました」

化粧を終えた歌奈は連太郎に丁寧に頭を下げ、衣裳方のところに行き、

「『今様須磨』の村雨です。お願いします」

「村雨ね。はい、ちょっと待って」

壁付きの棚に、おびただしい衣裳が積み重ねられている。

「村雨、村雨……と。おい、村雨の衣裳、みてくれ」

「村雨なら、さっき、着付けやりましたよ」

衣裳方の助手が、プログラムを見て言った。これも印をつけている。

「着せたのは、松風じゃないの。同じ衣裳なんだから」

「いいえ、松風もすんでいます。松風と村雨と、二人とも着付けすませましたよ。だから、もう、衣裳ないですよ」

「いややわァ」

村雨役の歌奈は、泣きそうな声をあげた。

「うちの衣裳……。そんなァ。困るわァ。ケイ

ちゃん。どないしょ。うちの衣裳だれか盗《と》っていったわ」

「鬘は？」

連太郎は訊いた。連太郎の前には、もうほかの出演者が坐りこんでいる。

鬘師が、黒い円筒型の鬘ケースを点検する。一つ一つ、役と出演者の名前が書いてある。

「鬘は……村雨のは、ありますね。歌奈さんね。はい、松風はもう、つけたようだ」

下げ髪の〝馬のしっぽ〟の鬘を、鬘師はとり出す。〝松風　歌鶴〟としるしたケースは、空《から》だ。

「ケイちゃん、ヨシ子さん呼んできてェ」

「松風のヨシ子さんね。よっしゃ」

ケイちゃんが、眉を片方ひいただけの顔で、とび出していった。

そのあいだにも、ほかの出演者が支度をととのえに入ってくる。衣裳方も手をあけているわけにはいかない。

連太郎が顔をつくっている女のうしろに、珍しく男性が坐って順番を待つ。

「はい、すみました。次の方」

「『須磨』の行平です。お願いします」

浴衣がけの若い男は、会釈して膝を進める。

「行平。歌吉郎さんね」

「はい」

「『須磨』が、ちょっと手ちがいがあって……」

言いながら、連太郎は、眉をつぶしはじめる。

お待ち遠さま、お昼です、とハンバーグランチやらサンドイッチやらが届いたが、食べている暇はない。

「そこにおいといて」

「村雨さん、泣いちゃだめだよ。化粧がくずれる」

衣裳方がなだめている。

「お兄ちゃん」

と、村雨の歌奈は、行平役の歌吉郎の傍にかけ寄って、ぺったり坐った。

「うちの衣裳、無いんやてェ」

「そんな。あと五番で『須磨』やで」

「御兄妹ですか」連太郎は訊いた。

「ええ」

松風の衣裳をつけた女が、ケイちゃんといっしょに早足で入ってきた。裾さばきがきれいだ。松風をつとめるくらいだから、相当の踊り手なのだろう。名取名は、袖崎歌鶴とプログラムにある。

「アヤちゃん、衣裳がないって?」

「そうなんです。だれか、うちの名騙《かた》って、先に着てしまったらしいの」

「冗談じゃない。衣裳さん、困りますやないの、まちがえてもろうたら」

「そりゃむりだよ。こっちはだれが何をやるかなんてわからないんだからね。村雨と言われりゃあ、村雨の着付けをしますよ。ことに、京都のかたたちは初めてだから、顔を知らないかたばかりだもの」こっちに尻をもってこられても、と、衣裳方は声をとがらせる。

「とにかく、皆に言って、手の空いている人総動員で、村雨の偽者、探し出さなならんわ」

ケイちゃんがまた連絡に走り出る。

「小道具がないとか、履物がどうとかいうのはたまにあるが、衣裳をそっくりというのは珍しいな」玉村は呆れ顔で言う。

「嫌がらせだわ」山田に下塗りをしてもらっている女が断言した。東京会の一員なので、連太郎も顔見知りの、歌津美という名取である。連太郎に疑わしげな目を走らせた。連太郎は、彼にしては珍しく、不愉快さを表情に露骨にあらわした。仕事、と割り切ることにして、引き受けたのである。鴻輔が自裁したのは、たとえ薬剤に作用されたとはいえ、それを気力で乗り切れなかった己を許せなかったからだ、連太郎はそう思うようになっていた。五郎が彼にそう言い、彼も頷《うなず》いたのだった。

八代目を継ぐ敏子は鴻輔を愛していた。そう思うと、敏子の晴れ舞台を素直に助ける気にもなれた。衣裳をかくすような子供じみた嫌がらせを、おれがするなど。そのくらいなら、鴻輔が死んだその時点で行動を起こしている。基雄の思い込みの激しさを、行動は愚かであっても、羨ましいと思い、結局、愚かには、おれは、なれなかったのだ。

「村雨の衣裳は、余分はないだろうね」

「あったら、とっくに着せていますよ」

「だれか鴻輔さんのもとの弟子の嫌がらせだとしたら、今ごろ、村雨のかっこうのままでうろうろはしていないだろう。とうに衣裳は脱いで化粧も落として、ふつうの身装《みなり》になって何くわぬ顔で客席にいるんじゃないか。それとも、もう帰っちまったか」

商業劇場の公演とちがい、こういう会は客席も楽屋も人の出入りが多い。義理で来た客が知人の出る幕だけ見て帰っていったりする。楽屋も、出演者の身内やら友人やらがざわざわ歩きまわっている。途中から入ってもくる。だれがいつ来ていつ帰ったか、とてもつかめはしない。

「それだったら、衣裳はどこかに放り出してないかしら」

一縷《いちる》の望みをかけるように、歌鶴が言う。

「舞台の邪魔をしようというんやったら、衣裳は持ち帰ったんやないやろか」

「ひどいわァ。何も、うちの衣裳盗らんかて」

「ヨシ子さん、村雨の衣裳がどうしても出てこなんだら、アヤちゃんには気の毒やけど、村雨抜きで、下の巻だけやるか」

「いややア、殺生やわァ」

歌奈は半泣きになった。

「うち、はじめて大きなお役やもん。京都から親類やら友達やら、わざわざ新幹線に乗って見に来てくれはってるのに」

「まさかまさか、〽呼ばれてふっと松風は、から幕開けるわけにはいかんわ」歌鶴は苦笑した。

ケイちゃんの注進で、東京、京都、入り混じってどやどや入ってきたので、楽屋はごったがえし、けたたましい騒ぎになった。

「鴻輔さんの一派のいやがらせだって？」

ひときわ甲高い声をあげて、東京会の理事の袖崎歌女が駆け込んできた。まだ素顔のままだ。

噴き上げる怒りを連太郎は押し鎮めた。歌女を罵倒するなら、やはり、あのときだった。鴻輔を陥れたと気づいたとき、締め上げるべきであったのだ。それでも、鴻輔の自死は免れなかったかもしれないが。

最長老の歌志津がしっかりした足取りで入ってきた。新家元の敏子がおろおろと続く。

「舞台、穴があかないようになっているんだろうね」歌女が声をはりあげた。

「歌寿さんは？」

歌志津が見まわした。袖崎歌寿も、理事の一人である。

「だれか、歌寿先生を呼んできて」

弟子の一人が身軽に出ていったが、じきに戻ってきて、

「歌寿先生、楽屋にいらっしゃらないようです」

と告げた。

「〝ようです〟じゃ困るんだな」歌女がきめつける。「中をのぞいてたしかめたの」

「ドアが開かなくて。鍵がかかっているみたいなんです。ノックしたんですけど。お返事がなくて」

「鍵？　おかしいね」

歌志津は薄い眉をしかめた。

舞台が進行している最中だ。楽屋を空けるにしても、一々鍵などはかけないのがふつうである。

皆は顔を見合わせ、次第に不安そうになる。

「合鍵を借りてきて、開けてみた方がいいのとちがいますか」

歌吉郎が決断を下すように言った。歌吉郎は京都の門下だから、東京会の理事には遠慮があるのだろう、「差し出がましいことを言うようですが」とつけ加えた。

弟子の一人が守衛から合鍵を借りてきた。

「わたしがみてきましょう」

歌女が合鍵を受けとり、スリッパをつっかけて廊下に出ていった。

まっ青な顔で駆け戻ってくると、歌志津の耳に何かささやく、歌志津も顔色を変えた。

「どうしたんです」

皆が色めきたつ。

「歌寿先生が、急病なんよ。ああ、静かに」皆をおさえる歌志津を、えっ？　という顔で歌女は見た。

「舞台を続けて」

「でも、お医者さんを早く呼ばなくては」

「すぐ電話するから、あんたたちは、舞台に穴をあけないように」

「でも、わたしの衣裳……」

泣き声を出す歌女に、

『須磨』は、しかたないね。この際、『須磨』は中止」歌志津はきっぱり言い、「歌女さん、ちょっと」と、二人で楽屋を出て行く。

連太郎はちょっと思案し、玉村に目顔で仕事を続けるよう頼み、歌寿の楽屋にいそぐ歌志津と歌女のあとを追った。

二人の村雨の出現。消えた一人の村雨の衣裳。その事件と何か関わりがあると直感したのである。

歌寿の楽屋は、廊下を鉤《かぎ》の手に折れたどんづまりの、一人部屋である。廊下は何人もの人が行きかっているが、歌寿の楽屋の前あたりは、人影はない。

歌女は合鍵を鍵穴に挿そうとするが、手がふるえて、音をたてるばかりだ。

「だれか見るといけないと思って、わたし、とっさにまた鍵をかけたのよ」

「それはよかったわ。大騒ぎになったら、手がつけられないからね。どれ、お貸しなさい」

歌志津が鍵を受けとったが、これは眼が遠いらしく、やはり手間どっている。連太郎は、「わたしがやりましょう」と、手を出した。二人の女は、小さい悲鳴をあげた。連太郎がついて来たのに気づいていなかったらしい。

「待って。綱木さん。あんた、見たもののことを軽々しく喋り散らさないでちょうだいよ」

歌志津が釘をさした。

ドアを開けると、畳の上にひろがった真紅の衣裳が、まず、連太郎の目に入った。それが血汐をたっぷり吸った、もとは藤色の村雨の衣裳だと気がついた。傍に淡紅色に海松《みる》模様の帯やら化粧腰蓑やら、腰紐やら襦袢《じゅばん》やらが散り、こんもり盛り上がった衣裳の下には、恰幅のよい袖崎歌寿が、うつぶせに倒れていた。

2

密室というわけではなかった。

楽屋のドアは、ノブの真ん中のボタンを押して閉めれば自動的にロックされるタイプである。袖崎歌寿を殺した犯人はそうやってドアをロックして逃げたのだろう。

村雨の衣裳を盗んだのは、単純な嫌がらせではなかったのだな、と、亡骸にかけられた血浸しの衣裳を見下ろしながら、思う。考えてみれば、須磨一番を中止させて穴をあけさせても、たいしたダメージをあたえることにはならない。鴻輔のための復讐であるのなら。

連太郎が胸をつかれたのは、基雄の顔が浮かんだからである。基雄なら自分で顔をつくれる。

村雨の衣裳をつけて舞台化粧をしていれば、怪しまれずに、楽屋や廊下をうろうろできるし、歌寿の部屋にも入り込める。

凶器は、刃渡り十七センチほどのナイフだった。抜きとって畳に放り出してある。おびただしい返り血を浴びたにちがいない。そのためにも、村雨の衣裳は役にたった。血まみれになった衣裳をここに脱ぎ捨てていった。

だが、その後、どんなかっこうで……。

楽屋着の浴衣だな、と簡単に思いつく。

浴衣一枚は、たいして嵩張らない。持って入っても、歌寿はべつに不審に思わないだろう。血しぶきのかからないところにおき、犯行のあとで着替えたのだ。

客席への出入口に近いところにトイレットがある。そのなかで化粧を落とし、羽二重をとり、ふつうの服に着替えれば、客のふりをして、外に出て行ける。

いいや、無理だ。衣裳方は、村雨の着付けをたしかにすませたと言っている。着付けと化粧は同じ部屋だ。おれの目がある。おれの目につかず村雨の衣裳の着付けをすることなど、基雄には不可能だ。

まもなく、急報を受けた警察官たちが到着し、現場検証がおこなわれた。

村雨の衣裳は、左の袂の先がことさらどっぷり血を吸っていた。衣裳をはがすと、うつぶせた軀の脇の畳に、血の痕が横一文字に描かれていた。『一』である。血に濡らした袂で書いたものらしい。

死者のダイイング・メッセージとは思えない状況だ。となれば、犯人のメッセージということになる。三人のうちの一人。第一番目の犠牲者。

「わたしたちを、次々に殺すという脅しなんですよ。次は、わたしか歌志津さんか」

歌女が、青ざめながら言った。

会は中止になった。一般客は帰らされたが、出演者は足止めされている。衣裳方と連太郎たち顔師も、居残るよう命じられた。犯人の顔をつくり、衣裳を着せているのだから、何か手がかりになることをおぼえていないかと、繰り返したずねられる。

「犯人は、もと鴻輔の弟子だった女ですよ。わかりきったことです」

歌女は言った。

「東京と京都、両方の弟子が混じっているから、顔を知らないのがいても、怪しまない。そこがつけめだったんですよ。綱木さんになにくわぬ顔で村雨の顔をつくってもらい、衣裳をつけてもらう。そうして」

「鴻輔さんの弟子なら、わたしは顔を知っていますす」

連太郎は言ったが、実のところ、全部をおぼえていると言い切れる自信はなかった。

「ああ、それで範囲がせばまったね」歌志津が切り込んだ。

「鴻輔の弟子で、女で、しかも、連さんとあまり馴染みのない、そういうのを探せばいいんだ。これはかんたんに解決できますね、警部さん。そうして、もうひとつ、おそらく鴻輔に惚れている女弟子。人殺しまでしようというんだから」

「そこまで恨まれるおぼえがあるということは」

連太郎は口をはさんだ。「去年の鴻輔先生の会のことは、やはり、こちらがなにか」

「おかしなことは言わないでちょうだいよ」歌女が、「あれは、鴻輔の技倆の拙さ。獅子の毛も振り切れないで」

「おやめ」歌志津が止めた。

「だって、わたしたちふたりも殺すと挑戦してきているんですよ」

鴻輔の弟子がやったにしては、あまりにやり方が露骨だな、と連太郎は考える。ことに『一』の字を残すなど、犯人は鴻輔の関係者を広言しているようなものだ。もっとも、証拠がなければ、逮捕も告訴もできない。

身は安全と見きわめをつけた上で、残った理事や東京会の一門、そうして京都の家元の一門に、恨み叩きつけ思い知らせ、恐怖させるために、あの一文字を残したのか。

3

「やってくださったんですねえ」

訪れてきた基雄は涙ぐまんばかりに、

「おお星由良之助だ。隠忍自重して……ついに」

「おれにやれるわけないだろう」連太郎は言った。

「かくさなくたって、このあとは、わたしにも協力させてください。アリバイつくりでもなんでも。わたしのアリバイをつくってくださるなら、わたしがあとのふたりを」

「ばか。おれはあのとき、顔をつくるのに手一杯だった」

「それじゃ、だれが……。おれがやるんだった。だれなんです」

連太郎は机の上の五郎に目を投げた。

「歌女も歌志津も」基雄は続けた。「おびえきっているだろうな。次はどっちの番か」

——さあな。内心、喜んでいるかもしれない。五郎が言った。連太郎にしか聞こえない声で。

「そう言えば、そうだ」連太郎がうなずいたので、基雄は、驚いた目をむけた。

三人の理事は、外部には結束してあたるが、勢力争いはなかなかの凄まじさだった。

それぞれが直弟子を持ち、その弟子たちがまた弟子を持ち、裾ひろがりのピラミッドが三つそびえたっているようなものだ。そこに今度はもうひとつ、京都の家元の一門というピラミッドが加わったのだから、このあいだの会でも、プログラムの作成ひとつにしても陰湿な争いがあったようだ。

歌寿が死んで、理事の座がひとつ空いた。そこに誰をおくか、歌女も歌志津も、それぞれ自分の息のかかったものを置こうとし、闘いになることだろう。これまでは三分されていた力が、二対一となる可能性をはらんでいる。

物故した七代目の未亡人も、東京会の理事たちに決して好い感情を持ってはいない。姪が八代目を継承するに至ったのは、東京会の横車によるものだ。未亡人よりも、若いおとなしいその姪のほうが、扱いやすい。七代目にかわいがられ、幼いころから厳しい薫陶をうけた敏子は、技倆は未熟ではないのだが、政治的な手腕など持ち合わせてはいない。いずれは京都の一門も東京会に合併し、九代目は理事のひとりかその息のかかった者が継ぐ心づもりではないかと、陰で取り沙汰されている。

鴻輔を愛していた敏子の気持はどうなのだろう。鴻輔を死に追いつめた理事たちのいうなりに、八代目を継いだのは、鴻輔のかわりをつとめるのは自分しかいない、ほかのものの手にはわたさない、という気か。それとも……鴻輔の復讐の機会をつかむために……まさか、と、まだ子供っぽい敏子を思い浮かべ、連太郎は首をふった。

しかし、自分で手をくださなくても……。とにかく、

「歌寿を殺す動機のあるのは、鴻ちゃんの弟子だけではないということだ」

けげんそうな基雄を無視し、

「歌志津、歌女、七代目未亡人、八代目……。実行したのはその腹心のものとしても」

五郎に目をむけると、

――犯人はわかっているじゃないか。

五郎は言った。

「え?」

――犯人が、村雨を詐称して、化粧をしてもらっている。そこに、本物の村雨役、歌奈が支度をしにきたらどうなるんだ。

鈍いな、と五郎はうそぶき、

――顔師のくせに、いまごろわかったのか。

鑿痕《のみあと》荒くれた顔が、かすかに笑った。

4

「歌奈が、二度顔をつくった。綱木さんは、そう言うんですか」

歌吉郎は問いかえした。

京都東山の、歌吉郎の住まいである。名取の歌吉郎は、二階に稽古舞台を持っている。だれか一人で復習《さら》っているのか、長唄が座敷までかすかにきこえてくる。

床の間の菖蒲《しょうぶ》がすがすがしい。

連太郎は、かたわらに五郎をおいている。歌吉郎は珍しがり、ひとしきり曳山人形の話がすんだ後であった。

「二度目の顔は、山田が下塗りしています。地の顔をわたしは見ていない。最初のときはわたしが全部つくったのでしょう。山田もわたしも、地顔は一度ずつしか見ていなかったわけです」

「歌奈が、村雨の扮装をして歌寿先生を殺し、衣裳をそこに残し化粧を落とし、何くわぬ顔で、もう一度、支度をしてもらいにあらわれた？」

むりですね、と、歌吉郎は言った。

「歌寿先生の死亡時刻は、検視、解剖で、かなり正確にわかりましたよね。その時刻、歌奈は、自分の楽屋で、友達と喋っていました。歌奈の楽屋は八人部屋で、ほかの出演者も、その知人友人もいました。皆に偽証させることはできませんよ。それに、歌奈は、殺人なんてできるような度胸のある娘《こ》じゃない」

「あなたは、度胸がありそうですね。そうして、あなたの楽屋は、一人部屋でしたね。その時刻の、あなたのアリバイは？」

「わたしの？」

歌吉郎は、一瞬、声をのんだ。それから、乾いた笑い声をあげた。

「綱木さん、何を言いだすんです。どうして、わたしのアリバイが必要なの。犯人は、女ですよ。わたしが、女の顔をつくって村雨の衣裳をつけて、歌寿先生を？　冗談じゃありませんよ。あなた、顔師でしょ。いくら白塗りしてあっても、男の顔か女の顔かぐらい、わかるでしょ。あなたは最初のとき、この顔の上に村雨をつくったというんですか」

「いいえ。あなたは村雨になる必要はなかった。最初、村雨に扮した歌奈さんは、その姿で、あなたの楽屋に入った。そうして、衣裳をぬぎ、化粧を落とし、楽屋着になって、自分の部屋に戻った。歌奈さんに十分アリバイがあるのをたしかめて、あなたは、村雨の衣裳一式を風呂敷にでも包んで、歌寿先生の部屋に行った。歌寿先生は、あなたに何の警戒心も持っていないから、刺すのはたやすい。女の力では、なかなか、一刺しであれほどみごとな致命傷は……ね。刃を抜くときは、村雨の衣裳をまとって返り血を避け、衣裳をああいう状態に残し、楽屋着になって、部屋を出た。しばらくしてから、歌奈さんは、また、わたしたちのところに、支度しに来た。はじめてのふりをしてね」

長唄はいつか止んでいた。階段を下りてくる足音を、連太郎は耳にしていた。

「とんだいいがかりだ。証拠がありますか」

「警察が、血を吸った村雨の衣裳を丁寧にしらべれば、きちんと着付けしをした状態で返り血を浴びたか、まとっただけの状態だったか、わかります。それをごまかすために骸の上にかぶせて、どっぷり血を吸わせたのでしょうが、ごまかしきれないでしょう」

襖が開き、歌奈が走り込んできた。歌吉郎にしがみつき、「お兄ちゃん」と泣きだした。

連太郎は五郎を抱え上げ、席をたった。敷居ぎわでふりかえり、訊いた。

「新しいお家元のためですか」

「鴻さんのためですよ」

歌吉郎の声は昂然と聞こえた。

「京都と東京にわかれていますが、わたしは鴻さんをだれより……」

妹を背後にかばい、歌吉郎は居直ったように続けた。

「もうひとり、歌女か歌志津か、どちらかを殺《や》り、ひとりは残しておくつもりでした。そうすれば、疑いは、残ったひとりにかかる。たぶん、歌志津を殺したでしょうね。殺人の疑いをかけられ、死刑におびえるより、ひと思いに殺されるほうが楽だ。わたしは歌女のほうが嫌いなのでね」そう言って、歌吉郎は微笑した。

「それは、鴻さんを侮辱したことになります」連太郎は、言った。

「鴻さんが、理事に敗北して死んだ、そう、あなたは思うんですか」

5

「おまえは、いつも、よけいなことを、おれに教える」

東名高速を、東京にむかって走らせながら、連太郎は、かたわらの五郎に、言う。

「何もしない。鴻輔のためにおれがしたことは、〝何もしない〟ただ、それだけだった……」

——このまま、旅に出ようよ。

五郎は誘った。

「そうだな」

連太郎はアクセルを踏み込んだ。

変相能楽集

PART 2

景清

地　案の打物、小脇に掻込《かいこん》で、なにがしは平家の侍悪七兵衛、景清と、名のりかけ名のりかけ、手捕にせんと追うて行く。

――景清――

1

弦月は匕首《ひしゅ》さながら、男の両眼を切り裂く。ほた、ほた、ほた、と、黒衣の袖から真紅の椿が散りこぼれる。

＊

本堂の外陣に坐した僧たちは、黙々と紙の椿を作る。

床に展《の》べた白紙の上に、赤と白の椿はうず高く積もる。

垂髪《うない》の童女が庭に立ち、眺めている。

境内の椿は、藪《やぶ》椿も胡蝶侘助《こちょうわびすけ》も、まだ蕾《つぼみ》が固い。風が吹き過ぎるたびに、寒冷紗の蚊帳をたたむような音がする。裏の笹群らがさやぐのだ。

風は本堂にも吹き入る。紙の椿が童女の手もとにころがってきた。

手をのばし、さらいとった。

更に、二つ、三つ、ころがってくるたびに、すばやく、とる。

風にまぎらせ、僧の一人が、作った椿を童女の方に放ってやっている。

二十代半ばの痩せぎすな僧だ。童女に目はむけない。童女がそこにいるのに気がつかぬふうに、庭を見ても焦点をそらす。

童女は、そういう扱いになれている。

花を放ってくれる僧は、良順《りょうじゅん》という名だと、童女は知っている。

ほかの僧が作った花にも、手をのばしてとる。だれも童女に目をむけない。視線が合いかけると、相手は、すっとそらす。慌てているふうにもみえる。それがおかしいから、わざとみつめる。

手のなかの剪綵《つくりばな》は、数を増した。かかえて、厨《くりや》にまわる。戸口は開いている。土間に入ると、陽に焙《あぶ》られた眸《め》に、厨のなかは、漆黒の洞窟めいている。

闇の深みから、厨のたたずまいが、しらじらと滲み顕われる。

広い土間も、それより広いよく拭きこまれて黒光りする板敷も、人影はない。竈《かまど》も火を落としている。ぽってりした春の気配を締め出して、厨はしんと冷たい。

膳部がしまいこまれた戸棚の横桟をならべた引違い戸も、木目が猛々しく浮き出した赤樫の引戸も、気むずかしい沈黙をつづける。

駒下駄をぬいで、板敷にあがる。

床板に、小さい刳《く》り穴が一つあいている。跪《ひざまず》いて、紙の椿をかたわらに置き、刳り穴に両の人さし指をかけ、力をこめてひきあげ、板を一枚はずした。もう一枚はたやすくはずせた。

床下の土が、湿ったにおいを立ちのぼらせる。土に深い昏い穴が穿《うが》たれ、その底に水面が鈍く光る。床下に古井戸が在《あ》る。ほかの者はだれも気づいていないらしいのだ。

床板のへりをつかみ、身をのり出して覗くと、はるかな深みからこちらを見上げる薄墨色の顔と目があう。

ほた、ほた、ほた、と、紙の花を、遠い昏《くら》い水に落とした。赤と白の花は落ちながら薄墨色になった。

ふと、ふりむく。戸口に見知らぬ男の子が立っている。少し年上らしい。逆光を背に浴び、男の子も薄墨色だ。

手招くと、あがりこんできた。

磨きこまれた床板に、素足の跡が白く残る。

頬が触れあうほどに並び、いっしょに膝をついて見下ろす。童女は、一つ残っていた花を手にする。最後の花を水に落とす。

笑顔をかわしあった。

やがて、男の子は外に出て行く。裸足だ。童女は、駒下駄をつっかけて、後を追う。

男の子は山門をくぐり、石段を下りる。

童女は、追う。急傾斜の、角のすり減った石段に、軀《からだ》を危く泳がせ、右足を下ろす。左足を揃える。直立する。ぐらりとかしがって、右足を下ろす。

下りきると、石だたみの路がひとすじ伸び、両側に石燈籠が並ぶ。台座を蔽《おお》った青苔は、彫りこまれた寄進者の名も埋めている。

男の子は立ち止まって、待つ。

境内を抜ける。土埃《つちぼこり》のたつ坂道の片側は雑木林が奥深く連なり藪椿が混る。曲りくねったままこわばった蛇のような枝の葉かげに、蕾の先端が紅い。

川べりを、手をつないで歩く。かすかに汐のにおいがする。河口に近い。帆に風をはらんで艜舟《ひらたぶね》が行き来する。逞《たくま》しい船頭の裸身は、白い下帯のはしを風になびかせる。

細い道に折れる。紫雲英の畑がひろがる。男の子は畑をつっきる。童女もつづく。

小川にかかった土橋を渡る。スギナの針のような葉が踵《かかと》をくすぐる。集落に出た。男の子はふりかえり、前歯の欠けた歯並みをみせて笑った。

人の気配のない村だ。童女は男の子の傍に寄り、指をからませる。

重い藁《わら》屋根に柱がゆがみかけた古い家が散在する。なかの数戸は瓦屋根で、紋入りの鬼瓦をのせている。

西にまわりかけた陽を照りかえす白壁の土蔵に、男の子は童女を導いた。

両開きの扉は開け放されているが、その奥の鉄の引き戸が閉まっていた。背のびして、錆の浮いた環に手をかけ、男の子は力をこめて引き開けようとする。顔が酸漿《ほおずき》色になってふくらむ。童女は手の貸しようがなく、ただ拳を握りしめ、いっしょに力む。

少しずつ開き、あとははずみがついて、一気に開いた。

冷やりとした風が中からかすかに吹いた。

男の子に手をひかれ、踏み入った。

ざわめきたつ蓬髪《ほうはつ》のように闇が触手をのばし童女を撫で、それがしずまると、見上げるほどに積み上げられた長持や、木箱、葛籠《つづら》の形がさだまった。

竹棹に巻きつけられた色の褪せた幟《のぼり》。櫃《ひつ》の上に無造作におかれた鎧は、縅《おどし》の糸が切れ、手負いのように傾いている。

巻いた筵《むしろ》のなかから槍の束が穂先を突き出し、その穂は銀紙が破れて木の肌が露《あら》われていた。

大小の戸棚が下に嵌《は》めこまれた頑丈な木の階段をのぼる。抽斗《ひきだし》の環がいっせいに鳴りひびいた。

板敷に茣蓙《ござ》を敷きつめた二階の部屋は、清潔に掃除がゆきとどいていた。白い光が窓から斜めに落ちこみ、茣蓙の上に油のように溜まっている。

男の子は隅においてある姿見を窓ぎわにひきずってきた。紫の地に秋草を染めた布の覆いをめくり上げ、うしろに垂らした。

そのあいだに、童女は平たい朱塗りの箱をみつけた。円型で柄がついている。男の子がその蓋をあけた。

手鏡が入っていた。朱塗りの木枠に硝子の鏡を嵌めこんだものだ。

窓にむけて空をうつした。それから、胸の前に水平に捧げ持つと、梁の露出した屋根裏がうつった。童女は、鏡をのぞきこみながら、そろりそろりと足をはこぶ。梁から落ちないように慎重に、反転した世界を歩む。

男の子が童女を姿見の前に坐らせた。坐った童女とうしろに立った男の子と、背後の壁ぎわの棚、棚の上に並んだ黒い円筒型の筒が鏡面にうつる。棚にはたたまれた色とりどりの着物が積まれている。男の子が鏡から消え、次にあらわれたときは、浅い箱を持っていた。

童女を少し退《すさ》らせ、男の子は、鏡と童女のあいだに割り入り、童女と向かいあって坐った。

目をつぶるように命じられた。

固く閉じた瞼の裏に、一瞬、男の子の残像が白い。

顔に冷たい手が触れ、何か粘っこいものを塗りたくられた。着物の衿がひろげられ、首すじから背の方まで、手は強く肌をこすった。

更に、冷やりとしたものが顔を撫でた。濡れた筆で撫でまわされるようだ。衿首、背、とその感触はつづく。眉、目尻、くちびる。強く、あるいはやわらかく、いじられる。

男の子が隣に並ぶ気配だ。もういいよ、と言われ目を開くと、男の子の横に、土蔵の白壁よりも白い、巨《おお》きな雛人形のような顔が、あった。目をみはってみつめた。

男の子は、並んだまま、自分の顔に何か油光りのするものを塗り、その上に、平刷毛で、水で溶いた白粉を塗りはじめた。

自分の顔の上に行なわれた過程を、童女は男の子の顔の上に見る。

白い団子のようになった顔に、紅を刷き、眉を描き目尻に紅をさし、くちびるにも濃い紅をさすと、二つの顔は、見わけがつかぬほど似かよった。

棚から、男の子は衣裳をひきずり下ろした。赤い地に桜を染めだし、金絲銀絲の縫いとりをほどこした衣装は、鏡の奥にも華やかにひるがえった。

童女に着せかけた、衣裳は小山のように大きくて、童女は押しつぶされそうだ。

男の子は白地に縫いとりのある衣裳を裾をひいて羽織った。

重い衣裳をひきずり、たわむれあった。

やがて、男の子は衣裳を脱ぎ捨て、童女の衣裳も剝ぎとった。鏡の前に坐らせ化粧を拭きとろうとするのを、童女は拒んだ。

男の子は、寺の山門がみえるところまで送ってきた。

よじのぼるようにして石段をのぼり、庫裡の茶の間に入ってゆくと、女が足袋をつくろっていた。

女は童女の顔を見て、驚いた声をあげ、眉をしかめた。

珍しいなと童女は思った。女はいつも、童女が目の前にいても、見えないもののようにふるまう。

童女は毎朝、目ざめると、ひとりで厨に行き、流しのわきの手押しポンプでアルマイトの洗面器に水を汲みこみ、顔を洗う。ポンプの柄を動かすのは、たいそう力がいる。上にあがった柄に両手をかけてぶら下がり、下りてきた柄を今度は押し下げる。顔を洗った後、茶の間に行くと、住職と女が、たいがい、食事をしている。童女は厨の棚から自分の箱膳を出してきて、お櫃のご飯と鍋の味噌汁をよそう。お櫃は、冬は藁を編んだ円筒形の容れものにおさめてある。蓋をとると、ご飯の湯気とお櫃の木の香と藁のにおいがいり混ってたちのぼる。

女はいま、たしかに驚愕した。この白いものを塗っていると、女の目に姿が見えるのだろうかと、童女は思う。しかし、女は針を持った指に視線をもどす。かたくなに、唇に力をいれ、左手を足袋にさしこみ、ほころびた爪先に針を突き刺す。

*

彼は、陽が傾いたのを、肌で知る。視力を失った代償に、皮膚の感覚が鋭敏になった。

竹の桟を打ちつけた小窓は、外の板戸を押し上げ棒でささえてあるから、陽のうつろいは空気の冷え加減で明確にわかるのだが、板戸が閉ざされていても、ある程度は感じとれる。

耳も聡《さと》い。厚く積もった落葉を踏んで近づく足音が、稚《おさな》い女の子のものであることを、聴きわけている。

窓まで、手さぐりせずとも行ける。

この小屋の内部は、すべて歩数で把握した。

彼は、自分の居場所を、部屋の中央にさだめている。そこは、彼の玉座だ。巣の中央に陣どった蜘蛛《くも》にもたとえられる。

足音は、窓の下まで来て、止まった。

彼も窓辺に歩み寄る。

竹の桟のあいだから手をのばす。やわらかい弾力にみちた手が、彼の指先をにぎって、はなした。

椿の花をあげる、と、たどたどしい声が言う。

鮮やかな花弁の紅が彼の眼裏に流れる。

人肌のように艶な手触りを想った彼の手に、乾いた音をかすかにたてて、紙片が触れた。

葩《はな》びらめいた感触の繊《ほそ》い指が、彼の指を折り曲げ、紙片を握らせた。軽い失望を、彼はおぼえた。

稚い児だ、紙屑を花と見立てたたわむれに、悪意はない。いや、善意のみだ。心づくしだ。

童女の足音は去った。

彼は、遠い昔識《し》っていた葩の湿りを帯びた感触を正確に掌によみがえらせようとする。もどかしく、それは、あらわれそうで、あらわれぬ、かわりに、紅い花の相《すがた》が、瞼の裏を烈しく流れはじめた。

　血の色に、それは、似た。

　波立ち騒ぐ海の面は、血に浸して絞り染めた布のようだ。

　更には、赤旗、赤符《あかじるし》、瀧田の川の紅葉葉《もみじば》を嵐の吹き散らしたるごとく、汀に寄せる白波も紅《べに》を刷《は》いた。

　主《ぬし》なき虚しい船どもが、汐にひかれ風にしたがい、いずれを指すともなく揺られただよう。

　千数百年は須臾《しゅゆ》のうちだ。

　落葉を踏む足音が、波のひびきを消した。

　童女が立ち戻ってきたのではない。勁《つよ》い、男の足音だ。

　はや、夕餉《ゆうげ》のときか。

　ひもじさはおぼえぬ、と言いながら、手があさましく窓の外にのびる。

日に二度の常饌《じょうせん》をはこぶものは、そのときどきで異なるが、良順と名を聞きおぼえた若い僧にのみ、彼は、心をひらく。二十代の半ばか、と見当をつけている。

　おや、法会《ほうえ》の椿を。

　窓の外、耳もと近い良順の声だ。

　本堂に飾った花が、ひきちぎられて二つ三つなくなっていた。あなたがとりに行くわけはない。ああ、あの子のしわざか、と、良順はうなずいた気配だ。

　これは、花か。椿の花か。法会の椿か。

　彼の心に喜色が湧いた。

　あの子には、五つ六つ、それとなく、やったのですが、その上更に、本堂からとっていきよりました。

　召せ、と、膳を彼の手に持たせ、良順は去る。

　紙の花を膳にのせ、彼は、己が座とさだめた部屋の中央にあぐらをかく。握り飯と味噌汁だ。

囚人。

彼を幽《ゆう》した獄屋は、『時』だ。千数百余年を須臾の間に圧した獄に、彼は起居《ききょ》する。

上《かみ》は梵天《ぼんてん》までもきこえ、下《しも》は堅牢地神《けんろうじじん》も驚くであろう猛々しい鬨《とき》の声を思い返そうとしたが、握り飯をわんぐりと頬張る彼の眼裏《まなうら》に、美々しい船いくさのさまは顕《た》ってはこなかった。

古畳の上に、流血は血溜りをつくった。

女が倒れ伏し、その胸から、刃物をひきぬく男。

彼はその不快な影像を眼裏から消そうとする。

血を浴び、全身鬼灯のような嬰児が、畳に仰のいたまま、無心に彼を見上げる。

風が裏の笹群らを鳴らす。笹葉のさやぎは、喊声にかわる。

北風烈しく吹き、磯打つ浪も高い。船は揺りあげ揺り居《す》え漂い、紅扇、夕陽にひらめく。

畳の血溜りに倒れ伏した女が、わずかに首をもたげ、彼に目を放つ。

その情景を強引に消し去ったとき、眼裏に空無が視えた。

＊

良順は、灯影で、天紅の艶書《ふみ》を読む。

一筆したためまいらせ候《そうろう》。御つつがなくわたらせ候や。巻紙に脂粉の移り香を嗅ぎ、わずかに眉をひそめる。紙燭に文をかざし、焼き捨てようとしたとき、住職の妻が、彼の部屋に入ってくる。顔は鬼女の面でかくしている。女は文をもぎとり、火に投じる。炎が大きくゆらぐ。良順に抱きつく。荒ら荒らしい手で面をはずし、放り出し、良順の唇を求める。良順は顔をそむける。女の唇が追う。

廊下を住職が通る。半ば開いた襖の向こうから、からみあう二人を見る。足がとまる。何も言わぬ。

鼓の音が、空《くう》を裂いた。鳥か？

＊

鼓の音が、鋭く一閃《いっせん》し、三味線の音がひびいた。

役者村の土蔵の二階は、賑わっている。

次の演《だ》しものの稽古がはじまったのだ。

巡業から帰ってきた男たちが、素《す》のままの立稽古である。

男の子が、神妙にせりふを謳《うた》いあげる。

今ぞ知る、みもすそ川の流れには、波の底にも都ありとは。

2

ゆるやかな起伏を持った松林は、誘いこむようにに奥につづく。古びた石の墓碑は、およそ百二、三十もあるだろうか。


梢越しに明るい陽光が射し、墓石に斑模様を描く。

「イメージが違っちゃったわ」

わたしが思わず言うと、

「もっと陰惨な墓地を想像していたんだろう」

高森《たかもり》はからかうように応じた。

楠田《くすだ》は無言で、墓石の群れにヴィデオ・カメラをむける。

「池永村みたいに、薄暗い雑木林に、墓石が倒れたり傾いたりして落葉に埋もれかかっていると思ったんだろ」

「ここは、戦争中、軍の飛行場だったのですよ」

案内してくれた若い痩身の僧が、明晰な口調で言った。二十代半ばにみえる。白衣の上の黒い紗の法衣に、葉洩れ陽は、墓石と同じ斑模様を躍らせる。僧は、鑿《のみ》で刻んだように、目もとや鼻梁、唇の輪郭が鋭い。どうかしたはずみに、ぞっとするほど凄艶《せいえん》な印象をわたしは受け、そのたびに目をそらせている。淫蕩《いんとう》で凄艶な僧の出現は、芝居のなかだけで十分だ。日常は凡庸であってこそ生きていられる。不穏なものは、闇のなかにのみ居てほしい。わたしは、僧の美貌を認めまいとする。

僧の口跡は爽やかに明るい。その爽やかさは陶酔的なほどだ。

「昔は、門前町に墓所があったのです。役者村の地域につづく、九百坪ほどの砂地でした。宝暦九年、墓所分として預ったという文書が、残っとります」

楠田は僧にヴィデオ・カメラをむけた。

インタビュアーは、高森である。わたしは、フレームからはずれるように、脇に退《の》く。

「その一帯が、戦後、住宅地として開発されることになり、ここに移されたとです」

「お骨《こつ》もいっしょですね、もちろん」

そう言って、高森は、意味のない笑い声をたてる。

「はい」

「これが、おそらく、一番古い墓碑ではなかとでしょうか」

僧が指した墓石に、楠田はカメラを近づける。摩滅した文字は、辛うじて、元禄六年、と読みとれた。

「宝暦九年に墓所として公認される前から、その一部を使用していたものと思われます。宝暦以前の年号と思われるものが、少なくとも、九基はありますので」

「元禄ごろからつづいていたにしては、墓石の数が少なすぎる気がしますが」

「昔はもっと沢山あったのでしょうが、損壊したものもありましょうし、無縁墓となって朽ちたものも。今残っておるものも、大半は無縁墓ですが」

「これは、夫婦《めおと》墓ですね。政所国助、同人妻。政所《まんどころ》とは珍しい苗字だな」

「いや、政所というのは、苗字ではなく、庄屋といいますか、村総代の名称です」

「いまでも、そういいますの？」

私はうかつに横から口をはさんでしまった。ここは、後でカットしなくてはいけない。インタビュアーの仕事に製作担当者が割りこむのは、職域を侵すことになる。

「いや、いまはこの名称は廃《すた》れとります」

高森の質問ぶりは、わたしを苛立たせる。

『浮世雑歌古酒』

こんな奇妙な戒名が刻まれているのに、高森は、目をとめず素通りする。

没年は天保六年。古酒は、酒好きの男が居士をもじったものだろうか。雑歌は、雑業歌舞伎の意か。

入江菊丸。享年六十一歳。明治二十二年没。これは、墓のなかでは新しい方だ。

もっとも、この松ヶ枝つづきの、明るい陽射しを受けた墓所で、元禄も明治も、そうして現在《いま》も、一つの光の沼のなかに、同時に在《あ》るように感じられてくる。

戒名の剝落した墓石の下部に、俗名玉川惣六、とある。

高森は気づかず歩いて行くので、わたしは、

「玉川という姓は、江戸の玉川座とか、天和のころの名女形玉川千之丞と、何か関わりがあるのでしょうか」と、僧に声をかけた。

高森と肩を並べていた僧は、二、三歩立ち戻った。

「芝居座の座名として、玉川座というのがこちらの記録に残っていますから、玉川惣六は、座元の一人だったのかもしれません」

僧は、わたしの方は見ず、目を墓碑にむけて言う。

『消えた役者村』というのが、探訪番組のわたしが企画した主題であった。

役者村、あるいは、役者町。一つの村、一つの

町、ある限られた地域の男たちがことごとく役者で、各地を巡業し歌舞伎芝居を打ってまわる。そういう協同体は、ことに西日本に多かったようだ。いまは、完全に消滅してしまっている。歌舞伎そのものが、人々に共通の気楽な娯しみではなくなったのだから、しかたのないことなのだろうけれど、昨今のように、プロフェッショナルな〝芸〟が重きをおかれず、素人の方が商品になる風潮は、何か味気ない。

役者村の濫觴《らんしょう》は、一遍上人の踊念仏にあるといわれる。諸国遊行の念仏聖たちが、どのようにして地域に定着し、役者集団を形成するようになるのか、そのあいだには数百年の時の流れがある。

その流れのなかを、神や仏の姿を背に負って、芸人たちは漂泊する。

「ここは、もうよろしいですか。よろしかったら、役者村が在った場所に案内しましょう」

僧にしたがって、墓所を出た。

待たせてあったタクシーに乗る。僧は助手席に坐り、ときどきふりかえって、道すじの風物を説明する。

「このあたりは橙が多いでしょう。これは、役者たちの痕跡なのですよ。正月、役者たちは、千寿神社の神前で獅子舞を奉納し、それから、家々を獅子舞をして寿《ことほ》いでまわったのだそうです。そのとき、家々からは正月餅をもらい、かわりに橙《だいだい》をおいていった、といわれています」

「しかし、その橙が、こういう樹になったわけではないでしょう」高森がさえぎった。

「橙をもらった家が、その種子を埋めたんだわ」

わたしは言った。

「種子から生え育つかね」

「暖国ですもの」

「彼らの使った獅子頭が、民族館に一つだけ残っていますよ。あとで御案内しましょう。『負いこ』も残っています。衣裳や小道具をおさめた荷を背負った運搬具です。旅は徒歩で、しかも、いまのように整備されていない悪路ですから、辛い旅だったでしょうね」

僧の明晰な声音は、いっそう、呪術的にわたしを陶酔させる。

「演しものは、院本物ばかりだったようです。時代が下がった南北や黙阿弥、世話物はやった形跡がありません。上演記録といった書きものは残っていないので、あの役者は何が十八番だったというような伝聞から、いくつかの外題がわかっているだけです」

芦屋道満大内鑑、義経千本桜、仮名手本忠臣蔵、一谷嫩軍記、伽羅先代萩、近江源氏先陣館、絵本太功記、壇浦兜軍記、ひらかな盛衰記……

僧は、抑揚のない調子で数えあげ、その声のなかに、わたしはひきこまれてゆく。

御所桜堀川夜討、恋女房染分手綱、源平布引滝、祇園祭礼信仰記、日高川入相花王《ざくら》、奥州安達ヶ原、傾城阿波鳴門、摂州合邦辻、艶容《はですがた》女舞衣、加賀見山旧錦絵……

3

陽は落ちつくした、と彼は感じる。

小屋の中央に、端坐している。

おびただしい血溜りの幻影は眼裏から消え、鋭い悲哀が全身を浸す。

役者村の女を、彼は、妻にした。

よそ者が入りこむのを、役者村のものたちは喜ばなかったが、彼が常晏寺《じょうあんじ》の身内であるから、許した。

役者たちは、一時、常晏寺の堂守をつとめていたという伝承がある。

明治三年八月に、役者村政所と組頭の連判で、新政府司祭局に提出された『常晏寺由緒書』の写しが寺に残っており、彼はそれを目にしたことがである。そのころは、晴眼であった。

御尋ニ付申上候

今般　王政御壱新ニ付、御国中大小之寺院成行御取調、就中小寺分は合寺、除地無年具地ニ建立之庵室辻堂之分者……

小寺や、除地無年具地に建っている庵室辻堂に対する今回の御処置について、当寺の由緒はこれこれゆえ、よろしく願上奉るという一文である。それによると、本朝念仏の元祖、空也上人は、数多《あまた》の弟子を引き連れられ、諸国を経廻《へめぐ》り、当地にとどまり衆生を教化されし後、京に帰られた。弟子どもは道場をゆずり受け、俗人の姿のまま、踊念仏をひろめてまいりました。私どもは、空也上人の弟子の子孫でありますゆえ、上人をまつるお堂を建て、一同で寺守をあいつとめておりますので、従来どおり存置を願い上げます。

空也上人が当地に足跡を及ぼしたことはない、というのが学者の定説だそうだ。一遍上人のあやまりかもしれぬ。あるいは、その流れを汲む無名の僧か。いずれにせよ、役者村の人々が、常晏寺との由縁《ゆかり》を大切に思っているのは、定説とは関わりない事実だった。

役者村の女を娶《めと》るために、彼は、寺の相続を弟に委《ゆだ》ねた。

婚礼の儀式は行なわず、彼と女は、役者村のはずれの小屋に住んだ。そこは、いわば、境界線上の地であった。役者たちは、紅白粉にまみれて育たなかった彼を、許しはしたが溶けこませはしなかった。

昔はもっと多くの座があったというが、このころ、座は三座だけであった。玉川座、五十嵐座、藤川座。

村の者は、三座のいずれかに属し、家代々のお株座に必ず出勤せねばならぬならわしで、他の座に転ずることは許されなかった。

寺の子に生まれながら、彼は、紅白粉の濃密なにおいの中に顕れる世界に、心奪われた、生まれた場所をあやまったと思うほどに。

役者たちは、しじゅう荷を負って旅に出てゆくが、寺の境内に時折粗末な舞台が組まれることもあった。

彼が後に妻にした女とはじめて出会ったのは、彼がまだ五つ六つのころだった。

厨の床板の揚蓋を、ふと、開けてみたことがある。そこには、味噌樽やら漬物樽やら水甕《みずがめ》やらが並んでいた。水甕の木蓋ははずれていた。彼はのぞきこみ、昏い水の面に自分の顔がうつるのを、興味深く眺めた。

顔が、二つになった。いつあがりこんだのか、隣に、見知らぬ女の子が並んでいた。

彼より二つ三つ年上にみえた。

女の子は、両手に、紙でつくった椿の花を溢れるほどに持っていた。

彼は眉をしかめた。その花が何であるか、彼は知っていた。明日の法会に本堂に飾るため、僧たちが手づくりした花である。女の子は、かってにとってきたのだろう。

眉をしかめた彼のきげんをとるように、女の子は、紙の花を、ほた、と甕の水に落としてみせた。それから、彼の手にも、二つ三つ持たせた。

二人で、ほた、ほた、ほた、と、紅と白の紙の花を、甕の水に落とした。水は揺れ、水面に薄黒くうつる二人の顔は、花に覆われた。

やがて、倦《あ》きたのか、女の子は外に出て行く。彼は揚蓋を閉ざし、後を追った。

山門で女の子は振り返り、もうついてくるなというように、手を振った。

後に寺を継いだ弟は、そのときはまだ、生まれていなかった。

十歳の彼が、女の子と、小川のへりで蓬《よもぎ》を摘む。土橋の割れ目にスギナがのびている。彼は少し恥ずかしい。もう女の子と遊ぶ年ではない。相手は、女の子というよりは、はや少女だ。弟の手をひいて、乳母が歩いてくる。

彼を招く。ためらいながら、彼は乳母の傍に行く。乳母は彼を促し去ろうとする。彼が迷っている間に、少女は走り去った。

床の中央に端坐し、彼の耳は、遠い日の太棹を聴く。膝に、童女がくれた紙の椿がある。

春や昔の春ならん、故郷の空はいずくぞや。憂き事茂る草の原、芽ぐむを撫でて春ぞと思い、汐くむ風に秋を知り、つれなき月日の身につもり来る。盲乞食の景清と、昔の我が名を我が心に、思うも苦し足なみや、枯木の杖によろよろと、よろぼい巌《いわお》にたどり寄り……

彼の妻となった女は、膝に衣をひろげ、針をはこぶ。

洋燈の灯に、金絲がちらりと光る。けばけばしい芝居の衣裳である。彼が入りこめぬ世界の必需品だ。針先をちょっと髪に刺し、掻くようにする。髪の油で針を湿さぬと、きしんで布目にとおりにくいのだと言う。

女の髪は少し赤みを帯びている。

自堕落にゆるめた衿もとから胸乳がのぞく。灯りが胸乳の上を滑る。

彼は大学を退学し、女と世帯を持った。彼が習得した知識も教養も、ここでは、糸のほつれた衣裳ほどの値打ちもない。

無用な人間になり果てている。それが快い。

太棹《ふとざお》は役者たちが稽古場にしている土蔵の窓から夕闇に流れ出て、彼が女と棲《す》む境界の家にまで達するのだ。

御一門悉《ことごと》く終《つい》に赤間が関、留めても帰らぬ昔物語。草葉の蔭より見給わば、さぞ悲しゅうも無念にもおわすらん。よし人はともあれ、景清一人

生き長らえ、頼朝が首取って、討たるる人々の教養、鬱憤を散ぜんと思いし一念の、
女は衣裳に針を突っ立て、引き抜く。

紙の椿をまさぐりながら、盲目の彼はつぶやく。指に、にぎり飯の飯粒がついている。

いかに世を住み侘ぶるとも、栃の飯、木の葉の折敷、萩の折箸、これが、

内大臣重盛公の霊供《れいぐ》か。太政大臣清盛公の侍大将、悪七兵衛景清が、供うる膳かとばかりにて、大地にどうと身を投げ伏し、聞く人なければ声をあげ、前後も知らず泣き居たる、世の盛衰ぞ力なき。誰か哀れと訪う人も、渚に寄する浪の音、浦山風に声添えて……

妻の軀は、底知れず白い。若い彼の指は妻の肉に喰わえこまれ、

男の子が欲しい、

と、妻は言う。しかし、妊《みごも》った兆しはないのだ。

子は要らぬ、と彼は答える。女の子なら、あってもよいとも思うが、男子は、要らぬ。己れの身一つあれば、それでも在《あ》り過ぎるほどだ。その上、弟まで、いる。十一本めの指、十三番めの月。

いや、わたしが、十一本めの指、十三番めの月だ。

女は、どれほど居ようと、咲きこぼれる花だ。邪魔にはならぬ。

男の子が生まれたなれば、父のもとに預けましょう。妻は言った。太棹のひびきを血に溶かして育ち、五つ六つになれば、芝居の型、踊りの振りを叩きこまれ、子役をつとめ、並ならぬものにつくりかえられてゆく。神仏の影を背に負い、野行き山行くものに。

女は、役者にはならず、仕込まれもせぬが、彼の妻となった女は、見よう見まねで、太棹も弾けば、せりふもそらんじる。

女の父が、寺の境内の仮舞台で葛《くず》の葉を巧みに演じるのを、彼は、女といっしょになる以前から、何度も見ている。肉置《ししお》きのゆたかな女とは似ても似つかぬ小兵の貧相な男で、舞台栄えもしないのだが、芝居がすすむにつれて、哀れさに客をひきこみ、泣き入らせた。

我が身の素性しれたれば、とてもこの家に長居はならず、夢みたような別れなれば、さだめて後では、乳をさがして泣くであろう。それが、〽恋しいいじらしいと、声を忍びのかこち泣き。

しょせん泣いても返らぬこと、せめて名残りにただ一筆、そうじゃ、そうじゃ。

目をさました赤子を寝かせつけ、口にくわえた筆で、恋しくば、たずね来てみよいずみなる信太《しのだ》の森のうらみ葛の葉、障子に裏文字で書きしるし、花道の七三に来て、つと振り返り、書き誤った文字に、はっしと筆を投げる。その投げ筆を、必ず同じところに当てる伎倆《うで》を持っていた。

女もまねて、彼の前で筆を投げてみせる。

ああ、女人《にょにん》は役者にはなれぬ、と彼は思う。身八ツ口からこぼれのぞく白い胸乳がなまなましすぎる。芸によって女がつくられる前に、生身の女が露わに顕《た》つ。

彼は女を抱きすくめ、乳を掌にて攫《つか》む。するとその弾む肉を享受する己れのほか、すべての感覚が失せる。

彼は、生業を持たぬ。住職の後継者の地位を弟にゆずった。その代償に、月々、食べるに困らぬだけのものが、生家より届けられる。

役者村の女狐にたぶらかされたと蔭口が、耳に入る。彼は聞き流した。弟はやがて梵妻《だいこく》を娶った。

4

商店街を通りながら、このあたりです、と僧は言った。

「これじゃ、しょうがないんじゃない」

高森は投げ出すように言う。

「盛りあげようがないな。今では、何も残っていませんじゃ、あたりまえすぎて、しらけるよ」

大売出しの名残りだろうか、ビニールの造花が、電柱を飾っている。

「この一すじ裏に、大銀杏があります。枯死寸前で、枝を落とした無残な姿ですが、樹齢二百年といいますから、役者村の盛衰も見ていたわけで」

「それは絵になりそうだな」

「ああ」と、高森と楠田はうなずきかわす。

わたしは、このあたりで待っている、と言った。

「その喫茶店にいるわ」

「何だ。不精だな。疲れたの」

高森はきげんの悪い声を出す。

疲れてはいなかった。枝を切り払われた敗残の樹を見るのが、なぜか急に辛くなったのだ。


憎は、わたしの眼をまともにみつめた。

わたしは、いかにも場末じみた喫茶店のドアを押した。スチールの脚にビニールレザー貼りの椅子に腰かけ、紅茶を注文した。こういう店のコーヒーは、まずいにきまっている。

目で見なくても、立ち枯れかけた大樹は、眼裏に姿を見せる。

それを画面に出すのは、いかにも陳腐なだめ押しという気がするけれど、楠田は、たぶんいい構図のヴィデオを撮ってくるだろう。

いったい、わたしは何を追っているのだろう。

消えた役者村。そう、わたしが出した企画だ。

幸い、M＊＊テレビの企画会議をパスし、わたしがつとめるプロダクションで製作することになった。小さい下請けプロダクションだ。制作費は切りつめられている。赤字を出すわけにはいかない。それでいて、視聴率が悪ければ、次から注文がこなくなる。しかし、高視聴率がとれるはずのない、地味な番組だ。

かつて、村々を祝《ほが》い歩いたほかい人の末裔《まつえい》。旅の遊芸人たちは、多く、踊念仏や時宗の徒を祖とするというが、わたしは、より古い、古代のほかい人をも想像する。やがて定着し、集落を作っても、遠い血、遠い記憶に駈り立てられるように、彼らは、出かけてゆく。

漂泊。放浪。そんな言葉に他愛なく憧れるほど稚くはない。むしろ、漂泊、放浪の、酷さ、薄汚さ、寂寥《せきりょう》、を推量する。それらを押してなお、彼らに旅衣を着せる力は何なのだろう。

黒森や檜枝岐に地芝居はまだ残っているが、一村の男たちが悉《ことごと》く役者で、座を組んで旅を稼いでまわる役者村は、絶滅した。

R＊＊川流域の役者村は、比較的長く生きのびた方で、戦後も昭和二十六、七年ごろまで存続していたという。

余香はまだ漂っていようし、役者を廃業した人から体験談をきけるかもしれない。

そう期待したのだが、わずか四十数年の〝時〟が、役者と役者村を完璧に消滅させていた。役者によってこの世ならぬたのしみを与えられながら、役者を卑しむ風潮がこの地に強かったためもあるようだ。生産にたずさわらぬ者を、特殊に崇めるか、極度に卑しめる、為政者の、その奇妙なバランスのとり方。聖と賎は、一つの顔の裏表か。いまや、歌舞伎の大幹部は、国家から褒章を授けられ、人々から崇められる。消え去った人々と根は一つなのだけれど。能楽師もまた、そうではないか。美しいものは、すべて、賎から芽生えて貴となった。賎と呼ばれるものこそ、豊饒の美の大地。

「そうですね」

テーブルをはさんで向かいあった椅子に、僧が腰を下ろしていた。

「この町にも、〝旅芝居〟は、今でもくるのですよ。しかし、それは、昔の役者村とはまったく関係ない、近ごろでは大衆演劇と呼ばれている、あれです。歌舞伎の素養は皆無といっていい。むしろ、かつての新派や股旅物の流れですね」

ごくあたりまえの会話なのに、わたしは、僧の眸《め》にひきこまれそうになる。

「その〝旅芝居〟さえ、息絶えだえですわね」

わたしは応じたが、わたしの意志とは関わりないところで声が出ているふうな気分だ。

喋っているわたしは、魂を離れた木偶《でく》とも思える。

「芝居にしろ音楽にしろ、舞い踊りにしろ、今は、共通の根がない、って気がしますのね。外国からの借りものは、しょせん借りもの。そうかといって、伝統芸能といわれるものには、わたしたち、ほとんどエトランジュですものね。この先、どうなるのでしょうね」

消えたものを無理に形ばかり復活させても、やはり根のない偽ものですわね、と、わたしはつづけた。デパートの屋上に設けられたお祭り広場みたいなものですわ。中は虚《うつ》ろな、まやかしの張子。切っても、血どころか、血糊も流れやしません。

「虚ろなまやかしの張子。わたし自身が、そうなんですの。まわりの人たちも、物も、すべて。大きな平手打ち一つで、へなへなと潰れてしまいそうな。でも、あなたは違いますのね。大きな手があなたを叩き潰そうとしたら、あなたはその手を突き破って、すっくと立っているでしょう。鋼鉄の」

鋼鉄の、と言って、わたしは言いよどんだ。鋼鉄の卒塔婆《そとば》、と妙な言葉が口にのぼりかけたからだ。

「舞うにしても踊るにしても、足は地を踏みますわね。持ち上げた足を地に下ろす。踏みつける。踏むことは、地の下に在る何かを鎮める行為。そうですわね。歩いて、歩いて、歩きまわって祝《ことほ》いだ人々。鎮めるとともに、大地から何かをもらっていた。歩かなくなったから、滅びたのでしょうか。足の裏が土を踏みしめることがなくなって、何かの交流がとだえてしまった。祝うという字と呪うという字は、ほとんど見まちがえるくらいよく似ていますわね」

とりとめもなく、わたしは喋っていた。意味のないお喋りだった。深い穴にむかって語りつづけるような。

そのとき、店のドアを押し開けて、高森と楠田と、そうして僧が入ってきた。

わたしの向かいに坐っている僧と、高森たちといっしょに入ってきた僧は、重なりあって一つになった。わたしは、なぜかわからないのだけれど、ほうっと心が安らいで、泪《なみだ》が薄く滲《にじ》んだ。二つの姿が重なりあって一つになるそのゆるやかで烈しい瞬間に、わたしは性の陶酔感をおぼえた。

僧の合体は、わたしに、遠い昔離れた故国の人にめぐり逢ったような懐かしさと、頼もしさを感じさせた。

「良順さん、ほかに、いい材料はありませんかね」

高森は、椅子をひき寄せ、股をひろげて腰を下ろした。楠田はヴィデオ・カメラをテーブルに置いた。

「撮れて？」

撮らなかった、と楠田は言った。

5

本堂の仏像は、童女が足もとに立って見上げると、全貌が目に入らぬほど巨《おお》きい。

薄暗いなかに、闇が凝固したように屹立した黒い巨大な軀のくぼみに、金の刷毛目がわずかに残っている。

輪郭がくっきりと刻みこまれた分厚い唇と、蠟燭の煤で汚れた鼻孔の上に、うねった瞼がある。

仏像には、わたしが視えるのだろうか。童女は思う。

蓮華の台座に手をかけて、よじのぼる。あぐらをかいた膝の上に、仏像の片手は上を向いて開いている。

視える？　声に出してたずねる。

寺のものは、だれも、童女の姿が見えぬもののように振舞う。でも、見えているんだ、と、このごろ思うようになった。

目があうと、相手は、いそいでそらすのだもの。

住職の妻は、見えないふりをするのが一番うまい。童女の軀がガラスでできているかのように、童女をつきぬけて向こうに目をやる。でも、そのとき、その目がことさら冷やかになる。童女は、仏像の台座に腰かける。

僧たちが入ってきた。おつとめの時間だ。僧たちの顔に、困惑の表情を、童女は見た。

やっぱり、見えている。くすくす笑う。

僧たちは顔を見あわせ、それから、仏像の前に正座して、折り畳んだ経本を両手に持つ。

一人が、思いきったように立ち上がり、童女に手をのばし、ひきずり下ろした。本堂の外の廊下にあわただしく突き出し、まるで、そんなことはしなかった、と言いたげに、いそいで定めの座に坐る。

見える？　見えない？　童女は、両手の人さし指を立て、振子のように動かす。

良順。

振り返って、呼んでみる。

抱き下ろしてくれのたが、良順だったらよかったのに。背の高い、痩せた、若い良順は、経文に目を落としている。削げた頰の翳《かげ》が濃い。

庫裡に行くと、女――住職の妻――が、大鍋のなかの煮物を味見している。床の揚蓋の上に立っている。

その下に、井戸があるよ。童女は心のなかだけで言う。教えてはやらない。だれも、まだ気づいてないらしい。ほかの者が揚蓋をあけているのを見たことがない。

童女は、駒下駄を履いて、外に出る。

今日は役者の子は遊びに来なかったな。

裏の藪椿は、七分咲きだ。花びらがひらききって、地に落ちた花も二つ三つ、ある。

＊

落葉を踏む童女の足音を、彼は聞く。

彼は、低くくちずさむ。嬢景清《むすめかげきよ》八嶋日記《やしまにっき》の一節である。

二つの時に生き別れし、娘の人丸、これまで尋ね参りました。名乗ってくだされ父御前《ててごぜ》。〽と縋《すが》りつけば飛びしさり、杖を小楯に声荒げ、

盲の打つ杖咎めはなし。近寄って娘、叩かるるな。景清でないぞ親でないぞ。当所初めてなら知らぬも道理《ことわり》。日向一国の習い、貧福貴賤の差別《しゃべつ》もなく、両眼盲《しい》ぬればこの島へ捨てられ乞食《こつじき》となり、この世で因果の業を果たし、未来仏果を祈るゆえ……。

陽が傾いたのを、肌で知る。

勁い男の足音。そうして、煮物のにおい。足音は窓の下まで来る。竹の桟のあいだから手をのばし、彼は膳を受けとる。煮物のにおいと綯《な》い混ざって、甘やかな花のにおい。膳の上を手でさぐる。やわらかい花びらが手に触れた。

あの子か？　あの子の贈りものか。

そうです。

＊

戻ってきた良順の法衣の袖のはしを、童女は握る。

ねえ、良順。見える？　見えない？

見えると言えば、狂う人がおる。無体だの。僧のつぶやきは、童女には解《げ》せない。

童女は、二輪の椿を左右の眼に押し当てた。見える？　見えない？　歌うように言う。

ねえ、良順。

6

「子供のころから芝居になじんでいたというわけでもないんだろう」

寺への道を歩きながら、高森が言う。

「むしろ、堅い家だったわ。芝居も映画もほとんど連れていってもらったことはなかった。テレビも、うちにはなかったのよ」

「珍しいな。テレビのない家なんて」

「中学に入ったら、同級生に、親が映画館を経営している子がいたの。その子のおかげで、親には内緒でほとんど毎週観ることができるようになったの。高校に入ってからは、お小遣いをやりくりして、芝居も映画も一人で観たわ。だから、いまだに、芝居や映画を観ることに、罪の意識があるの」

わたしは、思い出して、ちょっと笑った。

「封切りで見逃した映画を場末の映画館で観ていたときよ。例の、そういう所につきものの厭《いや》なやつが隣りに坐ったの。不愉快だから席を移って、見終わって出たら、お財布がないのよ。掏《す》られたのね。罰があたった、とそのときは思ったわ。でも、罪のにおいは、映画や芝居に、少し甘美な味つけをするわ。昔は、芝居町は、遊里と同じように悪所といわれたでしょ。別世界だからじゃないかしら。反・日常だからじゃないかしら。日常というやつは、わたしたちをしっかり結びつけておきたいのよ。ことに、日常を支配し統轄する人たちは」

「足が早いな」と、高森は、楠田と肩を並べて先を行く僧の背を指《さ》した。

「矍鑠《かくしゃく》としているな」

「あたりまえでしょ」と言って、足を早め、開いた間隔を縮める。

追いつくと、楠田が振り向いて、高森に話しかけたので、わたしと楠田は入れかわりになった。

僧の衣は、麻の蚊帳のようなにおいがする。

そのにおいが、一人の老人をわたしに思い出させた。

父に飼われている老人だった。いつも白いごわごわした衣を着ていて、その衣のにおいや手ざわりが、僧の黒衣と同一のものだ。たぶん、麻の衣だったのだろう。白といっても、すっかり黄ばんでいた。白い顎髯《あごひげ》の先も、焼き焦げた猫のひげのように黄ばんで縮れていた。

わたしが幼かったころ、その老人は、離れにいた。

飼われていた、というのは言葉が悪い。滞在していた、というべきなのだろう。

しかし、子供だったわたしは、飼われているという印象を持った。老人は何もせず、食事をはこばせていたからだ。

柔和な顔だが、わたしは少し怕かった。

後で薄々知ったところでは、老人は、何か宗教家といったものらしかった。拝み屋というのかもしれない。

離れには、白木の祭壇と、やはり白木作りの社《やしろ》をかたどったものが幾つもおいてあった。

怕《こわ》いくせに、わたしは、離れをときどき覗かずにはいられなかった。わたしを見ると老人は眼を細め、招き入れた。そうして、神棚の前に坐らせ、頭の上に手をおいた。木の枝に髪の毛がからまるような感触だった。

口うつしに、何か呪文めいたものを唱和させた。神道の系譜につながる拝み屋だから、祝詞《のりと》だったのだろう。

なぜそんな老人がうちの離れにいたのか、わたしは、ついに、明確な理由は知らないままだ。父が、そのころ、そういったものに凝っていたのかもしれない。

老人がわたしを他意なくかわいがってくれたことは、たしかだ。

老人の滞在は短かったのだと思う。せいぜい二、三箇月ではなかったのだろうか。

病んで寝込んでいる老人の姿も思い出せる。家に、いつ、どのようにして来たのか、その記憶はないのだが、出て行く姿は情景がくっきり残っている。おぼつかない足どりで、痩せた肩を落として、歩き去って行った。

病気が小康を得たとたんに追い出された。記憶の断片をつなぎあわせると、そんなふうに思える。

老人は、流浪の芸人ではなかった。しかし、拝み屋というのも、一種の漂泊芸人……いや、その原初の姿、とも言える。


わたしが黙りこんで歩いているあいだに、僧は高森たちに話しかけられ、少し後戻って彼らと肩を並べていた。

わたしは振り向いた。僧の顔に、濃い隈《くま》を見たような気がした。

山門を見上げる石段の下にたどりついた。

角のすり減った急な石段を上る。山門の両脇には、金網をはった奥に、仁王像が仄暗く立つ。生捕《いけど》られ獄舎に封じられた姿とも見える。破れた金網に、おみくじが簓《ささら》のようだ。

「お疲れでしょう。奥で一休みなさってください」

寺には不似合いな子供たちの甲高い声がきこえてくる。

「幼稚園です」

僧は、わたしたちの不審顔に答える。

「裏の広い藪地を拓《ひら》いて、地慣らしして園舎を建て、幼稚園を経営しているのです。寺も、お布施だけでは食べていかれなくなりました」

7

童女は椿の幹を力をこめてゆする。

紅い花が降る。満開の花は、童女のささやかな暴力にも得耐《えた》えず、ほたほたほたと絶え間なく落ちる。

役者の子が、落葉を蹴散らし踏みしだいて、走ってきた。いっしょになって、ゆする。男の子の膂力《りょりょく》は、童女のそれに倍する。

狼藉、無惨、紅い胡蝶の群れが嵐に捲きこまれ、襤褸《らんる》となって渦を巻く。

童女も、兇暴に、ゆする。花にまみれ、笑う。二人で、花びらを食べる。競いあって口につめこむ。ふいと吐き出すと、紅い小さい舟が風に乗る。

＊

血臭たちのぼるいくさ場があった。緋縅《ひおどし》の鎧も黄金作りの太刀もないいくさ場の、土壕のなかで日を送った。餓え、捕えられ、虜囚として異国で過した。

帰国したとき、妻は孕《はら》んでいた。

彼は執拗に相手を問いただした。妻は応えず、胎内の生命は肥《こ》えた。

彼は妻を打ち擲《たた》いたが、なめらかにふくらみを増す腹に力を加えることは避けた。

やがて産まれた嬰児を、彼は慈しんだ。

夜泣けば抱き、麻の葉模様や藍染めの古浴衣を解いて作った襁褓《むつき》が濡れれば、とりかえた。しかし、嬰児は、母親の乳を吸うまでは泣き止まないのだった。

彼には、定まった職がなかった。役者村も、男たちをいくさにとられ、壊滅に近い状態にあった。

日傭《やと》い、闇物資の運搬と、できるだけのことはして、彼は妻と妻が産んだ愛くるしいものを養おうとつとめた。

妻は、彼が不器用に稼いでくるわずかな銭では購《あがな》えぬような食物を手に入れていた。それを、妻は一人でかくして食べた。嬰児に乳を飲ませねばならないのだから、たくさんの食を摂るのは当然だと、彼は思った。しかし、どのようにして手に入れるのか教えず、彼の目を避けて食べているのが不愉快だった。

闇物資の運搬のために家をあけたある日、予定より早く帰宅した。そのため、彼は、妻と彼の弟の痴戯を見る羽目になった。二つの裸身は、一体の、醜悪な象皮色の小山と、彼の目にうつった。彼は刃物を握り、渾身の力をこめて、妻の肉を刺し、そのあいだに、弟は逃れた。妻の肉は、痙攣《けいれん》して縮んだ。鬼灯のように朱色に光る嬰児が、仰のいたまま彼に笑いかけた。彼は嬰児を刺そうとし、刃を返して、己が眼を横に裂いた。

永遠とも刹那ともつかぬ暗黒のなかで、彼は、己が身がどのように処置されたのか、わきまえなかった。

ふいに、彼は、己れの位置に気づいた。認識の力が戻ってきた。

錯乱して、突然妻を惨殺した狂人。それが、彼であった。

仏の慈悲を知る仏僧である弟が、哀れな兄の身柄をひきとり、裏の藪に掘立小屋を建て、住まわせた。いつ兇刃を振るうかもしれぬ男は、鍵かけて幽閉せねばならず、それでも、冷たい病院などに放りこむより、情けのこもった扱いと、弟の徳がたたえられているのを、彼は、食事をはこんでくる僧たちの口から知った。狂人であるがゆえに、法の裁きも彼は受けずにすんだのだということであった。

彼は、暗黒のなかで、海鳴りを聴く。それは笹群らのさやぎに変り、ほた、と、花が地に落ちる音を捉えた。

ある日、幼い足音が、窓の下に近づくのを聴いた。

手をさしのべると、やわらかい指に触れた。

見える？　と、あどけない声がたずねた。

見えない。彼は答えた。

そう。幼い声に失望が混り、足音は遠ざかった。

夕餉の膳をはこんできたのが良順だったので、彼は問うた。あの幼い女の子は何者なのだ。

あれは、見えるけれど見えてはならぬ子です。見えると言えば、狂う人がおる。無体なことに。わからぬ。わたしがまだ狂うておるせいか。おまえの言葉が解《げ》せぬ。

あの子は、おまえさまが手にかけたお人の産んだ、
あの嬰児《あかご》……。

父親は、だれともわからぬ。当寺の住職――おまえさまの弟御さま――がひきとった。それが、梵妻《だいこく》さまの疑いを招いた。住職さまが産ませた子だと、梵妻さまは思いこんだ。だからこそ、ひきとって世話するのだ、と。梵妻さまは、あの子を眼の前から消してしまわれた。おっても、おらぬ。見えても、見えぬ。ほかの者も、それに従って振舞わねば、梵妻さまが錯乱なされる。

しかし、あの子の父親は……

口になさいますな。みな、心のうちでは承知しておる。なれど、知らぬつもりでおります。そうせねば、世が成り立たぬゆえ。

偽りに偽りを重ね、
偽りの経糸《たていと》に、偽りの緯糸《よこいと》。織りあげた上に藍染め茜染め。金絲銀絲の縫いとりなせば、
もはや布目もわからぬか。

今度たずねられたらば、見える、と答えてやろうと彼は思った。

8

庫裡の座敷に通された。風が園児の斉唱する声をはこぶ。

青葉が翳をつくる庭に小さいながら心字の池が、空と、縁《へり》に植えられた菖蒲《しょうぶ》をうつす。

寺とどういう由縁の人か、老いた女が冷たい抹茶をはこんできた。

開け放された襖の向うは厨らしい。広々としているが、床はビニールタイル貼りの現代風なインテリアで、わたしはいささか意外だった。

「お寺の台所って、もっと暗い重々しいのを想像していました。明るいんですのね。設備もととのっていて」

「一昨年、建てなおしたのですよ」僧は言った。

「先の住職が遷化《せんげ》しました後に。あまりに古くなりましたので、この座敷も、改築したのです」

そのときわかったのですが、と、僧はつづけた。

「台所の床下に、井戸があったのです」

瀬戸物の割れる音がした。台所にかがみこんで、老いた女が皿のかけらを拾っている。

「井戸？　何でまた床下に井戸を掘ったりしたんですか」

おしぼりで何度も首すじをぬぐいながら、高森が口をはさんだ。

「井戸の方が、昔からあったらしいのです。庫裡を――改築する前の古い庫裡の話ですが――庫裡を建てるとき、台所がその井戸の上になったのでしょうね。

以前は塞《ふさ》いで水甕や漬物樽などの置き場にしていたそうです。いつのころからか、使われなくなり、床下の物置場は忘れられていました。改築のためとり壊すことになり、床板を剝《は》いだら、古井戸があらわれたのです」

「よほど古いものでしょうね。寺の庫裡が建つ以前からあったというのでは」楠田が話に加わった。

「巨きな眼が、ぽっかりと、見上げているようでした」僧は言った。

「まだ、その井戸は、あのビニールタイルを貼った床の下にありますの?」わたしが訊いた。

「埋めたてました。その前に、底まで井戸浚《さら》いをして、何か得体もわからないがらくたが、少し、出てきました。いつ放りこまれたものか」

それから、骨。幼い子供のものらしい。

そう、僧はつけ加えた。……と、わたしは思ったのだが、高森も楠田も聞き流しているふうだから、わたしの空耳だろうか。

「国宝級のものでも出てくれればよかったですな」高森が言った。「そんな古い井戸だとすると、昔の人が、盗難をまぬがれるために大切なものをかくしていたとか、小判を詰めて密閉した壺が沈んでいたとか」

「あいにく」僧は仄かに笑ったようにみえた。

わたしは、僧と目が合った。

「埋めても、井戸は消えませんわね」

「一度在《あ》ったものは、消えません」僧は言った。

9

今度たずねられたらば、見える、と答えてやろうと彼は思った。

*

地に落ち散った椿を、童女は糸に通す。今日は役者の子は来ないな。

一つ、花を通すと、一つ、抜け落ちる。糸のはしを止《と》めることを、童女は知らない。

足音がした。振り向くと、鬼女の角が葉洩れ陽に煌いた。童女は、笑って手をさしのべた。

幽《かく》れ窓

ツレ〽驚き藁屋の戸を開くれば
シテ〽さも浅ましき御有様、
ツレ〽互に手に手を取りかはし、
シテ〽弟の宮か、
ツレ〽姉宮かと。

——蟬丸——

1

いつのことだったか……この従業員通路がグラフ誌のグラビアにとりあげられたことがあった、と、縁《ふち》の磨《す》り減った石段を踏みはずしかけたとたんに、久々に思い出した。

シャンデリアだの緑金色の天鵞絨《びろーど》のカーテンだの深紅の絨毯《じゅうたん》だのでよそおわれた接客部分と、打ちはなしのコンクリートの壁を灰色の湿疹、錆《さび》色の苔が覆《おお》った裏の部分との甚しい落差が、カメラマンの興をそそったのだろうか。

目を閉じても歩けるほどに通いなれたこの石段を踏みはずしかけるとは、と苦笑した。

下り口のきわに建つ一坪にみたぬ掘立小屋に、タイムレコーダーが備えてある。

慢性的な薄暮のなかに沈んだ細い通路を、グラビアのキャプションは、冥府《めいふ》への路にたとえていた。

列車の震動が地をゆるがした。首都の表玄関であるステーションの一部に、薄暮の疫病に侵された場所があることを知る人は多くはあるまい。そう思いながら、彼は石段を下りる。天候にかかわりなく、石は濡れている。壁が吐き出す汚水のためか。

地下の路は枝別れして、闇のかさぶたを弱い燭光の灯が照らし出す。

倉庫の前を過ぎ、がらんとした従業員食堂を抜けると、突然、香ばしいにおいが鼻孔にみちる。英吉利《イギリス》製パン室のテーブルの上に、焼きあがった英吉利パン、モーニングロール、クロワッサン、マフィンが、琥珀色の甲虫の背のように並ぶさまを、彼は思い描いた。

資材倉庫と、誰もいない理髪室のあいだを通り、突きあたりは巨大なボイラー室である。凄まじい熱気、轟々とうなる音。ボイラーマンは隅の小机の前に腰を下ろし、頭を垂れている。老いてはいるが、肩や背の肉が厚くもりあがり、たくましい。

お早う。彼は快活に声をかけ、灰色の壁に沿った螺旋階段をのぼりはじめた。鉄の踏み板に靴の踵《かかと》を下ろすとき、けたたましい音をたてぬよう注意する。身についた習性であった。

頂上までのぼりつめ、鉄扉を手前にひき開けると、その敷居が、裏と表の境界線で、踏み出した彼の跫音《あしおと》を絨毯の毛足が吸いとった。

二階の廊下である。ゆるい角度で折れ曲る狭い廊下は、大小の宴会場のある棟と客室の棟を繋ぐ。

彼のデスクのある総務室に入る前に、彼は宴会場の方に足をむけた。

廊下の左の壁面——屈曲の内側になる部分——の窓は、三面とも、不粋な鉄のシャッターが下りている。

最大の宴会場の、両開きの扉を、彼は開け放った。湧きあがるワルツを聴いたように思ったが、もちろん空耳である。

調度は隅に押しやられ、五十四坪の大広間には、パーティーの名残りの色彩が、鱗片となって振り撒かれていた。

――何年前、何十年前のパーティーか……。

ステーションの一部に組み込まれた、首都ではおそらく最古のホテルである。

赤煉瓦と御影石を外壁にした鉄骨三階建て、左右両翼に鋼板葺きの二つのドームを持つルネサンス式の宏壮な駅舎は、明治四十一年に着工、大正三年に完成した。外観はオランダのアムステルダム駅に倣《なら》ったという。

完成したとき、ホテルはすでに、体細胞のように、駅舎の一部分を形成していた。全長三二〇メートルの長大な駅舎は、乗車口、中央口、降車口の三つの出入口を持つ。中央口は、当時、皇族、貴賓の専用通路であった。乗車口の二階、三階が、室数七十二、収容人員百二十人、宴会場を持ったホテルとして造られたのである。

大震災にも、駅舎は、そうしてホテルは、無傷で残ったが、空爆で被爆した。外壁は残ったものの、屋根を失い、内部は焼けくずれた。

敗戦後、数年のあいだ、無残な姿をさらしたまま放置され、浮浪者と街の娼婦の塒《ねぐら》となった。

駅舎が復旧し、ホテルが営業を再開したのは、昭和二十六年十一月十五日である。

それ以来、内装に手を加えてはきたけれど、物資が乏しかった時期の建造物である。

全盛をきわめた時があったとはいっても、時代にとり残され老兵扱いされたのも無理はない、と、彼は高い天井を見上げる。客室数を増やすことに重点をおいた新築のホテルには見られない、豊かな空間がある。

彼は、人気《ひとけ》のない大宴会場にちょっと手をふって挨拶し、廊下に出た。

ＰＲＩＶＡＴＥとしるされたプレートのかかった総務室に入る。

席につこうとしたとき、目の前の電話が鳴った。

「フロントの峰《みね》ですが、すみません。ちょっと来てくださいませんか」

「どうしたんだ」

「困っていまして……」

表玄関に通じる階段を、彼は下りた。敷きつめられた真紅の絨毯は、ところどころすりきれている。

――この古びた色あいがいいのだ……。

フロントのカウンターのあたりの造りも、ヨーロッパの古いホテルを偲ばせる。

そうはいっても、ヨーロッパのそれにくらべれば、はるかに安手で、西欧に追いつこうとした努力の痕がいじらしいほどだが、豊潤な香気は、たとえ片鱗でも、まったく無いよりはるかに好ましい。

「鳩が」と、カウンターの前に立った女は、彼を見るなり言った。

「鳩が舞い下りてきて。何げなく見上げたんですわ」

のどをそらせ、仕草をみせた。

三十……二、三か。それとも、六十に近いのか。額にはりつめた薄い皮膚の上に、淡い皺《しわ》が走っている。顔の角度がかわるたびに、あどけない童女にも、あるいは、生きるのに疲れた翳のさす初老の女のようにも、見えた。

「そうしたら、窓が」

「二階も三階も、窓は開かないのだと、いくら申し上げてもききいれていただけなくて」

フロントマンの峰は言った。

「窓が開いていたとおっしゃるのですか」

「ええ。その部屋に泊まっている人に会いたいのよ」

「何号室でしょうか」

「わからないわ」

「お泊まりのお客さまのお名前は」

「ヨシミ。アマノヨシミ」

「御婦人の方でございますね」

「いいえ」女は、とんでもないという顔をした。

「弟ですわ」

天野義実、と、女は字を説明した。

そういう方は、お泊まりではございません。彼はリストをチェックして告げた。

「偽名を使っているのかもしれません。とにかく、あの部屋に案内してくださいな」

峰は、いくぶんおもしろそうに、成りゆきを眺めている。

ホテルマンはどんな場合でも客に対して声を荒げてはならないというのが持論の彼が、この虚構のホテルごっこに奇妙な割りこみかたをしてきた客にどう応対するか、興味があるのだろう。

もっとも、この女は、客とはいえない。宿泊するつもりはないらしい。しかし、応対が気にいれば、レストランやバーを利用してくれる気になるかもしれない。

「困りましたね。実は、ただいま宿泊中のお客さまは、一人もおられないのです」

「だって、わたくし、たしかに見たのですもの。三階の窓から、弟がコンコースを見下ろしていましたのよ」

「防災防火上の見地から、コンコースに面した窓は、二階も三階も、すべて閉鎖してあるんでございます」

女は、必死な顔で彼の腕をつかんだ。

「コンコースに出て、上をごらんになってちょうだい。開いている窓を見てください。あなたなら、何号室か、おわかりになるはずだわ」

「いいえ、奥さん……」と言いかけて、お嬢さん、と、あいまいに彼はつけ加えた。

「わたくしは、このホテルから外に出るわけにはまいらないのですよ」

どうして？　と女はたずねはしなかった。女が口にしたのは、

「あなたは、弟にたのまれたんですのね、知らない顔をするようにと」

という言葉であった。

「弟も、わたしに気がついたにちがいないのだわ。目が、あいましたもの。あのひとは、わたしをゆるさないつもりなのだわ」

「いいえ、そんなことはございませんよ」

彼は、このゲームがたのしくなりはじめていた。そう、彼には、ゲームとしか思えなかった。訪客の大半は、こんな趣向を考えてはこない。彼の方で、何やかやと工夫をこらさなくてはならないのである。峰は、彼にまかせっきりで、あまり役にはたたない。工夫をこらすのは、彼の大きなたのしみではあるのだった。

「三階の客室を一つ一つおたしかめになってみてはいかがでしょう」

彼の提案に、女はすぐに乗り気になったが、峰は、少し不満げな顔をした。もっと事態がややこしくなるのを期待したのかもしれない。峰は若いだけに、刺激がほしいのだろう。


三階は、八角の回廊型をしている。中央部は、吹き抜けの空洞なのである。

戦前、乗車口といわれた部分は、改築後、南口と呼ばれるようになった。中央口を皇族、貴賓《きひん》専用とすることが廃され、三つのコンコースは乗降両方に用いられるよう改変されたのである。

三階の、通路をはさんで内側に十九、外側に十七の客室がある。内側はすべてシングル、外側はシングルとツインだが、どれも、バス、トイレがついておらず、共用バス、共用トイレを使用する。客によっては、共用バスの方が広くて快いとよろこぶものもいた。

この内側のシングル十九室の窓から、南口のコンコースを見下ろすことができたのは、事実である。異様な感じをともなう眺めであった。

夜の世界から昼を見下ろすというふうに感じられた。

改札口をいそがしげに出入りする人々は、昼の日常の姿である。ホテルは、日常から切りはなされた密室であった。

時に、それは蜜の部屋ともなった。

客室部分の入口と宴会場部分の入口は、遠く離れている。人目をしのぶ逢いびきに、この上なくつごうのよい構造であった。一人が客室棟にチェックインし、もう一人は、レストランやバー、宴会場への客のように、何げなく、そちらの入口から入り、フロントを通さず客室に行く。

昼下がり、彼らは宙空の閉ざされた部屋で熱いときを持ち、やがて、みち足りたものうい目で、カーテンの隙間から昼のドラマを見下ろす。悔悟と優越感。

しかし、戦後のある時期から、この窓が閉鎖されたのも事実である。

都内のホテルが大火を出した事件があった。それ以後消防庁の規制が厳重になり、コンコースに向いた窓は、二階も三階も、閉ざさざるを得なくなった。二階は、宴会場の棟と客室の棟を繋ぐ通路の部分が、コンコースの上にあるのだが、その三面の窓を鉄のシャッターがふさいでいる。ガラスが割れると、下の通行人が危険だという理由であった。

三階の窓は、コンコースから見上げれば、硝子の向うに黒い闇がみえるのみである。

「窓が開いていたとおっしゃる部屋は、改札口にむかって右側でしたか、左側でしたか」

「右側よ。いいえ、ななめ右ではなく、真横」

「それでは、三〇三号室か三〇五号室だろうと思います」

ご案内しましょう、と、彼は先に立って階段をのぼった。

「エレヴェーターがないのですよ、このホテルは」

「ええ」と女はうなずいた。

「お泊まりになったことがおありですか」

「ありますわ」

二階は広い廊下が直線にのび、その両側に並ぶ二十六室が、二階の客室のすべてである。廊下だけでもちょっとしたパーティーぐらい開けそうなゆとりがある。

廊下を右にゆくと、コンコースの上の屈曲した部分になる。

三階にのぼる。マスターキーで、彼は三〇五号室のドアを開け、無人の部屋に女を招き入れた。

「黴《かび》くさいのね」

時が死んでいるのですから、と言いかけて、彼は口をつぐんだ。女の素性がよくわからなかったからだ。

「風が吹いているわ」

女は言った。

「蜃気楼《しんきろう》のような部屋ね」

栗色のナイトテーブルの上の、真鍮製の洋燈。淡いローズ色のシェードは、襞《ひだ》の多い布に寒冷紗の裏打ちをした、古風な型である。唐草模様の木枠でふちどられた壁掛け鏡。壁ぎわのジャカードのカヴァーをかけたシングルベッド。ティーテーブルと、緞子《どんす》張りの二脚のアームチェア。

女の目は、それらを素通りして、窓にむけられた。

深い森のような色の天鵞絨のカーテンを、彼は、女のためにひき開けてやった。

窓は、二枚の鎧戸で閉ざされていた。窓枠の中にきっちり嵌めこまれ、押しもひきもならぬ鎧戸であった。

「こういうぐあいなんです」

あきらめきれぬように、女は鎧戸をゆすった。

「たしかに、これは、窓です。まぎれもない、窓です」

彼は鎧戸を指の背で叩いた。

「あちら側から見ても、窓です。しかし、あちら側の窓とこちら側の窓は、一つであって、一つではないのです。有るけれども、無い窓なのです」

「つまり、幽《かく》れ窓とでも呼びたいような窓ね」

「そうです、そうです。よくわかっていらっしゃる。隣の部屋も、ごらんになりますか」

「ええ」

三〇三号室も、ほぼ同じ造りである。無人であることも、同様だった。

「わかりましたわ」

女は言った。

「疑えば、あなたが弟とぐるになって、わたくしがここに上がってくるまでに、弟をほかの部屋にうつしたということも考えられますわね。でも、もう、よろしいわ。やはり、弟は……」

「弟さんは？」

彼は訊きかえし、立ったままの女に、

「おかけになりませんか」

と、アームチェアをさした。

「お茶でもはこばせましょうか。ラウンジにおいでになってもけっこうですが、よろしければルームサービスで」

「お願いしますわ」

「何がよろしいでしょう。コーヒー、それとも紅茶を」

「ブランデーをいただけて？」

と言って女は少しうろたえた。

「まだ、朝でしたわね。この部屋のなかにいると、黄昏《たそがれ》のよう」

「かしこまりました」

彼は丁重に頭をさげた。

「あの……この部屋を使ったら……」

「料金のことでしたら、御心配なく。今日はおもしろい趣向を考えてきてくださったのですから」

彼は言った。

窓が開いていたと騒いで入ってきたのは、趣向ではなく、真剣なことらしかったが。

彼の言葉は女の耳にとまらなかったようだ。

「わたくしもお相伴してよろしいでしょうか」

女の承諾を得たので、彼は室内電話でフロントの峰に、ブランデー、グラス、は二つ、と命じた。

「どうぞ」

と、女は空いた椅子を彼にすすめた。

ブランデーとグラスの盆をささげて入ってきたのがフロントマンなので、女はけげんそうな顔をした。

「皆、やはり倦《あ》きたのでしょうね」

彼は説明したが、女には意味が通じなかったようだ。

「いまは、この峰と、ボイラーマンと、ぼくと、三人きりです」

彼は、いつのまにかくつろいだ口調になっていた。

「たった、三人?」

「ひとところは、賑やかだったのです。でも、ほかの連中にとっては、ホテルマンは本質的な仕事ではなかったのですね。ぼくは、この仕事を、このホテルを、愛していますし、誇りを持っています」

盆をティーテーブルに置き、ブランデーのびんを開けていた峰が、しのび笑いした。

「愛だの誇りだのと、ぼくが言うたびに、こいつは笑うんです」彼は言った。

「そりゃあ、流行《はや》らない言葉ですよね。たしかに、くさい。しかし、いい言葉ですよ。愛。誇り」

峰は、声を出さず、身ぶりで大笑いしてみせる。

彼は二つのグラスにブランデーを注いだ。

「何のために乾杯しましょうか」

「幽《かく》れ窓に」

峰は少しさがって、鏡の前のスツールに腰を下ろした。

「わたくし、実は、栃木から出てきたところなの」

眼もとが紅色になってきて、女は言った。〃栃木〟に〝実は〟がつけば、直感的にわかる。

何年だったのですか、と訊ねようか。罪名は？ と訊こうか。それとも、女が喋るのにまかせておこうか。彼が迷っているとき、峰が、

「栃木がお郷里なんですか」

と、口を出した。

女はわずかに苦笑した。

2

「窓があって無い部屋。開かれて閉ざされている部屋。これでは、時が動きようがありませんわね」

「朝か、昼か、黄昏どきか、と思いわずらうことは、ここではいらないんです」

「あそこにいたときも、そうでしたわ。呪法の五芒星のなかにいるように、自由でした。その外に出ようとしないかぎり」

「ずいぶん長いあいだ、そこにおいでになったんですか」

「ええ。長いあいだ。ほかのひとたちは、みな、外に出られるときを指折り数えていましたけれど、わたくしは、数えることも考えることもやめてしまったの」

「ぼくも、考えることはやめています」

「考えなくとも、軀《からだ》はかってに動いていました。単純な仕事でした。わたくし、いまでも、目をつぶっていても、あの作業はできますわ。揃えた紙を、こう折り曲げてはのばし、二、三回くりかえすと、きれいに一ミリ幅ぐらいに紙がずれますでしょ。お見せしたいぐらいにきれいでしたわ。そこに刷毛で糊を塗りますでしょ。わたくしの仕事はそれまで。折って袋の形にするのは、ほかのひとたち。くる日もくる日も、その作業をしていました」

女の指が、そのときの仕草をした。

「夜は、あの鍵のかかる部屋にもどされますでしょ。一つづきの長い夜と、一つづきの虚構。そ

の二つの色あいしかなかったんですわ」

彼は、からになった女のグラスにブランデーを注いだ。

「つまみが欲しいな」

と彼は峰に命じた。

「気がきかないやつだな」

つまり、ぼくを追い払って、二人きりになりたいんでしょ、という表情を露骨にみせ、峰は出ていった。

ドアを閉ざす音がした。

それがきっかけになったように、女の瞼《まぶた》に泪《なみだ》が盛りあがり、こぼれた。

「疲れているんですわ」女は弁解するふうに、袋貼りの仕草をし、「この作業に馴れきったわたくしの指は、ブランデーグラスをかかげるというだけのことに、くたびれてしまうんですの」

「ひとりでお憩《やす》みになりたいですか。お望みでしたら、わたくしはひきさがります。この部屋を、あなたのために提供しますよ」

声に、熱意をこめた。

「宿泊料の御心配はいりません。御利用いただきたいのですよ。空の部屋は、ホテルにとっては、恥です。当ホテルにのさばっている恥を追い出してくださるお客さまに、わたくしどもでできます最高のおもてなしをさせていただきます」

「でも、従業員は三人きりだとおっしゃったわ。あなたと、フロントの若い方と、ボイラーマン」

「そのボイラーマンのために、バスをお使いになってやってください。せっかく、灼熱地獄で、轟音の中で、ボイラーの番をしているのです。おくつろぎいただけるのでしたら、二階の最上の部屋にご案内します。二階は、全室バスルームがついております。ことに、二〇四、二〇五、二〇六の三室は、これまで、どんな気むずかしい方にも御満足いただけました。二〇四号室の扉を開けますと、とたんに、お客さまは感に堪えたお顔をなさいます。ことに、若いころ外国生活をなさったというようなお方は、故郷に帰ったようになつかしいとおっしゃいます。広いのでございますよ。天井までの高さが、四メートルちかくありましょうか。ツインですが、ベッドはそれぞれ、セミダブルの贅沢なものでございます。セミダブルを二台おき、アームチェア二脚とティーテーブルをおいて、なお、お二人がワルツを踊るくらいのスペースはございます。バスルームがまた、私どもの自慢でして。新しいホテルのバスタブは、湯の量を節約するためでしょう、横たわれば脚がつかえ、脚を折り曲げれば膝が湯に浸らず、というふうですが、二〇四号のバスに入ってごらんなさいませ。大きすぎず小さすぎず、のびやかにくつろいでいただけます。おすすめするのは、二〇四号か二〇六号でございます。いえ、本当は、二〇五号の窓からの眺めがたいそうおもしろいのですが」

「どういうふうに？」

「窓のすぐ外に、ステーションのプラットホームが、手前から奥にむかって、並んでいるのです。ブルー、イエロー、ピンク、色とりどりの電車が、入ってきては出てゆきます。一番奥は新幹線のホームです。手前のホームなど、電車を待つ人々の顔まではっきり見えますし、声をかければ、返事がかえってくるほどです。電車を待っている人というのは、顔にその人の持つ生活のドラマがあらわれておりましてね、見倦きないものでございますよ。それをホテルの窓からのぞき見られるのですから。ただ、困るのは、電車の到着を告げるアナウンスの声がうるさいことで。朝の四時ごろからはじめますから」

「わたくしは、この部屋でいいわ。朝も昼もたそがれもない、時がとまっているこの部屋で、あなたに、しばらく傍にいていただきたいわ」

「いろとおっしゃるのなら、喜んで」

「そうして、何か話してくださるといいわ」

「話すんですか」

「あそこでは、皆、よく喋っていましたわ。自分はあれをした、これをした。わたしくは何もきかなかった。きくまいと思えば、声は消えてしまうわ。こっけいなものよ。みんな、金魚か鮒《ふな》のようにみえたわ。でも、いまは、ひとことも洩らさず、うかがうわ。何か話してちょうだい」

「退屈した女王さまを慰める道化のように話せばよろしいのですね」

「ええ。それでなければ、死刑囚に説教する神父さんのように、でもいいわ」

「神父はぼくの柄じゃありません。あらたまって話せといわれると、困ってしまうな。何かテーマのヒントをください」

「それじゃ、〝猫〟」

「猫ですか。飼っていたんですよ。ぼくじゃありません。ぼくの父のところで。子供のころでした」

「子供のころ、お父さまのところで飼っていた？　あなたは、別に住んでいたの？　わかったわ。あなたのお母さまは、権妻《ごんさい》さんだったのね」

「いいえ、妾《めかけ》です」

「同じことよ」女は少し笑った。彼の無知が女を笑わせたことを、彼は嬉しがった。

「妾のことを権妻というのですか。知らなかったな。でも、ぼくは、父の家に住んでいたのです」

「謎かけのような話しかたをなさるのね」

「べつに、もったいぶっているわけじゃありません。事実を正確に話そうとしているだけです。ぼくは父のところにひきとられたのですが、息子としてではなく、徒弟としてでした」

「お父さまは、何か職人さんだったの？」

「鍛冶屋でした。とんてんかん、とんてんかん、の、あの鍛冶屋です」

「鉄を真赤にして、打ち叩くのね」

「壮観でしたよ。仕事場には、二十台あまりの鉄床が並んでいて、職人たちが、白熱した鉄塊を、とんてんかん、とんてんかん、と、たえまなく叩いているんです」

「火花が躍《おど》って」

「二人で組んで、打ち延ばすんです。ぼくが子供のころは、ベルトハンマーなんかはありませんでした。父は弟子に三貫目ぐらいの向う槌を持たせて。ベルトハンマーなら、一人で一日に百丁も百五十丁も打ち上げますが、魂もこもらない」

「鍛冶屋の息子さんが、ホテルマン。ずいぶん……」

「出世したと思ったこともあります」

「なぜ？」

「そういう感覚だったんですね、昔は。いまは、鍛冶職そのものが消滅しかけて、かえって貴重な存在になってきているという話ですが。……猫でしたね。猫をかわいがっていたのは、姉でした。ぼくとは腹ちがいということになりますね。父の正妻の娘。由緒正しいわけです」

「お姉さんとは、仲がよかったの？」

「猫がですか」

「いいえ、あなたよ」

「姉と猫ほどに仲がよかったといえるかどうか……。いえますね。ええ、仲がよかったと、いっていいと思います。きれいなひとでしてね。大柄でふっくらしていました。赤い地の銘仙の着物をよく着ていました。おつまみがきませんね。あいつ……」気をきかせているのかなと、彼は思う。

「猫のしっぽを鉄床にのせて打っ叩くことを、よく想像しました。実行はしなかったけれど。ぼくが特別残虐な人間だなんて思わないでください。猫のしっぽを見たら、だれだって、そのくらい想像するんじゃありませんか」

「鍛冶屋さんなんて、見たこともないわ。わたくしは、お屋敷にいたから」

「お嬢さんだったんですね」

「いいえ、お嬢さんのお小間使いよ。古い話だわ。戦争の前ですもの」

「四国の、南の村でした。加瀬という村です。親父は、〃加瀬の大鍛治〃と呼ばれていました。弟子が四十人近くいたんですから、りっぱなものでした」

「お屋敷は、小石川にあったの。御主人は、士族で軍人だったわ」

「多種多様の刃物が、鍛冶場の棚に積まれ、壁にかけられていました。村の鍛冶屋ですから、農具です。刀剣の清冽な鋭い美しさのかわりに、野牛の猛々しさ、力を内に秘めた鈍さ。これも一種の美しさです。鈍重ではあるが、刃先の稜線は鋭いのです。刀剣と同様、玉鋼を鉄で包みこむようにして打つのですから」

「弟といっしょに上京してきたの。わたくしたちの郷里は福島でした」

「刃物の造りかたなんて、興味はないでしょうね。まず、鉄を沸かす……沸かすというのは、火床で熱することです。打ち延ばすんです。それから、例のとんてんかんです。そして、鏨《たがね》で鉄の真中を割りこんで鋼《はがね》をいれて、硼酸《ほうさん》をかけて」

「硼酸。眼を洗うのね。弟が眼を病んだとき、硼酸水で洗ってやったわ」

「姉も、猫のただれ目を硼酸水で拭いてやっていました。なぜ硼酸を使うかというとね、眼の話じゃない、鉄ですよ。鉄と鋼は、ただ打っ叩いたって、はがれちゃいますからね、硼酸で接着するんです。ね、意外でしょ。硼酸が接着剤になるなんて。でね、ここまでを火造り工程というんですが、このとき、殺しちゃいけないんです」

「え!」女は、びくっと軀をふるわせた。

「それは、わかっているわ。殺すなかれ。あそこに、牧師が来るんです。毎日曜。そうして、言うのよ。殺すなかれ。もちろん、殺人は罪悪でしょうよ。でも……」

「ええ、殺すなかれ……。殺されるのは、辛い……。殺した方は、もっと……。でも……。ああ、殺しちゃいけないというのはね、鋼はカーボンをもともと含んでいるんですが、あまり強い火で熱すると、カーボンが減ってしまうのです。この、カーボンが減ることを、〝殺す〟というんです。一千度以上にしてはいけないんです。樫《かし》のような硬い木の炭はだめなんです。すぐ、千五百度ぐらいになってしまいますから。柳とか松とか桐とか、やわらかい木の炭を使います。桐灰なら、燃しても、せいぜい九百度。適温なんです、これが」

「牧師って、自分は辛い思いをしたことがない人なんでしょうね。他人に言うのは簡単だわ。殺すなかれ」

「そう、他人には何とでも言えるんです。偉そうなことをね。でも、親父の場合は、実際、職人としての腕がありましたからね。空《から》いばりではないわけです。しかし、きびしかったですよ。ぼくなんか、血をわけた息子だといっても、決して特別扱いはしてくれませんでしたね。息子とは認めていないんじゃないか。重宝な丁稚小僧がきたぐらいに思っているんだろう。そう、ぼくは思わざるを得なかった。九つでした。父のところにひきとられたとき、もちろん、向う槌なんか打たせてはもらえない。雑用ばかりでした。退屈ですか、こんな話」

「いいえ、とてもおもしろいわ。弟は苦学させたの。御主人が夜学に行かせてくださって。昼は書生、夜は夜学よ」

「いいですね。上の学校まで行ったんですか？　ぼくも、東京に出てきて、このホテルで働きながら夜学にかよったんです。姉が援助してくれました」

「お姉さんがいるの、あなた」

「言ったじゃないですか。猫をかわいがっていた娘。父の本妻の子。ぼくは……なんていうんでしたっけ、妾のこと」

「権妻」

「そう、それの子」

「きれいな方なのね、お姉さん」

「大柄で華やかなんです。姉はぼくとちがって、親にかわいがられていましたけれど、それでも遊び暮らしていたわけではないんですよ。なにしろ大家族でしたから。四十人からいる弟子たちの食事作りから何から、女たちの仕事です。飯だって、日に一斗じゃたりない。二斗は炊きましたかね。漬物樽だけでも、いくつ並んでいたっけか。着物のつくろいも一仕事だったようです。火の粉がとび交うなかでの仕事ですから、着ているものに穴があくでしょう。薄いものでは火傷する。布を重ねて刺したツヅレというやつを着るんですが、このツヅレの破れを刺すのが女たちの大仕事でした。姉は、つくろいものはあまり好きではなかったな」

「わたくしは好きだったわ、縫いもの。女中頭のおよしさんて人が教えてくれて、奥さまやお嬢さまのお浴衣を縫わされたものだけれど」

「姉は、活潑《かっぱつ》なたちで、川で泳ぐのが好きだった。春、まだ水が冷たいときは、魚をとりに水に入るんです。着物の裾をくるりとまくって、太腿までみせて……。川を、小枝なんかで堰《せき》とめてね」

「お行儀はやかましかったのよ。太腿をみせるなんて、とんでもないわ」

「姉とぼくは、駆け落ちしたんです」

彼はふいに、投げつけるように言った。その勢いに押されたように、女は軀をひいた。

「父は、しじゅう、火の色をみつめていました」

彼は言った。

「打ち叩いて延ばしたやつを、焼入れするんですが——つまり、灼熱して、急激に冷やすんです。この焼入れの温度によって刃物の命が決まるんです。温度計なんかなかったし、あっても父は使わなかったでしょう。火の色といいましたが、正確に言いなおすと、火によって熱せられた鉄の色、ですね、父がみつめていたのは、鉄は熱せられるとね、青から黒、そうして、赤、やがて白、と、変わってゆくんです」

「日の落ちるときの空の色みたいに変化するのね」

「鋭いなあ。秋の夕日が水平線から落ちるときの色、っていうんですよ、焼入れにちょうどいい色は、そうなった瞬間に、水につっこむんです。冷やすんです。焙られ灼かれて、鋼の組織がもっとも密になった瞬間に、冷やして組織を固定しちゃうんです。この水だって何でもいいというわけじゃない。失礼しました。退屈ですね、こんな話」

「いいのよ。つづけてちょうだい」

「でも、ぼくは、火の色をみつめている父が――熱せられて、しずかに色をかえてゆく鋼をみつめている父が――好きなんです。父の話をしたいのです。それなのに、あなたは、ぼくと姉が駆け落ちした話の方が知りたいんでしょう」

「そんなことはなくてよ」

「わかりますよ、あなたの気持ぐらい。察しがつく。猫の話だったんですよ、そもそもは。あなた、どうして、猫なんてもちだしたんです」

「意味はないわ。なにげなく、ふっと浮かんだ言葉を言ったまでよ」

「その、なにげなく、ふっと浮かぶのが、くせものなんだ。不用意に、深層心理を暴露しちゃっているんだ。白状なさい。どうして〝猫〟なんです」

「あなたが話のきっかけになる言葉をほしがったから、口からでまかせに、〝猫〟って言ったんですってば」

「そのでまかせというのが、心の底を……と、こういうふうに、姉はぼくを追いつめるのが好きでした。しょっちゅうじゃない。たまに。きげんのいいときです、揚足をとってからんでくるのは」

「わたくしは、弟にからんだりは、決してしなかったわ。わたくしは、お小間使いだけれど、部屋は女中部屋に三人いっしょだったの。およしさんとおときさん、それにわたくし。弟は書生部屋。わたくしね、夜学を終えて夜おそく帰ってくる弟のために、台所で、こっそり夜食を作ったわ。食べ盛りでしたもの。残りものは、たくさん出るんです。猫にその残りものを……ああ、猫なのね。そう。猫を飼っていたわ、あのお宅でも。いま、思い出しました」

「猫の残飯を、弟さんに食べさせていた」

「いやな猫だったわ。黒くて大きくて憎々しい猫。わたくしたち使用人を馬鹿にしていたわ」

「話のきっかけになる言葉として、その、あなたが憎んでいる〝猫〟が、ふっと浮かんだ。これは重大だな。あなたとぼくの会話は、憎悪からはじまったんだ」

「犬といえばよろしかったの？」

「犬は好きなんですか」

「〝あなたとぼくの会話は愛からはじまった〟なんて言われるのも困るけど」

「困りますか」

「ええ」

「あなたは、まるで、三十前のひとみたいに喋るなあ。戦前にお屋敷づとめをしていたんでしょう？　すると、今は……」

「考えることをしないと、年はとらないのよ。わたくしの髪、黒いでしょう」

「そして、ゆたかですね」

「肌もきれいじゃなくて？」

「みずみずしいです」

「あなたのお姉さまほどではないでしょうけれど」

ノックの音が、話を中断させた。

3

クラッカーにチーズをのせアンチョビで飾ったカナッペ、セロリやキャロットのスティックサラダ、フルーツの盛りあわせ、と峰は、銀盆にきれいに飾りつけたおつまみをティーテーブルにおき、少しばかりとくいそうな顔をした。
これだけ作るのでは時間がかかったわけだ。グラスが一つのっているのは、自分もブランデーの相伴にあずかるつもりらしい。ブランデーグラスではなく、小さいワイングラスである。遠慮したつもりなのだろう。

仄暗い部屋のなかが、わずかながら華やいだ。

「話がとぎれてしまいましたね。また、やりなおさなくちゃ。何か、きっかけになる言葉をください」

「〝壁〟」と、女は、花模様の色褪せた壁紙に目をやって、言った。

「壁!」

「何をそんなに、驚いていらっしゃるの。ホールドアップにあったとでもいうようだわ」

「なぜ、あなた、〝壁〟なんて……。知っているんですか、ぼくのことを」

「あなたの何を?」

「〝壁〟だったんです。もし、運命が何かの形をとるとすれば、ぼくの場合は、〝壁〟が、それでした」

彼が逆上ぎみに言うあいだに、峰はワイングラスになみなみとブランデーを注ぎ、

「ぼくの場合は、〝窓〟なんですが」と口をはさむ。「窓が、開いていたんです。閉まっていたはずの窓が。だれかが、わざとやったんだろうか」

峰の言葉にかぶせて、彼はつづけた。

「土蔵の壁が……。土蔵は、たくさんありました。米蔵だの、蜜柑を貯蔵する蔵だの、味噌蔵だの、それから、打ち刃物をおさめておく蔵。しまわれている物によって、蔵の表情がちがってくるということをご存じですが。柔和な蔵とか、無気味な蔵とか、怒りっぽい蔵とか。打ち刃物の蔵の壁がひび割れてくずれたとき、ぼくは、十……二だったでしょうか。左官屋がきて、壁を塗りなおしま

した。ぼくは左官屋の手つだいをさせられました」

たのしい仕事でした、といって、彼はカナッぺを女にすすめた。

「峰の手作りらしいから、味は期待しないでください。もっとも、クラッカーもチーズもできあいで、峰はただチーズを切ってクラッカーの上にのせただけか。ぼくは左官屋のために漆喰《しっくい》をねる仕事をてつだわされたんです。ねった漆喰をバケツにいれて、足場の上にいる左官に渡してやる。たのしい仕事と、まあ、いえましたね。目新しくてね。夕方、左官が帰ってから、漆喰で汚れたバケツを、川で洗った。そこを村の者に見られ、訴えられたんです」

「バケツを洗ってはいけませんの?」

女は、ようやく、彼の話に興味を持ったようだ。峰は、すでに知っている話なので、自分を話題の中心にする隙を狙っている。

「川に石灰を流して魚をとってはいけないという、きびしい掟があったんです。毒ですからね、石灰は。魚にとって。毒殺して獲るわけです。これをやられたら、魚はひとたまりもない。漁《あさ》る方は楽ですけれどね。だから、厳禁されていた」

「でも、あなた、魚の密猟をやっていたわけでは……」

「漆喰は、石灰ですから。ふのりを溶かした液で石灰を練って、すさを混ぜたのが漆喰です」話がこの部分になると、彼はいつも、少し得意げになるのだ。峰も、漆喰が石灰とは知らなかったので、彼がはじめてこの話をしたとき感心したのだった。

「親父のところに、村の総代がどなりこんできましてね。ぼくも、石灰で魚をとってはいけないということは知っていましたが、漆喰も石灰だということを失念していたんですね。子供だったので。しかも、魚をとっていたわけじゃない、バケツを洗うという公明正大な仕事をしていたわけですから、何をどなりこまれたのか、まるで合点がいかなかった。親父の仕事の景気がいいのをそねんでいる同業者たちが村の人たちを煽《あお》ったので、騒ぎは、生半可《なまはんか》なことではおさまりがつかないほどになりました」

彼は、少し休止をおいた。峰が口を開こうとしたので、いそいで続けた。

「追い出されました、ぼくは。親父は、りっぱでした。息子のぼくを放逐することで、決着をつけたんです」

「母親ですか?」と、訊かれもしないのに、彼はつづけた。「ぼくの母は、父とは切れていたんです、そのころは、ほかの男と、どうとかした、こうとかしたと言いたてて、父の方で手を切ったんでした。ぼくだけが、父のもとに残されていたんですが……」

「それで、東京に出てきたんですよね」

峰は、話の進みを早めようとするふうに、言う。

「退屈じゃありませんか、ぼくの話? 出ていけといわれてもね、どうしていいかわからない。しかし、出て行くさ、と、腹をきめました。いつか、出世して……この節、出世なんて言葉は、消滅してしまいましたね、見かえしてやる、と」

「お姉さんがね、妊娠しちゃっていたんですって」

峰はまた、口をはさむ。彼の話が終わるのを待っていたのでは、自分の番がこないというふうに。「相手が、東京から来ていた人でね。何の用事できていたんでしたっけ。とにかく、ちょっと村にいて、お姉さんと、その、何で、そして東京に帰っちゃった。田舎だから妊娠しているのが人目についたら、えらいことになる。あのころ、おろすと犯罪になったんですってね。でも、何とかしなくちゃって、うちの人が産婆さんと相談している。お姉さんは、男の人と逢うために、うちを出ることにした。何か、新派悲劇って感じですね。陳腐だな。もうちょっと、ましな筋書にならなかったんですか」

最後の質問は彼にむけられた。

「現実は常に陳腐なんだ。しかたないだろう、事実なんだから。どんな陳腐な成りゆきでも、本人にとっては新鮮な大事件なんだ」

「そうです。ぼくがこの窓から落ちたのも、ざらにある事故ですよね。ぼくだって、もう少しかっこいい死にかたしたかったんです。カーテンがおりていて、わからなかったんだ。よりかかったら窓が開いていて」

「姉が東京の男に逢ったけれど、相手にしてもらえなかったというのも、まったく、陳腐なんですが、しかたないです、事実なんだから」

彼が心配するように、女は陳腐な話にいささかうんざりしたとみえ、食べる方に専念しはじめた。

「手切れ金はくれたんです。姉は、男にとってはつごうのいいことに、流産してしまって。でも、郷里《くに》に帰るわけにはいかない。出奔してきたので」

「お姉さまは、なぜ、上京するのにあなたを連れてきたの」

マスカットの薄い皮を剝きながら、女は、訊いた。

「たまたま、二人の不幸が時を同じくした、ということでしょうね。姉は、一人では心細かったのかもしれません」

「きれいなお姉さまだったのね」

「水蜜桃みたいな。あなたは、マスカットに似ています」

「どういう意味かしら」

「デリケートなんです」

「上手なたとえとは思えないわ。マスカットにデリカシーがあるかしら」

「姉とぼくは、小さい借家に住むことにしました。あのころは、借家、たくさんありました」

「ええ、あったわ。……あなた、いつごろの話をしているの？」

「戦争前です」

「だって、あなた……二十いくつにしかみえない」

「ぼくは戦後の生まれです」峰が横から主張し

た。「話があわなくて困るんです。ぼくは、月光仮面のおじさんは、ですが、この人は、軍歌ですからね」

「わたくしの御主人のうちは、軍人なのに、御家族は軍歌はうたわなかったわ。〃ローレライ〃とか〃折ればよかった〃とか」

「ローレライは知っていますが、折ればよかったというのは、どういうんですか」

折らずにおいてきた、山かげの小百合、と、女は歌った。人がみつけたら、手を出すだろ。風がなぶったなら、露をこぼすだろ。折ればよかった、遠慮が過ぎた。

「奥さまとお嬢さまたちが、よくうたっておられたわ」

そんな猥褻《わいせつ》な歌を、と、彼は呆れた。

「軍人の家といったら、厳格だったんでしょう」

「冬も使用人は足袋をはいてはいけなかったわ。わたくしはお小間使いだから、お許しをいただいていたけれど」

「そういう厳格なうちって、意外に乱れているんじゃありませんか。御主人は女をかこっているとか、お嬢さんはお抱え運転手とできているとか」

「そりゃあ清潔なお宅でしたよ。奥さまがクリスチャンでね」

「クリスチャンの清潔な奥さまやお嬢さまたちが、姦《や》ればよかった、なんて歌を堂々とうたわれたんですか」

「やれば？　〃折れば〃よ」

「同じことです。風がなぶったら露をこぼすなんて、猥褻のきわみだ」

女は頰を赤らめもせず、「あら」と言っただけであった。

「弟もすっかりよい感化を受けて、聖書のお講義を聴きにいったりしましたのよ」

興味の持てない話になりそうなので、彼は、女のグラスをみたすことで、話を中断させた。

「姉とぼくが暮らしていた借家は、渋谷の道玄坂の裏にありました。二間だけの小さい家です。ぼくは、道玄坂で、よく立ちん坊をやりました。荷車を押してやるんです。いい小づかい稼ぎになりました」

「何度きいても、信じられないんですよ」峰が首をかしげてみせる。「道玄坂を荷車がとおっていたなんて」

「そのうちに、気がついたんです。姉が男の世話になっていることに。たずねていった姉に手切れ金をわたしして追い払ったあの男です。姉は何しろ、水蜜桃ですから。夏の夕方なんか、二人で頭をよせあうようにして、線香花火をやっているんです。姉が団扇でときどき足もとの蚊を追いながら。胸がゆたかなので、浴衣の衿もとが、きっちりあわさらないんです。それがうつむいてかがんでいるんですから。失礼しました。御婦人の前で」

「花火は、お屋敷でも、やりましたわ。筒型のがありますでしょ、高く飛ぶ。鉄砲花火っていいましたかしら。坊ちゃまがたが、あれの太いのを庭にたてて」

「姉の男は、ねずみ花火を持ってくることがあってね、しゅるしゅるぱんぱんと、狭い庭を花火がはねまわる。姉は声をあげて逃げて、男にしがみついて。浴衣の裾がひらき……失礼しました」

「子供のころ、多摩川の花火大会に行きましたよ」と峰が割りこんだが、彼は無視し、

「花火は、線香花火が一番ですね」

「ちかちか、しゅぱッ、しゅッ、しゅッ、しゅぱ、しゅぱしゅぱしゅぱ、チチチチチ、チ、チ、ジュワーッ、ポタ」峰は実演し、「あチッ」ととびあがるところまでやった。足の甲に火の玉が落ちたのだ。

「あの男は——姉の男のことです——どういう職業だったんですかね、ついに、ぼくは知らないままに過ぎてしまいましたが、何か自由業だったんでしょ

うか、昼間から姉のところに来たりしていたんですから。独り者じゃない、家族はいたようです。姉より十ぐらい年上だったかな。社会的にも、けっこう力のある……。ぼくをこのステーション・ホテルにおしこんでくれたんです。ボーイとして」

「お義兄《にい》さまの紹介で、ここで働くようになったのね」

「義兄なんていわないでください。正式に結婚していたわけではないんですから。姉は、かこわれものでした。でも、姉にはたいそうふさわしい暮らしだったと思います。のどかでおだやかで。ぼくがいると、男としては邪魔でしょ。だからホテルに住み込みでつとめさせ、姉のところには小女《おんなこ》を一人おくようにしたんです。男は、最初は邪慳にあつかったくせに、次第に、姉に溺れこむ度合が強まったようです。ぼくは、そういう姉を見るのが好きだったな。懶惰《らんだ》で優雅な暮らしのなかで、姉は日増しにきれいになりまさりましたよ。


家は二間の借家のままでしたが、調度にかねをかけるようになって。公休日のたびに家に帰ると、髪結いがきていることがよくありました。パーマネントがはやりはじめていましたけれど、姉は、やりませんでした。鏝《こて》でウエーブをつけるんです。お喋り好きの髪結いでね、たえず、手といっしょに口も動かしているんです。郷里とは縁が切れたままでした。いくら倖せに満足して暮らしていようと、やはり、娘がおめかけというのは、父にしてみれば、たいへんな恥さらしなわけです。自分はぼくの母親をかこっていたくせにね」

「わたくしも、パーマはかけたことがないのよ」

女の見当はずれな相槌を、彼は気にかけないことにした。話しているのが快かった。

「冬だったかな。ぼくが、その日も公休で家に帰ったら、姉は台所の土間で、七輪の前にしゃがみこんでいました。手にした渋団扇で、ときどき、力をこめて煽ぎ、また放心しているようです。背後《うしろ》に立って肩越しにのぞいてみました。火はかっかと燃えたっているけれど、鍋も何もかかっていないのです。魚を焼いているわけでもない。一本の釘が、炭火の上で赤く赫《かがや》いていました。姉が煽いで風をいれるたびに、火の粉がはぜ、釘は透明な宝石のように、赫きたつのでした。

懶惰な時間をのびやかに享受していると思ったのは、ぼくのまちがいで、姉は、自分のなかの激しいものを、撓《たわ》め、おし鎮め、この暮らしに自分を合わせているのかもしれない。ぼくは、そう考えたくなかった。姉がこの暮らしをつづけているかぎり、姉はぼくの手のなかにいるのも同然です。しかし、姉が絆を断ち切って、奔放な世界にとび出していったら……ぼくは、姉の後を追い……追い……盲目のものがやたらに網をふりまわして蝶をとらえようとするみたいに……」

「弟は弁護士になるつもりでしたの」

女は口をはさんだ。

「ずいぶんむずかしい勉強をしていたようですわ。しょっちゅう、本を買わなくちゃなりませんの。こんな厚い、細かい字がぎっしりつまった本ばかりでした。それで少し目を悪くしましてね、でも、眼鏡って高いんですのよね。わたくしのお給金もわずかばかりなものですし、弟は、夜学に通わせていただく御礼に書生づとめをしているのですから、余分なお給料って、ほとんどいただけませんでした。よく頭痛をおこしていましたけれど、それも、眼が疲れるせいなんですわ」

「そうですか。眼が……。そうですか」彼はおざなりに言い、

「ぼくは、ボーイとしてこのホテルに入ったんですが、徐々に地位があがりましてね」

「お仕事ぶりがみとめられたのね」

「そうなんでしょうね。まあ、自分で言っちゃあなんですが、お客さまにかわいがられて。古参としてそれなりの責任も持たせられ。ところが、戦

争が」

「ああ。ねえ、戦争……。でも、弟は、眼が悪いので、丙種《へいしゅ》で」

「ぼくも、あまり自覚症状はなかったんですが、胸がね、少し。それで、とられないですんだんですが、兵隊に」

「ぼくは、生まれてなくて」峰がつぶやく。

「ここに、直撃弾が落ちたんです」

「知ってますわ」

「外壁は残ったんですが、屋根をぶちぬかれ、中はめちゃめちゃ」

「お屋敷も焼けて……。奥さまがたは疎開され、わたくしもお伴しましたの。でも、弟は、お屋敷を空襲から守るために、残ったんですわ。ところが、一人や二人の力では、どうにもなりませんでした。丸焼けで、弟も、ひどい火傷……。わたくしは看病に行くこともゆるされないで」

「戦争がひどくなると、姉なんか、近所から白い目で見られるようになりましてね。おめかけというのは、戦時体制には、居場所がないんですね。姉の旦那も、世間体を考えたのか、足が遠のく、お手当てもこなくなる。売り食いでつないでいたようでした。やがて、ここは空襲で焼けたでしょ。姉が住んでいた借家も、全焼しました。そのころは、旦那は、もう」

「敗戦になったら、わたし、お暇を出されたの。旦那さまは、パージでしょ。雇い人をおくどころじゃなくなったのね」

「焼け出されて、ぼくと姉は、どうしたと思います。ここ、このホテルの残骸の一隅を棲み家にしたんです。うまい考えじゃありませんか。焼けたといっても、木造の家とちがいます。ちょっと工夫すれば、雨露は十分しのげます。もちろん、ぼくと姉だけの独創じゃない。だれしも同じようなことを思いつくとみえて」

「わたしと弟も」女が言った。

「ここに?」

「二人で。一階の、駅の部分は、すぐに再開したのよね」

「その真上に、昏い反世界があった」

「暗かったわ。電灯がないんですもの。蠟燭とカーバイト灯」

「買い出し」

「売り食い」

「ぼく、ここで産まれたんだそうですよ」峰が言った。「出生は恥じないことにしています。恥じたら、ぼくを産んだ女《ひと》がかわいそうじゃないですか。施設で育ったんですが、養子にもらわれ、高卒で就職する際、生まれ故郷のここを選んだ、と、ぼくの履歴は二言《ふたこと》三言《みこと》で完了だなあ」

「それじゃ、お母さまは、あの……」

「パンパンて、はっきり言っていいですよ」

「わたくしもね……わたしもね……。あたいも……。みんな、そう、あたい、って言っていたわ。わたしも恥じてはいないわ」

「あなたも?」峰は嬉しさと感動をこめて、女を見た。「あなたも、ここで?」

「たのしかったわ。お屋敷でお小間使いをしていたときより。でも、弟は」

「あたりまえでしょう」彼は叫んだ。「目の前で、姉が躰を売るのを、許せますか! ぼくは、姉にたのんだ。やめてくれ。ぼくが、何とでもして、姉さんの一人ぐらい食べさせる。姉さんは、何もしないで、ただ、待っていてくれればいい」

「働くと、それにみあったお金が、手に渡されるのよ。男たちは、わたしの軀をほめてくれたわ」

「姉は、たのしいのだと言った。暗がりのなかで、顔もろくにわからない男たち。ただ、手ざわり、肌ざわりだけで。それでも、はじめのうちは、ぼくの目につかないように、やっていた」

「あの……」と、峰が、ためらいながら女に、

「あなた、子供を産んだことは? 男の子なんで

すが」

「気をつけていたわ」と、女は、あっさり峰の儚い期待を砕いた。峰は、しかし、くいさがった。

「鎌倉にある施設だったんですが。ぼくを産んだ女《ひと》は、門の前に棄てたりしないで、主任に手渡したんだそうです。だから、ステーション・ホテルで生まれたと、ぼくの出生地もはっきりしているんです」

「わたしは、たのしんでいたのよ。赤ん坊に縛られる気なんて。だから、十分に気をつけたわ。病気も怕《こわ》いしね」

「そんな……不潔だよ。姉さん、ぼくら、あの火の村に帰るべきだ。火で浄めなくちゃ。姉さんの軀」

「火の村、刃物の村」

「そうだよ、姉さん」

「そう言って、あなたは、お姉さんを責めたのね」

「ぼくは、闇屋で稼いだ。背には四貫目の米をつめこんだリュック。満員の列車のデッキにぶらさがって。そのかねをそっくり姉にわたそうとしたが、姉は受けとらないんだ」

「あなたは目が悪いのに、そんな無理をしなくていいの。あたしにまかせておけば」

「目じゃない。ぼくは、少しばかり胸が悪かった。担《かつ》ぎ屋の重労働で、病勢が進んだ。しかし、姉にはかくしていた」

「あなたたちみたいな担ぎ屋の総元締め。自分は懐手で、右から左に物を動かすだけで札束が懐にずっしりと入る連中。そんな奴らが、あたいを買った。いいじゃないか。おまえは、おとなしく寝ておいで」

「子供扱いしないでくれ。こんな暮らしから、早く足を洗おう。おれが稼ぐ。どこか小さい家を借りて」

「家だって！　いつ？」

「明日。いや、明後日。来月」

「明日」峰が言った。「明日、好きだと言おうと決心した。その日に、窓から落ちたんです。ぼくは」

「かわいそうに。でも、足を折ったりしないでよかったわね」

「首です。折ったのは。言ったでしょ。さっき。死んだ、って。聞いていなかったんですか」

「坊や、死人？」

「あなたも、でしょ」

「縁起の悪い！　そりゃあ、たとえとしては、死んでいたと言ってもいい暮らしだったけれど」

「ぼくは、死人ですが」彼は言った。「たとえではなく」

「だろうとは思ったわ。戦前生まれにしては、若すぎますもの。わたくし、死んだ人は好きよ」

「お礼を言うべきでしょうね」

「わたくし、あそこにいるあいだ、よく思ったわ。だれよりも、愛していたのは」

「弟さん」

「変なふうにとらないでちょうだい」

「男たちは、来て、過ぎてゆく。ぼくは、姉さんの傍をはなれない」

「わたしたちの仲間の一人が、弟を誘惑したの。おやめ。あんな女。病気持ちだよ。おまえは、大学に行って弁護士に」

「ぼくは、ほかの女に心を奪われたことはなかった。女を抱いたことがないとは言わない。どの女とも一度だけ」

「ぼく、寝たことがない」と、峰がつぶやく。

「かわいそうに。キスしたことも？」

「ばかにしないでください。キスぐらいしています」

「どういうキス？　くちびるの先だけ、小鳥がつつくみたいに？　こういうキスは」

「姉さん、やめなさい。やめろ、みっともない。おれの目の前で、こんな餓鬼とやるのか」

「うるさいね。おまえは目をつぶっておいで。どうせ、ろくに見えやしないのだろうけど」

「ぼくは、目は悪くないんですってば」

「どうして、あんなに、ぎすぎすと喧嘩ばかりしていたのかしら。男たちと寝て、稼いで、たのしいと言ったけれど、じきに倦きたわ。女はね、根をのばしひろげるのが好きなの。やはり、一人の男と……」

「姉の気配に、ぼくはそれを感じた。安らぎのある巣を、求めはじめた、と」

「赤ん坊。羽二重餅みたいな手ざわり」

「パンパンの一人が、赤ん坊を産んだ。女たちは、よってたかって世話をしたっけ」

「ぼくは、世話をしてもらえなかったらしい」

峰がつぶやく。

「泣き言をいうな、今さら」

「泣いちゃいませんが」

「でも、けっきょく、あなたは赤ん坊も家庭も」

「手にはしなかったわ。……これから、するのかしら。暑いわね」

「ボイラーの焚きすぎです。ここの暖房は、昔ながらのスチームなんです」

「ボイラーマンも、死人?」

「いいえ、がんばって生きていますよ」

「ほかに生きている人はいないの? 死人が二人だけで、このホテル、よく……」

「ここも、とうに、死人です」

「このホテルが?」

「まだ、死人とはいえないか。危篤の昏睡状態というべきでしょうか。いずれ、とりこわしがはじまります。営業は中止になっています。改築準備で、客を泊められないのですね。古くなりすぎました。駅舎も含めて、大改築するのだそうです。駅はまだ機能していますが、ホテル部分は、閉鎖されました。ホテルごっこをたのしんでいるのは、死者ばかりです。このごろは、みな、倦きて、ぼくと峰の二人きり」

「何しろ、ぼくの生まれ故郷ですから。ぼくは筋金入りのホテル幽霊です」峰は言う。

「そして、ここはぼくの墓所ですから」彼は言った。「ほかの連中とは、思い入れの度合がちがいまして」

「ここがお墓なの?」

「ここで死んだんです」

「弟も、ここで死んだわ」

「姉が、大きい旅行カバンを買いこんできたとき、ぼくは、ぴんときました。出て行こうとしている。ここを。角に鋲を打った、おそろしく頑丈なカバンです。二日や三日の旅行に、こんなカバンはいらない」

「二世だったのよ。わたしは、兵隊は相手にしなかったのだけれど、彼はバイヤーで……。誠実そうにみえたわ」

「誠実! 相手にそればかりそれを求めて、あなたは何を返してやるんだ」

「弟はそう行って、わたしを責めたわ。Not your business! かたことの英語で、わたしはどなった」

「日本語で喋れよ。毛唐の口まねなんかしやがって」

「毛唐じゃない。二世よ」

「同じことだ」

「あなたも連れていってあげる。向こうで勉強すればいい。向こうの大学に入って、法律家《ロイヤー》の勉強をして」

「おれは、ホテルマンだよ。ホテルは、いつか再開する。そうしたら、おれは、フロントに立って、にこやかに」

「あんたは、弁護士になるのよ」

「姉さん、行かないでくれ」

「暑いわ!」

「ボイラーの焚きすぎです。ボイラーマンのじいさん、職務に忠実で」

「閉鎖になったんでしょ」

「無視して焚いています。火が燃えているかぎり、血のように熱い湯が、壁の中を流れ奔《ほとばし》る。

姉さん、火の色をおぼえている？　地獄の劫火のように、鉄を白熱させていた。とんてんかん、とんてんかん」

　とんてんかん、と、女もまねた。

「姉さんは、裾をはしょって、太腿まで丸出しにして、川に入り魚をとった。その川で、ぼくは左官屋のバケツを」

「また逆もどりですか」峰がさえぎる。「だから、幽霊は話がくどいって」

「未来がないから、過去にもどるしかないんだ、幽霊は」

「少し変化をつけられるんじゃないかな。たとえば、このひとに、ここでいっしょに住んでもらう」峰は、かろやかに言う。

「あたしが？　いやよ。わたくしは幽霊じゃありませんのよ」

「弟さんを殺したんでしょ」彼が咎めるように言った。

「そのために、戦後の長い年月を、あそこに閉ざされていたのよ。これから、生きるんだわ」

「ぼくは、もう生きられないんだよ、姉さん。あなたが、ぼくを殺した」

「むりに止《と》めようとしたからよ」

「トランクの角は、有効な凶器だったな」

「ふりまわしただけよ。あなたの手をはなさせるために、でも、法廷では、わたし、殺意があったと供述したわ。辛かったから。あなたを死なせてしまったことが」

「だから、これから、ここでいっしょに暮そう」

「あなたは、わたしの弟じゃない。あたいの弟じゃないよ、こんちくしょう。手をおはなしよ。うすっきみ悪い」

「姉さん、ぼくは待ちつづけた。きっと会える。また会える。そう思って、待っていた。姉さんは、やはり、帰ってきてくれた」

「あんたも姉さんに殺されたの。かわいそうにね。でも、あたしは、行かなくちゃ」

「どこへ」

「どこといって……」

「火の色を見て暮そうよ、姉さん。ボイラーマンが、地獄の火を見せてくれる」

「火の色なんて見えません。ボイラーの構造ぐらい知っています」

「見えるよ、姉さん」

「あたしは、あんたの姉さんじゃないの。どこで話がこんがらがったんだろう」

「皆、こんがらがっているんだよ。だれでも、そう。ぼくとあなたの生が、もつれて、こんがらがって」

「ここは、もうじき、とりこわしになるんでしょう。そうしたら、あなたたちは、どうするの？」

「とうに、とりこわされているんですよ」彼は言った。「あなたを混乱させないために、少しばかり嘘をついた。ステーション・ホテルは、とっくに、四十階建ての高層ホテルになりました」

「だって、ここは……」

「古いホテルの幻。幽霊とでもいいましょうか。あなたは、知らなかったから、弟さんを殺した場所をもう一度見ようと、まっすぐに、ここをめざして来たから、古いホテルを視てしまったんだ。無いけれど、厳然と、在《あ》るんです。この古いホテルも。ぼくが、生きてはいないけれど、あなたの前に存在しているように」

「ぼくも、教えてあげますね。この窓、開くんです」

峰は言って、鎧戸に手をかけた。少し持ち上げて、かたんと敷居からはずした。鎧戸の外には、硝子窓があったが、その硝子は、油とごみで黒く汚れ。見透しがきかないのだった。

「硝子窓も、開けることはできます。でも、その向こうに何があるか、ぼくは知らない。見てみますか」

「いいえ……いいえ。見たら、とりかえしのつかないことになりそう……」

からかっているのね、と、女はつぶやいた。

「あなたがたが死人だということは認めるわ。わたしも死んだ弟も見たんですもの。でも、建物までが死人……死人とはいわないのかしら……死物？　だなんて、むりよ、信じろというのが」

「中途半端に合理主義なんですね。ところで、ぼくの提案、受け入れてもらえません？」

女は苦笑し、首を振った。

「残念だな。すると、ぼくは、また待ちつづけなくてはいけないんでしょうか」

「本当のお姉さんをね」

「来てくれるでしょうか」

「いつかは」

「生きている人は、冷淡だな。弟さんを愛しているんでしょう」

「昔の話よ」

「死んだら、ここに来てくれます？」

「本当のお姉さんをお待ちなさいよ」

「姉は、ぼくのことなど忘れてしまったのではないでしょうか。あなたのように自首して、服役してもいない」

「刑務所じゃないわ、わたしが入っていたのは。病院。精神錯乱と判定されたの」

「栃木というから、てっきり」

「早のみこみね」

「それじゃ、ぼくの姉は……行かせまいとするぼくをトランクの角で……の姉は、まだ、栃木のあっちの方にいるんでしょうかね」

「さあ、わたくしは、行くわ」

「どこへ」

「どこか」

「ここは、いやですか」

「わたくしは、四十階建ての新しいホテルの方に泊まりたいわ」

「そこには、弟さんはいませんよ」

「ここにも、いないわ」

「ぼくを代わりになさい」

「そして、ぼくの母親のかわりにも」峰が、つつましい声で言う。

「新しいホテルなんて、面白くありませんよ。散文です」

「ここは、詩？」

「です」と峰が言い、「これは、Death にひっかけたしゃれです」とつまらない注釈を加える。

「わたしは死んだら、空無になりたいの」

「なれるかどうか、わかりませんよ」

「弟を死なせたことは、もう、十分に償いをすませたと思うの」

「いいえ。そんな差引勘定で決着がつくものじゃありません」

「わたしは行くわよ。出て行くわ」

「行かないで、姉さん」

「手をはなしてよ！」

女は横なぐりに彼の顔に腕を叩きつけ、よろめく彼を尻目に、部屋を出ていった。

彼はしばらく床に横になっていた。峰が助け起こそうとする手を払って、起きあがった。

「ぶざまだな」

彼の言葉に、峰は吐息で答えた。

「また、待つんですね」

「なに、あのひとだって、そのうち、来てくれるさ」

つとめて楽天的な声を、彼はよそおった。

「姉さんて、本当にいたんですか」

「どうして」

「嘘をつく遊びぐらいしか、ぼくらにはないから」

「待てば、わかるさ。嘘か事実か」

轟々と燃えさかる火の音を、彼は聴く。

待ちつづけるさ、姉さん。彼はつぶやく。

夜光の鏡

シテ　なにこの舟を誰が舟とは
　恥づかしながら古の
　江口の遊女の川逍遥《かはぜうえう》の
　　月の夜舟を御覧ぜよ
　　　　　　　　　　――江口――

1

鈍色《にびいろ》の水が、鏡のなかを流れる。

波の間を見えつ隠れつ、白馬《あおうま》が疾走《はし》る。

水の色を映して馬も蒼みを帯びている。

女が入って来て鏡の前に横坐りになった。幼女は、寝転がった軀《からだ》を少しずらせた。斜め下から仰ぎ覗く鏡に、水と女が重なって映る。女が馬を追い払ってしまった。幼女はそう思った。

女が立って簾《すだれ》を捲《ま》き上げると、西日が射し込んだ。女は鏡を窓のそばに置き直し、幼女に背を向けて坐った。

鏡面の蒼い顔が、白粉《はふに》で塗り潰されてゆく。

水も馬も見えなくなった。と幼女は不満を呟いた。

何も映ってはいなかった、簾を下ろしていたのだから、と女は言い、刷毛を使いながら、幼女をあやすように口吟《くちずさ》んだ。

　竹のよ長くあわれなる
　ふしも定めずおきいつつ
　人に知られぬ恋をして
　鳥の啼《な》くまで寝もやらず

ひもじい、と幼女は小声で言った。少しも空腹ではなかったが。
よしなの我等が独寝や
かばかりさやけき冬の夜も
衣は薄く夜は寒し
頼めし人は待てど来ず
唇に玉虫色の紅をさし、女は玉輪に結んだ髪の元結を解いた。そそけた髪が背に流れた。丹念に梳《くしけず》りながら、
心のうちには忍べども
色に出にけり我が恋や
あやめていかにと問うまでに
我を頼めて来ぬ男、と陽気な歌声と共に、小太りの女が入って来た。女の隣に坐り鏡を覗き込み、角三つ生いたる鬼になれ、と頭を包んだ布を解き、化粧をし始める。
さて人に疎《うと》まれよ。二人の女は声を合わせ、荒んだ笑い声をあげた。
更に一人、これは痩せて頬骨の高い女が、
わが子は十余に成りぬらん
巫《こうなぎ》してこそ歩《あり》くなれ
田子の浦に汐踏むと
幼女は痩せた女の爪先に、我が身を転がした。女は幼女を蹴りそうになり、危く避けた。
如何に海人《あまびと》集うらん
正《まさ》しとて問いみ問わずみ
嬲《なぶ》るらん　いとおしや
いとおしや、と、痩せた女は幼女に疲れた笑顔を見せ、これも化粧にとりかかる。
幼女は痩せた女の膝にすり寄り、ひもじい、と言ってみた。他に話しかける適当な言葉がみつからない。
化粧を終え、小袖の胸元を細帯のきわまで拡げ、胸乳をのぞかせて、三人の女は打ち揃って出て行く。幼女は簾を上げた窓に凭《もた》れ、眺める。
家並みのすぐ前の船着場に、三々五々、しどけ

ない身装《みなり》に朱粉だけは濃い女たちが集まって来る。

舫《もや》ってある小舟に、女たちは数人ずつ分れて乗り込む。船頭が綱を杭からはずし、棹で岸を突く。すいと小舟は流れ出す。

歌えや歌えうたかたの
あわれ昔の恋しさを
今も遊女の船遊び
世を渡る一節をうたいて
いざや遊ばん

女たちの歌声は、次第に遠くなる。

窓に凭《もた》れたまま、幼女は、いつとはなく聴きおぼえた小歌を、たどたどしい口にのせる。

あまり見たさに　そと隠れて走《はし》て来た
まず　放さいのう　放してものを言わさいのう
そぞろいとしうて　何としようぞいの

つぼいのう、と、男の声が返って来た。

窓の外から、からかうような声が幼女に歌いかけた。

つぼいのう　青裳《せいしょう》　つぼいのう　つぼや寝もせいで睡かるろう

可愛《つぼ》いと言われ、幼女は笑顔になり、窓から手をさしのべた。

歌声の主は、顔見知りの鏡磨ぎの男だ。

幼女は、女が蓋をしていった鏡を鏡架けからはずし、男に渡した。鏡は重く、落としそうになるのを、男は辛うじて受け止めた。

やれ、割れるところであった。鏡は割ってはならぬものや。

男は、鏡の裏を幼女に示した。

見や、鳥が彫ったあるやろ。何の鳥か知っとうか。

知らん。

鵲《かささぎ》や、何故かというと、鏡はの、鵲なんや。

昔、仲睦まじい夫婦《みょうと》がおっての、夫が長の旅に出る事になったと思っとみ。二人は別れを惜しんでの、一つ鏡を二つに割り、おのもおのも、分け持った。

夫は商いが忙《せわ》しうて、なかなか家に帰らなんだ。月日が去る。女は待ち焦がれておった。ある夜、他の男がしのんで来ての、女を手籠《てご》めにした。女は悲しうての、縊《くび》れて死んだ。すると、女の懐にあった鏡の片割れが、一羽の鵲となって舞い上がった。鵲は湖を渡り野を越え山を越え、男のもとに着いた。男の懐に、鳥は飛び入った。男の懐の片割れ鏡と一つに合し、円い鏡となった。男は驚き、何か凶事の報せじゃと、郷里に急ぎ帰った。

喃《のう》、鏡を二つに割るような事はしてはならぬという教えや。

磨いでくりやれ。幼女は言った。

水と白馬が映るように磨いでくりやれ。

だいぶ曇りよったの。鏡はまめに磨がなあかん。

幼女は鏡磨《と》ぎが仕事をするところを見るのが好きだ。

磨ぎ師は土間に入り込み、腰を据え、種々《くさぐさ》の道具やら薬液やらを包みから取り出す。

その物々しい手つきを見るだけで、幼女はわくわくする。石榴《ざくろ》の実を使って地金の肌の汚れや錆を落とし、それから、藁の杷稿《たわし》を薬液に浸しては力をこめて磨く。薬液は、烏梅《うめ》を煮出した酢と水銀《みずがね》に錫を混ぜたもの、と、何度もたずねて幼女は憶え込んだ。恐ろしい毒なのだ。指を触れてはいけない、まして口に入れたりしたら、死ぬと磨ぎ師はまた警告した。

ついで、砥《と》の粉と焼明礬《やきみょうばん》で磨き、最後に美濃紙で作った〝あげたわし〟で磨き上げる頃は、磨ぎ師は汗みずくになっていた。

鏡は妖しい銀光を放ち、磨ぎ師の肩越しにのぞき込んだ幼女の貌《かお》を鮮やかに捉えた。

しかし、水も白馬も映ってはいない。

代は、明日、おまえの母《かか》から貰う。そう言って、磨ぎ師は隣の家に移って行った。

三人の女の、さて、どれが母なのだろう。磨ぎ師は知っているのか。知っているなら教えて欲しい気もする。知らずともよいけれど……。三人をそれぞれ好きだし、それぞれ嫌いだ。そそけ髪の女。小太りの女。痩せた女。

幼女は鏡を鏡架けに据え、のぞいた。

戻って来《こ》、と白馬に呼びかけたが、鏡は幼女の貌《かお》を映すばかりだ。

月は傾ぶく泊り舟　鐘は聴こえて里近し　枕を並べて　お取り舵やおも舵にさしまぜて
袖を夜露に濡れてさす

鏡に、幼女は歌いかける。水よ、流れよ、と。

2

湯舟に、長い黒い髪が二すじ三すじ浮いて、少年の腕にからまった。

ああ、また……。

妖しい懼《おそ》れが少年を捉える。

土蔵の式部さんが、湯浴みしたのだ。

風呂は庭の一隅の掘立小屋に据えられた五右衛門風呂である。母屋に内風呂もあるのだが、そっちは、使われていない。

小屋の板壁を這い上った藪《やぶ》枯らしの蔓が、半分開いた明り取りの高窓から闖入《ちんにゅう》し、内壁に貼りついている。熱気に萎《しお》れながら、その先端は、見る度に少しずつ伸びている。

湯は少し汐のにおいがし、粘り気がある、と彼は感じる。彼がそう言うと、周囲の大人たちは、気のせいだろうと言った。海沿いの漁村ではあるけれど、掘抜き井戸の湧水に海水は混ってないという。

小屋の三和土《たたき》を、小さい蟹《かに》がしきりに往き来する。磯と風呂場はひとつづきなのだ。

蟹は、土蔵の中にももぐり込むのだろうか。腕にからまった長い髪を指でもてあそびながら、彼は思う。

土蔵の鉄扉は、外から錠を下ろしてある。中のひとが勝手に出る事はできない、と母は断言する。

髪の毛が湯船に浮いている事を、人には告げるなと、母は言った。母に命じられるまでもなく、彼は、他の大人に話すつもりはなかった。

湯浴みは、式部さんの秘密の楽しみなのだろう。それを露《あば》くのは、心ない事だもの。たぶん、土蔵には式部さんだけが知っている秘密の抜け道があるのだと、少年は想像している。

高窓に嵌められた硝子は、埃が厚くこびりついて固まり、重々しい青銅の板と見紛《まご》うほどだ。腐蝕して黒ずんだ木枠が辛うじて硝子をささえている。半ば開いたまま、窓はそれ以上開けも閉めもならない。無理に動かしたら、腐った窓枠は、解体してしまうだろう。激しい雨風が予想される時は、母屋の男たちが外壁に梯子をたてかけて上り、板を打ちつけた。嵐が通り過ぎると、又釘を引き抜くのである。男といっても若い者はおらず、五十、六十の年寄りばかりではあったが、藪枯らしの蔓はその度にちぎられるのだけれど、ヒドラのように忽《たちま》ち恢復《かいふく》し、前よりいっそう繁茂する。

窓枠を取り換えた方が早いだろうにと彼は思い、男たちの中ではとっつきの悪くない一人にそう言った事がある。小屋全体が腐りかけているのだから、手のつけようがないと、その男は言った。

鉄の大釜を研ぎ出した石の中に嵌め込んだ五右衛門風呂にうまく入るのは、むずかしい。浮いている底板を、体重のバランスをとりながら踏み沈め、安定させる。薪の火でじかに焙られる釜の底は、触れたら大火傷するほどに灼熱している。

底板が斜めにかしいだまま嵌まり込んでしまうと、怖ろしい事になる。軀も斜めになって、しかも、縁《ふち》につかまって身を支えるわけにはいかないのだ。鉄の内壁も、熱くて触《さわ》れたものではない。

都会で生まれ育った彼には、五右衛門風呂の入浴は、ちょっとしたスリルがあった。しかし、中学一年の彼の脚は、かなり強健に伸びていたから、こつをのみ込んだ後は、そう困難な事はなかった。彼と母が逃れてきた空襲の火にくらべれば、スリルともいえないほどだ。

昏い湯の面に、ぼうっと薄白い光が揺れている。

彼は身じろぎを止め、息を凝らす。

湯の面はしずまり、光の形がさだまる。

半月であった。

湯に浮く半月に、式部さんの髪がまつわる。

彼は目を上げた。高窓の向うに片割れの月はかかっているに違いないのだが、彼の目に入るのは、半ば開いた窓に切りとられた、わずかばかりの黒い布片のような空だけだ。

五つか六つのころ、母から聞いた昔話が思い出された。

昔、仲のいい夫婦がいた。夫が長い旅に出る事になった。二人は別れを惜しみ、一つの円い鏡を二つに割り、半分ずつ、分け持った。

夫は商いが忙しく、なかなか家に帰って来なかった。妻は待ち焦れて病気になり、死んだ。すると、妻の懐にあった半月型の鏡は、一羽の鵲《かささぎ》となって空に舞い立った。鵲は湖を渡り野を越え山を越え、男のもとに着いた。男の懐の片割れ鏡も、鵲に変じた。二羽の鵲は翼を連ねて空高く翔び、やがて合して一つの円い月となった。

ほら、あの十五夜さん。

と、母は、幼い妹に夜空の満月を指した。

妹は、まだ物語を十分に理解できる年ではなかった。傍で聴いていた彼の方が、その話を憶え込んだ。もう一度話して、とせがむと、男の子はこんな話を面白がるものではないと、母は言ったのだった。

母の夫、つまり彼と妹の父は、応召中だ。

小学生の妹は学童疎開で、家族と別れ信州に行かされた。中学一年の彼は、母と東京に残っていたが、七月末、家が焼けた。

母は東京の生まれなので、戦火を逃れる場所は父の遠縁のいる漁村しかなかった。

学童疎開の先から妹をひきとり、三人でひき移った。

漁村も若い漁夫もいくさに駆り出され、村はさびれていた。

父の縁者の家は、大家族だった。誰がどういう関係にあたるのか、彼にはさっぱりわからず、わかりたいとも思わなかった。仮の宿なのだ。

主婦らしい女と主人らしい男を、おばさんおじさん、と彼は呼ばされたが、父のきょうだいのようではない。父のいとこか、またいとこ、そんな遠い関係であるらしかった。

ほかにも何人もの人々がいた。家族なのか使用人なのか、彼と母、妹のような居候なのか、見当がつかなかったが、その中で、三人の女が、彼には何となく気にかかった。

移って来た時、彼が転入した中学は夏休みに入っていた。九月に二学期が始まるまで、新しい友達もできない。

妹は、寝たきりだった。学童疎開先で栄養失調になり、痩せ細って腹ばかりふくらんでいたが、敗戦の数日前に、死んだ。

敗戦になっても、暮らしにはたいした変化はなかった。父が帰国して来るまで、東京に戻るてだてはないのだった。妹が欠けた事と、そのためだろう、母が少しおかしくなった事があるけれど、それは敗戦の前からだ。

母は時々、食物を殆ど口にせず、彼に十分過ぎるほど与え、そうかと思うと、不意にがつがつありったけ食べ、その後、吼えるように泣いたりした。彼は少し無気味になり、しかし、誰に訴えようもなかった。

「アキちゃん、湯加減どうね」

戸口の外から声がした。カズエ、と名を聞き憶えている、彼が気にかけている三人の女の一人だ。

板戸が音をたてたので、彼はいそいで湯舟に身を沈めた。

「いいです」

「薪、くべんでもいいかね」

「いいです」

カズエは去った気配だ。

彼が身動きしたので、半月の影は砕け、光の小片となった。彼は息をつめ、それらが元の半円を形づくるのを待つ。

髪の毛は、あいかわらず漂い浮いている。彼の肌にすうっと寄りまつわってくる。

東京の小学校に通っていたとき、友達と、理科室に備えてあるレンズで遊んだ事があった。器具を勝手にもてあそぶ事は禁じられていたが、倍率の高い凸レンズでいろいろなものをのぞいていると、その変容の意外さに魅せられ、やめられなくなった。

男生徒の一人が、女生徒の髪の毛をひき抜いてレンズの下においた。女生徒は痛いと声をあげたが、自分の髪が皆の興味の中心となった事に満足げでもあった。

レンズを通して視た毛髪は、ささくれた縄のようだった。プリズムの光を受けたように、輪郭は細く虹色を帯びていた。

蛇だ、と一人が叫んだ。

ささくれた太い髪は、黒い鱗《うろこ》に覆われた蛇の一部と見えない事もなかった。蛇、蛇とからかわれ、女生徒は泣き顔になった。その女生徒は神経質なたちではないふうだったが、翌日登校して来たときは、髪を短く切っていた。首すじが奇妙に白かった。

この髪も、レンズを通して視たら、蛇に見えるのだろうか。湯に浮く髪を、彼は指先でついと押しやった。せっかく形をとりもどした半月を砕いて、髪は泳ぎ寄り、彼の指にからまりついた。

土蔵にいるのは式部さんというひとだと彼に教えたのは、カズエであった。

式部さんは、何百年も生きとって、日本中歩きまわりなさって、仏さんの道を説いたのだ、とカズエは言った。

嘘だ、と彼は言った。

嘘でねえてば。

式部さんは、皆の病気や苦しみを聞いて、救われる方法を教えなさった。そのかわり、自分が、瘡病《かさや》みになった。病気や苦しみを、皆は、式部さんに背負ってもらったのだ。

何百年も生きているなんて、嘘だ。

並の人間には、他人の病気を背負いこんで瘡病みになるなど、できねえの。何百年も生きる人でなくば、できねえことなの。

そのひとが、どうして、あそこの土蔵にいるのさ。

病気だから、と、カズエは、あっさり言った。

瘡病みって、どういう意味？

腫れもの、できものが軀じゅうにできて、膿《う》んで爛《ただ》れて、崩れるのだとカズエは言った。

ヨシエは、別の事を彼に教えた。彼の気にかかる三人の女の名は、カズエ、ヨシエ、トミである。

悪い病気で頭がおかしくなったから、閉じ籠めてあるのだよ、と。ぷっくり小肥りのヨシエは声をひそめたのだった。

何百年も生きているひとだと、カズエさんが言ったよ。

彼が言うと、ヨシエはけらけら笑い、そうだとも違うとも言わなかった。

そうして、トミは、あの蔵には誰もいね、と言った。

土蔵の扉はいつも錠がかかっているが、窓は開いている事があった。黒くぽっかり開いた傷口のような窓には、鉄格子が嵌っていた。

誰もいないとトミは言ったが、彼は、歌声を聴いた事がある。彼の耳ではなく、もっと内側にじかに囁《ささや》きかけてくるようなひそやかな声であった。

竹のよ長くあわれなる
ふしも定めずおきいつつ
人に知られぬ恋をして

鳥の啼くまで寝もやらず
その詞も節まわしも、彼はどうしても憶えられないのだった。

3

よしなの我等が独寝や
かばかりさやけき冬の夜も
女たちに合わせて、幼女もくちずさむ。
舟は湖面を進む。
櫓を漕ぐ男の肩の肉、腓《こむら》の肉が、こりこりと瘤《こぶ》のように盛り上がり、張りつめた皮膚の下でむくりと動くのを、幼女は見ている。
いつもは、ひとり残されるのに、今日は伴われた。珍しい事だな、と思いながら、
歌えや歌えうたかたの
あわれ昔の恋しさを
女たちの声が荒《すさ》みを帯びてくる。
幼女は、ふと気づく。舟のまわりは、いつしか、幾艘もの舟で囲まれていた。それらに乗りこんでいるのは、猛々《たけだけ》しく武装した男たちだ。
男たちの顔は異様だ。鉄の色をした髑髏《どくろ》のようだ。指さして、怕いと小肥りの女の膝に顔を伏せると、痩せた女が、あれは面頬を当てているだけだ、何も怕いことはないと言った。あの衆の持っている刀やら弓矢の方が、面頬の顔よりよほど怕いと、小肥りの女が言った。そそけ髪の女は、歌をつづけた。
あわれ昔の恋しさを
今も遊女の舟遊び
舟は湖東より湖南に進み、水面に突き出た城の石垣が見えてきた。

4

彼が母と居候している父の遠縁の家は、この辺

りの漁夫の家とは造りが違っていた。

　漁具もないわけではなかった。広い土間の隅に漁網やら巨大な硝子玉の浮子《うき》やら、銛《もり》やら簎《やす》やらが雑然と置かれていた。それらは、廃物のように見えた。網は枯れ葦のようにささくれだち、銛や簎の刃先は赤錆が切先を鱗片に変えていた。それらを操る屈強の男たちを欠いて、漁具は触れても実体のない亡霊と化していた。

　そのような状態は、どこの漁家も似たり寄ったりだった。

　この家をきわだたせているのは、迷路のような複雑な構造を持った、だだっ広さであった。

　漁師たちの家は、街道から一段下がった海沿いにかたまっているが、この家は、山を背に、それらの家々を見下ろしていた。

　二階家であるのも、この辺りには珍しかった。二階を持つ家は、他には、網元の家が一軒あるきりだ。彼は最初、この家が網元ではないかと想像していたが、石垣の上に建つ古くいかめしいもう一軒の家が網元だと少し後になって知った。網元の家とこの家とは、親しい関係にあるらしかった。

　二階には広間が二つと、数多い小さい部屋が、折れ曲り入り組んだ廊下に沿って並んでいた。

　それらの部屋は、雨戸を閉め、昼でも闇の中にあった。一、二度、女たちが窓を開け風をとおしているのを見た。畳は赤く灼け、けばだっていた。窓の外には三十センチほど張り出した木の手摺がついており、木口《こぐち》は腐って丸みを帯びていた。押入れには蒲団が積み上げられ、窓を開けたついでに、蒲団も日に干された。縞木綿の無骨な蒲団であった。

　この家には、内風呂もあった。外の小屋に造りつけられたのより更に大きい五右衛門風呂である。鉄の釜は赤錆が疥癬《かいせん》のような粉をふき、その底に、蜘蛛の死骸が、溜まり落ちた錆屑に混っていた。

　人の多い家なのに、巨きい建物の三分の二くらいは廃屋同然なのであった。

彼がおばさんと呼ばされる女は、彼の目には、ちょっと険のある美人に見えた。

おじさんの方は、鼻梁の太い肉の分厚い顔、ずんぐりした軀つきだが、貫禄があった。月のうち十日ほどしか家に居らず、そのくせ、不在中にも浜で姿をみかけたりした。

九月、彼は地元の中学に通うようになった。教室で、教師が彼を級の者にひき合わせたが、生徒たちはほとんど反応を示さなかった。

彼の方でも、彼らの中に溶けこんでいこうという意欲は全く湧いてこなかった。

休み時間に、少年の一人が、彼に話しかけてきた。……屋にいるんだろう。訛りの少ない喋り方だが、何屋と言ったのか、聞きとれなかった。え？　と聞き返したが、相手は、同じ問いを二度繰り返そうとはせず、妙な薄笑いを浮かべて、離れていった。

センちゃんと皆に呼ばれるその少年は、同級の者から、一種特別扱いされているように見えた。教師も、一目おいているようであった。

一つの集団には、必ず、自然に中心となる人物がいるものだが、千次も生来その特質を備えた一人であるらしかった。

封建領主のようだと、彼は思ったりした。腹心の臣といった、濃密な関係を持つ七、八人が常に千次のまわりに居り、他の者は、次第に密度が薄まりながら、なお、千次の影響下にあった。彼にはよくわからない家臣団の系列といったものがさだまっているようでもあった。彼は当然の事ながらどこにも属していないので、一人、孤立した。

孤絶している状態が、彼にはそれほど苦痛ではなかった。実際に困るのは、グループに分かれて何かの作業をするというような時であった。名簿順とか身長順とかによらず、自然発生的なグループに分かれるとき、彼はどこにも入りようがなかった。誘い入れようとする者もなく、彼も自分から膝を屈する気にはならなくて孤立したまま眺めていると、教師が気にして、どこかに突っ込んだ。

彼は疎外されているという意識も起きなかったし、東京が恋しくもならなかった。局外に立って、ただ眺めているという、偶々《たまたま》置かれた立場に、素直に立っていた。

了解できないことを無理にわかろうと焦りもしなかった。透明人間になったような感覚だ。東京にいた時は味わった事のない、彼にとっては新鮮な感覚であった。

自分の存在を他に認めさせようという主張を彼は拋棄《ほうき》し、拋棄する事に何の違和感もなかった。自衛本能のしわざだろうか、とも推量した。疎外されて平然としている自分が不思議だったのである。

土蔵の高窓に、小さい丸い淡い光をちらちらと送る。彼が懐中鏡の向きを変える度に、光も位置を変える。反射光で、彼は土蔵の住人に合図を送る。モールス信号を相手が知っていればいいが。

あなたはだれ　あなたはだれ

光は言葉をつづる。

光の言葉が理解できなくても、ちらちらと踊る光に惹かれて、顔をのぞかせはしないだろうか。

あなたはだれ？

声をかけられた。

「アキちゃん、何しとるん」

鏡をかくしかけ、相手がカズエと知って、彼は、くつろいだ笑顔になった。誰に言われたわけでもないが、彼は、土蔵の中のひとの事は、みだりに口にしてはいけないのだと思っていた。カズエ、ヨシエ、トミの三人の女。それ以外の者の前では話題にのせぬようにしていた。だいたい、三人の女以外の家人とは、使用人も含めて、気のおけぬ会話をかわした事はなかった。彼の方で、あまり関心がないためでもあった。カズエ、ヨシエ、トミ、そうして土蔵の中の誰か。それだけで、相手は十分だったのだ。小さいが完結した世界が作られ、その外にいる時の彼は、影であり、透明人間であった。

「顔を見せてくれないかなと思って」

「やめれ」

カズエはそそけた束ね髪の頭を振った。

「式部さんは、疲れて休んでいなさるのだと」

「腫れもののできた顔を、人に見せたくないの？」

「式部さんに会いたいいか」

カズエに言われ、彼は熱意をこめてうなずいた。

ふんふんとうなずき返しただけで、カズエは歩き去ろうとする。両手に抱いた浅い桶の中には白い布の包みが盛り上がっていた。白い布は敷布のようだ。

「洗濯？」

「そうだ」

桶を抱えて歩いて行くカズエに、彼はつき従った。

女にまといつくのは気恥かしい年だ。母とさえ、あまり話はかわさなくなった彼だが、三人の女は、奇妙なほど、気づまりをおぼえさせない。

外見は体育館のような共同浴場が、山側に向かって十五分ほど歩いたところにある。温泉を引いているので、湯の量は豊富に浴槽から溢れ流れている。しかし、温度が低いので、以前は沸かして使っていた。バスで三十分ほど入った奥に、小さい温泉郷がある。そちらは熱い湯が湧くが、こちらは湯の脈が違うらしい。燃料が不足になったため、浴場としての使用は中止されたが、量はふんだんに湧いているので、洗濯場として利用されている。井戸水を汲み上げながら洗濯するより、大きいものを洗うには楽なのだ。

カズエは白い敷布を洗い場の三和土《たたき》にひろげ、湯船の湯を手桶で豪快にぶちまける。棒石鹸をこすりつけ、まくり上げたもんぺの裾からのびた足で、踏みにじるように揉み洗う。彼は湯のかからぬ隅に退き、カズエの腰の動きを眺める。今日は、カズエの他は誰もいない。扉も高窓も開け放され、立ちのぼる湯気はしのび入る風に乱される。高い天井は剝げた塗料がめくれ返っている。からんと明るい。

まっ昼間、洗濯場で女の腰の動きに見惚れているなど、ひどく恥かしいはずなのに、彼は例の透明感覚に促えられ、羞恥を忘れている。

カズエが振り返り、

「……られたいかい」

と言った。はっきり聞きとれないのに、意味はわかった。彼は軀が熱くなった。

5

石火矢の轟《とどろ》きが止むと、天守の瓦を叩く雨音がひそかに耳につく。

三の丸は打ち崩され、二の丸も昨日の夕刻、陥ちた。三重の掘をめぐらした城の、湖に突き出した本丸だけはまだ持ちこたえている。

御陣女郎として駆り集められた幼女の三人の母が城の女衆に混って首の死化粧をする天守の三階は、床が斜めにかしいでいる。昨日の早暁、城の西方の小高い山に築かれた敵陣から射ち込まれた石火矢が、二階の壁をぶち抜き、柱を砕いたのだ。わめきたてて手のつけられなくなった女中が、侍衆に取り押さえられ、どこかに引きたてられてゆくのを、幼女は目にしている。怖ろしさのあまり気が狂《ふ》れたのだと、聞かされた。

何がそれほど恐ろしいのか、幼女にはわからない。かしいだ床は、なかなか面白い。坐っている女たちが、いつのまにか低い方に滑って、端に身を寄せたりしている。幼女は床に寝そべってみる。自然に軀が転がりだす。叱られないように、隅の方で、何度も転がっている。

女たちは、血や泥を洗い落とした首の髻《もとどり》を元結で高く結い上げ、顔の傷には米の粉をまぶしつける。幼女の母の一人、痩せた女が、木の札を首の髪の毛に結びつけている。木の札に記された隅の文字は、討ちとった者と討たれた者の名だそうな。

のび上がって、迫間《はざま》からのぞくと、湖上に蝟集《いしゅう》した軍船の、林立する色とりどりの旗指物は雨に濡れていっそう色が冴え、祭礼の華麗な風流《ふりゅう》のようだ。

おらぶ声がかすかに聞こえる。近づいてくる。

間《ま》ものう、此方《こなた》より石火矢を打ちかけ申すぞ。

石火矢を打ち申す。石火矢を……石火矢を……

と、近づいた声は再び遠のく。

前触れなしに打つと、その衝撃の凄まじさに女どもが怯え騒ぐので、親切に一々ふれてまわるようになった。

しかし、報せはあっても射撃がはじまるまでに小半刻もかかったりする。いいかげん待ちくたびれ、気が抜けたころになって、落雷のような響きに見舞われる。そうして、こちらが攻撃をかければ、敵方もそれに倍する烈しさで石火矢を打ちかけてくる。天守も、いつ崩れるか知れぬ。

女たちの苛立ちと怯えが、ひりひりする針のように幼女の肌を刺す。

首の髪を梳る城の女中衆の一人が、野太い吐息をついた。

ああ、辛気やの。気散じに踊れ。

踊れ、踊れ、と他の女たちも、幼女の母たちをけしかけた。

早う踊れ。

それ、この殿御が踊りを所望とよ。

首を近づけられ、小肥りの母が悲鳴をあげた。

そそけ髪の母が、つと立って細帯にさした扇を抜いた。

　頃は寿永の白拍子
　祇王祇女《ぎおうぎじょ》とて二人あり
摺り足で舞い始めると、
舞いは要らぬ、辛気くそうて叶わぬ。踊れ。
されば、と、痩せた母と小肥りの母とが立ち、
三人揃ってとんと足踏み鳴らした。
　太刀薙刀《なぎなた》を振りかたげ
　更けて忍びの夜歩きも
　また辻斬りか人殺し
痩せた女が朗々と詠《うた》い、三人で声を合わせ、
　唯《ただ》殿には人殺しておやり候
幼女も、声をはりあげる。
　唯殿には人殺しておやり候
頭に灯籠をいただき、金襴、椴子、唐織、紅梅、
綺羅をつくしたいでたちの貴賤群衆《きせんぐんじゅ》が踊り狂う風
流踊りのさまが、幼女の眼裏に顕《た》つ。

　抱きしめて匂う玉章《たまずさ》ひき結び
　忍びやかに送らるる
　さすがいやとも言われずや
　もし現われれば人殺し
　唯殿には人殺しておやり候
城の女たちは、一人立ち、二人立ち、踊りの中
に加わる。灯籠がわりに首を掲げ持って。
　当世の流行物《はやりもの》にはおやれども
　習いめされぬ医師《くすし》にて
　若い殿御に似合わずや
　これも一つの人殺し
　唯殿には人殺しておやり候
そそけ髪の女は、城の女中の一人をやわらかく
抱きこみ、
　暇《いとま》もくれず日もかけず
　恨みの深き涙川
　身を投げん心のつき候ぞ　人殺し
唯殿には、とうたいながら、女中を突き流し、

その手で小肥りの女をかき抱き、
　年月の憂きも辛さも言わせずや
　稀に逢う夜の夜もすがら
　しめつかためつ召さるれば
　ただ人殺し
しめつかためつ、と、詞のとおりの仕草をみせ、女中衆は笑いころげた。その声が何か卑しげに、そうして切ないふうに、幼女には聞こえた。

　唯殿には人殺しておやり候
おお、殺されたや。

殺されたや。殺してたもいの。

首が、女たちの手から手に行き来する。結い上げた髷の元結が切れた。

女たちの狂乱から幼女ははじき出され、いささかあっけにとられて、眺める。

とてもの事に殿御欲しや。

地響きが天守をゆるがした。

女たちは傾いた床に突っ伏し、そのまま壁の一方に滑ってゆき、折り重なった。

幼女も部屋の隅にはねとばされ、叩きつけられた。

轟音は続いた。

横なぐりの一撃を受けたように、部屋は更に傾いた。壁土がはがれ落ち木舞《こまい》があらわれた。

城の女たちは泣き叫びはじめた。

そこに、手負いの男たちが運びこまれてきた。

血に汚れた男たちを見ると、女たちは我にかえり、甲斐甲斐しく手当てにかかった。

そのために必要な品々は、あらかじめここに備えてあった。焼酎で傷口を洗い布を巻く。巻いた布が真紅に変わってゆくのを、幼女は眺めている。女たちは、寄ってたかって、まめまめしく男たちの具足をはずし、世話をやく。呻く男の手を女の手が握りしめている。男のあいた手が女の裾前を開く。ひき寄せられ、女の軀は仰向いた男の上に重なる。あちらこちらで、そんな姿が見られる。幼女は眺めている。

　城に連れて来られてから、幼女は、三人の母が男たちに衣を剝がされたり、裸体を揉みしがかれたり、組み敷かれたり四つ這いにさせられたりするのを見てきた。しかし、今、三人の母は部屋の隅に退き、窓の外に眼を向けている。幼女は、母たちの膝にすり寄る。ひもじい、と言ってみる。餓えてはいなかったけれど。

　　竹のよ長くあわれなる
　　ふしも定めずおきいつつ
　　人に知られぬ恋をして
　　鳥の啼くまで寝もやらず

　そそけ髪の女が小声でくちずさむと、二人が和した。

　　よしなの我等が独寝や
　　かばかりさやけき冬の夜も
　　衣は薄く夜は寒し
　　頼めし人は待てど来ず

　城方の男たち女たちは、もつれ合い、からまり合い、床に血の痕が乱れた跡を残す。石火矢が響く度に、首は床を転げまわる。

　　心のうちには忍べども
　　色に出にけり我が恋や
　　あやめていかにと問うまでに

三人の母の歌声はしずかだ。

幼女は爪先立って迫間から外をのぞく。

　硝煙がたちこめ、湖の面は靄の中にあるようだ。時に、風に吹き払われると、夥《おびただ》しい軍船の旗指物が鮮やかだ。

　幼女は小肥りの女の膝にまたがり、懐に手を入れる。乳房の手触りが、ほかの女よりやわらかくて快い。痩せた女が幼女を抱きとった。しばらく抱いてから、そそけ髪の女に手渡した。そそけ髪の女は衿元をひろげ乳房を幼女の顔に近づけた。乳を嬉しがる年ではない。幼女はついと顔をそむけた。赤子扱いされたような気がした。

もつれ合う男たち女衆たちの声がけものじみてくる。

唯殿には人殺しておやり候

轟音がひびいた。幼女ははねとんで壁にぶち当たり、床に叩きつけられた。

気がつくと、男も女も三人の母たちも、皆、打ち倒れていた。

鋳物の鏡が二つに割れてころがっているのを幼女は認めた。三人の女の軀に手をかけてゆさぶってみたが、誰も応えなかった。

鏡の割れ目は、刃のこぼれた刃物のようにぎざぎざして痛い。幼女は、そそけ髪の女の袖を、力をこめてひき千切り、割れた鏡をくるんだ。そうして、三人の女の間に身を割り込ませ、大人たちを見ならい、横になった。

やがて、睡った。

幼女は、ひとり、舟に乗せられ湖上にいた。着物の裾が紅く濡れ、軀の芯が痛い。

漕手はいない。

暁け近いのか夕暮れなのか、幼女にはわからなかった。漕手のいない舟がどのようにして岸をはなれたのか、それを不審にも思わない。

誰かが幼女を連れて舟で逃れ、その者は矢を打ちかけられて水中に沈んだ、という事なのかもしれない。城を落とした敵方の者が、幼女を舟に乗せ漕ぎ出し、漕手は幼女を湖上に置き去りにし、他の舟に乗り移って帰陣したのかもしれない。あるいは、夢の中にいるのか。幼女にわかるのは、薄闇の下りた湖上の舟に、ひとりでいる——それだけだ。

膝の上が重い。布の包みがおかれている。

見おぼえのある包みだ。開いて。眺めた。

半月型に割れた二つの鏡片を、両の手に一つずつ持って、合わせたり離したり、もてあそぶうちに、一つが手からそれ、水に落ちた。

幼女は空を見上げた。

6

彼と母が居候している家に、男の出入りが繁くなった。

村のあちこちに若い男たちの姿を見る。

暁け方、焼玉エンジンの音がひびき、早朝の浜に銀鱗きらめかす魚が揚げられ、活気が漲《みなぎ》りはじめた。

二階の部屋の雨戸が開け放され、女たちは蒲団を日に干し、黴《かび》くさい畳を熱い湯に浸し絞った雑巾で拭く。

内風呂も、掃除がはじまった。五右衛門風呂の錆びた大釜はたわしで磨きたてられ、内側から油が滲むような艶を帯びた。蜘蛛の巣も蜘蛛の死骸も、消えた。

階下の、土間に面した広い部屋の一隅に、縦桟の低い衝立のようなものがたてられた。

あれは何？ と彼が居合わせた者に訊くと、帳場格子だと、相手は答えた。帳場格子とは何なのかと訊ねる前に、相手は忙しげに去った。

「おまえ、見たか」

同級生の一人が彼に近づき、言った。

その表情と仕草に、何か淫靡《いんび》で不快なものを感じた。

ふだん、彼に話しかけてくる事のない相手だった。

他の者の視線が、彼を舐める。

「見たんだろ」

鼻の頭に皺をよせるような笑いを相手は浮かべる。

「何を？」

「あ、しらばくれて」

何を？ と彼の口まねを相手はしてみせ、周囲の者が笑った。

千次が通りかかったので、笑い声は止んだ。

帰宅すると、どうやら下働きらしいとこの頃わかった初老の小男が、掃ききよめた土間に水を打っている最中だった。土間につづく広い部屋に、これも男衆といったふうなのが二、三人、窓ぎわに小さい抽斗のついた木の箱を三つ並べて去った。

何か芝居の舞台がしつらえられてゆくような感じだ。

土間に入ろうとすると、せっかく打ち水したのだから、泥で汚すなと、咎《とが》められた。

彼と母が借りている小部屋は裏の方にあり、裏庭から直接出入りする事もできる。

彼は表通りに戻った。

通りに面した千本格子の嵌まった窓から広間をのぞくと、三人の女が梯子段を下りてきて、木箱の前に坐るところだ。

木箱の蓋を開けるとその裏には鏡で、この箱は鏡台と小物入れを兼ねるらしい。

女たちは、衿をひろげ、揃って肌脱ぎになった。着物を帯のところから盛りを過ぎた木蓮の葩《はな》びらのように垂らし、露わな胸乳に、千本格子の間から射す夕日が縞模様をつくる。

牡丹刷毛で、胸からのど首と、白粉を塗りはじめる。

彼を認め、女たちはちょっと笑った。何だか淋しそうでもあり、蜜のように誘いこむ笑顔でもあった。

見たんだろ、と卑しい声で言われたのは、この事だったのだろうか、と思ったが、その生徒の声音が感じさせたような、鄙猥《ひわい》な光景ではなかった。

平然と見物していられるほど、無邪気でもなくすれっからしでもいなかった。心惹かれながら、裏にまわって、借りている部屋に行った。

六畳の部屋におかれた卓袱台の上には、夕餉《ゆうげ》の仕度がととのっていた。母が彼を待っていた。

もう、母屋に行ってはいけないと、母は言った。

なぜ？

母は苛立ったような吐息をつき、子供はあれこれと訊くものではないと言った。

子供じゃないよ。わかっている。

何が。

なぜ、行っちゃいけないのかが、さ。

困ったわね。まさか、こんなうちとは知らなかった。本家の方においてもらうつもりだったら、こっちが空《あ》いているからと、こっちに来させられたのだけれど、商売をね、また、はじめるんだって。どうしようかしらね。東京に帰れれば一番いいのだけれど、焼けてしまったからね。お父さんが帰還してくるまでは、動けないしね、本家の方の部屋を借りられないか、お母さんが頼んでみるから、それまで、母屋の方は見ないでおくのよ。いい？　わかったわね。

本家って？

網元さん。

ここは、網元の分家なの？

いえ、そうじゃなくて……と母は言いかけ、口をつぐんだ。子供は知らなくていい事なの、と、いつもの決まり文句がつづいた。

そのとき、何の脈略もなく、——母の髪は長い……。彼は思った。

解けば背の半ばほどまで垂れる髪を、一つにまとめて丸め、ヘアピンで刺し止めているのである。外風呂の長い髪は、母のものだったのだろうか。しかし、母は、先に湯を浴びたとは言わなかった。

髪が湯船に浮いている事を人に告げるなと口止めしたのは、なぜだったのだろう。

7

夜が静かに濃さを増す。舟はわずかに揺れる。銀色の半月を見上げ、幼女は、手に残る鏡片を投げ上げた。

8

千次が網元の家の息子だという事は、誰にきかされたともなく、彼もいつか心得ていた。

放課後、彼はまっすぐ家に帰らず、網元の家のほうに歩いていた。

網元の家が、なぜ、娼家の〝本家〟なのか。たいして重大な疑問ではないけれど……好奇心だったろうか。

網元の家を本家と呼びながら、居候している娼家——母はその言葉は口にしなかったけれど——は分家ではないという、たぶん、その奇妙さが、答のわからぬ謎々のように、心にひっかかったのだ。

石垣の上に聳え立つ網元の家は、彼が居候する娼家より更に宏壮でいかめしい。このあたりには珍しい黒瓦の屋根が複雑に重なりあい、棟木の両端には鴟尾がはね上げ、城のようだ。

石段をのぼる。両側の草むらの間に、真紅の花火のような曼珠沙華が、細い茎の上にゆれている。

千次が帰宅している事を彼は期待した。彼より先に校門を出るところを目にしている。

学校では打ちとけて話した事はない。千次とかぎらず、誰とも、親しい会話をかわした事はないのだが、学校の外であれば、なぜか、千次とは心を開きあえるような予感があった。

豪壮な家ではあるが、玄関はない。いきなりだだっ広い暗い土間だ。

のぞいてみた。土間につづく広い部屋の炉端に、彼がおじさんとよばされている娼家の主があぐらをかいていた。炉には、もちろんまだ火は入っていない。陽射しは夏の名残りの烈しさを芯に抱き持っている。

彼は首をひっこめた。

〝おじさん〟が占めている席が、家長の座である事に彼は気づいた。

母が、〝本家〟と言ったとき、その前にちょっと何か言いかけ口ごもったのを思い出した。ほん……と言いかけてから、本家、と言いなおしたのだった。

〝本宅〟と言いかけたのだ、と直感した。

本家に対応するのは〝分家〟だが、本宅であれば、それに対する語は、〝別宅〟。二軒とも、あの〝おじさん〟の家なのか。網元と娼家、二つを兼ねているのか。

曼珠沙華にふちどられた石段を下りかけたとき、千次が上がってくるのに出会った。

「何か用か」

「べつに……」

「おれんとこさ来たんだろ」

「用事ってわけじゃないんだ」

千次は顎をそらすような頷きかたをし、踵《きびす》を返し、彼と肩を並べた。千次の強靭な腕は、陽灼けが骨までしみこんでいるようだ。

「あのおじさん、千次のお父さんかい」

「あの、って、どの？」

「うちにもよく来ているおじさん。ぼくがいるうちの主人かと思っていたら、こっちが本宅だって」

「ああ、妾に女郎部屋やらせている」

そうか。本宅に対して妾宅という言葉があったな。母のうろたえぶりを思い出し、彼は少し笑った。

何がおかしい、というふうに、千次は強い眸《め》を彼にむけた。

「前は、女郎《じょろ》さん大勢いたんだ。客をとらせられなくなったから、皆、郷里《くに》に帰らせた。また、集めるんだろ」

「三人残ってるね。カズエさんとヨシエさんと」

「トミ」と、千次は呼び捨て、

「皆、病気持ちかもしれないから気をつけろ」と言った。

彼は驚いて千次を見た。自分のところで売っている食物を腐っているから食べるなと警告するみたいだ。

「病気って……」

彼は明らさまに口にしかねた。

「あれをやっている女は、皆、病気になるんだ」

千次は、冷ややかな口調で言った。

「かわいそうだね」

何と答えていいのかわからず、とりあえず彼はそう言い、何かひどく幼稚な事を言ってしまっただろうかと思った。

「でも、あれは、大人がかかる病気だろ」

時には大人ぶるくせに、この時ばかりは、子供という鎧が身を守ってくれる思いで、彼は言った。

「土蔵に、女がいるだろ」

「見た事ないけれど、いるみたい」

「おれのおふくろ」

と、千次は言った。

「親父に病気にされた」

そう言って、千次は指で精神の変調をあらわす仕草をした。

「だから、おれは、親父を殺す事にしているんだ」

彼は、又、答に窮し、とりあえず、笑い声をたてた。

「今はまだ、叶わないから、もう少し力をつけてからな」

決闘。

そう言ってのける千次を、彼は少し羨んだ。彼自身の不在の父は、帰ってきても、決闘の相手にするには足りない。

「土蔵にいるのは、式部さんていう女《ひと》だって」

「だれが言った」

「カズエさん」

「あの女は、嘘ばかりつく」

「時々、会うの？」

「カズエと？」

「土蔵の……お母さんと」

「会ってどうする」

「だって……」

「おれは、おまえが嫌いだから」

質問の答えにはならない事を言って、千次は、つと離れ草むらに入っていった。

下働きの男がうずくまり、風呂の焚き口に薪をつっこんでいる。

男と女の声がからみ合って、内風呂の外にまできこえる。板壁の外にうずくまった男は黙々と薪をくべる。

母は聞くなというが、いやでも、男と女の声は彼の耳に届く。風呂場で戯れあう声ばかりではない、見なくとも想像はつく閨《ねや》の声が、ひたひたと彼を包む。

その声は、とだえている時ですら、彼にまといついている。その声が心の耳にきこえると、彼は勉強も何も手につかなくなる。

困ったわねと言っていた母が、移らなくてはという言葉をあまり口にしなくなった。

母の様子が少しずつ変化するのを、彼は感じる。海綿に水がしみこむように、母の軀に何かがしみ入り、母を変質させつつある。

しみ入るものが何であるか、もちろん、彼は感じている。それは、彼をも襲うのだけれど、彼は侵され腐敗させられてはいない。

そう思っている。

腐蝕させられた母を、彼は、外風呂で目撃した。正確に言えば、目にする前に、気配を悟った。

母を殺してもいいのだなと、彼は思った。千次が父を殺す当然の理由を持ったように、彼も、許された。

母ではない、彼が殺すべきは、〝千次の父〟であり、〝おじさん〟であり、〝網元〟であり、〝娼家の主〟である、母を腐蝕しつつあるその男か。

彼は、いくらかはしゃぎ立った。

これまで、何事にも傍観者であった。

今、世界の中心になり得る。なろうと思えば、いつでも。

彼は、殺害の手段と情景を、さまざまに思い描いた。


娼家は、深夜、出火した。

孤立した建物であったから、他を類焼させる事はなく、焼け落ちて鎮火した。

妓《おんな》たちも使用人も焼死した。

娼家の主と、その妾も死者の中に含まれていた。

主の本妻が、まず、疑われた。娼家には火災保険がかけてあり、主が死亡すれば本妻が受取人となる。主の生命保険も、本妻の手に落ちるのだった。

妓《おんな》が主人を恨んで放火し、自分も火にまかれたのだという説もあったし、単純な失火なのかもしれなかった。

警察の調べは、彼と彼の母には及ばなかった。


何の動機も、警察にはつかめなかったからである。

彼は放火した憶えはなかった。火をつける夢を見たような気もするが、それも、火事の後で生じた偽の記憶のようでもあった。

母だろうか。

母は、彼を疑っているような眸《め》を向けるだけで、何も言わない。

千次かとも思ったが、千次は、父を殺すためにこんな手段はとらないだろう。そう、彼は信じた。

他人を信じる能力を、彼は、まだ、持っていた。

三人の女たちが焼死した事を彼は哀しんだ。彼女たちは、無垢であった。そう思う能力をも、彼はまだ持っていた。カズエたちをまき添えにする事は、自分なら、しない。そう思って、彼はそれを自分の潔白の証しとした。

湯に浮いていた長い髪を彼は思い出し、もし、あの髪が母のものではなければ、土蔵の女——千次の生母——のものだ、幽閉された蔵から抜け出すすべをそのひとは知っているのだ、放火だってできるわけだ、とも思った。

　彼と母は、ひとまず、本宅に仮住まいする事になった。

　土蔵は焼け残っていた。

　本宅に移る前に、彼は、土蔵を覗いてみたいと思った。

　消火のときに使ったらしい長梯子をみつけたので、高窓の下にたてかけた。

9

　夜空に、二羽の鳥が翼をひろげ、たわむれながら、翔ぶ。

　舟底に仰のいた幼女は、眸にうつるものを、そう視た。

　時々、それは、薄墨色の雲が風にはしる姿となり、また、鳥に変じた。

　羽毛がはらはらと湖上に散り舞う。

　波に砕ける月光が、宙空に照りかえる相《すがた》とも見えた。

　夜の空と湖水をつなぐ一すじの、羽毛とも月光ともわかたぬ白い道を、三人の母をのせた小舟が漕ぎのぼってゆく……と、幼女は、視た。

10

　梯子を上り、扉の開いている窓から、鉄格子越しに彼は覗きこんだ。

　窓から射した光が白く床に溜まったその中に、幼い女の子が横坐りになり、無心に小声で歌っていた。

　　歌えや歌えうたかたの
　　あわれ昔の恋しさを
　　今も遊女の舟遊び……

冬の宴

シテ「昔この所にて御狩のありしに、御鷹を失ひここかしこを尋ね給ひしに、一人の野守参りあふ。いかに翁、御鷹の行方や知りてはんべると御尋ねありしに、かの翁申すやう、さん候、これなる水の底に御鷹の候と申す。

——野守——

I

1

少年「長い睡りは、後に忘却を残す。だれだ？　と問いかけられたら、おれは何と答える。樹々は透し彫りの銀細工のようだ。厳しい冷気が、色彩を奪いとったのだ。大気が青く発光している。唯一の彩りは……血だ。消えぬ紋章のようにこの手にしみこんだ血だ。

2

女「氷塊を刻んだようなソファ。でも、この冷たさは、滾《たぎ》った血の火照りに快い。いつから、ここに坐りこんでいるの。永遠？　いいえ、一瞬。ほんのいっときのまどろみ。形ばかりの暖炉。薪をくべることはできない。

こけおどしの飾りもの。

樹々は透し彫りの銀細工。厳しい冷気に色彩を奪いとられて。

わたしの手に血がついているとしたら、それが唯一《ただひとつ》の、暖い彩《いろど》りになるところだけれど、血は念入りに洗い落してきたわ。指先も手の甲もただれるほど。

3

少年「傷ついているのか。いや、どこも痛みはせぬ。

笛……。いや、鳥か？

影が、目の前をよぎる。無数の影が。

彷徨。いつから歩きつづけている。睡りながら歩いていた。歩きながら睡っていた。叫び声を聴いたような気がする。叫んだのは、おれか。

永遠。いや。一瞬だ。つかのまのまどろみ。夢よ、来《こ》よ、と母はうたった。いや、夢に、来よ、とうたったのだ。母は。母の夢のなかに、おれを誘い入れるうただった。

年の内に咲く梅紅匂《くれなゐにおひ》の薄雪《うすゆき》
日陰の絲に結ぼほれ小忌《をみ》の袖にお霜

4

女「雪を溶かすには、火の接吻《くちづけ》、
おまえの心を解くには、別れの接吻《くちづけ》。

5

少年「御前《おまへ》の池の鴨鳥うは毛の白さよ
つい立ちて見たれば御階《みはし》の月のあかさよ
つい立ちて見たれば神のます内野の森の影の深さよ
だれだ？

男　「鷹を探している。おまえは、だれだ。
少年「(傍白) その問いを、おそれていた。おまえは、だれだ。
男　「鷹を探している。
少年「去れ。鷹など、おらぬ。
男　「鷹を探している。尾羽根に斑《ふ》の入ったみごとな鷹だ。わしが仕込んだ。
少年「去れ。
男　「鷹を見なんだか。翔ぶ影すらも。
少年「影は見た。目の前を流れた。だが、鷹ではなかった。
男　「鷹を抱いたことはあるか。
少年「抱くよりは、鷹になりたい。
男　「鷹をみつけねば。
少年「母の夢のなかに……思い出せぬ。母の夢のなかは、どのような色だった。
男　「ほかを探そう。
少年「待て。いや、行け。

男　「おまえに命令されることはない。
少年「行ってしまった。呼び戻そうか。
男　「呼んだか。
少年「呼ばぬ。
男　「鷹を仕込む道具をみせようか。
少年「何のために。
男　「見たくないのか。
少年「わからぬ。
男　「自分の気持ぐらい、わかるだろう。見たければ、見たいのだ。見たくなければ、見たくないのだ。
少年「母の夢のなかが、見たい。
男　「それは、見てはならぬものだ。
少年「母が招《よ》び入れるのだ。
男　「それなら、さっさと招びこまれろ。
少年「いや、母は、死んだ。……いま、おれは、何と言った。
男　「母を殺した、と言った。

少年「嘘だ。

男「わかっているなら、訊かぬがいい。鷹を仕込む道具をみせようか。

少年「見たくない。

男「なぜ。

少年「わからぬ。

男「わからぬでは、答えにならない。

少年「なぜ。

男「おれがたずねているのだ。質問者は、おれだ。順序をまちがえるな。

少年「淋しい。

男「え？

少年「え？

男「訊いているのは、おれだ。順序をまちがえるな。おまえが間抜けな鸚鵡か九官鳥のように、無意味におれの言葉をくりかえすから、秩序が狂う。

少年「九官鳥は間抜けか。

男「おまえが間抜けな九官鳥なのだ。

少年「おれは九官鳥か。

男「それも、間抜けな、と形容詞がつく。

少年「九官鳥か、おれは、
男「そう、つめよるな。

少年「真剣な質問だ。九官鳥か、おれは。

男「真剣に答えよう。おまえは、
少年「おれは？

男「鷹か、あの影は。

少年「行ってしまった。呼び戻すまい。

6

女「好きなもの。藍、茜。睡り。猟犬。顕微鏡。凶血。決して来ない客。来ない客のために作る料理。

前菜、苦艾《にがよもぎ》、人参、前戯、前頭葉。羹《あつもの》、海亀。アントレ、殺人。デザートに刑事を一匹。だれ？

少年「九官鳥でないことだけは、証《あか》しされている。

あなたは、だれ？

女　「女。

少年「女。いいなあ。一言で、あらゆるものを包含している。もう一度、言ってください。あなたは、だれ？

女　「二度くりかえすのは、愚かな手品師。

少年「言え。答えよ。あなたは、だれ？

女　「あなたは、だれ。

少年「質問者はわたしだ。順序をまちがえるな。

女　「紅茶？　珈琲？　日本茶？　抹茶？　烏龍茶？　それとも、ワイン？　水割り？　チューハイはやめてね。焼酎なら、生《き》で。

少年「〝女〟って、言ってください。あなたの声が好きだ。〝女〟って言ったときの。

女　「あのね、照れちゃうの。

少年「なぜ？

女　「こだわっちゃう。声が好き、なんて言われると。何がいいの、飲みもの。

少年「女＝もてなすことが好き。

女　「言っておきますけれど、わたしは、お客は嫌いなの。

少年「母は、人をもてなすのが好きだった……ような気がする。

女　「気がする？　はっきりおぼえていないの？　あなたが小さいときになくなったのね。

少年「そうですか？　わたしの母は、わたしが小さいときになくなった？

女　「くりかえさないでよ、間抜けな九官鳥みたいに。

少年「愚かな戯《ざ》れ言《ごと》に腹はたてまい。おれが九官鳥でないことは、証しされているのだ。恥を話そう。

女　「話したかったら、どうぞ。

少年「何もおぼえていない。

女　「お母さまのこと？　べつに、恥ずかしがらなくてもいいのよ。小さいときに死に別れたら、おぼえていなくてもあたりまえですもの。

少年「女人《にょにん》の夢は、一つにつながっているのではないだろうか。

女「とつぜん、何の話？

少年「あなたは夢を見ますか。

女「見るようね。目がさめると、たいがい忘れてしまっているけれど、（傍白）いま、夢を見てはいけない。睡ってはいけない。

少年「あなたの夢のなかに入れたら、そうして、歩いていったら、そこはいつか、母の夢のなかと地つづきで、わたしはふたたび……

女「待って。それはむりよ。いやよ。わたしの夢はわたし一人のもの。だれも一足も踏み入ることはゆるされない。

少年「おそろしく吝嗇《りんしょく》な。夢のなかこそ、自由無《む》碍《げ》、万人の往来かってたるべき、慈愛と寛容の地ではないでしょうか。

女「とんでもないわ。

少年「そなたは、哀れみの心を持たぬのか。ね、何も思い出せない男の子。助けてやろうと思いませんか。

女「記憶喪失？

少年「かどうかさえ、思い出せない。

女「陳腐。

少年「え？

女「記憶喪失と二重人格は、やめたほうがいいわ。手垢がつきすぎている。

少年「垢。浴《ゆあ》みは月に一度。

女「不潔だわ。

少年「そのかわり、毎日、川に入っていた。

女「冬も？

少年「薄氷を割り、禊《みそぎ》をさせられた。水をかぶるたびに、肌に亀裂が走り血を噴いた。

女「ストイックな方。

少年「やらないと、ぶたれましたから。

女「だれにぶたれたの。お母さま？

少年「母は、抱きしめてくれ……ほら、その調子。思い出せるじゃないですか。うつつの一言二言でさえ。こうだ。夢に入らせてください。

女「いや。

少年「吝嗇《けち》。

女「あなた、夢は、奔馬よ。これに乗る者の名を死といひ、陰府《よみ》これに随《したが》ふ。

少年「こう、床に線をひきましょう。円型に。この線のなかは、あなたの夢の領域。

女「この線て、どの線。何も見えないじゃないの。

少年「夢とうつつの境はそういうものです。砂浜の波打ちぎわのように。寄せ、ひく波の痕をとらえて、陸《くが》と海を画然と、線でひきわけることができますか。

女「水、好き?

少年「望み得べくば、酒……。

女「水辺、好き? と訊いているの。湖を見下ろす崖地を、この山荘の敷地に選んだのは、夫。湖を借景にできますよと周旋屋にすすめられて、とても得をする気分になって、すぐに手付けをはらったのだけれど、あのひとのは、単なる欲ばり。山だの樹々だの水だの、そして水に落ちる影だのを、愛したからではないわ。

少年「母の夢……。女たちがみごもり妊《はら》む夢は、一つづきの域《くに》。この女の夢のなかを歩いてゆけば、そこは母の夢のなか。母は、死んだ。いや、ちがう。死んだのは……

女「あなたの手!

少年「叫ばないでください。ああ、夢の域からとび出してしまった。

女「あなたの手。怪我をしているの?

少年「怪我をさせたのでしょう。わたしは痛くない。

女「血……。血溜り。

少年「たかが血ぐらいに、どうして怯えるんです。だれの軀のなかにも流れている。

女　「そうして、女は、産むために血にまみれる。怯えるものですか。血にまみれて産み、奪いとられる。
少年「血にまみれて、母よ。あなたはわたしを産んだというのか。
女　「産んだ子は、奪いとられた。
少年「そうだったろうか。……思い出せない、まだ……。わたしは、母のもとから奪いとられた子か。
女　「わたしの子の話をしているの。淫乱と、うしろ指。無数の指。指縵《ゆびかずら》。
少年「指縵？
女　「何かしら。ふいに、睡りの底から泡たつように、言葉がくちびるにのぼった。
少年「指縵。
女　「なつかしいひびき。
少年「何？
女　「知らない。
少年「二人で夢の域に入ろう。夢が教えてくれるだろう。
女　「指縵……。なぜ、こんな言葉が、なつかしくくちびるを灼く。
少年「さあ！

7

女　「幾人《いくたり》殺《あや》めた。おれは、幾人殺めた。幾人殺めた。まだ足りぬ。剪《き》りとった指の数は、何本。何百本。
連《つら》ねて、三重《みえ》、四重《よえ》、十重《とえ》に、髪を飾った。紅玉の瓔珞《ようらく》。渇きをいやす紅い美酒。髪を飾ってなお余る指は、胸に垂らし、鬼よ、外道よ、畜生よ、と、うしろ指さす奴を、また一人、殺めた。
少年「（遠くより、声のみ）母よ、母よ。
女　「子を奪われて、狂わぬ女がいようか。淫乱と、おれをののしる女たち。おまえたちの血は、日向《ひなた》水《みず》か。おお、殺めるとも、百人《ももたり》。千人《ちたり》。

おれは男が恋《こ》ほしい。それが罪か。淫乱か。子を奪われ、手枷足枷《てかせあしかせ》口輪嵌められるほどの罪か。母よ。母よ。だれを呼ぶ。おれをか。いや、おれの子は、死んだというではないか。それも、おれが殺めたと。

おれの子の指も、このなかに?

それほどまでに、汚い噂流して、おれを狂わせたいのか。

少年「母よ！　ちがう。わたしの母は……。鬼じゃ。外道じゃ。あれ！

女「逃げるな。殺めはせぬ。

少年「母よ！　来たりて助けよ。

男「ひどく、うなされていたね。

女「……。

男「汗びっしょりだ。また、悪い夢を見た?

女「……。

男「鎮静剤を一本打ってあげよう。

女「いいえ。

男「楽になるよ。

女「軀は檻のなか。心まで檻のなかは、いや。

男「悪夢にうなされても?

女「わたしは、指縵外道。

少年「やあ、おまえは、

男「九官鳥小僧か。

少年「いやなにおいのするところだ。血のにおいより不愉快だ。

男「なに、消毒液だよ。

少年（女に）「ここは不毛だ。出よう。

8

女「汗……。

少年「ひどい夢を見るひとだ。あきれた。

女　「忘れたわ。夢は、さめたとたんに忘れる。

少年「指縵外道。

女　「何？　それ。

少年「あなたが、みずから名乗った。

女　「なつかしい。甘くくちびるを灼く。

少年「指縵外道。

女　「思い出した！

少年「思い出さない方が……。

女　「お釈迦さんの話にあるのよ。

少年「お釈迦さん？　何？　それ。

女　「お釈迦さまを知らないの？

少年「知らぬ。

女　「近ごろの子供って……ねえ。

印度のえらい婆羅門《バラモン》が、……、お釈迦さまも知らないのでは、婆羅門もわからないかな。えらい坊さんとでも何とでも思ってよ。その婆羅門がね、旅行に出たの。留守中、婆羅門の妻が、夫が一番信頼している若い弟子に言い寄ったの。弟子は志操堅固で、師の妻の誘惑をはねのけた。師が帰ってきたとき、妻は、弟子に操を汚されたと訴えて、激怒した夫に、報復の手段を教えるの。

前々から、その弟子に、婆羅門の秘法を皆伝する約束になっている。皆伝のためには、百人の人の命を絶たねばならぬ、これが掟じゃと告げさせた。

弟子は驚き悩んだけれど、師の言葉をすなおに信じ、人を殺し、その証拠に指を……指を剪《き》って……（突然、悲鳴。）

少年「あなたは、眠ると、いつもあんなおそろしい夢をみるの？

女　「お母さまの夢には、安らかにねむらせてあげたい。入れたの。

少年「まだ。

女　「お茶を淹れてあげましょう。

少年「お客はきらいなんでしょ。

女　「お客はきらい。ひとりで……。それが、むずかしいのよね。簡単なことみたいに思えるでしょ。ところが……。いつも、他人の目。四方八方から。戸を閉《た》てれば、すき間をあけてのぞきこむ。

少年「おいとましましょうか。

女　「なぜ。

少年「ひとりでいたいんでしょ。

女　「子供のくせに、気をまわすんじゃないの。母さんにはぐれた迷子のくせに。

少年「母は……。

女　「お父さんは？

少年「言うな！

女　「どならないでよ。父無し子？

少年「だれが。

女　「わたしの子供ね、男の子だったの。……死んだわ。

少年「父……。

女　「膝を貸してあげる。女の膝はね、他人のためにあるの。やわらかい髪。日の光を十分に吸いこんだような。

少年「年の内に咲く梅紅匂《くれなゐにほひ》の薄雪
日陰の絲に結ぼほれ小忌《をみ》の袖におく霜

女　「雪はさびしげに、松の枝の上
おまえのひたいはさびしげに、黒かみのかげ。

少年「御前の池の鴨鳥うは毛の霜の白さよ
つい立ちて見たれば御階《みはし》の月のあかさよ
つい立ちて見たれば神のます内野の森の影の高さよ
つい立ちて見たれば御随身《みずゐじん》の持ちたる炬火《たてあかし》の白さよ
つい立ちて見たれば……

女　「睡った。いっしょに夢のなかに入ってあげようか。

9

少年「つい立ちて見たれば衣被《きぬかづき》の多さよ

つい立ちて見たれば舞姫の多さよ
女＝母「つい立ちて見たれば舞姫の多さよ
すさまじくいぅなる師走の月夜を豊明《とよのあかり》の光は
珍しくぞ覚ゆる
醒めぬがよい。永遠《とわ》に。醒めぬがよい。水底深
く睡るがよい。罪の子。
少年「罪？　罪とやおおせらる。
女＝母「睡るがよい。剛い髪。血汐を思うさま吸
いこみ、渇きこわばった剛い髪。
年の内に咲く梅紅匂の薄雪
雪を溶かすには、火の接吻《くちづけ》
日陰の絲に結ぼほれ小忌の袖におく霜
おまえの心を解くには、別れの接吻《くちづけ》。
（くちびるを寄せる。）
少年「母よ、行《ゆ》くな。
女＝母「汝《いまし》をば伴ひ行かむ。来よ。
少年「汝《いまし》の夢のなかに。
女＝母「否とよ。天皇《すめらみこと》の臥床《ふしど》に。

10

女＝母「好きなもの。藍、茜。睡り。猟犬。顕微
鏡。凶血。決して来ない客。来ない客のために
作る料理。
前菜、苦艾《にがよもぎ》、人参、前戯、前頭葉。羹《あつもの》、海亀。
アントレ、殺人。デザートに刑事を一匹。
男＝義父「汝《いまし》思ほす所ありや。
女＝母「天皇《すめらみこと》の敦《あつ》き澤《めぐみ》を被《かがふ》りて、何か思ふ所あ
らむ。
男＝義父「吾《あ》は恒に思ふ所あり。何ぞと言へば、
女「どうぞ、何とでもお責めになるがいいわ。
男「きさま、売女《ばいた》！
少年「やめろ！　母に手を出すな。
男「あ、九官鳥小僧。

11

女　「ごめんなさいね。

少年「しかたありません。

女　「他人の夢は、おぼえていられるわ。

天皇《すめらみこと》の敦《あつ》き澤《めぐみ》を被《かがふ》りて。あなたのお父さまって、古代の天皇。

少年「義理の父です。少しわかってきた。

女　「もっとわかるところだったのよね。わたしの夢がまぎれこんでしまった。

少年「しかたありません。でも、ずいぶん、旦那さまと仲が悪かったみたいですね。どうぞ、何とでもお責めになるがいいわ。きさま、売女！

女　「九官鳥。

仲のいい夫婦なんて、いるかしら。

少年「わたしの父と母は、仲がよかったような……気がします。

女　「どっちのお父さん。義理の？

少年「義理のか不義理のか、まだ、その辺があいまいです。

女　「型どおりの山小屋。ステインを塗ったむき出しの梁、木組。白い漆喰壁。一口で言えば月並な装飾菓子《デコレーションケーキ》。建築雑誌のカラー写真。ね、そんなふうじゃない、ここ。

少年「義理の父。まことの父。天皇《すめらみこと》の臥床《ふしど》。

女　「古びた色あいだけは、夫の好みにかかわりなく、歳月が贈ってくれたもの。

湖に落ちる影は、最初から古びていた。偽りの色彩は洗い流され、建物の本当の顔があらわれていた。

笛？　いいえ、風。

夏は偽りの釉薬《うわぐすり》。盲《めし》いさせる歓楽の白光。

ここには、夏は、ない。

笛？　いいえ、風。逆巻き波立つ水の音。

少年「年の内に咲く梅紅匂《くれなゐにほひ》の薄雪

女「雪を溶かすには、火の接吻《くちづけ》

少年「日陰の絲に結ぼほれ小忌の袖におく霜

女「おまえの心を解くには、別れの接吻《くちづけ》。

少年「何もわからぬ。せめて、行かないで。

二人「好きなもの。藍、茜、睡り……。

12

〽落人の為かや今は冬枯れて、薄《すすき》尾花はなけれども、世を忍ぶ身のあとや先、

〽此の世の名残り夜も名残り、死にゆく身をたとふれば、仇しが原の道の露、一足づつに消えてゆく、夢の夢こそあはれなれ。

若い男「もしも道にて追手のかかり、別れ別れになるとても、

若い女「浮名は捨てじと心懸け、剃刀用意いたせしが、

若い男「望みの通り、そなたと共に、

若い女「一緒に死ねる、

二人「この嬉しさ。

若い男「あれ数ふれば暁の、七ツの時が六つなりて、

若い女「残る一つが今生の鐘の響きの聞きをさめ、

〽寂滅為楽《じゃくめつゐらく》と響くなり。鐘ばかりかは、草も木も空も名残りと見上ぐれば、雲心なき水の音、北斗は冴えて、影うつる星の、妹背の天の河、

若い男「われとそなたは、

若い女「女夫星《めをとぼし》。

〽必ずさうと縋りより、二人が中にふる涙、河の水嵩《みかさ》も増《まさ》るべし。

若い男「そなたは今年十九の厄、

若い女「こなさんも二十五の、

〽思ひ合ふたる厄祟り、縁の深さのしるしかや、神や仏にかけおきし、現世《げんせ》の願《ぐわん》を今ここで、未来へ回向し、後の世も、猶しも一

つ蓮《はちす》ぞと爪操る数珠の百八に、涙の玉の数そひて、つきせぬ哀れ、つきる道、流涕《りゅうてい》こがるる心いき、理《ことわり》せめて……

若い女「いつまで言ふても栓ない事、はやはや殺して、殺して――

若い男「サア、只今ぞ。

（車の音、水音！）

13

少年「好きなもの。藍、茜。睡り。猟犬。顕微鏡。ひどい風だ。嵐だ。天と地がひっくりかえる大渦巻だ。

好きなもの。藍、茜。睡り。猟犬。顕微鏡。凶血。決して来ない客。来ない客のために作る料理。

前菜、苦艾《にがよもぎ》、人参、

若い女「人参は嫌い。

少年「苦艾、人参、

若い女「人参は嫌いですってば。

少年「人参、

若い女「山椒。

少年「椎茸。

若い女「牛蒡。

少年「むき栗。

若い女「七草、八ツ頭、くわい、唐辛子。こんにちわ。お早うございます。

少年「だれ？

若い女「だれ？　ときかれるのは、何年ぶり？　わたしに、だれ、と訊くの？　わたしの名を知らないの？

少年「邪魔しないでください。

若い女「わたし、邪魔？

少年「前菜、苦艾、

若い女「山椒。

少年「椎茸。

若い女「牛蒡、むき栗、七草、八ツ頭、

少年「くわい、唐辛子、困る。

若い女「とても新鮮。

少年「？

若い女「いつも、わたしが困っていたの。他の人に困らされていたの。他人に邪魔されていたの。いつも、見られて、干渉されて、わたしのすることなすことが、話しのたね。わたしが、あなたを困らせて、邪魔しているのね。浮き浮きしちゃうわ。わたし、ここにいると、困る？

少年「でもないけれど……。

若い女「困ってよ。ね、邪魔？　わたしがいると。

少年「邪魔じゃない。

若い女「わたし、睡っていたわ。たぶん、睡っていたのだわ。

少年「長い睡りは、後に忘却を残す。

若い女「そう。それ、でも、部分的記憶喪失。

少年「記憶喪失は、陳腐だって

若い女「まあね。でも、なっちゃったもの、しかたがない。

少年「そこに入らないで！

若い女「そこ？　どこ。

少年「その線のなか。

若い女「線？

少年「その線のなかは、あのひとの夢の領域。

若い女「目まで、記憶喪失かしら。見えない。

少年「夢とうつつの境は、そういうものです。砂浜の波打ちぎわのように。寄せ、ひく波の痕をとらえて、陸と水を画然と、線でひきわけることができますか。

若い女「陸は陸。水は水。画然と、わかれているわ。陸は生。水は死。その一つの線を越えるには、大変なエネルギーがいるわ。わたしたち、十分にエネルギッシュだった。

少年「わたしたち？　ほかに、だれか？

若い女「エネルギッシュすぎて、とび越えちゃっ

たのよ。

少年「好きなもの。決して来ない客。

女　「来ない客のためにつくる料理。

若い女「お早うございます。

女　「今晩は。

若い女「おいとましましょうか。

女　「ええ、どうぞ。

若い男（若い女に）「それは失礼だよ。せっかくお邪魔したのだから、少し世間話を。

若い女「でも、お客は嫌いらしいわ。

女　「お客は嫌い。ひとりで……。それがむずかしいのだわ。簡単なことのはずなのに。いつも、他人の目。四方八方から。戸を閉《た》てれば、すき間をこじあけてのぞきこむ。

若い女「ほらね。

若い男「ハンドルを切りそこなったんです。運転には自信があるのに。

若い女「そうだっけ
若い男「無事故。臆病。模範運転、
若い女「小心。臆病。

若い男「酔っぱい運転の方がよかった？

若い女「あたりまえじゃないの。

若い男「ぼくはあなたを愛しているから、無謀運転はしません。

若い女「でも、崖から落ちたのよ。湖水に。

女　「二の腕に刺青。運転はいつも、酔っぱらって。汗血馬《かんけつば》のように、わたしたち、疾走《はし》った。ナナハン。

若い女「刺青と酔っぱらい運転！　ナナハン！

女　「月光を浴びて。

若い男「検問にあいませんでした。ねずみとり、やられませんでしたか。

若い女「刺青は、何？

女　「見せてくれないの、あいつ。

若い女「ほかの女《ひと》の名前だった？

女　「友だちが——素人の友だちが彫った、へたくそな刺青だから、恥ずかしいんですって。でも、見ちゃった。

若い女「こっそり？

女「お風呂で。

若い男「御主人、何か、組の方ですか。

女「主人？

若い男「二の腕に刺青。

女「主人とお風呂に入りますか。

若い男「あれ？

若い女「Hよね、夫婦でなんて。

若い男「結婚したら、いっしょにお風呂に入ってくれないの？

女「タオルをかけてね、かくしているの、刺青。

若い女「見ちゃった？

女「ちらっと。

若い男「ばかばかしい。要するに、あなたたちは、無頼《ぶらい》っぽく見える男に単純に、かっこいいわァといかれ、ミーハー丸出し。一度警察にひっぱられたら、まっ青になって平あやまり。

女「とばせ！

若い女「ひっこ抜け！

若い男「スピード出しすぎだ。一〇〇を越えた。やめて。

女「急カーヴ。

若い女「ヘアピン・サーカス。

若い男「慎重に。タイヤが。タイヤが、宙に。この先、急カーヴつづく。スピード落とせ。

女「とばせ！

若い女「ひっこ抜け！

女「おれの前を走るな。

若い男「いのちは大切にしましょう。生きものはかわいがりましょう。自然保護。学歴不要。雇用均等。男女平等。

女「この人、新聞の論説委員？

若い女「なりたいんじゃない。

若い男「警笛鳴らせ。落石注意。確定申告はお早めに。

若い女「落石注意で上を見たとたんに、崖から落ちた。（女に）ほんとはね、（耳打ち。）

女（笑いだして、若い女に耳打ち。）

（二人で笑いながら行ってしまう。）

少年「人参、嫌いですか。

若い男「野菜は、何でも食べます。ぼくは、玄米菜食主義です。

少年「酒は。

若い男「飲みません。煙草もすいません。麻雀は亡国の遊びです。ゴルフは健康的だからよろしい。あの二人、何をこそこそ内緒話をしていたんだろう。不愉快だ。気になる。気になりませんか。

少年「どうして気になるんですか。

若い男「質問に対し質問で答えるというのか、卑怯な逃避です。自分の言動に自信のないものは、そうやってはぐらかすのです。ぼくは、気になりませんか、とたずねたのです。イエスｏｒノーで答えてください。気になります。あるいは、気になりません。答えは二つのうち、一つです。

少年「前菜、苦艾、人参、山椒、椎茸。やり直し。苦艾。

14

男〽紫野ゆき志目野ゆき　雪うち払ふ手前の斑《はだら》の雪の明《あけ》ぼのに　身寄の方を身に添へて　風いとはしき嵐山に　向へる小倉の峰つづき　そよや朝霧に立後れじと　久方の月の　桂までも尋ねし野原の小鷹狩に小鳥を附けし萩の枝ぞわりなくは聞ゆる

「捕りたる鷹は、まづ、爪嘴の鋭利なるを削る。まづ、鷹の両脚をとらへ、頭、脚及び尾を出して、伏衣《ふせぎぬ》を以って両の翼と胴を包み、一人は両手にて脚及び尾の元を握り、仰向きとなし膝にのせ、爪切る者と相対す。

第一に、取揚《とりがらみ》の爪より切る。取揚とは前指中央なり。

爪を切るには鋭利なる刃物を以ってす。面して切るには僅かに血の吹き出づるを限度とす。血吹き出づれば、其箇所に火針《くわしん》を当てて止むるなり。火針はあらかじめ、火中に入れて焼きおくなり。取揚終れば、同指は必ず起して押さへ置くなり。これを起しおかば、他の指の力はぬけ容易に起こすことを得るなり。

次は、懸爪《かけづめ》、内爪《うちづめ》、返籠《かへるこ》の順序により爪を切るなり。

次に両脚に足革を付け、大緒を通し結ぶ。次に、鷹を伏せ居るものは、片手を鷹の背より肩口に当て、片手は脚、尾を持ちたるまま、頭部を廻す。嘴を切る者は、まづ頭部を左手にて押さへ、嘴を合はせたるまま、上嘴の先端を切る。次に、下嘴をわづかに削る。

女「とばせ！

女の情人（革ジャンパーにフルフェイスのヘルメット。）「ひっこぬけ！

女「おれたちの前を走るな。
とぶ汗は血の色。
われら、この日の装束は、赤地綿の直垂《ひたたれ》に、
唐綾縅《からあやをどし》の鎧着て、鍬形打ったる甲《かぶと》の緒締め、
厳物作《いかものづくり》の大太刀佩《は》き、

二人「聞ゆる木曾の鬼葦毛といふ馬《むま》の、極めて太う逞しいに、

女「黄覆輪《きんぷくりん》の鞍置いてぞ

二人「乗つけたりける。

女「おれたちの

二人「前を走るな。とばせ！　ひっこ抜け！

15

若い男＝女の情人の妻「あの女。もう若くはないわ。青ざめた顔に、真赤な熾火《おきび》みたいな大きい

眸《め》。おまえが欲しい。おまえが欲しい。その眸で、男に誘いかける。いいえ、何も言いはしないわ。黙って、みつめるだけ。家女房《ハウスワイフ》というものは、人をまっすぐにみつめてはならないのです。お米はとぎすぎないようにしましょう。糠にはビタミンB_1が豊富にふくまれています。家族の健康。あなた、お風呂沸いたわ。先にお食事？　ビール？　切らしたわ。ささやかな幸福《しあわせ》って、こんなにいとおしいものなの。（お酒を一口。）夫婦でお風呂に入るのはHだって。冗談じゃないわよ。世界人類の平和は夫婦で入るお風呂からだわよ。

（お酒を一口。）

刺青ね、好きなの。そのへたくそな刺青。犬の足あとみたい。みっともなくて、人前では肌を脱げない。かわいいわ。

あたしには見せる。あの女には見せない。ざまみろ。

おお薔薇よ、汝《なれ》は病めり。このくらいのこと、あたしだって言える。濃きくれなゐのよろこびの、汝《なれ》が臥床《ふしど》を見出でたり。でも、言わない。言う虚しさを知りすぎたから。（お酒を一口。）あの女もあたしも、たいして変りゃあしないのよ。あたしの方が、よく視えているというだけのことよ。

あなた、お風呂の電気消しといて。

〽笹葉に　打つや霰の　たしだしに　率寝《ゐね》てむ後《のち》は　人は離《か》ゆとも　愛《うるは》しと　さ寝しさ寝てば　刈薦《かりこも》の　乱れば乱れ　さ寝しさ寝てば

（声のみ遠くより次第に近く。やがて、女と女の情人。情人は革ジャンパー、フルフェイスのヘルメット。）

〽（勇壮に）われら、この日の装束は、赤地綿の直垂に、唐綾緘の鎧着て、鍬形打った

る甲《かぶと》の緒締め、厳物作《いかものづくり》の大太刀佩《は》き、聞ゆる木曾の鬼葦毛という馬《むま》の、極めて太う逞しいに、黄覆輪《きんぷくりん》の鞍置いて

男　「（かぶせて）嘴を切る者は、まず頭部を左手にて押さへ、嘴を合はせたるまま、上嘴の先端を切る。次に下嘴をわづかに削る。次に、〝詰め〟といふ行なふ。即ち、玉の緒のいのち絶ゆる寸前まで、食を与へず飢ゑしむること是也。

〽……鞍置いてぞ乗つたりける……　漆黒

間奏（しらけた明るさのなかで）

〽笹葉に　打つや霰の　たしだしに　率寝《ゐね》て
む後《のち》は　人は離《か》ゆとも　愛《うるは》しと　さ寝しさ
寝てば　刈薦《かりこも》の　乱れば乱れ　さ寝しさ寝
てば

少年　「つい立ちて見たれば御階《みはし》の月のあかさよ
つい立ちて見たれば神のます内野の森の影の深さよ
つい立ちて見たれば衣被《きぬかづき》の多さよ
つい立ちて見たれば

少年

女　（声のみ）「舞姫の多さよ

少年

女　（声のみ）
「つい立ちて見たれば舞姫の多さよ

女　（声のみ）「すさまじくいうなる師走の月夜を
豊明《とよのあかり》の光は珍しくぞ覚ゆる

少年　「年の内に咲く梅紅匂の薄雪

女　（声のみ）「雪を溶かすには、火の接吻《くちづけ》

少年
「日陰の絲に結ぼほれ小忌《をみ》の袖におく霜

女　（声のみ）

女　（声のみ）「おまえの心を解くには、別れの接吻

少年　「母よ、行くな。

II

16

若い男＝大日下王《おおくさかのおおきみ》「これは、天皇《すめらみこと》の叔父なる大日下王にて候。
天皇《すめらみこと》、石上《いそのかみ》の穴穂宮《あなほのみや》に坐《ま》しまして、天の下治《し》らしめ給ふに、使者を吾がもとにつかはし給ひて、詔《の》らしめ給ひしく、〃汝《いまし》の妹《いろも》若日下王を、吾が同母弟《いろと》に婚《あ》はせむと欲《おも》ふ。故、貢るべし〃と、のらしめ給ひき。

女＝長田大郎女（大日下王の嫡妻）「好きなもの。藍、茜。睡り。猟犬。顕微鏡。凶血。決して来ない客。だれ？

若い男＝大日下王「わたしだ。

女＝長田大郎女「〃わたし〃。単純明快な言葉。みじんのあいまいさもない。もう一度といかえしてみようか。どなた？

若い男＝大日下王「あほ。おれだよ。

女＝長田大郎女「あほ。おれだよ。少しましかしら。どちらさま？

若い男＝大日下王「遊んでいるときか。すめらみことより御使者がきた。

女＝長田大郎女「珍しいこと。

若い男＝大日下王「よろこべ。ようやく、わたしにも運がむいてきたようだ。

女＝長田大郎女「それはようございました。

若い男＝大日下王「はりあいがないな。もっと嬉しそうな顔はできないのか。

女＝長田大郎女「なぜですの。

若い男＝大日下王「なぜですの？　って、夫婦だろう。夫のよろこびは妻のよろこび。

女＝長田大郎女「あなたのよろこびは、あなたのよろこび。

若い男＝大日下王「冷たいよあ。結婚式のとき、何て誓った。夫と妻は一心同体。嬉しい時も悲しいときも、たがいにそのよろこび、その悲しみをわかちあい、助けあって

女＝長田大郎女「わたし、そんなこと、誓いませんでしたわ。十五のときに、掠奪も同然に、あなたの妻にさせられて、結婚したら夫のあらゆる欠点には目をつぶれ、と教えこまれて

若い男＝大日下王「わたしだとて、おまえのあらゆる欠点に目をつぶってきた。寝起きが悪いのも、掃除が下手なのも、つきあいが嫌いなのも、けちけちしているかと思うと、突発的に浪費するのも、家計簿をつけないのも。そんな話ではない、やり直し、よろこべ。ようやく、わたしにも運がむいてきたようだ。

まあ、それはようございました。いったい、何ですの。どんなお話ですの。そわそわどきどき、期待に燃えた目で言ってごらん。

女＝長田大郎女「そんな、テレビドラマみたいなせりふ、言えません。あなたの運は、あなたの運。

若い男＝大日下王「夫の運は妻の運。

女＝長田大郎女「藍、茜。睡り……

若い男＝大日下王「すぐ、そうやって逃げる。よくない癖だ。現実を直視しましょう。すなおに、みつめましょう。

女＝長田大郎女「家女房《ハウスワイフ》は、まっすぐに人をみつめてはならない。て言いませんでした？ 目をつぶれ。現実を直視しろ。矛盾しているわ。

若い男＝大日下王「賢い妻は小理屈を言わない。寛《ひろ》い心を持って、現実を処理する。ハウツーものを書こうかしら。

よけいなことを喋っている暇はないの。

聴け。わたしはこれまで、権力の中心から疎外されてきた。他人を押しのけてまで立身しようとは思わぬわたしの無欲恬淡な人柄がしからし

めたところだ。
だが、いま、おのずと機《とき》みち、運命はわたしにほほえみかけようとしている。
女＝長田大郎女「睡り、猟犬、
若い男＝大日下王「聴け。すめらみこと、使者を吾がもとにつかはしめ給ひて、詔《の》らしめ給ひしく、〝汝《いまし》の妹《いろも》若日下王を、吾が同母弟《いろと》に婚《あ》はせむと欲《おも》ふ。故、貢るべし〟と、のらしめ給ひき。ね、わたしの妹を、すめらみことが、弟ぎみの后に欲しいとおおせになったのだそうだよ。
女＝長田大郎女「顕微鏡、凶血
若い男＝大日下王「わたしは、四たび拝《おろが》みて白《もう》した。〝もしかくの大命《おほみこと》もあらむと、外に出さずて置きつ。これ恐《かしこ》し、大命《おほみこと》の随《まにま》に奉進《たてまつ》らむ〟。
女＝長田大郎女「凶血、決して来ない
若い男＝大日下王「おまえは、嫉妬しているのだな。若い義妹。青春のさかりの娘に。
女＝長田大郎女「藍、茜。
若い男＝大日下王「恥じるがいい。嫉妬する心のみにくさを。おまえだとて、すめらみことの叔父という高貴な男の妻なのだ。わたしの身分が、おまえに栄光を添えた。
結婚したときは、平社員だったが、係長、課長、部長、ぼくの昇進は、ずいぶん順調な方なのだよ。
女＝長田大郎女「藍、茜、睡り、猟犬。
若い男＝大日下王「きみはぼくの手のなかで、かってに夢をみている。
女＝長田大郎女「決して来ない、決して来ない……
若い男＝大日下王「妻と息子。子供、もう一人欲しいね。ぼくの部下が羨しがっていたよ。理想的な御家庭ですね。それというのも、部長さんが家庭を大切にする方《かた》で
女＝長田大郎女「アントレに殺人
（このとき、一閃の矢。
つづいて、荒々しく、）

男＝すめらみこと（二の矢をつがえる。）

若い男＝大日下王「吾が大王《おおきみ》！　お鎮《しず》まりを！

男＝すめらみこと「憎き奴。

若い男＝大日下王「何をおおせられます。いかなるわけで、かくも烈しきお怒り。

男＝すめらみこと「おのれが胸が知っていよう。

若い男＝大日下王「わたしの胸は、すめらみことへの忠誠と愛で溢れております。何がお怒りを誘ったのか……。

男＝すめらみこと「黙れ。

若い男＝大日下王「まず、お鎮まりを。わたくしめが、何か、お気にさわることをいたしましたのでしょうか。気づかずに御無礼申し上げたとあれば、重々お詫び申しあげまする。

男＝すめらみこと「ええ、口巧者な。わしが使をつかわし、〝汝の妹を吾が同母弟《いろと》に婚はせむと欲ふ。故、貢るべし〟と命ぜしめしとき、おまえは、何と答えた。

若い男＝大日下王「四たび拝《おろが》みて、申しました。〝もしかくの大命もあらむと、外に出さずて置きつ。これ恐《かしこ》し、大命の随《まにま》に奉進《たてまつ》らむ〟。（妻に）ね、そう言ったよね。

男＝すめらみこと「ようも、ぬけぬけと。そらぞらしい。おまえの言葉は、使いの者の口より、とく、吾が耳に入っておる。〝己《おの》が妹《いろも》や、等《ひと》し族《うから》の下席《したむしろ》にならむ〟。妹《いもうと》を、わしの下につかせるのは口惜《くちお》しと、横刀《たち》の柄をとって激怒したとな。吾が使に刃をむくるは、吾に刃向うに等しと、わきまえておろうな。

若い男＝大日下王「お待ちくださいませ。それは、何かのまちがいでございます。御使者は鰭《はた》の広物、鰭《はた》の狭物《さもの》、毛の麤物《あらもの》、毛の柔物《にこもの》、海の幸、山の幸を供して丁重におもてなし申し、更には、〝妹をお召しいただくのは無上の光栄〟との口上に、口上ばかりでは無礼《なめげ》なことと、押木の玉縵《たまかずら》を献上いたたすべく、御使者におわたし申しました、これほどまでに礼をつくしましたも、なお、御心に染まぬのでございましょうか。
男＝すめらみこと「言うな。押木の玉縵とな。そのようなもの、見もせぬ、手を触れもせぬ。弁舌たくみに、吾《われ》を言いくるめるつもりか。
若い男＝大日下王「何で嘘いつわりを申しましょう。（傍白）あの使者が、欲に目がくらみ、玉縵を横どりし、あらぬことを讒言したのだ。なろうことなら、わたくしのこの胸の断ち割り、明《あか》き真心をお見せしとうございます。
男＝すめらみこと「おお、見せよ。（若い男の胸を太刀にて裂く。）大王《おおきみ》の怒りは、罪人《つみびと》を滅ぼさねばやまぬ。今、静まった。ひとり身になったの。吾が臥床にまいれ。
女＝長田大郎女「来よとおおせになるなら、まいりましょう。現身《うつそみ》は影。どこにあろうとも変りはない。されど、
男＝すめらみこと「されど？
少年（声のみ）「年の内に咲く梅紅匂の薄雪
女＝長田大郎女「雪を溶かすには、火の接吻《くちづけ》
少年（あらわれ）「日陰の絲に結ぼほれ小忌の袖に
おく霜
女＝長田大郎女「おまえの心を解くには、別れの
接吻《くちづけ》
少年＝眉輪王《まよわのおおきみ》（大日下と長田大郎女の息子）「母よ、行くな。
女＝長田大郎女「汝《いまし》をば伴ひ行かむ。来よ。
少年＝眉輪王「汝の夢のなかに、
女＝長田大郎女「否とよ。天皇《すめらみこと》の臥床に。

17

女の情人（革ジャンパーとフルフェイスのヘルメット。かたわらにナナハンのバイク。）「（ゆるやかに）われら、この日の装束は、赤地綿の直垂に、唐綾縅の

鎧着て、鍬形打つたる甲の緒締め、厳物作《いかものづくり》の大太刀佩き、
来ないな。
聞ゆる木屑の鬼葦毛といふ馬の、
待つのは嫌いだ。
極めて太う逞しいに、
先に行くぞ。
黄覆輪の鞍置いてぞ
乗つたりける

18

女＝長田大郎女「へたくそな刺青。犬の足あとのような。素人の友人が彫った。恥ずかしい？　いいえ。あなた、言ったわ。若いころ。友だちと、兄弟のちぎり。その証しに彫りあった刺青だって。二の腕に咲いた薔薇。くちづけるとき、わたしも、薔薇になったわ。あなたの二の腕に咲く薔薇に。

少年＝眉輪王「母よ、吾がために歌え。

女＝長田大郎女「何の歌を。

少年＝眉輪王「幼き日の歌を。

女＝長田大郎女「いざ子ども　野蒜《のびるつ》摘みに　蒜摘《ひるつ》みに　我が行く道の　香ぐはし　花橘は　上枝《ほつえ》は　鳥居枯らし　下枝《しづえ》は　人取り枯らし　三つ栗の　中つ枝の　ほつもり　赤ら嬢子《をとめ》を　いざささば　良《よ》らしな

父ぎみじゃ。よそにいってお遊び。

少年＝眉輪王「父ぎみではない。継父《ままちち》じゃ。（去って、高殿の下にて遊ぶ。）

女＝長田大郎女「子どもというのは、いとおしい棘。我が身の肉に刺さって抜けぬ。

男＝すめらみこと（女と袖さしかわす。）「汝《いまし》思ほす所ありや。

女＝長田大郎女「天皇《すめらみこと》の敦《あつ》き澤《めぐみ》を被《かがふ》りて、何か思ふ所あらむ。

現身は影。影は何も思いはしない。ただ、うつろ。
吾が大王《おほきみ》は、思ほす所ありや。

男＝すめらみこと「吾《われ》は恒に思ふ所あり。何ぞといへば、汝《いまし》の子眉輪王《まよわのおほきみ》、人と成りしとき、吾《われ》がその父王《ちちみこ》を弑《しい》せしを知りなば……

19

若い女「一日じゅう、黄昏《たそがれ》。青ざめた薄ら明かり。色を洗い流されたような風景。
漂《ただよ》っているのね、ここで。夜もなく昼もなく。

若い男「注意一秒。その一秒の注意を、ぼくが怠ったばっかりに。

若い女「あのひとたちは、しじゅう、夢のなかに出たり入ったり。

若い男「こういう暮らしは、生活とはいえない。

若い女「水が軀のなかにしみこむように、淋しさがしみとおる。水の成分は淋しさなのね。

若い男「一秒の不注意。

若い女「漂って……漂って……でも、同じ場所。
黄昏の水のなか。

若い男「ほんのちょっとした不注意。

若い女「吹く風薫る夕まぐれ。ここの風は、腐ったにおいがするわ。

若い男「ブレーキとアクセルの踏みちがい、なんてことは、絶対、……やらない。

若い女「あのひとたちは、思い出す夢を持っているわ。わたし、何もない。

若い男「そんなことはないよ。ぼくら、ずいぶんデートしたじゃない。

若い女「記憶喪失じゃなかった。はじめから、失う記憶も持っていなかった。青い果実のような春の朝も、金色の果肉に熱い芯を包んだ夏の昼下がりも、ここには、ない。
いいえ、むこうにだって、ありはしなかった。

世界は空洞。わたしも空洞。空洞のなかに、薄い被膜で辛うじて形を保っていた。

若い男「一秒の不注意。きみは、有名だったろ。

若い女「わたしたち、かすかに光っているのではないかしら。水藻のあいだをくぐる夜光魚のように。そう思いたいわ。でも、ほんとうは、少しずつ、魚の餌になっているのね。

若い男「思い出がないなんて、言わせないぞ。

若い女「教えてあげてごらんなさい。何があって。

若い男「飛行機に乗りおくれた、きみが起きないから。ぼくが電話をかけてモーニングコール。電話を切ったとたんに、また眠りこむ。おかげで、スタッフは半日待ちぼうけだった。

若い女「それは、わたしの思い出じゃないわ。

若い男「寝坊したのは、きみだよ。きみの人気を盛りあげるために、ぼくはスキャンダルを流した。スキャンダルは、勲章だ。魅力がある証拠だ。

若い女「わたしの思い出じゃないわ。

若い男「週刊誌のグラビアを飾ったのは、きみだ。一秒の不注意。

若い女「ちがうわ。

わたしが、ハンドルを横から。（ぐいと乱暴に切る動作。）

若い男「どうして、そんな！

若い女「われら、この日の装束は、赤地綿の直垂に……（去る。）

（男、あらわれる。）

男「鷹を探している。

若い男「そうですか。

男「鷹を探している。尾羽根に斑の入ったみごとな鷹だ。わしが仕込んだ。

若い男「そうですか。

男「鷹を見なんだか。翔ぶ影すらも。

若い男「そうですか。

男　「腑ぬけた奴だな。
若い男「そうですか。
男　「鷹を抱いたことはあるか。
若い男「うるさい。
男　「ほう。
鷹道具をみせてやろうか。
若い男「わからない。
男　「自分の気持ぐらい、わかるだろう。
若い男「わからない。なぜ、ハンドルを……心中？
まさか。
男　「大緒　鷹の足革にこれをつけ、架《ほこ》につなぐ用ふ。
韘《ゆがけ》　鷹を据うとき、左手にこれを嵌める。
伏衣　鷹を伏するとき、これを用ふ。
足革　鷹の肢につける。
若い男「ヘアピンカーヴだった。崖のはるか下に、湖。空が、樹が、山小屋が、逆さにうつっていた。
男　「小刀　急刃　平刃の二種あり。
急刃は嘴、平刃は爪を削り切るに用ふ。
若い男（ちょっと興味を示す。すぐ、ものおもいにふける。）
男　「火針　火で焼いておく。爪嘴を削り切り、血を噴いたるとき、これをあて、血を止める。
策《ぶち》　山藤の蔓。長さ三尺。口中の汚れを洗ひ、羽翼をととのへるに用ふ。
若い男「無理心中をしかけるほど、ぼくを愛していた？　心中する必然性は、ないだろ。ぼくは、きみを愛しているって、いつも言ってるだろ。いつも。きみは、情緒不安定。衝動的な行動が……うん、衝動的に、きみは、ハンドルを。でも、なぜ？
男　「忍縄《おしなは》　長さ三十五尋《ひろ》。鷹の足革に結ぶ。きいているのか。
若い男「放っといてくれ。
男　（笞で若い男を打ちのめし、去る。）

若い男「玄米菜食。酒は飲みません。煙草もすいません。麻雀は亡国の遊びです。ゴルフは健康的だからよろしい。質問に対し質問で答えるというのは、卑怯な逃避です。いのちは大切にしましょう。生きものはかわいがりましょう。自然保護。学歴不要。雇用均等。男女平等。非のうちどころがない。なぜ、ぶつんだ。

20

女（声のみ）「年のうちに咲く梅紅匂の薄雪
雪を溶かすには、火の接吻。
日陰の絲に結ぼほれ小忌の袖におく霜
おまえの心を解くには、別れの接吻。

21

（おびただしいゴルフ優勝杯を、女が磨いている。）

女「……決して来ない客。来ない客のために作る料理。
前菜、苦艾、人参、前戯、前頭葉。羹《あつもの》、海亀。
アントレ、殺人。デザートに

男＝夫「第四回ＫＪＢ杯。高徳記念杯。第三十八回栄光クラブ杯。第二回日米エグゼクティヴ友好会準優勝杯。

女「行かせてください。

男「豪快、しかも、繊細なスポーツこそ、ゴルフだ。この、手の中に握りこめる小さい球が、宙空を制覇する。球は、わたしの意志だ。球は大空にわたしの意志の軌道を刻む。

女「行かせてください。

男「行くなと言ったことは、一度もない。

女「行かせてください。

男「とめたことは、一度もない。

女「言葉より強い意志が、わたしを縛っています。

男＝夫「不快なら、断ち切れ。

女　「行かせてください。

男＝夫「無駄だ。

女　（優勝杯を蹴散らす。投げつける。）

男＝夫「無駄だ。

女　（小刀で男＝夫を突き、ねじ伏せられる。服をはぎとられると、胸に巻いた白い晒、左の二の腕から肩にかけて、みごとな花の刺青。）

男＝夫「あの男は、死んだ。わたしがこう言ったとき、あの男は、死ぬ。

（男＝夫、戸棚の観音開きの戸を開ける。バイクが走り出る。バイクの背にくくりつけられた、女の情人の亡骸。）

（男＝夫、女の頭をゴルフクラブで殴打。女、昏倒する。）

（男＝夫、優勝杯でブランデーをのみ、高殿にのぼり、臥床に横になり、眠る。）

女　（起きあがり、情人の縄を解き、バイクから下ろし、膝に抱く。革ジャンパーをぬがせる、盛りあがった乳房。二の腕に、小さいが鮮やかな花の刺青。フルフェイスのヘルメットをぬがせる。〝若い女〟の死顔。）「（静かに、悲痛に）われら、この日の装束は、赤地綿の直垂に、唐綾縅の鎧着て、鍬形打ったる甲《かぶと》の緒締め、厳物作《いかものづく》りの大太刀佩き、聞ゆる木屑の鬼葦毛といふ馬《むま》の、極めて太う逞しい、黄覆輪《きんぷくりん》の鞍置いてぞ乗ったける……

22

（少年、高殿にのぼり、眠っている男＝すめらみこと、を刺す。）

23

女　（指縵《ゆびかずら》外道《げどう》の姿）「幾人《いくたり》殺《あや》めた。おれは、幾人殺めた。幾人殺めた。まだ足りぬ。剪《き》りとった指の数は、何本。何百本。
連ねて三重《みえ》、四重《よえ》、十重《とえ》に、髪を飾った。紅玉の瓔珞。渇きをいやす美酒。髪を飾ってなお余る指は、胸に垂らし、鬼よ、外道よ、畜生よ、と、うしろ指さす奴を、また一人、殺めた。

少年　（遠くより、声のみ）「母よ、母よ。

女　「子を奪われて、狂わぬ女がいようか。淫乱と、おれをののしる女たち。おまえたちの血は、ぼうふらの湧いた日向水《ひなたみず》か。おお、殺めるとも、百人。千人。
おれは男が恋《こ》ほしい。それが罪か。
淫乱か。子を奪われ、手枷足枷口輪嵌められるほどの罪か。
母よ。母よ。だれを呼ぶ。おれをか。いや、おれの子は、死んだというではないか。
それも、おれが殺めたと。
おれの子の指も、このなかに？
それほどまでに汚い噂流して、おれを狂わせたいのか。

男　「ひどく、うなされていたね。

女　「……

男　「汗びっしょりだ。また、悪い夢を見た？

女　「……

男　「鎮静剤を一本打ってあげよう。

女　「いいえ。

男　「楽になるよ。

女　「軀は檻のなか。心まで檻のなかは、いや。

男　「悪夢にうなされても？

少年　（走ってきて）「母よ！
あなたの企みか。
父の仇をわたしに討たせたは、あなたの企みか。
みずからの手は汚さず、わたしに罪をおかせたのか。
臥床にあの男をさそい入れ、わたしが高殿の下にいるを承知で、吾《わ》が父を殺めたと、あの男に言わしめたのか。

その言葉を、毒のように、わたしの耳に注ぎいれたのか。
母よ、あれは、あなたの企みか。

女（少年を胸に抱きこむ。）「いざ子ども　野蒜摘みに　蒜摘みに　我が行く道の——子どもというは、いとおしい棘——花橘は上枝《ほつえ》は　鳥居枯らし　下枝《しづえ》は　人取り枯らし　三栗の——我が身の肉に刺さって抜けぬ——中つ枝の　ほつもり　赤ら嬢子《をとめ》の　いざささば　良らしな
（抱きしめ、力をこめ、抱き殺す。）

24

湖の底。そこには、数々の水死者の屍蠟が漂う。
古代の少年も、現代の男女も。
女は、漂う屍蠟のなかに佇み、

女「好きなもの……。何もありはしない。
藍、茜、睡りは来《こ》ぬ。
われら、その日の……忘れてしまった。
長い睡りは、長い目ざめ。後に忘却を残す。
九官鳥。
天皇《すめらみこと》の敦《あつ》き澤《めぐみ》を被《かがふ》りて
小忌の袖におく霜。
指……。
あなた、夢は奔馬よ。これに乗る者を死といひ、陰府《よみ》これに随《したが》ふ。
こう、床に線をひきましょう。円型に。この線のなかは、あなたの夢の領域。
寄せ、ひく波……。
藍、茜、睡り、猟犬、……顕、微、鏡。
指……。
われら、その日の装束は

男「鷹を探している。
いた。
ようやく、みつけた。

どれほど、探しまわったことか。

羽が汚れたの。折れている。

風切羽《かざきりば》は無事だろうの。

鷹は、死ぬとき、風切羽を人間にわたさぬよう、嘴でみずから叩き折るというの。

嘴といえば、削らねばの。

爪も、のびた。

どうして、逃げた。いや、逃げたのではない、帰る道を忘れた、な？

獲物を追い、力のかぎりをつくしてはるか遠く翔び、疲れて水に墜ちたか。

さあ、手入れをしよう。

捕りたる鷹は、まづ、爪嘴の鋭利なるを削る。まづ、鷹の両脚をとらへ、頭、脚及び尾を出して、伏衣を以って両の翼と胴を包み、仰向きとなし膝にのせ、
第一に、取搦《とりがらみ》の爪より切る。取搦とは前指中央の指なり。

爪を切るには鋭利なる刃物を以ってす。

（男、女の中指を切り落とそうとする。

その小刀を、女、奪って、男の胸を深々と刺す。）

25

宙高く、鷹は飛翔する。
その鋭利な彎曲した爪は血に濡れ、
血のしずくは、糸をひいて、
はるか下の湖水にしたたり落ちた。
水面に血はにじみひろがり、
やがて、屍蠟たちの睡る湖底は、紅い靄につつまれてゆく。

青《せい》裳《しょう》

ワキ「さて舞の衣裳は何色ぞ
ツレ「袴は精好《せいがう》
ワキ「水干《すゐかん》は
ツレ「世を秋の野の花づくし
ワキ「これは不思議の事なりとて、
宝蔵《ほうざう》を開き見れば、げにげに疑ふ
所もなく舞の衣裳の候

——二人静——

1

めぐる秋の暮れ毎《ごと》に、硝子の割れ落ちた仏蘭西窓から、舞い込み散り落ち、褥《しとね》ほどにも床に降り積んだ桜の枯れ葉を、小蜘蛛めが綴り合わせ、蛇の衣《きぬ》とも見紛おうが、我が身を飾る綺羅綿繍、これよりふさわしいものはない。

翡翠《ひすい》の髪花しおれ、桂の眉も霜降りて、ついには老の鶯《うぐいす》の、百囀《ももさえず》りの春はあれども、昔に帰る秋はなし。

「あら来し方恋しや、あら来し方恋しや」

2

化粧台《ドレッサー》の鏡の奥に、寝台がうつっている。当然だ。毎夜、わたしが身を横たえるダブルベッドである。

わたしは鏡をみつめ直す。

水のかかった痕が残る色褪せた壁紙。樫の洋服箪笥。寝台は、頭を壁に向けて据えられている。何の装飾もない部屋。

当然ではないのは、寝台に上半身を起こした女の子が、うつっている事だ。五つか六つか、そのくらいの年ごろに見える。

見知らぬ女の子は、痩せた肩と胸を交叉した腕でかくし、鏡の奥からわたしを見返す。いえ、わたしを見ているのではない。己れ自身を凝視しているのだ。見開いた眼で。

振り向けば、この部屋にわたしの他に誰もいない事は、何度となく確かめた。

もとより、鏡は、魔性のものだ、何を秘め持っていようと、不思議ではない。まして年古《ふ》りた大鏡ともなれば。

「ねえ、そうじゃない？」

わたしが突然声に出して言ったので、

「え？」

楠田はけげんそうに目をあげた。


カフェ・テラスのテーブルに、グラスの影が淡い。

ゆうべ……と話そうとして、止めた。

夢だろう、とか、冗談だろう、とか、そんな月並みな応酬は、楠田はしないだろう。

そうかい。

彼の応えは、たぶん、その一言だ。奇跡も神秘も、認めもしなければ嘘と決めつけもしない。不可知主義などと恰好をつけるわけでもないが、要するに、どうでもいいのだろう。

「鏡は横にひび割れて」

わたしは言って、グラスの底の氷片を、ストローの先でつついた。レモン・ティーの透明な金茶色が、氷片を染めている。冷たいものを飲む季節ではないのだけれど、わたしは口の中が熱かった。

「クリスティーか？」

「テニスンじゃなかったかな。作者は忘れたけれど、英吉利の詩人の詩よ。クリスティーは、その誌の一節を、タイトルに借用したのよ」

「お待たせ」と、高森が、胴間声で入って来た。

わたしは立ち上がった。

「すぐに行くの？」

一服したそうな高森に、ああ、とうなずいただけで、ヴィデオ・カメラのケースを肩にかけ、楠田は出て行く。わたしは伝票をとった。


楠田が運転席に着き、わたしは助手席に並ぶ。高森は後ろの座席を一人で占めた。

東名高速を西に向かう。目的地は鎌倉。横浜インターで高速を下りる事になる。

「あら来し方恋しや」

「また、おかしな一人事を言う」

片手ハンドルで、あいた手はシャツの胸ポケットをさぐりながら、楠田は言った。

わたしは、楠田のポケットから莨《たばこ》の箱をとり、二本抜いてくわえ、火をつけて一本を楠田に渡した。楠田は唇で受けた。

「今朝、鏡の前で髪にブラシをあてているとき、ふっと、そう呟いてしまったの。あら来し方恋しや」

老残はまだ無限の彼方にある。昔を懐しがるなど、

「精神の衰弱よね」

「おれは、ジャック・フィニイなんか好きな方でね」

「昔恋しい話ばかりね、フィニイのSFは」

「おれ、好きだよ。あのセンチメンタリズム」

「軟弱」

「むしろ強靭だぜ。過去を呼び戻し、拮抗しようというのは」

規則正しい鼾《いびき》が、後ろのシートから聞こえる。

「昔恋しい夢の騎士、ランスロットは帰らない」

「フィニイにあったか、そんな話」

「これは、子供のころ読んだ、それこそセンチメンタルなお話。フィニイじゃないわ。エレエヌ姫よ、何で泣く。おまえがいくら泣いたとて、昔恋しい夢の騎士、ランスロットは帰らない」

「アーサー王の伝説か」

「少年と少女が、ランスロットとエレエヌ姫ごっこをして遊ぶの。少年は、何か病気で——軀じゃなく、心のね——学校も休学して、女の子の家に静養に来ているの。二人は毎日、ランスロットごっこ」

楠田は、わたしの話を聞いていないようだ。退屈な、女の子のおはなし。

〝鏡は横にひび割れて〟の一節を持つ詩の題材ともなった、ランスロットとエレエヌ姫の物語を、思い返してみて、わたしはほとんど忘れてしまっている事に気づいた。

エレエヌ姫は、確か、男を恋すると命を失うと予言され、お城かどこかに閉じ込められているのではなかったかしら。男の姿を見る事のないように。

閉ざされた一室で、姫は、糸車をまわし糸を紡いで日を送る。

しかし、鏡が、その配慮を裏切る。

川に沿った道を、馬に跨った騎士が通る。その姿を鏡は捉えた。姫は、見た。窓に駆け寄る姫の背後で、鏡は、音を立て、横にひび割れた。

姫は、すでに姿が見えなくなった騎士の後を追う。つながれてあった小舟に乗り、舫《もや》いをといて、水の流れのままに下る。

「そうして、ただよい着いた小舟を人々を見ると、なぜか、姫は死んでいたの。呪いの予言が実現して。不条理な話ね」

気のない相槌を、楠田はうった。

「その物語を少年と少女は本で読んで、毎日ランスロットとエレエヌ姫ごっこ遊びをするの。やがて少年は、病気がなおって家に帰る。何年かたって、少女と再会したとき、少年は、病気だったときの事はいっさいおぼえていないの。ランスロットごっこをして遊んだ事どころか、少女の顔も名前さえも」

「『心の旅路』ジュニア版か」

「『心の旅路』は、木戸の軋む音で男が記憶をとり戻すけれど、少年は、忘れたまま。冷然と少女を無視するの。エレエヌ姫よ、何で泣く。おまえがいくら泣いたとて……、よ。楠田さん、昔、ランスロットごっこをして遊んだおぼえは、ありませんか」

「ああ、それでは、きみがあの時の」

楠田は、科白《せりふ》を棒読みするように言い、わたしたちは、熱のない声で笑った。

「冗談じゃなくてね、わたしは、本当に、ランスロットごっこをして遊んだような気がするのよ、子供のとき」

「今の〝お話〟は、体験談？」

「忘れたわ」

「昔恋しい夢の騎士、ランスロットが隣にいるのに」

楠田は、気障《きざ》ったらしい科白で応じた。

わたしは、昨日楠田が電話で申し入れてきた言葉を思い返していた。口の中と軀が、少し熱くなった。

〝ヌードを撮らせてよ。〟

わたしは、ドレッサーの端を手のひらで叩き、

〝聞こえた？　頬をひっぱたいたのよ。〟

〝痛かった。でも、いいだろう。〟

〝ばかね。〟

〝商売に使うなんて、思わないだろ。〟

思った。たちの悪い冗談、と思う心のうち、三〇パーセントぐらいは。

〝今が一番きれいだから。撮りたい。〟

〝モデルじゃないわよ〟

〝わかりきった事は言わない人だろ、そっちは。〟

〝そっちも、答のわかりきった事を訊かないでよ。だ、め。〟

〝なぜ？〟

〝わかりきってるじゃない。〟

〝あ、ヌードモデルを軽蔑しているのか。〟

〝そうじゃないわよ。〟

言い返しながら、うしろめたさが心をよぎった。自分でも気づかなかったところを衝かれたような気がした。

〝素直に喜べよ。きれいだって、褒めたたえたんだぞ。絶讃したんだぞ。〟

〝十六、七の頃なら、素直に有頂天になったわね。〟

「月の光を裸身にまとい、露の瓔珞《ようらく》を胸に連《つら》ね……。明日では遅すぎるか」

わたしはひとり言《ご》ち、

「は？　何か気障な事を言いましたね」

楠田は前を見たまま応じた。


わたしは、のけぞって笑うまねをした。声は立てず。それでも、高森が目をさまし、欠伸まじりの声で、「何だ？」と話に加わろうとした。

「あと三分で、横浜インター」

わたしが言うと、高森は欠伸で答えた。

「昨日頼んだ事、ＯＫ？」

高森の耳がある事も気にかけず、楠田は言った。

「拒絶」

「なぜ？」

「やめてよ、こんな所で」

目顔で高森に聞こえると合図したが、楠田は頓着せず、

「なあ、モリさん、エレナ・ユロフスカヤの廃屋で、＊＊ちゃんのヌードを撮るの、いい感じだろう」

わたしは無性に腹が立った。何も、高森までこの話に引き入れる事はないのだ。楠田がこんな粗《あら》

い人だとは思っていなかった。勝手に、好ましい虚像を作り上げていたのだろうか。

　高森の方が鼻白んだようで、ひょっ、というような声でごまかした。

「おれ、その、エレナ・ユロ何とかいうの、どうしてもすらすら出てこないんだ。困るよな。エレナの妹とかいうばあさんに、インタビューするわけだろ」

「紙にサイペンで大きく書いて、カメラの横で見せてあげるわよ」

　話がそれたので、わたしはほっとし、高森が楠田の話に悪のりしないでくれたのを内心感謝した。高森の方が鈍だと思っていたので、意外だった。

「ユロフスカヤ」

　わたしがゆっくり言うと、高森は口の中で二、三度繰り返し、

「日本で改名しといてくれりゃよかったのにな。もっと簡単なのに」

「わたしが子供のころ知っていた外人で、ヴァレンシアという人がいたけど、バラさんでとおっていたわ」

「だいたい、＊＊ちゃんは、変なのが好きなんだな。今度の企画、おたくだろ。去年の夏は、〝消えた舞踏家〟。今度は、〝消えた役者村〟。今度は、〝消えた舞踏家〟」

「そう、この人、自分が〝消えた家〟に棲んでいるくらいだから」

　楠田が口をはさんだ。今日の楠田は、人が変ったように無神経だ。

　それとも、これが楠田の地なのだろうか。

「へえ、消えた家？　無い家に棲んでいるの？　どういう事なんだい」

　今度は、高森ものってきた。

「この人は、〝消えた〟という言葉を、〝時代によって滅びた〟というニュアンスで使っているんだ」

「そりゃ、知ってる。〝消えた役者村〟だって、別に、不可解な消失をしたわけではないし、エレナ・

ユロ……、その、ユロちゃんもだね、年とって死んだというだけの事だ。ミステリアスに蒸発したんじゃない。しかし、視聴者は、ちょっと肩すかしをくった感じがするんじゃないから。ところで、＊＊ちゃんの棲んでいる家も、時代によって」

「焼けたの。火事で。それだけの話よ」

わたしは、口調で、話を打ち切る意志を示した。しかし、高森には通じず、

「火事。いつ？　知らなかったな」

「違う。焼け跡に、わざわざ移ったんだ」

楠田がおせっかいに説明する。

「バラック建てて？」

「いいじゃない、プライヴェイトな事は、どうでも」

強すぎるくらい、不機嫌な声を、わたしは出した。

TVの下請けプロダクションで働き、いわば、昼の社会にいるわたしと、夜の私的なわたしをかっきり断ち分けるのに、今の住まいは、最適なのだ。誰にも侵されぬ領域。楠田にすら、話すべきではなかった。

わたしが生まれ、高校を卒業するまで育った家の一部であった。

大学に入ると同時に、わたしは通学に時間がかかりすぎるからと、家を出てアパートに一人住まいし、その後二、三度転居したが、ずっと安アパートにいた。

この春、両親が、二人で観光旅行中バスの転落事故で急死した。長兄は、ワシントンD．C．の薬物研究所勤務で、むこうに家族もいる。次兄は新聞社の京都支社につとめ、やはり家族がいる。どちらも、すぐに住まいをうつせない状態であった。

わたしが十八年を過した両親の家は、建物は父の名義だが、二百五十坪の土地は借地であった。

この東京西郊の土地に居をさだめたのは、祖父である。当時は、借地を利用する人が多かったの

だそうだ。

　祖父の代に住みついてから、半世紀以上になる。その間に、土地を買いとらないかと、地主の方から差配を通じて何度か言ってきた。しかし、物価の上昇にくらべて地代の値上げはわずかなので、今では、まるで只同然の値になっていたという。

　祖父が死に、父が相続したとき、多少大幅な値上げがあったが、それでも買いとるよりははるかに得だという計算から、そのままにしてあった。

　地主の方でも代替りがあった。いまの当主は、せっかくの土地を只のような値で貸しておくつもりはなく、買いとるか、あるいは借地権を払うから明け渡してほしいという要求は、契約更新の度に強くなっていたそうだ。

　木造の建物は、住むに耐えぬほど老朽化していた。父がなくなったので、地主は、新しい提案をしてきた。土地の半分を返却してほしい。残り半分は、その返却した分の借地権を代金にして譲り渡す。つまりこちらは百二十五坪を、無償で、入手できるというわけである。

　長兄も次兄も、その条件を受けいれた。そうして、古い建物は取り壊し更地《さらち》にするという事になったのだが、破壊作業が始まる直前に、出火し、焼けくずれた。

　警察の調べで、工事関係の人の火の不始末が原因とわかったが、わたしは、誇り高い〝家〟が、他人の手で廃馬のように打ち殺される前に自ら焼身したように感じたのだった。大げさな、と自分を嗤《わら》いもしたのだけれど。

　木造の和風家屋だが、玄関脇の応接間だけが、石造りの洋館だった。大正から昭和の初期に流行ったスタイルだそうだ。ほかに離れがあった。

　離れも母屋も焼け焦げた木材の堆積となった中で、洋館は、外壁に火の痕が走り内部は水浸しになりながら、辛うじて焼け残った。

兄たちはそれも壊すと言ったが、跡地にすぐ新築するつもりはなく、値上がりを待って売却するか、あるいは、いずれアパートを建てるか、などと相談がまとまらないでいた。

土地の処分が決まるまで、洋館に住ませてほしいとわたしは頼んだ。兄たちは即答を渋り、わたしの権利は三分の一なのだと念を押した。そのくらいは、わたしもわきまえている。なぜ執拗にその点を強調するのかと思い、ようやく、洋館に住んでいるうちに、なしくずしにわたしが土地を独り占めにする結果になる事を嫂《あによめ》たちが心配しているのだとわかった。土地を処分するときは直ちにひき払い、よそに移るという公正証書を作らされた上で、わたしは暫定的に洋館に棲む事を許された。結婚するときはここを立ち退く、という一条も、証書にはつけ加えられた。増築や改築が禁じられたのはもちろんである。

潰された動産で相続税や葬儀の費用を賄い、残りの三分の一だという額が、わたしに与えられた。

洋館は、十二畳ほどの広さの部屋が一つあるだけなので、どうしても必要な水まわりの設備と出入口をととのえる事、そうして電話をひく事はゆるされた。

わたしは、与えられた、ゆたかとは言えない額のほとんどすべてを費して、浴室にささやかな贅を凝《こ》らした。檜の浴槽も好ましいが、香りが爽やかなのは新しいときだけで、じきに水を侵され黒ずんでくる。絶えず新しい桶にとりかえるのはわずらわしい。

知人の画家が、模造大理石の浴船《ゆぶね》を譲ってくれた。

わたしは、これを、室内に実は置くべきなのだ。実用的な浴室ではなく。

そうすれば、日夏耿之介《ひなつこうのすけ》がうたった幻界が顕現する。

儂《わたし》は浴《ゆあ》む……
わが城の夜更けて　しんしんと静謐《しづか》なるひと
間《ま》の奥に燈《ひ》をとぼし
今宵《こよひ》の晩禱《ばんたう》に入らばやと
寂然《じやくぜん》とおごそかな歳月《さいげつ》古りし石磴を攀《よぢのぼ》り深
紅色の帷かかげてうかがへばわが密房《へや》の四壁《しへき》た
だ黒黒《くろぐろ》と——恆に似て鉱坑《くわうかう》にはひつたごとく
驕慢なる　枯淡なる　さてはまた　神のごと
き古書冊ら　崇崇《たかだか》ととり囲み　とり囲み
正しからぬ四角形の暗鬱の卓《つくゑ》の上に　銀《ぎん》の洋燈《らんぷ》
落着いた快活にただひとつ燁燁《えふえふ》とあたりを照らす
……
この大いなるひと間さなかに
大理石《なめいし》の浴船あり
濛濛《もうもう》と白気さかんにたち騰《のぼ》る
…………

浴船は、タイル貼りの浴室に据えた。

洋館の内装外観は、いっさい手を加えなかった。

火と水が戯《たわむ》れあった痕跡。これ以上の贅があろうか。

寝台と洋簞笥と化粧台。室内に備えたのはこの三点だけ、それも途方もなく巨きい頑丈なものを古道具屋で求めた。

ダブルベッドは、他人を迎え入れるためではない。寝心地がよい、それだけの理由による。

石の館に籠るとき、わたしは、本然のわたしになれた。

どのような悖徳《はいとく》の思いも、ここでは、赤裸々にしてかまわないのだった。世俗の倫理や鈍醜《どんしゅう》の常識は、壁の外で野垂れ死ぬがいい。

しかし、わたしは、デ・ゼッサントのように館の内に籠りきりになる事はできないのだった。

食べるためだけではない。幽囚は精神の緩慢な衰弱である事を承知していたからである。

日常は、わたしに、活力を与える。日常に養われなければ、わたしは、わたしの〝夜〟は、急速に老い朽ちるだろう。

楠田の左手が、わたしの膝の上にあるのに気づいた。

案内を乞おうとしたとき、扉は内側に開いた。ノックしかけた高森の手は宙を泳いだ。

「先日、ホームにお邪魔しました。M＊＊テレビの……」と、わたしは挨拶した。

相手は頷《うなず》いて、お入りなさいと身振りで示した。

エレナ・ユロフスカヤは、三年前死去したとき、八十四歳だった。その妹である婦人はいくつ年下なのか正確には知らないが、八十を越えた老齢であろう。額をふちどった乏しい銀髪を透して、生まれたての豚の仔のような薄桃色の頭頂の地肌がのぞく。青灰色の眸は白眼との境がぼやけ、薄青い穴のようだ。

道路に面した玄関の内部は、幼稚園の入口のように、広い三和土《たたき》に下駄箱が並んでいる。もちろん、どれも空だ。かすかに埃くさい。

玄関ホールから、すぐ稽古場に続く。

天井から床まで一面のひろびろとした硝子窓越しに、海が見下ろせる。窓と向かいあった壁面と鉤の手になった横の壁面二方は鏡で、横棒《バー》がとりつけられている。

建物は斜面に建っており、樹齢を重ねたと思われる大樹の梢が窓に影を落としていた。その樹肌と、仄かに黄や紅を混えた茶褐色の葉から、桜と気づいた。わたしの石の館の庭にも、桜の大樹が焼け残り、まだ命を保っている。

「花のときは見事でしょうね」

「もう、咲きません」

エレナの妹は、言った。

一九一七年の革命のとき一家で亡命してきた白系露人である。両親とエレナ、妹のヤーナ、長兄、祖父、祖母、七人家族だった。エレナはそのとき、十七歳だった。幼時からバレエを修得していたエレナは、生計の助けに、生徒をとって教えはじめる。多くの生徒が、エレナ・ユロフスカヤの門下から育ったそうだ。しかしクラシック・バレエは、日本の土壌にはなかなか根づかないし、営業として成り立たせるのもむずかしい。祖父、祖母、父、母、長兄、あい次いで逝《い》った。長兄は早逝した。エレナもヤーナも結婚はしなかった。

エレナが教習所《スタジオ》を閉鎖し引退したのは二十数年前だ。六十を過ぎ、体力が衰えていた。わたしは最近までエレナ・ユロフスカヤの名も知らなかった。若いころのエレナは、美貌の露西亜人舞踏家として、日本国内ではずいぶん有名だったというのだが。

エレナの死も、ほとんど公にとりあげられる事はなかったようだ。

高校のときの同級生の姪が、エレナの孫弟子である女性のバレエ・スタジオに通っている。たまたま、その同級生と地下鉄の同じ車輛に乗り合わせた。同級生は花束を持っており、これから姪のバレエの発表会に行くのよ、姪はまだ五つで、舞台でころころしているだけなんだけどね、どうせ長続きしやしないわよ、小学生の三年ぐらいになったら、もう塾通いがいそがしくなるんだから、などと喋り、エレナ・ユロフスカヤの名は、そのとき聞いた。

ユロフスカヤ、知らない？　そうね、わたしたち生まれる前に引退しちゃってるんだものね。引退してから二十何年、どうやって暮らしていたのかしらね、鎌倉にスタジオがあってね、近々取りこわされるって聞いたわよ。妹が一人いるんだけど、その人ももうよれよれのお婆さんで、有料老人ホームに入っているとかって。

「もう咲きません」

七十年近い歳月を日本で過したのに、ヤーナの言葉には、異国人に特有の訛りがあった。

「わたしの家の庭にも、古い桜の樹がありますの。火事に遭いましたので来春は咲くかどうか……」

横から高森が名刺を差し出した。ヤーナは受け取ったが目は向けず、エプロンのポケットにしまった。眼鏡はかけていないが、視力はすっかり衰えているのだろう。

楠田は、かってにあちらこちら覗いてまわっている。

「わざわざ、こちらまで来ていただいて」

わたしはヤーナに詫びた。老人ホームに居るヤーナに、エレナの話をききたい。スタジオを見せてほしいと手紙を出し、次いで電話で連絡すると、ヤーナは承知した。わたしは一人でホームを訪れ、打ち合わせをした。ホームに車でお迎えに寄ります。帰りもお送りします。いえ、行きも帰りもタクシーを呼びますから大丈夫です。

そんなやりとりがあった。

部屋の隅に置かれた木の椅子をヤーナが取りに行こうとしたので、わたしと高森が、いそいで運んだ。

ヤーナは腰を下ろし、わたしにもすすめた。わたしは辞退し、少し端に退いて、高森にインタビューをまかせた。楠田がカメラを向けた。

苦労に苦労を重ねた女の一代記、というふうに構成しろというのが、テレビ局側の命令だった。何しろ、女はそういう話が好きなんだよ、おたくの趣味で作らないでくれよ。わたしは、プロダクションの上司からも釘を刺された。何千万という視聴者が相手なんだからな。

高森は型どおりの質問を始めた。大げさな表情と相槌を交えて。

ヤーナは、小声で短く応えていた。端的に言えば、〝はい〟と〝いいえ〟と〝忘れました〟の三語。

それでも、ナレーションと編集の仕方で、どのようにでも画面は作る事ができる。

ヤーナとのインタビューだけではなく、他の関係者の話やエレナの写真などによって、三十分の番組を構成する予定だ。ヤーナからは、亡命当時の証言を聞きたいのだが、ヤーナの返事は、ほとんど、〝忘れました〟であった。子供のころの記憶の方が鮮烈に残るものではないかと思うのだけれど。長い歳月に洗い流されて、もっとも心に喰い入った事のみが、古木の木目がきわ立つように、くっきり現われてくるからだ。思い出したくない辛過ぎる記憶として、本能はそれを消失させてしまったのだろうか。

硝子の向うにひろがる海のゆるやかなうねりが、わたしを放心させる。波と二重写しに、自動車の淡い影が走り過ぎた。間をおいて、一台、二台。そして又一台。水面の少し下を車が走っている……。

視線を左にそらす。正面の硝子窓は、鉤の手に折れて左の壁面の一部になっている。建物の背後の道路が少しカーヴして視線に入る。そこを走る車が水にうつっているのだ。あんな遠い車が……。いや、そうではない。車は正面の硝子に姿をうつしているのだと気づいた。左手の硝子を透して海を見ると、車の姿はない。光のとんでもないいたずらだ。わたしは見惚れた。

「エレナの映画があります。見ますか」

ヤーナの声が耳に入った。ヤーナは高森にそう言ったのだが、高森は、どうする？　とわたしに目で訊く。

「食堂に下りましょう」

ヤーナはぎこちない動作で席を立った。

壁に手を這わせて階段を下りる。

道路に面した玄関と稽古場のあるここは、建物の二階にあたるのだった。

踊り場でヤーナは大きく息をつき、また、おぼつかない足を踏み板におろす。わたしは手を添えなかった。ヤーナが助力を拒んでいるように感じられたのである。

一階の食堂は、稽古場よりはるかに狭く、どことなく陰気で湿っぽい。壁の一方が崖に接した造りになっているせいか。

五坪ほどの広さだろうか。寄木の床板は埃が薄くつもり継ぎ目が腐っていた。硝子窓がここも海に向いているけれど、車の淡い影はうつっていない。稽古場の床はモップでもかけたようにきれいだった。わたしたちが訪れる前に、ヤーナは稽古場だけは掃除したのだろうか。

楕円形の巨きい木のテーブルが中央に据えられ、その端に、映写機はすでに用意されていた。

家庭用の八ミリ、それも相当に年代物のようだ。

ホーム・ヴィデオが普及したこの頃、八ミリ映画は珍しい。ひところ流行ったらしく、長兄と次兄の赤ん坊、幼児の時代を父や母が撮ったフィルムが、うちにも何巻かあった。わたしがほとんどうつっていないのは、わたしが生まれたときは、両親にとって赤ん坊が珍しい生きものではなくなっていたからだろう。

「ホームから運んで来られたのですか、映写機を」

楠田が丁寧にたずねた。

「ここに置いたままにしてありました。これ、正面に掛けてください」

映写機の脇におかれた軸のような巻物を、楠田は言われるままに拡げ、壁に掛けた。

すっかり黄ばんでしみが散っているが、映写幕だ。

「鎧戸を閉めてください」

傷んだ鎧戸を閉ざし更に厚い緞子《どんす》のカーテンをひくと、室内は夜の色に沈んだ。

矢車が廻るような音と共に、正面に弱い光があたり、その中のおぼろな影が、やがて凝集した。

3

化粧台《ドレッサー》の鏡に、十二、三の少女が、わたしと並んでうつっている。

少女の眸《め》は、前方を凝視している。しかし、向かいあって自分の顔を凝視している少女の実体がない事に、わたしはもう馴れた。寝台に上半身を起こしていた昨夜の、五つ六つの幼女の面差しは、少し大人びてきた少女の顔に鮮やかに残っている。くっきりと大きい眸に、不安と怯えがたゆたう。自分が、在《あ》る、その事が不安の原因だというふうに。

「高森も楠田も、ヴィデオには何もうつっていないだろうと言ったのよ」

少女に話しかけてみる。もちろん、返事はない。

子供のころ、わたしは誰もが一度や二度はするように、鏡の背後を何度ものぞいた。何もないと承知していても。

一枚の透明な硝子板が、裏に水銀を塗られただけで、無限の空間、永遠の時間を封じ込める力を持つという仕組は、わたしにはいまだに不可解だ。

「賭けてもいい」

ヤーナのインタビューを終え次の目的地に向かう車の中で、高森は言ったのだった。

同級生の姪が通っているバレエ・スタジオは横浜にあった。スタジオの主催者である女性は、エレナの孫弟子にあたるのだが、エレナにかわいがられ、エレナが引退してからも、時々鎌倉のスタジオを訪れていたという。彼女にもインタビューする事になっていた。陽が西に低くなり始めていた。

「あれは、エレナ・ユロフスカヤの幽霊だったんだよ、あの婆さんは」

その冗談をたのしむように、高森はまじめな顔で言いはった。

「もちろん、そうだ」

楠田も応じた。

「違うわ」

わたしは言った。

「ホームに電話して、ヤーナに連絡したのは、わたしだもの。ホームに出向いて、直接ヤーナに会って、わたし、依頼しているもの」

「もう一度、電話してごらんよ。エレナの妹は、今日は急病で身動きできず寝込んでいるとか、あそこに出向く途中で交通事故に遭い、病院に運ばれたとか、そんな話をきかされるぜ、きっと」

「ヴィデオを再生してみると、画面には、空の椅子だけがうつっているんだ」

「あるいは、おれたちが会ったのは、妹だった。しかし、喋っていたのは、妹の軀を借りたエレナであった、とか」

「憑依現象と言いたいの?」

わたしは口をはさんだ。

「エレナについて語るあの婆さんの口調は、熱っぽかったものな。八ミリの画面の説明をしているとき二、三度、〝わたし〟というかわりに、〝わたし〟と言ったじゃないか。リサイタルのシーンだった」

そう言って、高森は、寒気《そうけ》立ったような表情になった。冗談口を叩いているうちに、真実かもしれないと思いあたったふうだ。

「言いまちがいは、誰にでもあるわよ」

「他人の事を話すのに、〝わたし〟と言いまちがえる事があるかい」

「あるでしょうよ。妹が姉を羨み、あるいは憧憬し、同一化を常に願っていたとしたら」

わたしは言った。

「華々しいリサイタル。ライトを浴びて、舞台でソロを踊るバレリーナ。喝采。カーテンコール。抱えきれないほどの花束。烈しい燃焼。充足感。妹は、夜ベッドに一人横たわって、思い返す。

あれは、あたしだった。妹の中で記憶がすり変る」

「決して得られない栄光」と、高森が言った。

「そう、夢の中でしか」

「なるほどな。古い映画を見返しながら、妹はそれを自分と思ったのかも」

「おい、ナビゲーター、しっかりやってくれよ。おれ、この先の道はよくわからないんだぜ」

運転席の楠田は言った。行きと違い、助手席にいるのは高森である。高森は地図をひろげ眼を落した。

エレナの妹が映写した八ミリに、リサイタルの場面などは、わたしは見なかった。

わたしが見たのは、二人の女の子が……どちらがエレナでどちらが妹か、わからない、顔立ちは違うが、年恰好は似かよっていた。

エレナの舞台写真はわたしも何枚か目にしているわけだが、その成人しての舞台顔を、二人の女の子の、どちらにも見出すのはむずかしかった。


一人は、お下げ髪、セーラー型の衿のついたワンピース、もう一人は短いおかっぱ頭、ブラウスにフリルのスカート。

おかっぱ頭は、お下げ髪の女の子を縄で縛り上げ、なにかよく撓《しな》う笞《むち》のようなもので、力いっぱいひっぱたいている。

次の場面では、二人の役割が逆になり、縛り上げられひっぱたかれているのは、おかっぱ頭の方だった。

二つの場面が交互に延々と続き、その間じゅう、訴えるような子供の声が、
怕《こわ》かったの。あたしたち、怕かったの。怕かったの。エレナもヤーナも、怕かった。怕かった。

何が怕かったのというのだろう。

エレナやヤーナの一家は、革命軍の、子供といえど容赦ない銃殺、虐殺、それを辛うじて逃れ、亡命してきたわけだけれど、そのとき、エレナはすでに十七、映画の中のエレナは、革命を恐怖に

するには幼すぎた。

横浜といっても繁華な市街地ではなく、二十数年前に私鉄会社によって開発された分譲住宅地に、エレナの孫弟子のバレエ・スタジオはあった。生徒の発表会を開くけれど、商業的な舞台活動は行なわない、教師個人のリサイタルも開かない、〃お稽古〃に通ってくるのは、ほとんど近隣のサラリーマンの子供たち、そう、教師は言った。五十二だと、淡々と年を明かしたが、均斉のとれた軀と額の広い、目のくりっとした愛らしい顔は、シェイドをとおした灯りの下では、三十代に見える。

「R＊＊先生についてレッスンを始めたのは六つのときでした。R＊＊先生は、エレナの先生の愛弟子でした。日本のバレリーナでは、ナンバーワンだったわけでしょ。一昨年なくなられました。新聞にもかなり大きく出ましたから、ご存じでしょ。エレナ先生の死は、ほとんど報じられませんでしたけれど。エレナ先生のことをテレビで取り上げてくださるの、嬉しいわ。忘れられていい方ではありませんもの。わたしはR＊＊先生の秘蔵っ子で、ときどき、先生のお伴をして、エレナ先生のところに行きましたの。レッスンもしていただきました」

若いころは、世界の檜舞台に立てるバレリーナになる――なれる、つもりでいたわ、と彼女は幼い夢を嗤《わら》うような表情をみせた。

「戦後、ボリショイが来たときね、叩きのめされました。ライトも当たらない端っこで踊っている群衆の一人だって、R＊＊先生より、プロポーションといい、技術といい……。わたし、自分が一流の踊り手として舞台に立つ夢は捨てました。限界が見えてしまったの。勝気ですから、一流になれないとわかっている場所にしがみついていたくはなかった。子供たちにね、レッスンにくる子供たちに、きれいなものをあげる、いい音楽をあげる、それだけで、わたしはいいの。淋しいと思う事も……。バレエってね、残酷な芸術なのね。美術でも、音楽でも、年輪とともに世界が深まるでしょ。バレエだって、年をとらなければ見えないものがある。いくら技術がすぐれていても、若い人では表現しきれないものがある。ところが、それがようやく見えてきたとき、肉体の凋落が始まっているのよ。肉体が……軀が……。あなた、ニジンスキーがね、晩年、薔薇の騎士を踊ったとき、窓からとび込んでくる。あれができなくて、歩いて……。毎年、子供たちの発表会をやりますの。わたしも、ソロかデュエットを、子供たちにお手本を見せるというつもりもあって、踊っていたのですけれど、もう、来年は……。醜いですもの」

いいえ、まだすばらしくおきれいですよ、という、この場合当然言うべき言葉を、珍しいことに高森は口にしなかった。そうですか、と、深々とうなずいただけであった。

「わたし。彼女にもう一度、仕事を離れて会いたいわ」

鏡の中の少女に、わたしは言った。応えはなかった。応えを期待してもいなかった。〝彼女〟。それが、バレエ教室の教師をさすのか、エレナの妹をか、わたし自身にもあいまいだった。一番会いたいのは、笞で叩きっこをしていた二人の女の子なのかもしれなかった。しかし、あの八ミリをもう一度見る事はむずかしいだろう。映写機とフィルムを借りてうつしたところで、二人が顕われてくれるかどうか。

エレナの孫弟子であるバレエ教師のインタビューを終え、局にまわり、わたしたちは録《と》ってきたヴィデオを再生して観た。エレナの妹の皺の深い顔は、もちろん、うつっていた。

一週間ほど過ぎ、少し時間があいたので、わたしはバレエ教師に電話でアポイントメントをとり、再訪した。

　インタビューのときより、くつろいだ親しみのある笑顔で、教師はわたしを迎えてくれた。

　一階の稽古場は、エレナ・ユロフスカヤの稽古場の半分もないが、主に子供たちを相手にする教室としては、十分な広さなのだろう。インタビューはここで行なわれたのだが、仕事を離れて訪れたわたしが招じ入れられたのは、二階の私室であった。

　十五畳ほどのゆったりした居間である。

　室内は、海の底にあるように、深い藍色に沈んでいる。絨緞の色のせいで、そんな感じを受けるのだろう。ソファとアームチェアは乳白色、サイドテーブルの上のランプはアールヌーボー風の薄青いガラス細工で、そのシェードも藍色だった。

　独身で家族はいないときいている。たしかに、この部屋には、一人の人の意志、好みの反映しかなかった。

　わたしが彼女にもう一度会ってみたいと思ったのも、他人に侵される事を拒む気質を、彼女に感じたせいだろう。

　恋はしましたよ、と、彼女は言った。話はいつとなく、そんな話題も不自然ではないふうになっていた。

「二度。ええ、五十二年のあいだに、二度。わたしは、女として十分に生きたわ」

　あなたは？　と問いかける目を、彼女はわたしに向けた。楠田の顔が浮かんだが、わたしは、いいえ、と心の中で否定した。わたしの裸身を撮りたいと言った、あれは、何だったのだろう。

　教師の目顔の問いに答えるかわりに、わたしは、ひとりごちた。

「この大いなるひと間さなかに　大理石《なめいし》の浴船あり
　濛濛と白気さかんにたち騰《のぼ》る」

　その詩篇は、かなり長いのだが、中に次のような節を含む。

…………

一切有のさながらの美に
肆《つひ》の値《あたひ》をみとめえぬ身が
黄昏空《たそがれぞら》のいとかすかなる一つ星を見出して
初めて薄明《くれがた》の美をさとるごとくに
かの遐《とほ》き渺《はる》かなるものの面影を刻して
わづかに指《および》に触れ　心たのしむ　風狂者《ふうきやうしや》だ

そして、又、次のような節も。

己《おの》が手脚《てあし》を喰《は》みながら
己が手脚を愛《いつく》しむ蠕蟲《ぜんちゆう》のごとき怯懦の輩《やから》だ
己が巣窟《さうくつ》を厭離《えんり》しながら
なほ遼《はる》かなる　なほ自在なる幽棲《すみか》のあるを
弱心《じやくしん》にあくがれながら
己が巣窟に足踏み鳴し探迷する私心《ししん》の徒だ

……


「この部屋に、大理石の浴船をおくの？」

バレエ教師は、その情景を想像するように、目を少し細めた。

「でもね、結局……。わたしったらね」

　バレエ教師は、思い出し笑いだろう、吹き出した。

「サンドイッチのような恋よ。ね、聞いてくださる？　もう、言葉のあやじゃなく、本当に死んでもいいと思うような恋をしたの、十七、八から……二十……幾つまでといったらいいのかな。恋ってね、一生に一度のもの。そう思っていたわ。その人ね、スペインに行ってしまったの。バレエダンサーだったのだけれど。わたしみたいに、エレナ先生の弟子の弟子。わたしとは違う先生についていたの。わたしより、七つ年上だった。クラシック・バレエに慊《あきた》りなくて、フラメンコを身につけるために、スペインに渡ったの。わたしはそのころすでに、自分の教室を開いていたの、ここに。もっと小さい建物だったけれど。

　彼から、手紙がきたの。逢いたい、って。わたし、何もかも放り出して、とんでいったわ」

　教師の話は、飛躍が多かった。手紙が来る前から愛しあっていたのか、手紙が来て、はじめて、男に愛されているとわかったのか、判然としないけれど、わたしは質問するのを控えた。インタビューではないのだ。何も、詳細にわたしが事情を知る必要はないし、是非とも知りたいという願望も起きない。初老でありながらなお少女めいた面差しの女の語りの波に身をゆだねた。

「スペインで、彼の住んでいる部屋で、二人きり、その夜、彼に抱かれながら、わたしは泣いて泣いて……嬉しかったんですもの。もう、彼がもてあまして何もできなかったくらい、わたし、ただ泣いていたわ。半月、彼とそこで暮らした。わたしは、彼のために食事を作って……毎日買物に行くのが、それは楽しかったわ。でも、いつまでもそうしてはいられなかった。わたし、自分の生徒を放っぽり出してきたんですもの。それに観光ビザだし。彼もね、もう少ししたら日本に帰るって。わたしが、先に帰国して、教室をきちんとしてね、彼が日本でフラメンコのリサイタルをひらいたりする経済的な基盤を……いやァね」

と、教師は笑った。

「こういう固苦しい言葉、使いにくいわね。帰る途中、巴里に、一人で寄ったの。今、死にたい、って思いながら、また泣いたわ。あんまり倖せだったから。あの半月の間に、女として生ききった、そう思いながら、泣いたわ。帰国して、待っても待っても、帰ってこないのよ。手紙も書いたわ。返事がこないの。一年……一年半……もっと経ってからだわ。ようやく手紙が届いた。彼から。あなた、写真が入ってきたの。彼と、スペイン人の若い娘。わたしの知らない……。娘は、赤ん坊を抱いていたわ。彼ね、病気になったんですって。その娘が看病してくれたんですって。だから、帰れない、って。あなた、珈琲もう一つ淹れましょうか」

ポットの珈琲を、空になっていたわたしのカップに注ぎ、

「もう、人を愛したりはしない。そう、わたし思ったわ。愛する事はできない。わたしね、銀行から借金して、教室を建て直したの。いいえ、彼の手紙がきてからよ。独りで生きる。と決めてからよ。

この部屋、わたし独りのために、作ったの。隅々まで、わたしの思いどおりに、タオル一枚でも、気にいらない色のものはおかないの。二度と、人を好きになる事はないと思っていたのに、四十を過ぎてから、また、恋をしちゃったの。ああ、おかしい」

教師は、笑い声をたて、

「相手はわたしより十も年下で、だからわたしは、兎みたいに臆病になっちゃって。一言も、好きだって言えなかったわ。でも、彼はわかったはずよ。わたしの行為のはしばしから。わたしは、全身で告げていたわ。あなたを恋している、恋している。声には出さずに。向うもずるいの。好意は持ってくれているってわかるんだけど、何も言ってくれないの。もう、じれったかった。まるでタンタロスだったわよ、わたし。そこに、あなた、スペインの彼が帰って来たのよ。二十何年経ってから、突然よ。別れたんですって。子供も置いてきたって。それでね、あなた笑うわね。わたし、OKしちゃったのよ、そのスペインの彼のプロポーズ。若い彼に、あの人と結婚するのって話したら、ね、あなた、待ってくれ、って言うのよ。ぼくはその結婚に異議を申し立てる、って。そんな……遅すぎるわ。待って、どうするの。若い彼は、十も年上の女の恋を受け入れる決心はつかないでいたのよ、何年も。好きだと一言も言ってくれなかったのよ。それなのに、結婚に異議を申し立てる資格なんて、あって？」

スペインの彼と結婚してね、二ヶ月で別れました、と、早口でつけ加え、

「サンドイッチでしょ。もう、全部終ったの。いやになっちゃうわ、怕かった。怕かったの。だか

ら、二人で、叩きっこした。だけど、怕かった」

ああ、エレナが喋っている、とわたしはわかった。目をさまよわせると、部屋の隅の椅子に、薄青布がおいてあるのに気づいた。

「ああ、あれ？」

わたしの視線を追って、教師は頷いた。

「エレナ先生からいただいたチュチュ。わたしが初めて先生にお会いしたときに。あなたにお見せしようと思って出しておいたの。テレビにうつされたりするのは厭ですものね。だから、インタビューのときは……。エレナ先生が七つ八つのころ使ったチュチュなの。もちろん、わたし、生徒のだれにも着せた事はないわ。手荒くさわったら破れそうに布が弱っているの」

4

化粧台《ドレッサー》の鏡に、ライラック色のナイティを着たわたしがうつっている。

今日、わたしは終日部屋にこもっていた。

鏡の奥から、若い女が近寄ってきた。わたしと同じ年頃か、もう少し若いだろうか。

くっきりと大きい眸《め》は、不安のかわりに、孤絶するものの自負と寂寥を感じさせる。

月の光を衣とし、露の瓔珞《ようらく》を乳房露わな胸に連ねた装いである。

若い女は、わたしと並んで立った。眸は前方の空無を凝視している。わたしは、若い女にならって、衣を脱いだ。夜気が胸乳の上を滑り流れた。

そのまま、どれほど時が経ったのか、ドアフォーンのチャイムの音が耳の奥にかすかにきこえた。

どなたですか？

酔った声が、おれ、と応えた。

鍵をはずしてから、ナイティを脱いだままである事に気づいたのは、ふだんならあり得ない不注意だった。決して、決してあり得ない事だった。

ドアが押し開けられ、彼が闖入《ちんにゅう》してきた。

その〝彼〟を、楠田と限定はできない。固有名詞はいらない。闖入してきたのは、〝男〟であった。

闘争のあいだ、鏡の視線にわたしは刺されていた。彼は、去った。


狼藉の痕の残る床に這い、わたしはあたりを見まわす。仏蘭西窓の硝子に、罅《ひび》が走っている。わたしが彼に手当たり次第に投げつけたものの一つが、当たったのだろう。彼には、何一つ当らなかった。枕のような柔らかいもの以外は。

怕かったの。女の子の声を聴いた。あたしたち、怕かった。怕かった。わたしは、わかった。未来の予感。やがて与えられる蹂躙《じゅうりん》。あらかじめさだめられた凌辱。世界の変動によって侵される無辜《むこ》の少女。子供にとってはえたいの知れない恐怖の予知。

その怕さを忘れるための無惨な遊び。怕かったの。泣くかわりに、笞がひゅうと音をたてる。ぴしりと打ち当たる痛みが、怕さを忘れさせる。

もう、何も怕くはないわ。

化粧台《ドレッサー》の前に、わたしはにじり寄った。

立ち上がって鏡と向かいあうと、奥に、年老いた女が、横顔を見せて佇《た》っている。

女はくぼんだ眼を上げ、何かを仰ぎ見ている。

化粧台の隅を、小さい蜘蛛がよぎった。

返せや返せ、昔の秋を。老女の澄明な声を聴いた。

風が、罅割れた硝子の破片を吹き落とした。

その音を合図のように、老女はあるかないかの微笑を残して背を向け、歩み去ってゆく。

窓の硝子の割れ目から、桜の枯れ葉が舞いこみ、わたしの濡れた胸に貼りついた。

禱《いの》る指

他1篇

PART 3

ドアを開けたとたん、立ちすくんだ。ベッドの上に無数に散っているのは、朱、緋《ひ》、緑金《りょくきん》、群青《ぐんじょう》、碧《あお》……極彩色《ごくさいしき》の羽毛だ。鸚哥《インコ》だろうか。濃厚で不調和な色彩の氾濫《はんらん》だ。ベッドカヴァーははずされ純白のシーツを背景にしているので、あくどい不愉快さからは救われている。

しかし、裸に剝《む》かれたであろう小鳥の姿がいやでも思い浮かび——それも一羽や二羽ではない——、彼は、荒い声をあげ、祥子《さちこ》を呼んだ。

返事はなかった。

かわりに耳についたのは、テノールの歌声であった。歌詞はどこの国の言葉なのか、聞きとれない。

部屋の隅に置かれた古い電蓄から音は溢《あふ》れていた。さすがにモノラルではないが、オーディオとプレイヤーが一体になった、外函《そとばこ》は木製、ＬＰ・ＥＰ・ＳＰとスリースピードの、きわめて古い型である。

彼が部屋に入る前からレコードはまわっていたのだが、まず目にしたものに心を奪われたため、耳に聞こえる歌は意識の外にあったのだった。

電蓄は、レコードのコレクションとともに、彼の叔母が彼に残した遺産の一つである。

音楽に興味のない彼にとっては、場所ふさぎで邪魔なしろものだ。

場所ふさぎといっても、場、すなわち、この家も、叔母が彼にあたえた遺産なのである。叔母が使っていた家具や什器《じゅうき》がそっくり残されている。

趣味は悪くないのだろうが、それも古く傷んでいる。彼は骨董に興味はないので、不要なものはいずれ全部処分しようと思っている。

武蔵野の西郊に建つこの家は、もともとは叔母の夫が親から受け継いだものであった。銀行員であった夫が死に、叔母が相続した。

大正時代に建てられた古い家である。外観は西欧風だが、洋間は一階の応接間だけで、あとは和室ばかりだ。

応接間を、叔母は、染色の仕事場にしていた。野生の樹々の樹皮や果皮などから色素をとり、媒染剤《ばいせんざい》を加えた染料で、糸を染めて織ったり、白布を蠟纈染《ろうけつぞめ》にしたり、そんな仕事らしい。商品にはしなかった。

ベッドで寝たいという祥子の望みで、応接間を寝室につかうことにした。これまでは二DKのアパート型の社宅にいたのだから、広さだけは十分すぎるほどだ。

応接間は、泰西名画のようなワニスの脂色でぬりつぶされている。マホガニー製の家具調度のせいだろうが、室内の空気までがぼっとりとワニスを流したようで、彼は、この部屋の雰囲気を好まなかった。

ベッドだけは新品で、安手な感じがこの部屋にそぐわないけれど、ベッドまで重々しい骨董品だったら、彼は安眠できたものではない。

ソファはスプリングがこわれていたので粗大ごみに出し、ゆったりした安楽椅子二脚とティーテーブルだけを残した。

ワードローブは、納戸《なんど》においてあったものを寝室に移して使っている。社から帰宅して、まず背広を脱ぎ捨てようと寝室に入り、シーツの上に散った羽毛に、自失したのであった。

そうして、彼はふたたび慄然《りつぜん》とした。

耳に流れるテノールが、急速度に高音域に移っていき、コロラチュラソプラノに変形したのである。男性が、目の前で、女体に変わるのに等しい。ぞくっと鳥肌立った。恐怖に近い驚きと、衝撃的な甘美さのためだ。彼は異様な美に過敏に感応するたちではまったくなかったので、よけい、自分自身の反応に驚いていた。

幻聴か。いや、ひとりの声が、自在にテノールとソプラノの声域を行き来している。妖艶《ようえん》で魔的な歌声が室内を満たす。ヘルマフロディートが歌ったら、こんな声だろうか。

さらに、もう一つ、高い澄んだ声が加わった。ボーイソプラノである。

清冽《せいれつ》によじれあう二つの声は、清らかなまま艶麗さ淫蕩さをまし、彼を陶酔の蜜でからめとる。息苦しく、そうして、この上なく心地よい。

彼は恐れを感じた。陶酔感とともに不安感が徐々にましていることを、意識した。甘美と恐怖。相反する二つの感情が融けあう。高い声は喘《あえ》ぎに似た。一瞬彼は、血の気がひくような気がして、よろめいてベッドに腰を下ろした。羽毛を無意識によけていた。

不安と陶酔は、たえがたいほどふくれあがった。音楽に怖さをおぼえるなど彼にはついぞなかったことだ。レコードをとめさえすれば、この状態から逃れうるのだと思いながら、からだを動かす気になれない。

「だめよ、そこ」

声に、我にかえった。

扉の開く音に気がつかなかった。

咎《とが》めたのは、祥子だ。

「ごめんなさい」ときつい声をだしたのをあやまるように、入ってきた祥子は彼に笑顔をむけた。

初夏の香りが祥子のからだにまといついている。

「それ、乱してほしくなかったの」

そういって、極彩色の羽毛を指《さ》した。

祥子は両手で竹籠をかかえ、折り取った小枝や草の葉が溢れていた。葉は、まだ、庭の陽光をふくんで緑の底に火炎が燃えている。

白い小花をつけた枝は、空木《うつぎ》とわかる。花は使えないけれど、枝や葉は、鉄剤を媒染すると、オリーヴ色に染められるのよ。叔母がそう言ったことがあるのを、思い出した。

この家に越してくる前は、祥子は、染色に特別興味を示したことはなかった……と、彼は思う。

「それって、これか？」

羽毛に目をむける。

「そう」

「寝るためにあるんだぜ、ベッド」

不快さが声に滲んだ。

「だから」

明るい声で、祥子は言った。

「別の部屋で寝て」

「冗談じゃない。ベッドを、鳥の羽根に占領させとくのか」

「この部屋、わたしに使わせて」

言いながら、籠を出窓においた。

窓のカーテンレールを利用して、色糸の束がいくつも吊り下げられてある。染めた糸を乾かしているのだ。

とっくに使ってるじゃないか。

祥子が彼の意向におかまいなく別の部屋で寝てと言ったのが気にくわず、

「それはないだろ」

声が尖った。

「どうして？」

無邪気に、祥子は目を大きくする。

祥子の白い服も布目に陽光が織り込まれ、ワニス色の部屋のなかでラメのように煌《きらめ》く。

「これ、どうしたんだ。鸚哥だろ。ひどいことをするんだな」

「何が、ひどいの」

「サチが小鳥の羽根を毟《むし》っているところなんて、

想像もしなかった」

「やだ。残酷なこと、考えるなあ。わたしが毟ったと思ったの？　やだなあ。売っているのよ。画材店で」

あっさり言われて、彼は返答につまったが、

「でも、だれかが毟ったわけだろ。毟って、画材屋に売り、それをサチが買ったんだろ」

「屠殺《とさつ》された牛や豚、買って食べるじゃない」

そう言いながら、祥子はちょっと哀しそうな顔になった。

「そうね。毟られた鳥のこと、想像しなかったな。綺麗だなあと思って買っちゃったんだけど」

数枚の羽根を寄せ集め、祥子は、手のひらからふりこぼした。

「少し、叔母さんに似てきたよ、サチは」

そう言ったとき、彼は、ひさしく意識の底に封じこめておいた場面を思い出していた。


彼は、そのとき、五つか六つだったと思う。母につれられて、この家に来たときだった。この応接室で、母は叔母の夫と何か話にふけり、叔母はその席にいなかった。彼は〝おとなしくしていなさい〟と母に言われ、茶の間に絵本とともに置いておかれた。絵本に厭《あ》き、広い家の中を歩きまわり、階段をのぼった。二階の座敷に叔母をみかけた。しどけなく横坐りに膝をくずした叔母のまわりに、色とりどりの無数の端切れが散っていた。叔母はそれらをかき集めたり、手からこぼしたりして遊んでいた。

ベッドの上の色の氾濫は、そのときの情景を、彼に思い出させたのである。

その後、長らく、彼はこの家を訪れたことはなかった。

二度目の訪問は、叔母の夫の葬儀のときであった。

中学生の彼は、黒い制服で葬儀に列席した。

玄関から座敷まで、黒白の幕をはりめぐらされた家の中は、彼の記憶にある家とはまるで様子が違ってみえた。彼は母とならんで、親族の中に坐った。父が同席していないのは、一年間の予定で海外出張中だったためである。

母が、何かを凝視している。母の視線の先をたどると、叔母がいた。祭壇の斜め前に坐った叔母の顔は、幼いとき一度見ただけの記憶の中の像とぴったり重なった。

母の実妹なのだが、似てはいない。

母は面長なのに、その妹である叔母は、やや丸みをおびた顔立ちで、白い肌は表皮の下に淡い紅をふくんでいた。喪服の衿元から、ほっそりした顎が、いっそう白かった。

悲しそうには見えなかった。その表情はいたっておだやかで、いま思い返すと、満足している幼い子供のようだったという気もする。両手の指に白い繃帯《ほうたい》が巻かれていた。

母の表情は、対照的にけわしかった。死者にたいする哀悼の表情ではないと、中学生の彼は感じたのだった。その直感に自信はなかったが、半月もたってからだったろうか、叔母が警察に呼ばれるという事件が起こった。

叔父の死に叔母が関係しているという疑いをうけたのである。

叔父は二階のバルコニーから落ちたのだった。手摺りが腐蝕していた。

落下したところが鉄平石《てっぺいせき》をはったテラスだった。

事故死ということでおさまりかけていたのに叔母が事情聴取をされたのは何故なのか、その当座、だれも彼に話してはくれなかった。

バルコニーは応接間の上に張り出している。出窓で蠟纈染《ろうけつぞめ》をしていた叔母の目の前を叔父のからだは落下してテラスに叩きつけられた。叔母はそう言ったそうだ。しかし、他にだれもいないのだから、叔母が突き落としたということも、絶無とは言えないのだった。動機さえあれば。そうして、叔父の財産ということが、動機として考えられたが、何もいそいで相続しなくても、叔父の家はつまり叔母の家でもあって、当座、何の不自由もなかったはずである。叔母に情人がいれば、それも夫殺害の動機になるが、調査の結果、乱倫の形跡はないとされ、結局、不起訴になった。

叔父が墜死したとき、叔母は蠟纈染をしていたと言ったのだが、指先を火傷《やけど》しているのを、係官たちに見られている。葬儀のとき指に繃帯をしていたのは、彼も目にした。事情聴取をうけたころは、すでに火ぶくれはなおり、痕を残すだけになっていた。火傷の理由をきかれ、叔母は、祈っていた、と答えたという。そのときいかにも、観念して白状したというふうだったそうだ。祈禱と火傷の関連性や、何を祈っていたのかということについては、かたくなに答弁を拒否したと、彼は、いつとなく耳にしていた。

その後、父が帰国した。

父の旅行鞄のなかを整理しながら、

〝でも〟と、母は叔母の名をあげ、〝ほんとうは……〟憤懣《ふんまん》が思わずこぼれたように、言った。そのとき、母は、まるで父を見据えているふうだった。

彼が傍を通りかかったのに気づき、口をつぐんだ。

ほんとうは有罪なのよ。そう言おうとしていたのではないかと、彼には思えた。

不愉快な、そうして、もしかしたら恐ろしい事件を、大人たちは、彼にとっては存在しなかったことにしてしまおうとしていた。

そうして、彼もまた、母を問い詰めるのにためらいがあった。

叔父の葬儀のときの、母の険しい顔が、彼をためらわせたのである。

母は、あのときすでに、妹がその夫を殺害したと思い込んでいたのであろうか。

――あの表情は、憎しみだった……。

そう、彼には思えてならない。

妹の夫である。母には直接のかかわりはない。なぜ、葬儀の席で、憎悪の目をひそかにむけていたのか。

犯罪が明らかになれば、母自身も世間から冷たい目でみられるから、それで、憎んだのか。

もう一つ、当然、想像できることはある。妹の亡夫を、母が愛していたということだが、それを、彼は意識にのぼらせたくなかった。

母が、女でもあるということを認めるのは、不愉快の度が過ぎた。

証拠がないから不起訴になったが、それは、叔母が絶対に潔白であるという証《あかし》にはならない。

叔母は、彼の心に居座った。

布の断片を撒《ま》き散らして無心に遊んでいた叔母。

無邪気な子供のような顔つきの、喪服の叔母。

その二つの姿しか知らないのに、彼の眼裏にうかぶ叔母は、靄《もや》のような網をまとった裸身であった。靄は、心の奥を分析すれば、裸身を描きだすことにたいする疚《やま》しさか。

あるいは、叔母の罪の有無がはっきりしないことの象徴的なあらわれかとも思ったが、心象がそれほど画像に歴然とあらわれることはないだろうと、思い直すのだった。

母にだまって、彼は、叔母の家を訪れた。三度目の訪問である。玄関の前に立ってベルに手をのばしたとき、背後に人の気配を感じた。ふりむくと、叔母がいた。両手にかかえた竹籠に、白い小花をつけた小枝や草の葉が溢れていた。

陽は高く、叔母の短い影が、彼の足元にとどいていた。彼は少しよけた。すらりと背をのばした叔母は、彼の脇をすりぬけてドアを開けた。陽光になじんだ眸《め》に、家の中は仄暗《ほのぐら》く、海底のように静かだった。

応接間に叔母は入り、彼もかってに後につづいた。

ワニス色の室内の窓をおった、パステルのような色彩の重なりが目についた。

橄欖《オリーヴ》色やら藤色やら薄紅やら紺瑠璃《こんるり》やら、どれも、儚《はかな》く淡い色調だった。

色糸の束が、いくつも、カーテンレールに吊り下げられていたのである。


アーメンという言葉だけが、聞き取れた。そうして、針が空回りする音がつづいた。

祥子は電蓄のピックアップをあげた。

「針が、もう、少ししかないのよね」

「針?」

「レコードの。ほとんど、CDでしょ。針はこのごろ製造していないんですって。貴重品だわ」


「奇妙な歌だな」としか、彼は表現する言葉がなかった。

「歌っているの、一人はボーイソプラノだろう。もう一人は男かい。女?」

「C・T。カウンターテナー。男よ」

こともなげに、祥子は言い、ジャケットを見せた。教会の風景写真で飾られてあった。出窓におかれてあったのを、彼は見逃していたのだった。文字は英語らしいが、彼の語学力が乏しいせいもあり、遠目では即座に読み取れない。

「教会音楽では、去勢歌手をつかっていたって、知っているでしょ」

聞いたことがあるような気もするが、うろおぼえだ。

いや、たしかに聞いたおぼえがある。

だれから……。叔母だ。そう、彼は思い当たった。そうして、思い出した。三度目にこの家をたずねたとき、染剤に白い生糸を浸しながら、叔母はこの曲を、かけなかったか。そうして、男がうたっているのよ、と叔母は言わなかったか。

遠い記憶は、曖昧だ。書物か何かから得た知識を、叔母の記憶と混同しているのだろうか。

「カストラートっていうんですって。去勢歌手のことを」

祥子は言う。

「くわしいな」

「十九世紀の中ごろに禁止されたんですって」

大切そうに祥子はレコードをジャケットにおさめる。

「からだは成人するのに、声だけはソプラノ、アルトの音域を保たせるために、去勢しちゃうってことが人道的にゆるされない、ってこともあるだろうけど、ほんとは、カストラートの魔性のエロティシズムが、俗人の良識に反したからだと、思うわ」

「じゃ、それは、そんな昔につくられたレコードなのか?」

「十九世紀の半ばは、まだ、円盤レコードはなかったんじゃないかな。これは、去勢歌手じゃないの。完全な肉体を持った男性歌手が――カウンターテナーが、独特の歌唱法で歌っているの。曲はスタバトマーテル。聖母哀傷。教会の音楽って、こんなに淫蕩なのね」

「完全な男か、それ」

テノールが妖艶なソプラノに、なめらかに転移していった瞬間を思い出し、彼はふたたび、ぞくっとした。

そうして、

――たしかに、聴いた。前に一度。

深い海底から浮かび上がってくる記憶。

叔母は、電蓄の蓋を開け、ジャケットから出したレコードをターンテーブルにのせ……。

からだの奥底から彼は快楽への欲望を誘い出され……。

溢れ出ようとする記憶を、彼は力ずくで閉じ込めた。

「それ、叔母さんのコレクションのなかにあったのか」

「そう。カウンターテナーに関する知識も、ジャケットの裏に書いてあるのを読んで、わたしも、はじめて知ったの」

「いやな声だ」

「そう？」

祥子の声が、かすかに、冷淡なひびきを持ったような気が、彼はした。

「捨てちゃえよ」

祥子は目を大きくし、

「まさか」

彼の言葉を冗談にしようとするふうな笑顔をむけた。

「これも。これも、捨てろよ」

ベッドを占めた色とりどりの羽毛を指し、自分でも思いがけない激しい言葉が口をついた。

笑顔のまま、祥子の表情が冷ややかさをました。

「本気？」

「本気だ。こんなのに、のさばられちゃ、薄気味悪い」

「鼠《ねずみ》の死骸とか蛇とかじゃないのよ。鳥の羽根のどこが気味悪いの」

「不必要だろ、生活に」

そう言ったとき、彼の瞼《まぶた》の底には、朱だの緋だの浅葱《あさぎ》だの、小布《こぎれ》をもてあそんでいた叔母の姿があった。

どのようにしてつくったか、祥子がいま同じことをやりはじめているので、糸染めだの蠟纈染《ろうけつぞめ》だの型置きだのの経緯は彼の目にも入っている。

樹皮や果皮を煮出した液が、媒染剤の作用で思いもよらぬ色を発するのは、彼にも興味がないことはなかった。公孫樹《いちょう》の樹皮を煮出した何の変哲もない液が、媒染剤の種類によって、肌色、茶、鼠色と、幾とおりもの色を生み出したりもする。しかし、祥子があまりに熱中しているのをみると、何とはなく不愉快になる。

生活に何の役にもたたない。彼は不便を感じるばかりだ。

寝室で蠟纈をやるのはやめてくれ、とこれまでに何度も言った。

熱せられて溶けた蠟のにおいが室内にこもる。においが嫌なだけではない。においは、あつかましい闖入者《ちんにゅうしゃ》、というふうに彼には感じられ、それが不愉快なのだ。

平穏な空間に、何か異種なものが踏み込んでくる。

彼は、決して異常に神経過敏なたちではない。むしろ、きわめて正常な良識をもっている。そう、自覚してもいる。

祥子の熱中ぶりのほうが、度を越しているのだ。

武蔵野の西郊のあるこのあたりは、まだ、雑木林が残っているし、古い家だけに敷地も広く、草《くさ》木染《きぞめ》の材料は豊富すぎるくらいだ。

たかが、草木染。淡泊な植物とのかかわり。色彩にしたところで、淡く儚く、不気味な迫力などありはしない。

彼の理性はそう思うのだが、『色』に侵されてゆくというべきか、いや『色』に犯されて……と、奇妙な言葉がうかび、彼はうろたえた。

鳥の羽毛と、叔母がもてあそんでいた布地の色が、脳裏で重なり、そのとき、

〝祈っていました〟

叔母の弁明の言葉が、ふいに思い出された。

火傷した指……。

それと同時に、関連のない疑問がうかんだ。その問いを、彼は祥子にむけて口にした。

「サチは、どうして、急に草木染にくわしくなっ

たんだ。ここにくるまで、まるで興味なかったのに。そりゃあ、叔母さんの染めた糸だの布だの、残っていたけれど、サチは、だれにも教わらないで……」

死んだ叔母の幽体があらわれて、祥子の染めの手引きをしている……などと、現実離れのしたことをふと思い、苦笑にまぎらせた彼に、

「叔母さまのノートがあったのよ」

祥子は言った。

「こまかく、染め方が書いてあったわ。どの樹皮に何を媒染にするとどういう色になる、というようなこと」

「そんなのを、みつけたのか。日記？」

「日記ではないけど、いろいろ書いてあったわ」

「見せろよ」

祥子は首を振った。

「どうして？」

むっとした声が出る。

「別に秘密じゃないだろうに」

「見たってしょうがないでしょ」

強情に祥子は逆らう。

「あの事件のことは書いてなかったか」

「あの事件って？」

「叔父さんの墜死のこと」

「何も」

「あのとき、叔母さんは、指を火傷していた。あれは……」

「そのことなら、書いてあったわ」

祥子の口もとに、小さな微笑を、彼は見た。

「指の火傷のことなら」

「何て？」

「祈っていたのよ、叔母さま」

「叔母さんもそう言っていたさ。祈っていたって。だけど、火傷と、どう関係があるんだ」

「指を、燃やすのよ」

おだやかな表情で、祥子は言った。

「燃やす？」

「やってみせましょうか」

祥子は部屋を出ていった。戻ってきたとき、水をたたえたガラス鉢と、やはり液体の入った小さなグラス、そうして蠟燭ののった盆を持っていた。ガソリンの臭いがした。

盆を出窓におき、蠟燭に火をつけ、蠟を盆に垂らして蠟燭を固定した。指先をガラス鉢の水に浸し、小さいグラスのガソリンのにおいのする液にちょっとつけ、蠟燭の炎にその指先をちかづけた。

指の先端は、ぼうっと青い火をはなった。

十本の指の先で、青い炎はゆらめき燃えた。祥子はすぐに手を水に入れ、火を消した。

「叔母さんは、火傷していた……」

火ぶくれ一つない祥子の指に目をむけ、彼は気をのまれ、つぶやく。

祥子は、軽く笑った。

「これは、手品よ」

彼の手首をつかみ、人差し指を鉢のなかに浸させ、

「嘗《な》めてごらんなさい」

指を濡らした水は、塩辛かった。

「濃い塩水につけておくと、揮発するガソリンが燃えても、すぐには指は火傷しないの」

「でも、叔母さんは……」

「そうよ。叔母さまのなさったのは、手品じゃない。ほんとうに禱《いの》ったんですもの」

こうやって、と、祥子はいきなり自分の左の小指を蠟燭の炎に突き入れた。目を閉じ、祥子は悲鳴をかみころした。

「やめろ」

彼は、祥子の手を蠟燭からひきはなした。

指先はみるみる、赤く腫《は》れ爛《ただ》れた。

「叔母さまは、こうやって、禱ったのよ。毎日、一本ずつ、焼いたのよ。十本で、満願。願いは

叶《かな》ったわ」

「ノートに、書いてあったのか……」

祥子は、爛れた指をもう一方の手で抱き、言った。

「これだけの苦痛を代償に禱るんですもの。聞き入れられないわけがないわ」

わたしも、禱るわ。

声にならない祥子のつぶやきを、彼は聴いたような気がした。

そうして、さらに、彼は聞き取った。

十本の指を全部焼いたってかまわない。わたしだけの空間を確保するためなら。

だれの侵入もゆるさない、わたしだけの空間のためなら。

「ぼくが、邪魔なのか」

「明日、また、禱るわ」

「やめろ」

彼は、蠟燭を吹き消した。

「冗談よ」

祥子は笑い、

「指、冷やしてくるわ」

と、部屋を出た。

おれが何をした……？

彼は憮然《ぶぜん》とした。

自分だけの空間だって？　冗談じゃない。おれが会社にいる間は、うちじゅうがサチの空間じゃないか。空間を確保することを祈る？　つまり、おれを……？

かすかに、スタバトマーテルが彼の耳に流れ、男声が、なめらかに艶麗なソプラノに移行してゆく。

ベッドに散った羽毛がかすかにそよぎ、窓の色糸が身震いするのを、彼は目の隅に視《み》た。

ドアがきしんだ。

ふりむいて、彼は、幼い声を出した。

叔母さん……。

どうして、わたしに連絡してきたのですか。

そう聞きかえそうとしたとき、電話はすでに切れていた。

自動車事故。重傷。入院。

そんな言葉が、たてつづけに、わたしの耳に打ちこまれたのだ。むこうは、××病院ですが、と病院の名しか名乗らなかった。

野木《のぎ》さんですか。野木ヤス子さんですか。こちらは××病院ですが、矢場甲吾《やばこうご》さんが自動車事故でこちらに入院しました。かなりの重傷です。お知らせしておきます。

とっさに、返事ができなかった。

短い沈黙。

その、何秒にもあたらぬ空白をもてあましたようように、むこうは、よろしくお願いします、と言って、切った。

よろしく。何をよろしくやれというのか。

なぜ、わたしに……。矢場が、連絡先としてわたしの電話番号を告げたのだろうか。

そこまで矢場にたよられる間柄ではないのだけれど、と、いくぶんの腹立たしさも感じながら、躯《からだ》はきりきりと動いて外出の身支度をしている。

でも、わたしの名や電話番号を告げたのなら、重傷といっても、とにかく意識は混濁していないし、口もきけるということだ、とほっとする気持ちもある。

××病院は、大学付属の総合病院として名がとおっている。場所は四谷。正確な道すじは知らないが、駅のあたりで訊けばわかるだろう。

わたしの住まいから最寄りの駅まで歩いて二十分ほど。それから電車に乗って四谷までとなると、途中新宿で乗りかえて、小一時間はかかる。

こんな、さしせまった時だというのに、わたしは鏡にむかわずにはいられなかった。くちびるに、淡いオレンジ系の紅をめだたぬほどにさした。わたしの目尻の細い皺《しわ》に、矢場は気づいているのだろうか。

車輪梅《しゃりんばい》の樹皮を煮だした染液で糸から染め手織りにした紫褐色の袷《あわせ》に、帯は白、錆朱がところどころに走る柄のを選び、新しい白足袋を履く。仕事をしているときは、汚れてもかまわぬTシャツにジーンズだが、外に出るときは、日常の買物でも、その日の気分にあった和服に着がえる。足にまつわる裾の感触と、帯できりきりと身を締める感じが好きだ。

はじめて、矢場の顔を見知るのだ。そう思ったとき、ずきんと胸が鳴った。

わたしの住まいは、私鉄系の不動産会社が山地を開発して分譲した建売住宅の一つである。一区割四十坪足らず、そこに二十坪ほどのちまちました平家が、ピアノの鍵盤のように並んでいる。七年前に売り出した当時は、どの家も同じような安っぽさが、年月がたつあいだに、それぞれの持主の顔が、門構えにも庭木にもあらわれだした。二階を増築したところもある。

四ツ目垣でへだてられた隣家の庭には、はりわたしたロープにかけられたおむつが、銀白色にはりつめた晩《おそ》い秋の空の下で、まばゆくはためいている。越してきたころは高校に入りたてだった女の子が去年結婚し、三ヵ月ほど前、出産した。お産の前後二ヵ月、実家に帰ってきていた。その後も週末ごとに、夫と赤ん坊と三人、つまり家族ぐるみ、泊まりがけで遊びにくる。土曜になると、猫のような、弱々しいが執拗な赤ん坊の泣き声が、断続してきこえる。かぼそいけれど、凱歌のような声である。闇を通り抜け、生存の権利を獲得した誇らかな雄叫びなのだ。

結婚するまで、この隣家の女の子はわたしのところに染めと織りをならいに来ていた。媒染剤の種類によって、同じ草木の液から思いもよらぬ色があらわれることに、彼女は無邪気に感動していた。

住宅が建てこむのはこの一郭だけで、周囲は雑木林がひろがっている。駅までの道は、ほとんど下り坂である。両側につづく雑木林は、陽を受けてしずまっている。めまいをひきおこすゆるやかさで、黄ばんだ楓《かえで》の葉が、ねじれながら落ちる。

十分も歩くと、古くからひらけた住宅地となり、一軒、小さいマーケットがある。この店のなかで、駅の近くの商店街まで行かなくても、女ひとりの日常を養うほどの食物や身のまわりのものは、用が足りる。今日は、マーケットの前は素通りした。そこを過ぎると、道は急傾斜になる。ときどき、息をつけというように平らになり、また急坂がつづく。下りきると、駅前の商店街に出る。薬局の前に、募金箱を下げた男が立って、アフリカ難民救済に御協力くださいと頭をさげていた。駅のプラットフォームに立ったとき、上り電車が入ってきた。

車内は空いていた。一番隅の、ほかにだれもいないシートに腰を下ろし、薄く滲《にじ》んだ汗をハンカチでぬぐった。汗ばむ季節ではない。よほどいそぎ足になっていたのだろう。

はじめて矢場の顔がわかる……。

怪我を気づかうよりも、まず、そのことがわたしの意識にのぼる。

「メリーゴーラウンドに乗ったのをおぼえていますか」

電話で、いきなり、矢場はそう言ったのだ。

二月《ふたつき》ほど前のことだ。昼下がり。

わたしの朝の目ざめは、早い。陽がさしそめると、野鳥がさわぎたつ。その声が時計がわりである。起きて身支度をすると、すぐに仕事にかかる。織機にむかうときもあるし、戸外に出て、まだ露に濡れている茜草《あかねそう》を掘りとったり、ヌルデや椋《むく》の木や楊桃《やまもも》や榛《はんのき》の樹皮を剝ぎ集めたり、山吹や沈丁花、刈萱《かるかや》の葉を摘んだり、季節によっては、くちなしの実や夜叉付子《やしゃぶし》の実、棗《なつめ》の実を集めたりもする。前の日に染めて干しておいた糸を、もう一度、媒染剤とあわせた染液に浸す作業にとりかかることもある。

昼過ぎに一息ついて簡単な食事をとり、電話がかかってきたそのときは、何か懶《ものう》い気分で、庭の合歓《ねむ》の木が銀の葉裏を風に湧き立たせるのを眺めるともなく眺めていた。

メリーゴーラウンドに乗ったのを、おぼえていますか。

もちろん、そのときは、矢場の姓も名も知らない。はじめて聴く声であった。

まちがい電話だと思い、

「どちらにおかけですか」

事務的に問うと、

「野木ヤス子さんでしょ」

相手は親しげに言った。

「はい、野木ですが」

「おぼえていませんか」

と、声は、くっくっと笑いをふくんだ。

「メリーゴーラウンドですよ」

「だれだって、子供のときは乗るでしょ」

声がとがった。新手のいたずら電話か。三十半ばに近い女が、ひとり、糸を染めたり機を織ったりして暮らしていると知ってか、それとも、でたらめにダイヤルをまわした番号が、たまたまわたしのところだったのか、見も知らぬ男から、底に淫《みだ》らな音色のある電話がかかってくることが、ときどきある。そのときの、こちらの虫の居所しだいで、からかってやることもあり、受話器を叩きつけて切ることもある。名前まで知られているのは、ちょっと薄気味が悪い。

「乗ったんですよ、いっしょに」

くっ、と笑い声を残して、電話は切れた。

わたしは織機の前に戻った。波立った気分はすぐにはしずまらなかった。

翌朝、めざめたとき、わたしは、たしかにメリーゴーラウンドに乗った夢をみた……と思った。

夢の内容は、何一つ浮かんでこなかった。

男から二度めの電話がかかってきたのは、一日おいた次の日であった。

「メリーゴーラウンド、乗ったでしょ」

「ええ、乗ったわ」

わたしは、答えた。

「馬が二頭だけのやつ」

「そうだったかしら」

「赤いのと青いの。でも、色はほとんど剝げて木の地肌が出ているんです」

「そうなの？」

「古いから」

「たった二頭なの？」

「そうですよ。小さいメリーゴーラウンドなんだもの」

わたしは仕事に戻った。その日の機織りは、はかがいった。

デパートの呉服売場の片隅に、わたしは自分の製作品を陳列し、委託販売する小さいコーナーを持っている。そのデパートが主催している女性向けの講座の一つで、月に二度、わたしは簡単な染色を教えている。その関係で、コーナーを常設させてもらったのである。

わたしに野心があれば、それを足がかりに、仕事の場を大きくひろげる道はひらけていた。でも、わたしは、月に二度の講習でさえ、あまり気が進まないのだった。人に教えるということは、性にあわない。

山陰の海沿い、海を見下ろす小高い場所、と、なぜか、その夜の夢で、場所は明確にわかった。二頭の木馬は、ゆっくり廻っていた。

それにしても、何と、しんと寂しく明るい場所なのだろう。

今度は、めざめてからもはっきりと、夢を思い返せた。

なぜ、山陰なのだろう。と、思った。子供のとき、ほんの短い期間、いたことがある土地ではある。三つのころ、半年ぐらい、わたしは、ひとりであずけられていたのだそうだ。亡母の実家である。母が入院したためだときかされている。母がじきになくなり、父はすぐに再婚したので、生母の実家との縁は切れたようになり、わたしはその後、一度も行っていない。そして、三つのころ半年ほどいたというその土地の記憶は、いっさいないのであった。

あの男がメリーゴーラウンドと言うたびに、メリーゴーラウンドの夢を見るのが、何だか〝見せられている〟ようで、いささか腹立たしい。しかし、夢のあと味は悪くはないのだった。

「山陰なのよ」

と、三度めの男の電話に、わたしは待ちかまえていたように告げた。

「そうですね」

「静かなの。日が降り注いでいるのに、何だか翳《かげ》のなかにいるようなの。年とった男の人が、オルゴールを鳴らしていたわ。手まわしの大きなオルゴールなの」

「ぼくの、おじいちゃんです」

と、彼は言った。

「わたしの夢に、あなたのおじいちゃんが出てくるの？」

「夢じゃありませんよ」

どういう意味？　と聞きかえそうとしたとき、

「あなたって、いつも、和服を着ていますね」

男は言った。

「若い人の和服って、このごろ珍しい」

「若くはなくてよ、わたし」

「若いですよ」

「そりゃあ、五十、六十の人からみたら若いでしょうけれど」

「また、メリーゴーラウンドに乗りましょうね」

電話の男の声は言った。

「たった二頭の木馬に」

それは、リヤカーに似ていた。屋台をひいて歩くように、リヤカーを改造して台座をとりつけたらしい小さいメリーゴーラウンドを、老人が曳いて移動してまわっているのだった。紙芝居屋が自転車でまわるように。

老人は白いゆったりした裾の長い服を着、つばの広い黒い帽子を水平にかぶっていた。柔和な目と鋭い鼻を持っていた。

子供たちの集まる公演とか、祭りの場所などをめぐるのだけれど、神社の祭礼はテキ屋が地割りをとりしきるので、なかなか、やらせてもらえない、と老人は言った。

いや、めざめてから思い出してみると、老人は何も声に出して語りはしなかったような気もする。

そうして、わたしの夢にあらわれるのは、いつも、同じ場所だ。海を見下ろす淋しい高地。にぎやかな子供の群れは、ない。

手廻しのオルゴールが奏でる曲も、いつも同じなのだ。

「あなたをね、好きなんです」

言わない方がいいのに、と、わたしは思った。

好き、とあからさまに言われなくても、感じてはいる。

「和服がこんなに似合うひと、めずらしい」

「ありがとう」

「いつも、草や木で糸を染めていますね」

「うちのなかをのぞき見するの？　あなた」

「けっこう重労働なんですね、あれは」

「機《はた》の方が重労働よ。わたしの指、男のように太いわ」

　腰も、と言いかけて、口をつぐんだ。

「ぼく、学生なんです」

「そう」

「ひとりで下宿していてね」

「そうなの」

「あの……」

「なに？」

「会ってくれませんか」

「毎夜、木馬に乗っているじゃないの。二頭しかない木馬に、一頭ずつ」

　赤い馬にわたし。青い馬にはわたしより少し年かさの男の子が、このごろは乗っているようになった。しかしその男の子の顔は、目鼻がない。

「あなた、毎夜乗っているんですか、いいな」

「あなたも乗っているわ」

「いいえ、ぼくはときどき、乗りそこなう。飲みすぎるとね、だめなんです」

「そんなに飲むの」

「ついね。仕事にさしつかえるんだけど」

「仕事？　アルバイト？」

「いいえ」

「だって、学生さんでしょ」

「嘘つく人間、きらいですか」

「嘘によるわね」

「ほんとは、働いています。でも、ちょっと、学生って言ってみたかった」

「つまらない嘘ね」

「あなたを好きというの、ほんとです」

「どっちでもいいわ」

「何が」

「嘘でもほんとでも。わたし、関係ないもの」

「関係ないの？　あなたのことなのに」

「いいえ、わたしのことじゃないわ。あなたのことよ。あなたひとりのこと」

「だって、木馬に」

「あのオルゴールの曲、好きだわ」

「こういう曲でしょ」

彼は、メロディーをくちずさんだ。

「似ているけれど、少しちがうみたい」

「それは、あなたが聴いたのは、音がところどころ抜けているからですよ」

「こわれているのかしら」

「古いオルゴールだから、でも、意味があるんです。暗号になっているんですよ」

「ぬける音が？」

「そう」

「解読して」

「いつかね。会ってくれませんか」

「だめ」

「ぼくの名前、木村タツオといいます」

「木村さん？」

「それも、口からでまかせの嘘です。ほんとは」

「ほんとの名前なんか、教えてくれなくてもいいわ。知りたくないわ」

「ヤバコウゴです。弓矢の矢に場所の場。甲乙丙の甲に吾《われ》」

「矢場甲吾。それも嘘かしら」

「嘘かもしれません。おかね貸してもらえませんか」

「おかね？」

「ええ、切羽《せっぱ》つまっているんです」

「いくら要るの」

「いいです。困っているというの、嘘です」

「それも嘘で、ほんとは困っているのかしらね」

「そうかもしれませんね」

かねの貸し借りでは、苦い経験をしている。

信頼している人に、だましとられた。

わたしの目を、美しいものにむけてくれたひとだった。


一度妊《みご》ったのですけれど、と、わたしは白い服の老人に話している。

夢というのは、おかしなものだ。わたしは手まわしのオルゴールを鳴らす老人に話しながら、メリーゴーラウンドの木馬に嬉々として乗っている幼いわたしと少年を見ている。

木馬に乗るわたしは、いつの夢でも、三つぐらいの幼女なのだ。現在のわたしが夢にあらわれたのは、これがはじめてだ。

話しているといっても、声を出している感じはない。


手術室。全身麻酔。そんなことをわたしは、きれぎれに老人につたえている。悪性の腫瘍。わたしの体内から剔出《てきしゅつ》された一塊の肉。決して妊ることのなくなった軀。男のよろこびをうけいれても、結実することはない。いのちを育む部屋が、えぐり捨てられてしまった。わたしは十九だった。それまで、染色と機織りは、遊びだった。

いいえ、いまでも、遊びだ。これが生き甲斐なども気負ったことは言うまい。干からびた老人のような樹皮とたわむれ、あざやかになまめいた色を樹皮がとりだしてみせるその不思議に、われを忘れている。

老人はオルゴールのハンドルを廻す。メロディーはななめに海に落ちてゆき、白い波頭に変身する。オルゴールの曲は、ときどき音が欠ける。欠けこぼれた音は、何の暗号なのだろうと、夢のなかでも思っている。

「あなたを好きだ。あなたを抱きたいな」

その後に、矢場はかなり露骨な言葉をつけ加えた。矢場になまなましい言葉をささやかれるのを、わたしの軀は不快がっていなかった。

しかし、夢の呪縛の力が弱まり、現実の判断力がのさばっているとき、わたしは、矢場が冗談めかして口にした〝おかね貸してもらえませんか〟という言葉が胸につかえるのを感じた。たとえ冗談でも、いやな言葉であった。それが目的で、わたしに近づいてきたのだろうかという正当な疑惑を、夢の世界に半身浸されたわたしは、無視したがっていた。数年前、一度、苦い思いを味わっているにもかかわらず。赤児の手をひねるように、わたしから金銭をだましとっていったそのひとは、実に気持ちのいいすがすがしい字を書く品のいい初老の書道家で、古美術骨董の目利きでもあった。

「実は……」

と、矢場がまた金の話をきりだしたのは、何度めの電話のときだったろうか。

あなたを好きだという言葉と、かねを貸してもらえないだろうかという言葉のあいだに、わたしは何の連環も認められないのだけれど、矢場は、メリーゴーラウンドの夢が、しっかりと二人を結びつけているとでも思いこんでいるのか。

「実は、どうしても、十五万円いるんです」

金のいる理由を矢場は説明しかけたが、わたしは、きかなくていいと、押しとどめた。

貸すか、ことわるか、選択は二つのうちの一つなのだった。金が必要な理由によって貸すか貸さぬか決めるのではない。わたしにとって、矢場が何であるか、それが唯一の選択の基準であった。

書道家のときは、そうではなかった。品のいい初老の書道家は、何かわたしにはわからぬ高名らしい焼物の名をあげ、よい出物をみつけたので早急に手金だけでも打ちたいのだが、いま手元に現金の持ちあわせがないので、ちょっとたてかえておいてくれと、ごく気軽に言った。わたしも気軽に応じた。考えこまねばならぬほどの大金と、失ってもさして惜しくはない小銭との、ちょうど中間ぐらいの額であった。

電話で声をきいたことしかない相手。矢場の頼みに応じようと思ったのは、好きだという言葉のせいではない。軀は不快感を持たないといっても、その言葉にほだされるほど愚かではないつもりだった。——少しは、その言葉も作用していただろうか。和服のあなたは魅力がある。忘れられなくなった。会ってほしい。軀がほしい。電話のたびにささやかれるとそれらの言葉が、何の作用もわたしに及ぼさなかったとは、言いきれない。自分では冷静を保っていたつもりでも。

おかねの貸し借りは、いや、と、きっぱりことわるのは簡単なことであるはずなのに、それにもかかわらず、わたしが応じたのは、ことわった場合、夜の夢がどう変化するか、それが気にかかったためである。

メリーゴーラウンド。リヤカーを改造した奇妙な淋しい移動式回転木馬。ペンキの剝げた二頭の木馬。

そんなものが、実在するのだろうか。かろうじて説明をつけられないことはない現象であった。

矢場は、貸してくれる気があるなら、ここに郵送してくれと住所を告げていた。商店街のはずれの郵便局に行く途中、薬局の前に、貧相な男が募金箱を胸に下げ、ただ一人立って、道行く人に頭をさげていた。アフリカ難民救済に御協力ください、とエンドレステープのようにのべつ繰り返している。アフリカの餓えを救う義務が彼一人に課せられたかのように沈痛な、そうして、物乞いめいたやや卑屈な表情である。この男が矢場である可能性もあるのだと思ったが、男はわたしと目があっても、ただ、御協力くださいと頭をさげただけであった。郵便局で現金封筒を求め、用意してきた折り目のない札をいれ、封緘《ふうかん》した。手紙は同封せず、札だけをいれた。送り先に、告げられている住所と矢場の名をしるし、窓口に出したとき、何か虚脱感に似たものを感じた。決定的なことをしてしまった、という感じでもあった。この現金書留がとどけば、少なくとも、矢場は、住所と名前だけは嘘をついていないことになる。

その足で、わたしは電車に乗り、父の住まいにむかった。代々木のマンションである。

父と、四歳からわたしを育ててくれた継母《ままはは》が二階に住み、わたしの異母弟になる佑司《ゆうじ》とその家族が、同じマンションの五階に住んでいる。佑司が結婚する前は、世田谷のはずれに、地所つきの家に父、継母、佑司、三人で住んでいた。わたしはすでに別居していた。気兼ねなく仕事をするためである。ささやかな家を買う頭金は、父が遺産の生前贈与として出してくれた。二家族が同居するには手狭ということで、佑司の結婚に際し、そこを売却してマンションに買いかえたのである。佑司の通勤に便利な場所がえらばれた。

継母の膝には、去年の夏生まれた佑司の子供がいた。ママが買物に行くあいだあずかっているのだと言い、継母は子供をおろし、茶を淹《い》れる仕度にかかった。

「おじいちゃん、ちょっとみていてくださいね」

めまぐるしく動きまわる子供を継母は茶道具を出しながら目で追い、危ない危ないと、子供の足もとにころがるおもちゃを拾いあげる。

「わたし、三つのころ、なくなったお母さんの実家にあずけられていたことがありましたよね」

父に、わたしは話しかけた。亡母のことをわたしが口にしても、継母はもはや小ゆるぎもしない。

「ああ」

父はうなずく、頭の地肌がすけてみえるほど髪が薄くなった。

「山陰の、何という町でしたっけ」

「おぼえておらんのか」

「何も」

亡母の実家のことなど口にしてはいけないと、いつのころからか、わたしは思いこんでいた。ことさらに禁じられた記憶はないのだが、おそらく、継母を迎えるころに、幼いわたしは大人たちからきびしく言いふくめられたのではなかったろうか。亡母に関することは忘れろと。

「そこには、まだ、お母さんの身内の人がいますの?」

「おまえの叔父になる人が住んでいる」

「住所を教えてください」

「なぜ」

「ちょっと会ってみたくて」

いいだろう、と父はうなずいた。わたしが今さら記憶も残らぬ遠い過去に目をむけようと、父と継母、そして佑司たちの家族は、何の影響も受けはしないのだった。

わたしは日本海にむかう列車に乗った。

煤《すす》けた太い梁《はり》の下で、亡母の弟という人とその家族は、わたしをもてなしてくれた。

わたしの知らぬ、わたしの幼い日々を、叔父は、小箱からとり出す黄ばんだ写真のように並べたてた。叔父は農夫の風貌をしていた。

梁は見上げるほど高いところを走り、これもがっしりした飴色の柱と嚙みあって、外光のとどかない薄墨色の空間をかかえこんでいた。

わたしがこのうちにあずけられたころ、叔父はまだ独身だった。亡母や叔父の両親、つまりわたしの祖父と祖母にあたる人たちが、わたしの面倒をみてくれたのだそうだ。その人たちは、死んだ。叔父の妻は、わたしとは初対面なのだった。

しかし、近在の生まれのひとだそうで、

「ああ、メリーゴーラウンド屋」

と、まっさきに声をあげたのは、このひとだった。

「そういうのが、おってでしたよ」

リヤカーをひっぱって、ちょうど紙芝居のように、と、この叔母が言うと、叔父も、そういえば……と、うなずいた。

しかし、紙芝居ほどにも珍重されなかったと、叔母は言った。

「なぜでしょう。都会なら遊園地にりっぱなメリーゴーラウンドがあるから……それでも、二頭だけの小さい回転木馬なんて、子供たちが喜んで寄ってきそうな気がするけれど。まして、このあたりだったら」

「汚い、危ない、言うてね、親も学校も、禁じとったわね」

「ちょこっとの間しかおらんやったし」

「すぐに、おらんようになったわね」

「わたし、その木馬に乗ったのかしら」

「さあ」

と、叔父はあやふやに、

「乗せんかったはずやがね。それどころか、そばへも寄らせんようにしとったんじゃなかろうかね」

「そんなに、汚くて危ない木馬だったんですか」

台座はがたがたで、継ぎめに足をはさんで怪我をした者が……いたというのか、怪我をするおそれがあるというのか、叔父と叔母の説明はあいまいなのだけれど、とにかく、危ないと断定されていたようだ。

木馬も、そうしてメリーゴーラウンド屋と呼ばれる老人の風態も、不潔だったらしい。

それでも、たぶん、わたしは乗ったのだ。

記憶に残っているところから人の生ははじまる

のではない。生まれたその瞬間から、いいえ、胎内にあるときから、その体験は、やわらかい心に刻みつけられてゆく。大人になったとき忘れ果てていようと、生きた日々の痕跡が全く消えてしまうわけではないのだ。

「あれは、バッテリーが動力源だったのかしらん」

叔母が言う。

「さあ。そうだろうな」

「おじいさんが手でぐるぐる廻しとったのはオルゴールでしたよね」

叔母は、右手で把手を廻す仕草をする。

「どうだったかな」

「オルゴールでしたよ」

叔母はきっぱり言う。

「こんな曲？」

と、わたしはメロディーをハミングした。

「まあ、よくおぼえておりなさること」

このごろは、ほとんど毎夜、夢で聴いているのである。ところどころ音が抜けたメロディーを。

「何という曲なんでしょう。昔はやった歌なのかしら。ほかで聴いたことがないわ」

「さあ、わたしらも知らんわねえ」

「おじいさんは、ひとりでした？」

「男の子を連れとったと思うけどねえ。五つか六つぐらいの」

「わたし、幼な顔が残っています？」

わたしがたずねると、叔父は笑顔でうなずいた。

「そっくりそのままだ。一目《ひとめ》でわかった」

現金書留を受けとったのかどうか、山陰から帰ったわたしは郵便受けを見たけれど、矢場からは葉書一枚とどいていない。何度か電話をかけたのにわたしが留守だったので連絡をあきらめたのか。

メリーゴーラウンドの夢も、帰京した当夜、わたしは見なかった。記憶の底を掘り起こしたことで、夢魔は気がすんだのだとでもいうように。

矢場からの電話は、とだえた。現金封筒を送ったという一事さえなかったら、わたしは、矢場の電話そのものも、夢の一部と思ったことだろう。

彼はわたしをみかけ、昔を思いだしたのだ。遠いはるかな昔に、だれもが汚がって乗らない。古ぼけたこわれかけたメリーゴーラウンド、彼の祖父の生業《なりわい》であるメリーゴーラウンドに、いっしょに乗った女の子を。その女の子の名前を、彼は知っていた。わたしの名前をしらべ、同一人物であることがわかった。

叔父を訪ねる前にわたしはそう推察した。それは、ほぼ実証された。

わたしは、矢場甲吾によって、時の底に埋もれていた記憶を呼びさまされた。

わたしと甲吾は、一つの過去を、一つの夢と、共有している。

日本海を見下ろす草原で、わたしと甲吾と老人は、どんなにかたのしい時を持ったのだ。

貸した金がだましとられたのだとしても悔いまい、とわたしは思った。

つい一週間ほど前、ベルが鳴り、わたしは受話器をとった。受話器のむこうは、しんとしている。

「矢場さん?」

わたしが言うと、

「すみません、まだ、返せないんです」

甲吾の声は言った。

「いいのよ、いつでも」

「すみません。嘘ばかりついて」

「……」

「子供が病気なんです。それで、かねを送ってやらなくちゃならない」

「子供？」

「別れたもんで、むこうがひきとっているんですが、入院したっていうから、やはり送ってやらなくちゃやと思って……」

「そう……」

「返してないのに、こんなこと……。だけど、ほかにたのめる人がいないんです。もう一度、貸してください」

きっと返します、と、矢場は言った。

「この前の、返すあてがついたら、電話しようと思っていたんです。返してないのに電話しては悪いと思って。でも……、必ず、返しますから」

子供の入院費であろうと、博奕《ばくち》の借金の返済のためであろうと、わたしには関係ないのだ。泣き落としは嫌いだ。そう思いながら、わたしは、荒々しく受話器を下ろすことができないでいた。

考えてみると、奇妙な電話だ。矢場甲吾は、まず、嘘ばかりついてごめんなさいとあやまっているのだ。しかし、この前、かねを貸してくれといったときは、その理由も言わないし、いつ返すと約束もしなかったのだから、嘘をついたことにはならない。子供の病気云々が嘘だと、前もってあやまっているのだろうかとわたしは思い、笑いたくなってしまった。

最初の電話では、学生だと言った。すぐに嘘だと白状したけれど、矢場甲吾があのメリーゴーラウンド屋の孫、わたしの夢にあらわれる少年から、わたしより年上なはずだ。学生だなんて、よくもぬけぬけと。

「オルゴールの暗号を教えてちょうだい」

「あの曲は、歌詞があるんです。オルゴールがどうやって曲を奏でるか知っているでしょ」

「金属の円筒があって、突起が出ているのよね。そうして、長さのちがう鉄の細い――棒っていうのかしら――それが突起にあたると、それぞれ音階のちがう音をたてる。メロディーにあわせて、円筒の曲面に突起をいくつもつくるわけでしょ」

「まあ、そうですね。あのオルゴールは、ラの音が鳴らないんです。ラの音を出す鉄の細い棒がぶっ欠けているから。ぼくが子供のとき、わざとぶっ欠いたんだけど」

「どうして」

「歌詞のね、ラの音に相当する語を拾ってゆくと、一つの言葉になることを発見したから」

「どういう言葉なの」

「今度、歌詞を教えてあげます。自分で拾ってごらんなさい」

わたしは、電話を切った。すると、すぐまたベルが鳴り、矢場はかねは借してくれますねと言った。思いつめたような声であった。

念を押されなくても、わたしは送るつもりであった。金のいる理由は何であろうと。

つとめ先から前借りできないの、とか、借りられる人がほかにいないの、とか、問いただそうと思えば、いくらでも問いただすことはある。

しかし、甲吾は、わたしから借りたいのだ。

かねの貸し借りぐらい不愉快な、人との関係を傷つけるものはないと思っていたけれど、こういう絆の結ばれかたもあるのかもしれない。

わたしは再度郵便局に足をはこんだ。薬局の前で、募金箱をかかえた貧相な男が頭をさげて通行人に呼びかけていた。

その夜、わたしは、また色の剝げた赤い木馬に乗った。甲吾は青い木馬にまたがり、二頭の馬は台座が廻るにつれて、交互にゆったりと上下した。海は目の下で盛り上がり、沈んだ。オルゴールは秘密の言葉を秘めた曲を奏でた。

木馬の夜は、よみがえり、ゆうべまで続いた。

そうして、今日、わたしは病院からの電話を受けたのである。


甲吾のポケットに、わたしの住所と名前をしるした紙がはいっていた。ほかに、つとめ先の身分証明書といったものもなく、とりあえずわたしに連絡したのだと、病院の担当医師は言った。すぐに病室に行こうとするわたしをひきとめて、医師は、泥酔運転だったと言った。前を走る大型トラックに追突した。トラックはほとんど損傷はなかったが、矢場甲吾の運転していた車は大破した。

「自分の車だったんでしょうか」

「本人が口がきけない状態なので、まだ、何もわからないのですよ。免許証も持っていない。意識不明なままです」

消毒薬のにおいのこもる白い廊下を医師に案内され、二階に上る。ベッドが八基並ぶ大部屋であった。同室の患者は少なく、上掛けが盛りあがっているベッドは三基だけだった。

その一つに、医師はわたしを導いた。

窓ぎわであった。窓のむこうに欅《けやき》が枝を八方にひろげていた。

矢場の顔は、繃帯《ほうたい》で包まれていた。

わずかにのぞいているのは、鼻の先と唇だけであった。顔面の傷が一番ひどく、たとえば、熊手の鋭い刃で顔中をひっかきまわしたような状態なのだ、骨が出るほどの深さに達した裂傷もある、ふくれあがって、ひどく大きな顔になっている、驚いたでしょう、と医師は言った。

わたしは、しばらく矢場の枕頭《ちんとう》にいたが、彼のためにできることは何もなかった。

関係をきかれ、知人だとわたしは言った。

親しいのですね。わかりません、とわたしは言った。

全治までにどのくらいかかるのでしょう。

まだ何ともいえませんな。

帰宅した翌日、彼の死亡を病院から知らされた。それまでに警察のしらべで彼の現住所や別居中の妻の住所なども判明したそうで、その妻であるひとが遺体はひきとりにくるということであった。

子供さんはいるのですかと訊こうとして、やめた。何が本当であり、何が嘘であろうと、わたしには関わりないことだ。

ただひとつ、心残りがあった。オルゴールの曲はどんな歌詞を持っているのか、もう、きくことができない。彼の妻は知っているのだろうか。それをたずねたいために、わたしは、妻である人の連絡先を教えてもらった。

病院は、妻である人の連絡先のほかに、矢場の住まいの住所と電話番号も教えてくれた。住所は、わたしが現金封筒を送った所と同じだった。矢場は、少なくとも、妻がいることと、別居していることと、住所と、三つは事実を告げていたのだ。ずいぶん正直じゃないかと、わたしは微笑した。

とりこみ中を妨げてもと思い、十日ほどしてから、矢場の住まいの方にまず電話してみた。小島荘というのだから、アパートだろう。電話は部屋に直通で、少し嗄《か》れた女の声が対応に出た。

「矢場さんの奥さまですか」

「そうです」

抑揚のないそっけない声だ。

「つかぬことを伺いますが、こういう曲をご存知ですか」

まったく、〝つかぬこと〟だ。メロディーをハミングすると、

「知りません」と、呆《あき》れたような声がかえってきた。

「矢場さんの遺品のなかに、歌詞を書いたようなものはございませんでしたでしょうか」

「あなた、どなたです」

「失礼しました。野木と申します」

「あなたが、野木さん……」

わたしにまっ先に連絡したことを病院できいて

いたのだろう、矢場の妻は、こういう場合妻として当然ないやみや憤《いきどお》りをぶちまけ、乱暴に切った。

ラの音の語をつらねると、どんな言葉があらわれるのだろう。その言葉が、少年の心に強くひびくものだったから、少年は、オルゴールのメロディーのなかに、それを封じこめたのだ。愛の言葉だったのか、恨み、憎しみの言葉か。人の名前か。わたしには、想像の手がかりが何一つない。

ついに知ることのなかった矢場の顔立ちよりも、少年の心情をあらわすその言葉の方が、切実に、わたしは知りたい。

昼下がり、洗い落としても消えぬ蘇枋《すおう》の赤に染まった指をぼんやり眺めているとき電話のベルが鳴った。

「メリーゴーラウンドに乗ったでしょ」

明るいかろやかな少年の声だ。

「ええ、乗ったわ！」

「赤いのと、青いのと、馬が二頭。ペンキの剝げた」

「あなたは青い木馬。わたしは赤いのね。お願い。あなたのおじいさんが奏でていたオルゴールの歌詞を教えて」

電話のむこうの矢場甲吾に、わたしは甘えた。

「それはね、メリーメリー……」

たのしそうな笑い声が、わたしの耳にひびく。

朧《おぼろ》舟《ぶね》 他1篇

PART 4

青眉

　蛍とびかう夢の中から、うつつに突き戻されると闇が濃い。

　満山紅葉というには少し早くて、その中途半端な色合いが、目の底に残っているはずなのに、なぜ季節はずれの蛍だったのか、いぶかしむまでもない。明夫《あきお》は、弱々しいけれどおびただしい火を、夢にちりばめてくれたのだ。

　秀也《しゅうや》は、白が似合った。綾羅錦繡《りょうらきんしゅう》……といっても近くで見れば粗雑な縫い目があらわな手作りだが、照明のもとでは、映えた……をまとうより、粗末な白の襦袢《じゅばん》にこれも白の腰巻。白髪をなびかせた鬘《かずら》の老婆のよそおい、顔の化粧だけは、紅こそささね、皺を描くような艶消しはせず、一七七の長身が、楚々《そそ》となまめいた。

　半素人のすさびには手にあまる近松の『関八州繋馬《つなぎうま》』、どたばた混じりにアレンジして池袋の小さい劇場を、五ステージ、客を溢れさせたのが、旗揚げ以来三度目の公演だった。

　舞台に立つのは十人そこそこの小劇団である。ひとり二役どころか、衣装、鬘とっかえひっかえ、何役も早変わりせねば芝居が進まない。秀也は座長の権限で、美女小蝶ラストでは土蜘蛛の精と化す大役と老婆を兼ねた。

　老婆は、源頼光の四天王・渡辺綱の伯母で、登場するときは、笹目の少弐《しように》と名乗る老い武者の姿である。謀叛のかどで討伐されようとする頼光の弟頼平の命乞いにまかりでた。綱の伯母と正体さらして、幾度案内乞うても、門前払い。それゆえ、男姿で、名も変え、参上した。昔、訴訟あらば何事も、一度は叶えんと契約あり、「さあ、伯母が一代一度の御訴訟」と訴えれば、頼光、「頼光が契約せしは女なり。汝は笹目の少弐にあらずや」帰れと突き放され、

「ええ、理屈すぎたる御大将。女になって見せ申さん」つと立って、袴の紐《ひぼ》ひきかなぐり、ぐるぐる解くか常陸帯《ひたちおび》。重ねし衣装ひらりひらりと、脱ぎ捨つれば、百年《ももとせ》に一年《ひととせ》足らぬ姥桜《うばざくら》。艶《つや》も枯れ木の裸身《はだかみ》の、乳房は賤《しず》が干し蕪《かぶら》、腰の湯文字の紅《くれない》に、紅葉しからむ肋骨肉《しし》も落ちてさざ波皺《じわ》。

……それが、艶《あで》で儚《はかな》かった。

骨太の男のからだを包むのは、うすい肌襦袢一枚。たおやかに哀れ深く、しかも生の女のなまぐささを抜いてみせたのは見事と、

「〃渡辺の伯母〃がよかったよ」

千秋楽の楽屋で、褒め言葉は口数少なく、それだけ言うと、

「あれはもうけ役だから」秀也は、小声ではにかんだ。……ようにみえたが、芯はけっこう図太い。六つのときから邦舞を習い、長唄、三味線の素養もある。ちかごろ素人の家に育った青年にしては珍しい。秀也の父方の祖母が芸事が好きで、子供のころ、ちょっと興味を示したら、得たりと、師匠につかされた。この祖母は後妻で、水商売の経験があり、堅く育った嫁……秀也の母とは、そりがあわなかった。秀也が高校二年の春、他界している。秀也は、進学は、私立音大の作曲科を選んだ。クラシックである。三味線爪弾く一方で、中学のころから、シンセサイザーをいじっていた。

母親は、音大に進むのさえ反対で、官庁や銀行とはいわないまでも、と内心憤りながら、ものわかりの悪いといわれるのが嫌さに、横槍はひっこめた。

秀也の母親はわたしの姉にあたる。

姉、兄、わたし、弟、四人のきょうだいのうち、

弟はとうに逝った。

わたしたちの家は代々学者の家系で亡父も兄も大学教授の肩書きをもち、母と姉はそれをひどく誇りにしていた。姉の婚家は、舅《しゅうと》の代までは、いささかいかがわしいイメージのつきまとう手張の株屋だった。それを姉は実家やその親戚にたいして引け目に思い、息子たちは世間の聞こえのよい会社にいれなくては〝申し訳がたたない〟といったのを耳にしている。だれにたいして申し訳がたたないのかは、聞き落とした。

秀也の希望をいれたのは、ひとつには、秀也は三男で、長男、次男が、姉の望みどおり、危なげない給料生活者である、ひとりぐらいは、と寛大になったのだろう。作曲家を息子に持つというのが、平穏なそうして平凡な暮らしの彩りになると期待もしたようだ。秀也に妹がひとりいて、この碧《みどり》は手がかからないと姉は安心していた。芸術という言葉の耳ざわりのよさと、堅実な生活の兼ね合いのあいだで、姉はゆれていた。

秀也がらちもない芝居にのめりこんだのは、あんたがけしかけたせいよ、姉は、ときおり責めた。「明夫のときと同じよ」

弟の明夫は、学園闘争の激化した時期に大学にはいり、その後かろうじて卒業し、闘争歴はかくして商社に就職したが、二年目の夏、死んだ。自死であったが、事故死と、とりつくろわれた。明夫が闘争に参加したのは、あなたがけしかけたからよ。社会に適応できない人間になったのも、あなたがいろいろ吹き込んだからよ。あなたが殺したようなものよ。憎む相手がいるのは姉にとって倖《しあわ》せなことだ。明夫が闘争に関わっていたころ、わたしはすでに大学は出て、家を離れ、アパートの一室にいた。明夫はわたしの部屋にしじゅう泊まりにきていた。ときに仲間を連れてくることもあり、わたしは弟の行動を家族に告げることはしなかった。

就職してからも、いま外回りなんだ、ちょっとさぼるよ、とわたしの部屋でねころんでいった。わたしはそのころ小さい出版社につとめており、帰宅の時間は不規則だった。合鍵を明夫に渡してあるので、帰ると、「ビール泥棒はおれ」と、冷蔵庫の扉に張紙が残してあったり、たまに早く帰るとわたしのベッドで明夫が眠っていたりした。

残業のつづいた夏、深夜ちかく帰宅した。ドアを開け、壁つきのスイッチをいれようとして、手触りがおかしいのに気づいた。ガムテープでも貼ってあるようなのだ。薄闇に、仄かな光が三つ四つまたたいているようで、目をこらした。淡く明滅するのは、蛍……。

明夫の贈り物。すぐに、察した。

蛍のたくさんいるところを知っている、そうわたしに告げたことがある。もちろん、都内じゃないよ。でも、そんなに遠くじゃない。埼玉の、人里の近くだ。名前もないような川のほとり。

手探りで靴をぬいだ。そのとき、べつの靴を踏み、明夫、いるのね、声はかけず、そっと入った。

ドアを閉ざすと外の明かりが遮断され、室内は真の闇となり、淡い光は凄みを帯びて数を増した。明夫の無言の指示どおり、明かりはつけず、ダイニングの椅子に腰をおろし、ひとしきり贅沢な眺めをたのしんだ。

目がなれてくると、室内のようすがおぼろげに弁別できる。ダイニングキチンとベッドをおいて寝室に使っている六畳の和室というつくりである。蛍のとびかう空間が奥深いというのは、境の襖があけはなされているからだ。ひとの気配は感じられない。

入口のたたきに男の靴が、几帳面に並んでいるのも、ぼんやり見える。

隣室に入り、ベッドの上に黒く横たわる姿の、寝息がきこえないのを知った。髪のあたりに、淡い小さい火はとびかっていた。

＊

宿の蒲団がなにかしらじらしく感じられるのは、たえずひとのにおいを洗い落とされているからだろうか。身を起こした。手探りで枕もとのスタンドをつけようとし、やめた。

明かりは、宿のしらじらしさをいっそう強めるだけだ。

闇は、死者を身近にする。

部屋の一角がほのかに明るい。佇んでいるのは姉のように見える。

次第に明るみの範囲がひろがって、どうやら実家の居間にいるようだと思ったとき、まだ夢のなかか、と納得した。

客は十五、六人はいるようだ。洋間のソファには座りきれずサンルームにまで溢れている。父と母がそれぞれ数人ずつにかたまったグループの相手をし、ときおり笑い声をあげるのは姉だ。笑ったかと思うとハンカチを目にあてている。

秋の陽射しがガラス戸越しにサンルームを輝かせ、庭の鶏頭が燃え立つ。

燦々《さんさん》と明るい陽光のさしこむ部屋に、人々の服装の黒が目立つ。

父は黒いモーニング。母も漆黒の、ああ、あれは喪服だ。姉は黒のワンピース。父と母のきょうだいたちやらその連れ合いたちやら子供たちやら、まるで、法事かなにかのよう。それにしては祭壇がないけれど。

姉のふたりの息子たちの顔もみえる。

明夫の通夜の記憶を夢みているのだと気づく。しゃべる声がきこえないのに、姉の笑い声だけはわたしの耳にひびく。

　明夫の死を悼むのに、父が無宗教なので、坊主をよんでの通夜はしなかった。

　真昼、親類や明夫の知人を招いて、献花だけしたのだった。わたしにむけられる人々の目はなにかぎこちなかった。わたしが常用している睡眠剤を、明夫は誤飲した、表向きは、そういうことになっている。わたしが睡眠剤をヴィタミン剤の大壜《びん》に入れていたのは事実だった。最近の睡眠剤は生命系統には影響しないようにつくられているので、自死には使えないそうだが、そのころのものはまだ改良されていなかった。

　わたし宛ての遺書があり、薬の残りは、姉貴が飲み過ぎないように、捨てたよ、と書かれてあった。

　私小説は書かない、嘘と絵空事とりまぜての綾錦、ではあっても、どこかに身の真実ひそみいり、これは私をモデルにした、これはあのときのことを筆曲げて書いた、と身内の憶測はたくましく、ことに、物書きとして一人立ちするようになったきっかけの作品に、弟の死を物語のかげにひそませたことで、親から縁切るといわれたのは、ずいぶん時代錯誤な成り行きであった。自死は、他人にかくしとおさねばならぬ恥ずべきことであったのだった。わたしが独り身というのも、周囲から見れば気に入らぬ身勝手で、五年前、姉の姑の七回忌が都心のホテルでおこなわれたのに出席したのが、何年ぶりかの、親族との顔合わせであった。いくつかのテーブルにわかれてバイキングスタイルの食事。

　挨拶かわすのもうっとうしく、潤滑油のうつろな笑顔もつくりくたびれ、さりげなく中座する折をはかっているとき、若い男が別のテーブルから移ってきて、

「麻子《あさこ》叔母さん」声をかけた。

　明夫が死んだとき秀也は十四だった。それいら

い、顔をみるのは十年ぶりである。幼な顔しか知らない秀也を、名乗られても、すぐにはわからなかった。

演劇活動をしているのだということは、そのとき初めて知った。

秀也は、演劇、映画の作曲をしたいと望み、ミュージカルを多く手がける大劇団に自作のテープをもちこんだが、うちは芸大出でなくては相手にしないのだと、手にもとらず突っ返され、そのときは屈辱が身にしみたと、笑っていた。学校の教師はクラシックでなければ音楽とはみとめず、ミュージカルの作曲など邪道ときめつけ、なんの力にもなってくれない。そうぼやいていたのが、気のあった仲間に恵まれ、小さい劇団をつくった。

今年の夏、旗揚げするんだ。見に来てくれます？　チケット買ってくれるとありがたいんだけどな。


一枚は買うよ。わたしは言ったのだった。女が身内の恥をさらして小説を書くなど、ときょうだいはじめ親類縁者から爪弾《つまはじ》きされながら、どうにか、生計をたてるだけの収入はあるし、甥《おい》のために十枚だろうが二十枚だろうが、チケットを買う資力がないわけではなかった。

わたしはつきあいが狭いから、チケットを引き受けても、あげる相手がいないよ。興味をもたないひとに押しつけるのも嫌だし、義理の客かき集めてもしかたないでしょう。そのかわり、纏頭《はな》をあげる。チケットは自分でさばきなさい。

麻子叔母ちゃんのほかの親類には、親もふくめてね、チケット買ってなんて言わないよ。秀也は言った。早く身を固めろの、まともなところに就職しろの、役者もテレビに出るようになればえらいと思っている。

それいらい、公演のたびに、一枚二千円のチケット五十枚分の纏頭を渡し、甘やかしていると、われながら思った。しかし、秀也が座付き作者で台本を書き、演出、主演と三役かねた芝居は、歌舞伎を芯に、洋楽邦楽とりまぜ、ギャグやら駄洒落やら、正統の歌舞伎役者が見たら目をむくしろものだが、江戸のころの見物にとっての歌舞伎は、むしろ、このようなものではなかったのかとも思われ、若い観客にうけるばかりではない、小劇団に理解のある評論家の目も向き始めていた。

役者は男ばかり、歌舞伎なみに女形もつとめ、制作、舞台監督、衣裳、小道具、裏をかためるスタッフは女が中心という珍しさも、話題を呼んだ。

秀也のほかにもうひとり、邦楽を本格的に修業した川野が、立女形、舞台の花はむしろこちらにあり、若い観客の人気を集めている。

「わたしも、渡辺の伯母、よかったと思います」

衣裳のデザインから制作まで一手に引き受けている座員の清美が語尾をあげた。

「土蜘蛛は、だれがやっても見栄えするけれど、婆ァであんな色気」

麻子叔母ちゃんは、ずるい。そう碧が言ったのは、一昨年、横浜の海岸通りの倉庫を改装したシアタ・ロフトでおこなわれた『合邦』の打ち上げのあとだった。

ギリシャ悲劇のフェードルと歌舞伎の合邦は、もともと似通った構造をもっている。

継子に恋慕する女。洋の東西、同じテーマが使われ、今も人気のある演し物として続いているということは、普遍性のある素材なのだろうか。女が日常、秘めかくしている、危険な刃。

例によっての駄洒落やら楽屋落ちやら臆面もなく混ぜこぜにした喜劇仕立てなのに見終わったあとに哀切感が残った。

六日間の公演の最終日、珍しく碧はわたしといっしょに舞台を見た。秀也とは六つ年が離れている。そのとき大学の三年ぐらいだったろうか。

秀也の舞台を、姉は一度みただけで顔をしかめ、その後は、見ようとはせず、碧もめったに来なかった。姉は女の子があんなことにうつつをぬかすようになったら事だと、気を揉んでいたようだ。

最終日ではあるし、楽屋に寄ろうと誘うと、兄貴が裸になって化粧落としているところなんて見るのいやだ、不気味だよ。碧は言い、そうだね、わたしもこのまま会わないで帰ろう、と同意した。十時をまわっていた。秀也は仲間との打ち上げで、明け方まで飲むのだろう。

熱帯夜。百二十席の小さい小屋でも冷房はきいていたが、外に出ると湿気をふくんだ夜気がむっと身を包んだ。

横浜の海って、汐のにおいがしないね。

なにげなく話しかけると、碧は、黙りこくって足を早めた。走って追いつく気にはならず、碧の後ろ姿は夜の海岸通りをそぞろ歩く人々のなかにまぎれた。

通りかかったタクシーに乗り、少し先を歩いていた碧に、ドアを開けて誘うと、逆らいはせず、隣りに坐った。

横浜の駅まで送ればいいね。

碧は拒んだ。

どこまで。

叔母ちゃんのマンション。

お母さんに怒られるでしょ。

碧は身振りで、平気、と言い、親に拘束される年齢ではないと、声に出した。

不機嫌な顔をしながら、碧はわたしにまつわる。明夫に死の床を提供したアパートはとうに引き払い、弘明寺のマンションに移っていた。車のなかで、碧はむっつり黙り込んでいた。

碧をこの部屋に入れたのは、初めてだ。血縁のもののなかで、ここに出入りするのは、秀也だけであった。両親にもきょうだいにも、来るなとことさら言いはしないが、見えぬ堀を部屋の周囲にわたしは穿《うが》ち、秀也だけは苦もなく跨《また》ぎ越えてきた。

碧はひとりでは越えられず、わたしの手引きを必要とした。

甘えようか、突っかかろうか、碧の迷いがわたしには視《み》える。

優雅にやってるんだ。

碧は室内を見まわし、わたしは、少し不愉快になる。迎え入れたのは、まちがっていたのかしら。でも、殺風景。何にも飾り物ないのね。

邪魔なの。

こういう説明こそ邪魔なのだということを直感しないのだろうか、碧は。

そうであれば、呼び入れるのではなかった。

手持ち無沙汰なふうに、碧は目をさまよわせる。

わたしは寝室に入り、汗ばんだ服を脱いだ。

秀也が初めてこの部屋に入ったのも夏だった。二度目の公演、『阿国御前化粧鏡』の稽古をするのに、わたしのマンションに近い公民館の一室を使っていた。シャワー借ります。稽古のあとの汗を流す音を、わたしは居間で聞いた。

叔母ちゃん、稽古見にくる?

行かない。完成品だけ見せてもらう。暑苦しい裏側は見たくない。

碧を居間に残し、わたしはシャワーを浴びる。秀也の汗は、洗い流されて痕もない。その後の公演の稽古は、公民館は借りられず、ほかの場所に移ったからだ。

居間にもどると、碧はソファの上に膝をかかえてうずくまり、鬱屈を姿勢にも表情にも無防備にあらわしていた。

何か言いたいことを抱えこんでいると思ったが、切りだしやすくしてやる親切心はなく、言いたければ言うがいい、シャワーを浴びたければそう望むがいい、突っ放していると、
今日、どういう日か、知ってる?

碧はようやく口をきった。

秀也の芝居の千秋楽であることは、いまさら問われるまでもない。しかし、碧が、明夫の死の日を覚えているのが意外だった。

そのふたつのことの他には、この日に特別な意味があろうとは思われない。

平気なの。

なにが。

そんなに簡単に忘れられるものなの。

碧、幾つだったっけ。

二十一。

今の年じゃなく。

あのとき? 八つ。

顔おぼえてる?

写真あるから。

そう言ってから、秀ちゃんまで死なせないでよ。碧は言った。

わたしは、死神か。冗談まじりに言うと、
そう。碧は真剣にうなずいた。

昨日、初めて、お母さまから聞いたわ。

秀也の芝居を見に行くと言ったら、母親が、明日は止めなさいと、

「ひどく陰鬱な声で言ったのよ」

碧は冗談めかそうと苦心し、

「いままで、知らなかった。叔母ちゃんが自殺幇助したなんて」

「だれも教えなかったの」

碧は拳を胸にひきつけるようにして黙りこんだが、波が高まり堤防を突き破るように、

「自分は何にも傷つかないひとなんだ。麻子叔母

ちゃんて」

声を解き放った。

自分は安全なところにいて好き勝手やってて
さ、ひとをけしかけるんだ。

わたしはけしかけたおぼえはないよ。

姉がわたしをしばしば責めたのと同じ言葉を碧は口にした。しかし、母親に影響されたのではない、同じようでも意味は違うのだと、わたしは感じた。

口じゃ言わないわよ。だから、ずるい。秀ちゃんは……と、碧は兄を呼ぶ……公演のたびに死ぬ思いしてるよ。もっと楽なやりかただってあるんだ。だけど、麻子叔母ちゃん、軽蔑してるでしょ、そういうの。

軽蔑も尊敬も、していないわよ。

それじゃ、無視。無関心。楽なやり方の人たちに対して。

他人にわたしは強いたことはない、と思ったが、言い返しはしなかった。無言の強制ということがあるのは、わたしも知っている。

「渦のね、淵に立って、眺めているのよね」

碧は、言いつのる。

「秀ちゃんは渦のなかよ。巻きこまれて、たえずあがいていなくちゃならないのよ。動くのをやめたら、溺れちゃうのよ。明夫叔父ちゃんもそうだったんだと思う。明夫叔父ちゃんは、動くのを止めて、溺れ死んだんでしょ。薬、叔母ちゃんが教えたんだって？」

「碧にも教えてあげようか」

「わたし、まじめに話しているんだ」

「碧はずいぶん秀ちゃんをみくびっているね。わたしに影響されてどうこうする兄貴じゃないのでしょ。わたしは芝居のことなんか何も知らないよ。秀ちゃんも明夫も、自分の意志で行動して……」言いかけて、止めた。弁解がましく聞えるだけだろう。

わたしの力によって、明夫は死んだ、秀也を衝き動かしているのは、わたしだ。碧はそう言っている。半ば快くわたしはその言葉を聞いた。

*

夢のなかで、わたしは、ただ、視ている。それは、わたしにとって、もっとも好ましい状態なのかもしれない。碧の非難の声が耳によみがえる。

渦の淵に立って、眺めているだけ。

真夏の真昼間おこなわれた明夫の通夜。その記憶を夢みているにしては、庭は秋景色だ。燃える鶏頭は、忍び入った現実の季節か。満山紅葉というには少し早い山の宿で、ひとのにおいを殺ぎ落とされた蒲団に横たわる現実に、立ち帰るのを急ぎはしないけれど、これが明夫の死を悼む集いであるのなら、十四歳の少年の秀也がいなくてはならぬはず。

年に一度か二度の公演をかさね、今年の夏の『浮世柄比翼稲妻』を最後に、秀也の劇団は解散した。外題は歌舞伎そのままでも、なかみは和洋今昔とりまぜた仕組みは、それまでと変わらないのに、入りが極端に薄かった。

川野が退団したためだと、団員はだれも口にはしない。

わたしを責めたてたのは、このときも、碧だった。

「どうして、叔母ちゃん、あんなよけいなことを」

わたしの書いたものがテレビ化されることになったとき、プロデューサーに、主役はだれを、と聞かれ、川野の名をあげた。

旅役者を扱ったものなので、半素人のような若いタレントでは無理だと、プロデューサーは困っていたのだ。

狭い小演劇の世界では人気があるけれど、プロデューサーは、劇団の名も川野の名も、座長である秀也の名も知らなかった。

秀也を推薦しなかったのは、テレビの画面では、川野のほうが映えると思ったからで、他意はない。

少女から老婆まで達者にこなし、ときには立役もつとめ、座付き作者で演出家と、八面六臂《はちめんろっぴ》の秀也だが、素顔はむしろ地味で、テレビでは魅力が充分にあらわれない。川野は目鼻のつくりが華やかで、素顔がそのまま絵になる。

「メジャーになりたいって気はだれにだってある。叔母ちゃん、よく知っているでしょう。あのひとだけを渦から引き上げて、秀ちゃんを置き去りにした」

「秀也は、舞台が似合う。テレビにでたとたんに、駄目になっちゃう役者は多いよ。有名にはなるわよ。だけど、なにかが消えてしまう」

碧を相手にむきになることはないのに、いつになく、言い返した。

「それじゃ、川野さんなら魅力が消えてもいいいっていうの」

「あのひとは、テレビにもむく」

ひどく愚かしいまともな応対をわたしはしていた。

「そんなこと、叔母ちゃんが決めることではないでしょう。川野さんを引き抜かなくたって、タレントはいくらでもいるじゃないの。川野さんでなくてはならないって役ではないんでしょ」

「あのひとが適役だと思ったのよ。テレビ、見たでしょ。ぴったりだったでしょう」

座員たちは、川野を応援しながら、嫉妬や羨望で荒れた。

「テレビのプロデューサーが、独自に川野さんに目をつけたのなら、わたしだってしかたないと思うわよ。でも、叔母ちゃんが、わざわざ推薦するなんて。裏切りだ」

ふだんテレビ軽蔑してるくせに。叔母ちゃんでも、自分のがテレビになると嬉しいの？

碧の罵声はわたしの耳をとおり過ぎる。

何も責めぬ秀也にかわって、碧の鞭《むち》は、こころよいほどだ。

公演中の小さい小屋にプロデューサーを誘い、舞台をみせたとき、予感がないわけではなかった。

川野の容貌、そうして演技力なら、おそらく人気が沸くだろう。小さいなりに結束した群れに、わたしは石を投じようとしている。そう、思った。

秀也の生に、こういう酷い形でかかわろうとしている。そんな感慨もあった。

「いくら秀ちゃんがいい役者でも、相手役がよくなくちゃ、だめなのよ」

碧に説教されるまでもない。

「壊しちゃったんだ。叔母ちゃんが」

お母さまは喜んでいるけれど。そう、碧は捨てぜりふのように、つけくわえた。

そうして、ふいに気づいたように、

「お母さまとぐるだったの、叔母ちゃんは。お母さまに頼まれたの？」

秀也はそんな誤解はすまい。

わたしの部屋にひとり訪れた秀也を、わたしは、シャツの上から抱きしめた。もう、いいな、と思った。

あっちへ移るきっかけができた。そう、思ったのだった。

持ち物を整理し、発《た》った。

満山紅葉というのは少し早い山あいに宿をとり、散歩に出、紅のいろ淡い葉叢《はむ》らにうずもれた崖の底に吸い込まれた。紅と緑が奔流となって目の端を流れ……

玄関をへだてて、左に居間、右に六畳の和室。その和室に、明夫の遺影は飾られ、弔問客は玄関口でわたされる白い花を線香がわりに供え、手をあわせ、それから居間でくつろぐ。夏の陽の射す真昼の通夜は、そのように行われたのだった。わたしは、ふわりと立ち上がり、和室に足をむけた。

型通り黒いリボンをかけた写真の前にうずくまっているのは、秀也だ。写真のわたしは、かすかに笑っている。そのわきで、明夫がやあ、と片手をわたしにのばした。さしのべたわたしの手と指先がふれあい、わたしは明夫とならんだ。秀也が顔をあげた。昔の女形のように眉の剃りあとが青い。芝居つづける気ね、とわたしは明夫に目顔で言い、ふたりで、秀也にちょっと手を振った。

朧《おぼろ》舟《ぶね》

問題編

1

風に鏤《ちりば》められた火の粉は、群れとぶ蛍とみまがう。

月を映す波に、船舞台はゆるやかに揺れる。

船首と船尾にとりつけた籠《かご》の篝火《かがりび》は燃えつきる寸前の壮麗な炎をあげる。

敦盛《あつもり》の骸《むくろ》は、船舞台から櫓《ろ》漕ぎの小舟に移された。

櫓を漕ぐ若い漁夫は、黒衣を着け、姿を闇に溶けこませる。骸をおおう衣裳が、火の色を浴びる。

ライトが小舟を追う。

一夜の贅《ぜい》を凝らした遊びが、終ろうとしていた。

芦野《あしの》は、容赦なく過ぎる『刻』を、ぐいと引き戻したい焦燥にかられる。

これで終るのか……。

一時間の海の舞台。準備に費やしたすべての力が、いま、燃えつきる。篝の火とともに。

二艘の漁船を、舞台と観客席に見立て、広大な海、夜空、十三夜の月を背景に、風と篝の火を効果に借り、ところは須磨の浦である、ゆかりの敦盛を舞うという、雄大な企画であった。

それも、能仕立てではない、笛、琵琶、バス・マリンバ、和洋の楽器の合奏をバックに——生演奏は無理でテープだが——儚《はかな》く美しい敦盛の最期を、若い女性の洋舞家が、踊る。その、台本から演出まで、芦野は一任された。

観客の乗った船の船首に芦野は陣取り、隣りのライト係に指図をくだす。いったん本番の舞台が進行し始めれば、彼にできることはそれぐらいしかなかった。前夜、六時間もかけて、本番同様の設定でリハーサルをくりかえしている。昨夜より風が強い。そのために船舞台と観客船は遠ざかりがちになり、踊り手は、風にまけまいと踏ん張るだけで精一杯の瞬間がある。

「風が強すぎる」

彼の右脇に腕組みして立った佐田《さだ》が、声に憤慨を含ませた。舞踊団を率いる佐田薫《かおる》は、この舞台の振付を担当した。

海と空に、そうして月に、踊り手が負けた。そう、芦野は感じる。自然の、無心の力の巨大さ。そのなかに、踊り手は溶けいってくれなくては……。

昨夜のリハーサルで、どれほど佐田とやりあったことか。

ことの初めから、佐田とは意見が食い違っていた。

素材は、敦盛。それだけは、動かない。

熊谷との一騎打ち、そうして、敦盛の死。

船舞台の台本と演出を引き受けたとき、芦野は、敦盛と熊谷、どちらに重点をおくか、迷った。敦盛の首討ち取ったあとの、熊谷の無常観。それも捨てがたいのである。しかし、最終的に、敦盛一人に絞《しぼ》った。

敦盛を女性舞踊手がつとめるということは、最初から決まっている。佐田は、当然、熊谷と敦盛のデュオを考えていた。熊谷に骨格のがっしりした男性をあて、ふたりの対比をあざやかに見せる。常識的にはそうなるが、芦野は熊谷を、敦盛の宿命の象徴として表現したかった。

舞踊という表現手段が、そもそも、物語の説明ではない、象徴的なものである。敗走し、沖の船に乗り移った平家の一門。少年公達《きんだち》・敦盛が味方に遅れただ一騎、汀《なぎさ》を疾駆する。後より熊谷次郎直実、逃がさじと追い掛け、敦盛も駒引返し、打物抜いて二打ち三打ち、馬の上にて引っ組んで、波打ち際に落ち重なり、熊谷が、相手のあまりの幼さに哀れをもよおし、逃れたまえとすすめるのに、敦盛は、武門の恥辱と、静かに合掌し、首討たせた。そのあまりに有名な物語をあてぶりでなぞっても無意味だ。

みずからの意志に関わりなく、苛酷な戦に否応なしに捲《ま》き込まれ、生を断たざるを得なかった少年にとって、熊谷とは、彼を襲った宿命そのものであった。舞台では、熊谷は、固有名詞を持った武者である必要はない。数人の黒衣《くろご》に少年を追い詰める宿命を演じさせる。これが、考えた末に、芦野が到達した台本の構成であり、演出プランであった。

佐田は当初、デュオに固執したが、芦野の強靭な主張にようやく屈し、四人の男性舞踊手が黒衣の衣裳でからむ振りになった。

四人には夜目にきらめくジェラルミン製の刀を持たせるが、敦盛の武器は、一管の笛である。これは、作曲を受け持った横笛奏者の案をいれた。

ラスト、抗《あらが》い尽くし、宿命を従容と受け入れる覚悟のさだまった敦盛は、交錯する四人の刃のもとに息絶える。四人の黒衣に高々とかつぎ上げられるシーンは、ハムレット以来、しばしば用いられ、いささか陳腐かと思ったが、やはり、もっとも効果のあがる情景で、それにまさる演出を思いつけなかった。

　しかし、敦盛の骸を小舟にのせ、海上はるか漕ぎだし、闇のかなたの彼岸に消えてゆくというプランは彼の独創で、海そのものを舞台空間としたこの催し以外では実現できぬ、彼としても踊り手としても、二度とない、素晴らしいラストになると自信を持てた。

　船舞台から小舟への移動は、クレーンによる宙吊りである。これも、漁船を舞台にするという破天荒な発想の賜物《たまもの》であった。

　漁船を舞台に。そう提案したのは、地元の網元である。

　商業美術デザイナーの芦野は、東京で仕事をしているが、生まれは神戸である。洋舞家の佐田薫とは、高校で同期だった。去年帰省したとき、佐田と話し合っているうちに、佐田の弟子のリサイタルの、台本と演出を芦野が引き受けるという話がいつのまにかまとまっていた。

　素材は『敦盛』。

　それを聞いた網元が、公演の舞台とは別に、一夜の遊び、須磨の海の上で、と誘いをかけたのである。

　網元の次男が、芦野の母校の後輩で、高校では演劇部に所属していた。一昨年卒業してからは、親父を助け、船にのっている。

　皆さんに存分に楽しんでいただきたい、というのが、網元・坂井修造の希望であった。いっさいの費用は、坂井が負担する。前日にとった魚を船の生簀《いけす》に泳がせておき、舞台をみながら、ビールと生きのいい魚料理の宴《うたげ》。

　人さんに楽しんでもらえたら、自分も楽しい。そういう、この上なく粋な申し出であった。

　坂井《さかい》修造《しゅうぞう》は、去年も船を漕ぎだし、海で平家琵琶を聴くという催しを、すべて彼個人の負担でおこなっている。

佐田からその話を持ちこまれたとき、よほど金持ちの、尊大な親分ふうの人物を芦野は予想したのだが、会ってみると、坂井修造は小柄で、朴訥《ぼくとつ》な、おだやかな人柄であった。

わたしは漁師で、芸能が好きやさかい、自分の好きな海と芸能を人さんに楽しんでいただくのが、わたしの道楽。そう言って、坂井修造は、皺深い目もとをやわらかく細めた。

マスコミさんの取材とか写真撮影とか、うるさいことは、いっさい断りましょう。お祝儀だのお礼だのも、辞退します。ただただ、漁師の手料理と海の舞台を楽しんでもらえれば。おだやかな口調に、気迫があった。

リサイタルのプレヴューだな。

マスコミはシャットアウトだから、公演の宣伝にはならないよ。

劇場版とはまったく演出を変えなくてはな。夜の海と空を生かすんだ。

芦野は佐田と話し合いながら、とめどなく想像がひろがり、気分が高揚するのをおぼえた。

観客は、芦野と佐田の知人二十人ほどに絞られた。画期的な催しに、希望者は多かったが、あまり大勢では、もてなしがゆきとどかなくなる。船にはもっと乗れるけれど、料理やら何やら、満足なもてなしができるのは二十人が限度、と、坂井は言った。

作曲は、佐田がこれまでにも創作舞踊の発表会のおり何度か頼んでいる横笛の演奏家に依頼した。邦楽家でありながら、洋楽器との合奏もしばしば、作曲をかねておこなっている。九鬼雪雄《くきゆきお》という名は、芦野も知っており、演奏のＣＤも持っている。魅かれている楽人なので、共に仕事をできるのは嬉しかった。舞踊の振りつけそのものは、リサイタル用と変わらない。打合せに打合せをかさね、昨日のリハーサルは、まあ、及第すれすれというところか。

敦盛を踊る藤なな緒は、二十八だというが、少女のような華奢なからだつきで、小さい舞台ならともかく、茫漠とした海の上では、いささか迫力に欠けると芦野は感じたが、彼女のリサイタルなのである。主役を変更するのは不可能なのであった。


たしかに、本番の今日は、風のせいで舞台と観客とが離れすぎている。船が流され、予定した距離に近づけず、藤なな緒の美貌も、観客の目にはとどかない。しかし、歌舞伎座の三階席から見下ろしても、名優は、みごとに客を魅了するし、大根は近間でみても大根だ。リサイタルを師の佐田薫が許し助力を惜しまぬほどなのだから、藤の伎倆はかなりなものであるはずなのだけれど、——

自然の力に負けたなあ……。芦野は、無意識に吐息をつく。

過ぎた『刻《とき》』は、決して返ることはない。芦野は魂の一部が刻に連れ去られるように感じながら、ライト係の背をかるく叩いて合図した。

死者をのせた小舟は闇に姿を消してゆく。櫓《ろ》を漕ぐのは、網元の次男、龍次である。

舞台効果に協力するように、雲が月をかくした。

船舞台にライトはもどる。修羅の闘いを終え、舞台は、空虚だ。

操舵室をへだてた後部甲板から、観客の拍手が沸いた。

船舞台の黒衣が、篝火の籠を海に下ろし、炎の消えるかすかな——聞えるはずもない——音を、彼は聴いた。

終った。彼は床に腰を落とした。虚脱しきっているる自分を、別のところから見下ろしているような奇妙な感覚が、彼を据えた。

「終りましたね」かれ自身の内心の声を耳に聴いた。いつ隣りにきていたのか、九鬼雪雄が話しかけたのだった。

作曲と演奏を担当した横笛の演奏家である。舞台はテープだから、今日は気楽な観客であった。

衣裳を担当した桑野真弓も、九鬼のかたわらにいた。

九鬼は、芦野と同年代、三十の半ばという年ごろだが、早くから笛の名手として名をなしているだけに落着きを感じさせる。

「音楽は、風にも波にも負けませんでしたね」

芦野は言おうとしたが、声がかすれた。

京に棲む九鬼は、曲想を得るのに、しばしば、花背の里を逍遥し、比叡の奥深い木立のあいだに佇む。風にさそわれ、野鳥のさえずり、せせらぎの音に、とけいるように笛をふく。今度も、須磨の浦に船を浮かべ、波の音を聴き月を浴びて、即興で奏で、それをテープにとったものをもとに、合奏用に作曲編曲した。

「衣裳、なかなか、よかったですね」

九鬼は、桑野をねぎらう。

踊りがよかったとは、だれの口からもでない。客をたのしませたのは、舞踊家の伎倆でないことは明らかだった。佐田の苛立ちを、芦野は感じたが、藤を褒めるのは、あまりにそらぞらしい。

「衣裳のデザインは、芦野先生の案なんですよ」

正直なところを、桑野は言った。

薄闇が桑野の肌の衰えをかくし、若やがせる。

「わたしは、どうしても、芦野先生みたいにひとつ突き抜けた発想ができないのねえ」

「芦野さんなの、あれ」

「いや、ぼくは、勝手なことを思いつくままに言っただけ。桑野さんが、まとめあげてくださった」

リアルな甲冑《かっちゅう》をつけるわけにはもちろんいかな

いし、洋舞のタイツもそぐわない。

褐色《かちいろ》の晒《さらし》を胸にきりりと巻くことによって、鎧の胴を暗示しては、と、芦野は示唆したのだった。下は、足さばきのいい短い括《くく》り袴ふうの下着に素足だ。そのうえに、品のいい薄い衣をふわりとまとう。平家の公達にぴったりじゃない。歌舞伎と逆に、女が少年をつとめるわけでしょう。女形が自分のなかの男を殺して女になるように、女が、女の部分『胸』を殺して少年に変形する。芦野のイメージを、桑野はたくみに実現してくれた。上にまとう衣の、シースルーの布地を白に近い淡い紅から闇色の暗紅へと裾濃《すそご》に染めた色合いは、芦野の予想以上に少年の美と艶めかしさをあらわしていた。

「衣裳といい、音楽といい、そうして自然を借景にした勇壮な舞台といい、じつに酔えましたねえ」

リサイタルの本公演をのせる小ホールのプロデューサー安岐の言葉が、佐田の耳にかなり皮肉にひびいたようで、顔色がうごいた。踊り手だけがよくないと言われたように思ったのだろう。

本人はふつうにしゃべっても、口調が皮肉になるタイプがあるが、安岐がそれだった。芦野と同年代だが、小劇団と関係が深いせいか、二十五、六の青年のように若々しい。

網元の坂井修造は、客船に乗り込んでいる配下の漁師たちに酒宴の準備を進めさせている。操舵室でへだてられた前部にもうけられた生簀《いけす》から、前日捕獲して泳がせてあった魚の数々が網ですくい上げられ、豪快な活け作りの刺身が、まず、大皿に盛られ、後部甲板の客たちにはこばれる。

「踊り手には酷でしたね。今日の舞台は」

洋舞は、全身の重力を上へ上へと、宙に身を舞い上がらせる。しかし舞台は揺れる船である。能のように重心を腰におき足を地にすりつけねば、醜くよろけるさまをさらす。安岐もそのあたりをわきまえて言ったのだろうが、慰めは、佐田をいっそう不快にさせたらしい。しかし、反論はしなかった。

「カーテンコールといこうか」

明るい声を、芦野はかけた。自分にできるかぎりのことはした、という充足感が、徐々にみちてくる。

照明係の背を叩いて合図しかけると、

「おふたりさん、海上でもっとのんびりデートしていたいんじゃないのかな」

安岐は佐田のこわばりかけた表情をほぐすように、冗談とわかる口調で言った。

カーテンコールのやり方についても、昨夜のリハーサルで、佐田と芦野はやりあった。小舟を漕ぎ戻らせ、船舞台の上で客に挨拶させるという佐田に、月並みなカーテンコールは止めよう、と芦野は主張した。ここは壁で仕切られた閉鎖空間ではない。海と波に敦盛は溶けいらせよう。消えた舟は消えたままのほうがいい。さりげなく戻ってきて、いつのまにか、酒宴に混じっている。そのときは、もう、藤なな緒は、敦盛ではない。踊り手でもない、宴の仲間。

九鬼が、別の案を、出した。この観客船を、鳥屋《とや》と見立てよう。東京の舞台でいえば、揚げ幕だ。花道を引き上げてくる役者を幕内が温かくむかえる。そういう意味で、龍ちゃんが藤さんをのせた小舟は、この観客船に、ライトを浴びながら、漕ぎ戻ってくる。堅苦しい大舞台じゃない。いわば仲間だけの趣向だ。

敦盛らしく横笛を吹きながらね。それはいいな。

芦野が即座に賛成したのは、龍次にもほんの短い時間ではあるが、晴れがましいときをすごさせることができる。そう、思ったからである。

高校在学中から親父の漁を手伝っていたという、網元の次男、龍次は、こんどの催しに積極的に手を貸していた。

ラスト、櫓漕ぎの伝馬でという芦野の希望に、漁船もこのごろはすべてエンジン稼働なので、櫓を漕げる漁師はほとんどいなくなった。そう語った網元の言葉が思い出されたのである。

ラストはぜひとも櫓漕ぎの小舟でなくてはならない。エンジンの音ひびかせたモーターボートやポンポン船ではぶち壊しである。漁師ならだれでも櫓を漕げるものと、芦野はそのときまで思いこんでいた。舞台と客席に用いる船も、和船のイメージをかたくなに持っていたのだった。いまはどこの漁船でも和船を見ることが無いと思い当たって、愕然とした。子供だったころ、須磨の浜に遊び、浜にひきあげられた和船をみかけたおぼえがある。木造の船は、子供の目に、巨大な、生あるものに映った。

櫓の漕ぎ手がいないんじゃ、ラストは変更だな、気落ちして言う彼に、龍次が、おれがやりま す、と申し出たのだった。おれ、漕げるよ。大丈夫、まかせといて。

そやけど、おまえ、ひさしいこと、櫓ォ漕いどらんやろ。網元が言うと、なに、こんまいころ、親父に仕込まれたやんか。からだがおぼえとる。

龍次は言い、昨日のリハーサルでは実際に漕いでみせた。巧みに漕いだが、帰ってきたときは、手のひらに水膨れのような肉刺《まめ》をこしらえていた。

漁師が櫓漕いで肉刺をつくる御時世か、父親は嘆かわしげに言い、こんなん、唾つけといたら明日はなおっとるわ、龍次は言ったのだった。

今日は桑野真弓に包帯をまいてもらっていたが、おりるとはいわなかった。

「照明さん、気ィきかしたれや。だれもいてへん海の上で、ふたりで道行きやで」

海でデートか。

ええな、ぜっこうのチャンスや。

酒の入った漁師たちの、だれともない声がゆき

かい、

「龍ちゃん、藤さんに惚れとったもんなあ」

「あほ」網元の低い声に、うかつな口をきいた若い漁師は、身をすくめた。

芦野たちにはきわめて腰が低くおだやかだが、数多い配下を統率する親方なのである。いざというときの底力を、芦野は垣間見た。

網元の好意は身にしみていた。芦野と佐田の関係の客を少しでも多く招べるようにと、坂井修造は、龍次のほかは、自分の家族さえ船に乗せなかったのである。

「沖へ沖へと漕いで行っているかもしれないわねえ」

感傷的にきこえる声で、桑野真弓は遠い波に目をあずける。

海原を小舟で漕ぎつづけるあいだは、二人は夢幻の世界にいられる。現実にもどる時間をあたうるかぎり引き延ばしたい。そんな龍次の気持ちが、芦野にもわかるような気がする。いや、陶酔のなかに身をおきつづけたいのは、藤なな緒のほうではないだろうか。

船上の舞踊が最高の出来でなかったことは、藤も自覚しているだろう。みな、ねぎらいの言葉はかけるにしても、心からの絶賛ではないと、わからぬはずはないし、海の上にいるあいだは、佐田の苦い顔も、忘れていられる。

鎧の胸当を暗示する褐染《かちぞめ》の晒を胸に巻き、その上に、白にちかい淡い紅から闇色の暗紅へと裾濃に染め上げた衣裳をふわりとまとった姿でいるかぎり、藤なな緒は、薄命の貴公子平敦盛でいられるのだ。しかも、死者である。すべての心労を広大な海と空にあずけ、ただ、茫っと流れに身をまかせている。漕ぎ帰ろうとする龍次の手を、船底に身を横たえたまま藤が白い細い手をのばし、制《と》める。そんな光景が芦野の眼裏にうかんだ。

「藤さんも、龍ちゃんを、憎からず？」

芦野が言うと、

「めっそうな」網元はいそいで手をふり、

「龍次は、ほんの餓鬼で。みだらなことはこれっぽっちも、ふたり、あらしまへん。あるわけがおまへんにゃ」

「いや、みだらなんて、そんな意味じゃないですよ」芦野はあわてて取り消す。

しかし、夜の海はふたりを惑わせるんじゃないかなあ。口にはだささなかった。

藤が龍次を誘う。あるいは、ふたりの感情が、おのずと一つになる。そうは想像できたが、拒む藤に龍次が暴力をふるうとは、芦野には思えなかった。藤なな緒の少女めいた華奢な容態の蔭に、淫蕩の気配を、芦野は感じていた。

昨日のリハーサルでは、衣裳は汐に濡らすと本番のとき困るので、藤は浴衣を着ていた。舟の準備のととのうのを浜で待っているとき、

「芦野先生、見て。蚊に刺されちゃったのよ」

藤は、身八口《みやつくち》をちょっとひろげてみせた。

「こんなところから入り込んで刺したの。エッチな蚊でしょ。わたし、すぐに負けるたちなの。こんなに、ほら」

たしかに、乳房の左下が蚊どころか虻にでも刺されたように地腫れしていたけれど、そのときの藤の目は……。無心な仕草を、こちらに邪心があって、みだらに誘いかけられたように感じたのか……。

「なにか薬、塗った?」

「塗っていただきました」

九鬼先生に、と、藤は、甘く語尾をのばした。妬心を煽る下心と感じたのは、邪推か。

藤なな緒は、

「でも、まだ、痒《かゆ》いの」

あどけなくさえ見える笑顔で、芦野を見上げたのだった。

龍次が藤に惚れていると、漁師たちはあからさ

まに言う。悪意のない口調であった。一方的に暴力的に迫るような恋ではないと、認めているから、あんな軽口を親方の前で叩けるのだ。

しかし、人目のない海の上で……。身八口からのぞいた白い胸を思い出し、少し、芦野は胸が炎《ほむら》だった。藤に恋情をもってはいなかったので、ほんのわずか燃えて、消えた。

「よし、ライト。そろそろ御帰還だ」

芦野の声に光芒が海に流れた。

親船のあかりを目印に、龍次の漕ぐ船はライトのなかに浮かびあがるはずであった。

「コースをはずれちゃってるみたいですね」

照明係は、ライトの方角を少し変えた。

ひかりを照り返す波に、仄白い布が波間にただよっていた。敦盛の衣裳……。

落ちたのか！　芦野は腰をうかし、いや、脱ぎ捨てたのか、風に飛ばされたのか、と思い返す。

さらに、ライトは海上をさぐり、揺れる小舟をとらえた。しかし、櫓を漕ぐ姿は見えず、芦野の目にうつったのは、腰をおとした龍次のひざに藤が顔を伏せ、そのうえに龍次がおおいかぶさって、ひとつのかたまりになったような姿であった。

ライトを浴びて、藤が龍次に助けられるようにして身を起こしたかに見えた。そのままのけぞり、ぐらりと横倒しになって船縁から海にくずれ落ちた。あおりをくらってか、龍次も身をよじるように倒れ、舟は転倒した。

即座に、漁師たちが、着衣をぬぎすて、飛び込んだ。

立ち騒ぐ客たちを、網元が一喝して鎮めた。

「立つな！　この船までひっくりかえるぞ」

そうして、繰り返し、叫んだ。

「龍次は泳げる。あいつは放っといても心配ない。藤先生や。藤先生を探せ」

「泳げるの、藤さんは？」

桑野真弓がたずね、

「知らん」

緊張のあまりか、佐田の声はそっけなかった。

歓声があがった。漁師のひとりが、藤らしい
軀《からだ》を片手に、船をめざす。他のものも救援にむかい、やがて、ショーツと晒一枚の藤なな緒は、観客船の前部甲板にひきあげられた。心得のあるものがすぐに人工呼吸にとりかかったが、絶息していることは、芦野の素人目にも明らかだった。

「水は飲んどりゃせんの」

人工呼吸をあきらめた漁師が、言った。

泳ぎ帰って来た若い漁師が、船縁に手をかけ、

「ふたりとも、助かったか」たずねる。

「藤先生は……」と、ひとりが骸を目で指し、

「龍ちゃんは、まだ戻ってこん」

「そんな……。溺れるわけはないやんか」

「しかし、黒衣の衣裳つけたままやったろ。泳ぎにくいん違うか」

再び、沖にむかう。

何人もの漁師がかわるがわる水に入り、龍次をさがす一方、舞台船は、岸にむかった。医師と検視官に連絡するためである。

やがて、龍次も引き上げられた。

そのころには、龍次の母親や兄も到着していた。二つの骸が甲板に並んだとき、月をおおった雲がとぎれた。

「龍次も、水は飲んでおらん。溺れたんやない」

龍次のかたわらにかがみこんでいた網元が、誰にともなく低く言った。

2

神戸の旅館の、芦野が泊っている部屋に、佐田、九鬼、桑野、安岐、照明の川口、黒衣をつとめた四人の舞踊団員・森、吉井、黒部、城戸。そ

うして、龍次の友人で料理方をつとめた増井武志、やはり友人の、舞台船で裏方をつとめた田村浩一。十二人が膝を詰めあわせていた。

芦野と九鬼をのぞいては、みな、地元のもので、宿をとっているのは、芦野ひとり、九鬼は京都だが、宴のあとは最終の新幹線で帰る予定だった。

藤なな緒と龍次の遺体は、解剖のために警察の車で運び去られた。

ふたりとも溺死ではないことは検視によって裏づけられた。宴はもちろん中止となり、ひととおりの事情聴取のあと、それぞれ引き上げた。

正確な死因については、警察の発表を待たなくてはならないのだが、

「手をつかねている気にはなれない」芦野が言うと、佐田も同調し、関わりの深いものが芦野の部屋にあつまった。

増井は龍次をひきあげ、藤をひきあげたのが田村である。そうして、
海でデートか。

ええな。絶好のチャンスや。

そんな声がいきかっていたとき、

「龍ちゃん、藤さんに惚れとったもんなあ」

そう言ったのが、増井武志だった。その言葉には根拠があるのか。また、田村は裏方として舞台船にいたから、舞台に立っていた四人にはわからぬことに何か気づいたかもしれない。そう期待して、芦野は、二人にも声をかけたのだった。

すでに深夜である。和風旅館のサービスはホテルと違い、十時までだが、網元をよく知っている宿の主人にとっては他人事ではないようで、九鬼と桑野のために、快くそれぞれ部屋を用意してくれた。他のものは、散会となったらタクシーで帰れる。桑野も地元だからタクシーでもよいのだが、女性なので、みなが一泊をすすめた。

検視の結果が網元に知らされたら、家人が宿の

ほうに連絡をいれてくれることになっていた。

　集まっても、だれもが重い表情だったが、

「急死したのが藤さんひとりなら、心臓発作ということもかんがえられるけど……」

　安岐の言葉に、

「抱き合っていたなあ」

　照明の川口が応じたのをきっかけに、口がほぐれはじめた。

「藤さんが心臓発作だったら、犯人はおれということになる。寝ざめ悪いよ」

「なぜ、照明さんが」

　けげんそうに、増井武志が口をはさむ。

「暗いなかで抱き合っているところを、不意にライトをあてられた。突然のショックで……」

「花道の引っ込みだ。ライトを浴びるのは藤だって承知のことだ。ショックはないよ」

　佐田が反論し、

「溺死なら、納得がいくんだがなあ」

　川口がいうのに、みなうなずく。

　藤なな緒は、下着も晒もつけたままだったし、龍次も黒衣の衣裳をきちんと着けていた。素肌をあわせていたのではない。

「藤さんは、こう、顔を龍次くんの膝に伏せていた」安岐が言う。「藤さんは、龍次くんに甘えていたのか、それとも……」

「気分が悪くなったようにもみえた」

　川口が言った。

「船酔いで気分が悪いのを、龍次くんが介抱しているというふうにも」

「そこにライトがあたった。藤くんは、またはっと、演技者にたちもどり、起き直る。そのとたんに眩暈《めまい》がしたか、バランスを失い、海に落ちた。はずみで、舟がひっくりかえった」

「それで、溺れた。というのなら、まことに明快で、警察が介入する余地はないんだが……」

「溺死じゃないというんだから、わからんなあ」

床の間のすみにおかれた電話が鳴った。

芦野がとると、

「毒物やそうです」

宿の主人の興奮した声であった。

「いま、坂井さんのほうに警察から連絡がはいったいうことで」受話器を芦野にわたした。

「芦野です。電話かわりました。毒物ですって」

「はい」声は網元ではなかった。坂井修造は、係官と話し合っているところなのだろう。電話口に出ているのは、だれか身内のものらしい。

「これからそちらへも、刑事さんがいかはりますから」

「毒って、何なんです」

「青酸性なんとかいうたはりましたな」

切りかける相手に、

「もしもし」

芦野はせきこんだ。

「二人ともですか。ふたりとも服毒していたんですか。それが、ふたりの死因なんですか」

「そうらしいです」

「らしい、じゃ、困るんです。ふたりとも、龍次くんも藤さんも、青酸性毒物で死んだんですね」

「そのようです」

「だって、いつ服んだんですか。おかしいじゃないですか。あのとき海に落ちたのは……」

思わず詰問口調になる芦野の手から、佐田が受話器をとろうとしたとき、電話はきれた。

「毒だって」

「青酸カリ……」

みなの声が、芦野の耳もとでうずまいた。

3

「情死……」

「心中」

「ありえない」

「だって……」

「青酸性毒物というのは、即効性だろう」

「カプセルという手もある」

「もっと詳しくわからないのか。カプセルなら、解剖で、成分が検出できるんじゃないのか」

「順序立てて検討してみましょう」

そう言ったのは、九鬼であった。

「合意のうえの心中か」

言いかけると、

「それはないでしょう」

佐田がさえぎった。

「昨日のリハーサルが初対面だ。いきなり心中はない」

「いや、あらゆる可能性をいちおう羅列して、それから、消去していったほうが、見落としがないんじゃありませんか」九鬼の声は、あいからず冷静だった。

「合意の上の心中とすると、ライトがあたる直前に服毒した、わけだな。それなら、ふたりのあの状態は納得できる」

川口は言った。

「あるいは、無理心中ですね」

「どっちがどっちを」

川口がたずねる。

「あくまで、わたしは、可能性をならべているだけなんですよ」

九鬼は念を押し、

「藤さんは、毒物を身につけることはできなかったんじゃないでしょうか、あの衣裳では」

みなの目が衣裳を担当した桑野にむく。

「そうですね。ショーツと晒。ものをかくすところは……ないですねえ」

「巻き付けた晒のあいだにかくせませんか」

九鬼がイニシャティヴをとる。

「無理でしょう。きっちり、わたしが巻きました。あとからものをいれたら、着付けがくずれてしまいます」

「上から羽織った衣は？」

「ほとんど一枚の布です。不可能ですわ」

「なにか、細工できませんかねえ」

「それは、やはり、不可能ですよ」

芦野は、言った。

「桑野さんが衣裳をもってきてくださったのは、今日です。昨日のリハーサルでは、使わなかった。一度使うと、汐に濡れるから、本番以外には使えなかった。そして、着付けのときまで、桑野さんが保管していた。そうでしたよね、桑野さん」

「ええ」

「そして、開演前に、桑野さんが着付けをするのを、ぼくも見ている。きりきり巻き付けていた。藤さんが毒物を隠し持つことはできなかったと思うなあ」

「毒物が検出されたというのでなければ、ぼくは、桑野さんを容疑者のひとりにする。あ、怒っちゃいけませんよ。さっき九鬼さんが言ったように、可能性を並べているだけなんだから」

安岐が口をはさんだ。

「毒死でなければ、わたしがどうして容疑者になりますの」

面白がっているように、桑野はたずねたが、不愉快さが声音ににじんだ。

「晒をね、特殊な繊維で作るんです。水に濡れると収縮するやつ。踊っているあいだに汗をかくでしょ。じわじわと縮む。そのくらいならまだいいが、小舟で漕ぎだすと、波を浴びる」

「それで、ぎゅっと縮まって、窒息？」

「濡れると収縮する繊維を使った殺人というの、なにか探偵小説にあったような気がするな」

「でも、警察が青酸性毒物と言っているのだから、これはありえない」

「わたしが、どうして、藤さんを殺したくなるんですの。龍次さんと同じで、今日はじめて会ったんですよ、わたし。藤さんに」

「気を悪くしないでくださいよ。冗談」

安岐は大きく手をふった。

「藤さんが毒物を携帯できないことはわかった。次に、龍次くんですね。黒衣の衣裳なら、どこにでも小さいものなら隠し持てる」

九鬼が言うのを、

「待ってくださいよ」

「とんでもないや」

増井と田村が、ほとんど同時に叫んだ。

「龍ちゃんが、藤先生と無理心中するつもりで毒を？」

「そんなあほな」

「龍次くんが、藤さんに惚れているといったのは、増井くんじゃなかったっけ」

芦野は言った。たしかめるためで他意はなかったが、増井は憤然とした。

「そんな……。それこそ、軽い冗談だよ。あんなきれいなひと、だれだってちょっと惚れるんちがいますか」

「龍ちゃんは、かなり本気で熱あげとったようやけどな」田村が言い、

「そやけど、無理心中なんて、ほんま、むちゃくちゃやで。死なななならんわけもあらへんもん」

「情死あるいは無理心中、でなければ、だれかがふたりに毒入りのカプセルを服ませたということになるなあ」

九鬼は言った。

4

「殺人……」

「藤さんには、服ませやすいんじゃない」

そう言ったのは、安岐だ。

「栄養剤だとかなんとか言ってさ」

「藤は、薬嫌いでね」

佐田が応じた。

「医者がきちんと処方したもの以外はのまない」

「その発言は裏付けを必要とするな」

「不愉快な言い方だな。まるでおれが嘘をついているみたいな」

「冗談ですよ」安岐はかわした。「でも、警察の尋問だったら、裏付けがいるでしょ」

「ぼくたちが裏付けますすよ」

あまり口をださなかった団員たちのひとりが、佐田をたすけるように言った。

「藤さんは、性のしれない薬は服まなかった。アレルギー体質で薬は用心していた」

佐田なら、藤殺害の動機はあるかもしれない。芦野は思った。あるいは、黒衣をつとめた四人のうちのだれか。以前から藤と関わりの深いのは、この五人だけで、あとは、昨日、今日が初対面。いや、九鬼は、これまでにも佐田の舞踊団の作曲をしているから、藤ともつきあいは……。


九鬼先生に薬塗っていただきました。藤の語尾を甘くのばした声が芦野の耳によみがえった。

「薬アレルギー、塗薬は、大丈夫なんですか」芦野は四人に問いかけた。

「さあ、塗るほうは、どうだったかな」

「サロメチールなんか塗っていたから、そっちはいいんじゃやない」

「九鬼さんに薬を塗ってもらったといっていたけれど。蚊に刺されたって。虫に刺されるとすぐ負けるたちだって、地腫れしていましたよ」

「そう、藤さんは虫にくわれると、弱いんだ」団員のひとりが言ったが、九鬼は、

「わたしは、知りませんよ」と否定した。

「藤さんとは前から？」

芦野はたずねた。

「前からというのは、どういう意味ですか？」

「前から親しく？」

「別に、親しくはありませんよ」

答えがかえるまでに、一瞬間があいたように、芦野は感じた。佐田の表情を盗み見た。佐田ならふたりの親しさの度合いを知っているのではないか。九鬼と佐田、藤、三人のあいだに、恋の葛藤はなかったか。芦野は思ったが、この場であからさまにきくのは憚《はばか》れた。

安岐が、九鬼先生、怒らんといてくださいよ、これは、先生の言われた可能性の問題なんですからね、と前置きし、

「先生やったら、藤さんに毒服ますことができるんですがね」と言った。

笛だな。芦野も思いついていた。しかし、安岐のようにかるがるしく口にはだせない。他人に殺人の疑いをかけるのは、たとえ冗談でも、礼を失する。ことに九鬼は同年輩とはいえ、彼がその業績を尊敬する楽人であった。

安岐は悪気がないからか、平気でつづける。

「毒をね、衣裳にかくすことはできませんが、藤さんは、笛を手に持ってましたよね。笛を吹きながら海の花道を、揚げ幕に見立てた観客船に漕ぎもどってくる。そういう演出になっていた。笛の歌口に塗っておけば」

「そうですね」

九鬼の声はみだれなかった。

「わたしも、それは考えました。しかし、わたしが犯人というのは見当違いですね。あの笛は、佐田さんのほうで用意した小道具です。わたしが藤さんに貸したのではない」

「すると、佐田先生かな」

安岐の声は少し震えを帯びた。真相に近づいたと感じたのだろうか。

「冗談にもほどがある」

佐田は怒りをあらわにし、

「漕ぎもどるとき、敦盛にふさわしく、笛を吹きながら、と提案したのは、芦野だ。おい、芦野、まさか……、毒を盛った笛を藤に吹かせるため

に、あの演出を考えたのか」

「頭を冷やしてくれよ。おれが何のために藤さんを」

「それに、龍ちゃんだ」

増井が割り込んだ。

「笛を吹くことになっていたのは、藤先生だけでしょう。なぜ、龍ちゃんが」

「ふたりでかわるがわるふいていたんじゃないかな」安岐は言った。

「青酸性毒物は即効性があるといっても、笛の歌口に触れたとたんに死ぬというほどではないでしょう。青酸性毒物の中毒死は、たしか、窒息死なんですよ。末梢組織の酸素消費を妨げ、内窒息を起こさせる。だから、くちびるに毒が触れた、とたんに胸かきむしって悶《もだ》え死ぬってものではないと思います。夜の海でふたりで気分だしてね、かわりばんこに吹いていている。そのあいだにじっくり毒がまわって……」

「笛の音は聴こえなかったな」

川口がつぶやくと、

「素人にたやすく音がだせるものではないですよ、笛は」

九鬼は言った。

「芦野さんが、笛をといったとき、無理だなとは思ったんだが、まあ、遊びなのだから、形だけでいいのだろうと、水をさすようなことは言わなかった」

「笛か、やっぱり」

「笛に毒。そうやって服毒させたのか」

「塗ることのできたものの数は多いなあ」

「動機から攻めていかないと駄目か」

そんな声が芦野の耳を打つ。

そのとき、宿の主人の案内で、刑事がふたり、部屋にはいってきた。

5

「あちらこちら、聞きまわらんですみますなあ」

全員の名を聞いたあとで、刑事のひとり年嵩で老練そうなほうが愛想よく言った。

「みなさんこちらだということを、坂井さんからききましてね」

「藤さんと龍次くんは、服毒死だということですが」

「服毒死？」若いほうの刑事が、いや、と首をふった。

「服毒死というわけでは……」

老練なほうが、よけいなことをしゃべるなというように、目でたしなめ、「さて」と、十一人に向き直り、なかのひとりにむかって、「事情聴取のため、署まで同道ねがえませんか」と、柔らかく、だが厳然と命じた。

（画家・岡田嘉夫さんの台本、演出による、海の上、二艘の漁船を舞台と客席に、曾根崎心中を、洋舞家が踊るという催しに、招かれました。この舞台設定は、それからヒントを得ています。実際の舞台は、もちろん、殺人事件などは起こらず、楽しいものでした。借りたのは舞台設定だけで登場人物、事件、すべて、まったく架空のものであることはいうまでもありません。

読者は、重要参考人として警察に連行された人物とその犯行方法をお考え下さい。

被疑者は、やはり、犯人でした。

動機は、データ不十分ですから、書かなくて結構です。）

（問題編おわり）

「朧舟」

桑野真弓を乗せた警察の車が去ったあと、九鬼がつぶやいた。

「朧舟?」

芦野は聞き返した。

「きれいな言葉ですね」

「ひびきは美しいが、打ち捨てられ、水につかって朽ち果てた舟の呼び名です」

九鬼は言った。

＊

幼いころから、頭がいいとほめそやされて育った。

家族や親類のあいだに、わたしの逸話は、いろいろ残っている。

一歳の誕生日、ケーキを食べているとき、生クリームを服の胸にこぼした。母親が拭き取ったが、染みになった。

ああァ、汚れちゃったわね。

嘆く母親に、染みに目を落としながら、わたしは平然と、

「模様」と、言ったのだそうだ。

三歳ぐらいで、かたかな、ひらがなどころか、漢字混じりの本に読みふけっていたとか、ラジオのニュースを大人並みに理解したとか、おぼえてはいないのだけれど、おとなたちの賞賛は、幼い心の奥底に、自覚のないまま堆積した。

叔母が母に語ったところでは、「手がぶつかっちゃったのよね」という話がある。「ちょっとしたはずみで、わたしの手が口のところに。痛かったでしょ、ごめんね、ってあやまったら、歯にぶ

つかったから、痛くない、っていうの。そして、歯のあいだにはさまったものがとれて、ちょうどよかった、って。わたしを好きなものだから、わたしの気を楽にさせようと、思ったのね。ちっちゃい子にしては、気がまわりすぎるわ。なんだか心配なくらい」

なんとこましゃくれた嫌な子供だったのだろう、と、今のわたしは思うが、記憶の奥底に沈んだ賞賛の堆積は、毒となって、幼児をむしばんだのにちがいない。

自負・勝気・気どり・高慢、頭のいいといわれる子にありがちな悪徳を、小学生のころにはもう、ぬぐいようなく身につけていた。

同級生のだれもが愚かにみえ、教師でさえ、わたしの目には愚鈍にうつった。

しかし、このころから、わたしは、模倣の才はあっても、独創の能力は乏しい自分にかすかに気づきつつあった。

賞賛をかちとりつづけるために、わたしは、盗むことを、小学生のうちにおぼえた。盗むのは、物ではなく、他人の思いつき・才、であった。

図画の時間、隣の席の子とわたしは、しばしば、同じ構図の絵を描いた。盗んだのはわたしだが、真似をした、ずるい、と、級友からせめられるのは、隣席の子であった。そうしてわたし自身も、隣席の子がわたしの真似をしたと、自分をだますことができた。

芦野の部屋で、藤なな緒と坂井龍次の死の真相を、みながあれこれかたりあっているとき、わたしは、そんなことを、とりとめなく思い出していた。

なぜ、わたしは、芦野を殺さなかったのだろう。

藤よりも、まず、芦野に殺意をもって当然なのに、と、このときになって思った。

いまから、嫌疑を芦野にかけることはできないだろうか。どうして、警察はわたしに目をつけたのだろう。

警察署に連行されるくるまのなかで、わたしは、そのことを考え続けた。

しかし、藤に抱いたような凶暴な悪意が、芦野には沸かない。

芦野は、わたしに敵意も悪意も蔑《さげず》みもみせていないのだから。

わたしがなによりも許せないのは、軽蔑の目である。

しかし、わたしを打ちのめしたのは、やはり、芦野なのだった。

いや、その前から、わたしは、すでに、自分の才のなさに絶望していたのだけれど。

即効性の毒を手にいれたのは、大学を出て、素人の小さな劇団の制作をてつだっていたころだ。

演劇にかかわる仕事につきたいと、子供のころからひそかに切望していた。

親にいえば猛反対をうけるのはわかっていたから、だまっていくつかの劇団のオーディションや入団試験をうけ、ことごとく落ちた。

親からは、はやく結婚しろと、責め立てられていた。

劇団の裏方をつとめている男が、わたしに、毒をくれた。生に絶望したと口にし、わたしを死に誘ったのであった。

いっしょに服み、いっしょに死ぬはずだったのだが、男は、結婚し、劇団から抜けた。

わたしは、親のすすめるままに見合いをし、結婚した。

男が毒をくれる前にわたしは、とっくに、演劇、芝居という毒に侵されていた。

男が去ったとき、芝居の毒も身内から消えたと思ったのだが、麻薬の中毒患者のように、わたしは禁断症状に苦しむ羽目になった。

夫には知らせず、わたしは、避妊の処置を自分にほどこした。

このまま朽ちるのは、いやだ。

機会に恵まれなかっただけなのだ。子に縛られたら、身動きがとれなくなる。

男の裏切りに、萎えきった気力が少しずつよみがえるとともに、夢も力をもちはじめた。

銀行につとめる夫は、転勤が多く、各地を転々とした。せっかく子を持たないようにしても、このように落ち着かない暮らしでは、劇団にかかわることは不可能であった。

舞台に立つことがかなわないならと、台本を書き、いくたびも応募した。

台本を書くとともに、舞台の装置、衣裳のデザインまでも考え、そのあいだ、わたしは、日常を忘れていることができた。しかし、闇にすいこまれるように、わたしの原稿は、手応えが無く、消え失せた。

いま、思えば、わたしが書いていたものは、すでに書かれたものの、下手な模倣に過ぎなかったのだった。

舞台。それは、無限の空間である。

そここそ、わたしが、楽に呼吸でき、真に生きることのできる場所——。素人の劇団に加わり、金銭の苦労や対人関係の不愉快さをいやというほど、味わったくせに、わたしは、またも、そんな夢想にとりつかれていた。

いきおい、日常の暮らしにむける目はうつろになる。

夫に他の女がいると知ったとき、わたしの心をしめたのは、打算であった。

うろたえ嘆く顔をつくった。嬉しそうにしたのでは、慰謝料はとれない。

別れて自活するためには、金が必要だ。夫だった男は、わたしの卑しい打算に気づくには、人がよすぎた。わたしの冷たい仕打ちが、目を他の女に向けさせたのだと主張できるのに、無辜《むこ》の妻を裏切ったと自分を責めていた。

わたしのほうが先に夫を裏切っていたのだ。わたしの相手は、演劇という無形のものではあったけれど、生身の男よりはるかに強くわたしを捉えていたのだった。

別れたとき、わたしは三十二だった。

ひとりになって、初めて、気づいた

なんの経歴も技術ももたない若くはない女が、突然芝居の水にはいりたいといっても、むりな話なのだ。素人の劇団に首をつっこむくらいのことなら、昔のコネでできないことはない。しかし、わたしがのぞんだのは、プロとして立つことであった。夢だけが肥大し、現実の立脚点は、空無にひとしい。

まず、食べることを考えなくてはならなかった。

夢をたべて生きているような気性のくせに、蓄財の才のほうが、創造性よりまさっていたらしい。座して食べるには乏しい慰謝料を、株や投資で増やし、神戸の郊外にささやかな店をもった。神戸をえらんだのは、転勤で一度住み、風土が気に入ったからである。

店は、気取っていえばブティックである。わたしがひとりで食べるぐらいの収入は得られるようになったが、気づくと、四十を過ぎていた。

女の身で店を持った、それだけでも、他人は成功者というのかもしれない。しかし、わたしにとって、店の経営は、生活をたてる方便に過ぎなかった。手広く店をひろげたり、収入をふやしたりすることには、興味を持てず、わたしは、あいかわらず、舞台にひかれつづけていた。

顧客のなかに、地元の新聞の文化部長の夫人がおり、わたしの演劇への志向を知ったそのひとは、新聞社主催の催しの招待状をくれたり、関係者に紹介してくれたりするようになった。

舞台衣裳のデザインをしたいのだと、わたしは、以前さも経験があるような口をきいてしまった。かつて描き散らした夢の名残のデザインを、舞台で実際につかったかのように脚色して、夫人にみせたりもした。

台本書きは才能がないと自覚した。振り付けや作曲は、もちろん、素人のわたしには、手がでない。衣裳なら、ファッション感覚だけでなんとかなりそうな気がしていた。センスはあるつもりだった。

しかし、衣裳にしても、素人にまかせてくれるところは、なかった。

時だけが虚しく過ぎた。

わたしは、しばしば、はげしい憂鬱感にとりつかれた。過ぎた歳月はとりかえしがつかない。このまま、なすところもなく終るのか、と、思いつめると、深い淵のそこに落ち込んでゆく。わたしが欲しいのは、名声なのかもしれない。ひとかどのものとして、まわりからちやほやされたいのかもしれない。人を賛美するのではなく、賛美されるがわにまわりたいのかもしれない。しかし、それには、もう、遅すぎる。幼時の過度の賛嘆によってつくられた自負は、埋めようのない虚を心に穿《うが》ったままだ。

死を思うのは、心の病なのだろうか。死に、身をゆだねてしまえば、楽になる。毒は甘くわたしを誘った。

他人のまえで笑顔をつくることに疲れ切り、死にすりよられているとき、藤なな緒のリサイタルの、衣裳をデザインしてみないかという話が、夫人をつうじて、もちこまれた。

立ち直れるか、と、わたしは思った。

文化部長夫人は、台本と演出を担当する芦野に、わたしを強力に推薦してくれたのだった。

わたしは、四十八という年齢を思った。最後のチャンスだ。

打合せのため、東京から神戸にきた芦野に、夫人はひきあわせてくれた。

そのとき、芦野が神戸の出身だということを聞いた。

「舞台衣裳の仕事を前にやっておられたのだそうですね。ちょうどいいかたにめぐりあえた」

芦野は、邪気のない笑顔をわたしにむけた。

同席の夫人は、芦野に、

「予算がかぎられているんでしょ、高いギャラを要求するプロには頼めないでしょ」

遠慮のない口をきいた。

芦野は、わたしに気の毒だという表情をちらりとみせた。わたしはたかが素人だ、と、夫人は言外にいっているのだった。芦野は、同情するのもかえって失礼だと思ったらしく、夫人の言葉の無神経さに気づかないふりをしてくれた。

「よろしくお願いしますね」と、芦野は、やさしい笑顔で言った。

しかし、実際に仕事にかかると、芦野は、おそろしく厳しい駄目をだした。口調はやさしいのだが、いっさい妥協をせず、自分のイメージを主張した。

彼が巧みなのは、まるでわたし自身がそれを思いついたかのように話をはこんでゆくやりかたであった。彼の思いやりかもしれなかった。

「こんどは、来月の頭に、こっちに来ますから、それまでにもうひと思案してみてくださいね」

気がついてみると、わたしの案はことごとく破棄され、芦野のアイディアのとおりになっているのだった。

わたしを傷つけるような言葉は、一言も、口にはしないのだが、わたしは、ラフ・スケッチに駄目を出されるたびに、おまえはセンスがない、才能がない、と指摘されているように感じた。

芦野の前では、笑顔をつくっていたが、次第に気鬱が嵩じてゆくのをとどめようがなかった。

最終的に決定したデザインは、まったく芦野の考えたものであり、縫い子に渡した絵も芦野が描いたのだった。商業美術デザイナーを職業とする芦野は、デッサンの基礎もあり、その上、なぐりがきのようなラフ・スケッチひとつにも、独特な雰囲気があった。これが、プロなのだ、とわたしは思い知らされた。わたしの稚拙な絵を、芦野は、内心、どれほど嗤ったことか。その恥ずかしさだけでも、わたしには致死に値《あたい》した。

芦野は、対外的には、わたしをかばっていた。自分のアイディアだなどとは一言ももらさない。それが、いっそう、わたしの傷を深めた。

なんの才能もない。平凡な初老の女にすぎない。そう自認したとき、再び、死は、蠱惑的な手をわたしにさしのべた。

縫製者から届けられた衣裳を畳紙につつみ船舞台に持参するとき、わたしのバッグのなかには、毒の小壜があった。それをあおるのは、わたし自身のはずであった。

いま、正直に自分の心を見直せば、はたして、自死の決意がどれだけ強固だったか、こころもとない。死にたいと思いながら、一方で、生きたいという願望も強かったのかもしれない。だれかに……もしかしたら、芦野に、わたしは、これほど打ちのめされている、と、訴え、死からひきもどしてほしいという、甘ったれた気持ちが心の底にあったのかもしれない。

上にふわりとまとうだけの衣裳だから、仮縫いもしなかった。

藤なな緒には、船で初めて顔あわせした。

藤は、若々しく、美しかった。わたしが手に入れられなかったすべてを、もっていた。

わたしが席をはずし、もどってきたとき、藤が、他のものに話している声が、耳にはいった。

あの桑野さんて、あれで、ほんとにデザイナー？　自分が着ているもの、野暮ったいじゃない。古いんだ。センスが。

古いんだ。その言葉は、わたしを貫いた。

昨日、先生に薬塗っていただいたところ、まだなおらないの。藤が甘えて話しかけている相手は、九鬼であった。ほら、ここ。衣裳つけるまえにもう一度、塗っていただこうかしら。傷になっちゃったのよ。しみるかなあ。

＊

「朧舟？」

芦野は聞き返した。

「きれいな言葉ですね」

「ひびきは美しいが、打ち捨てられ、水につかって朽ち果てた舟の呼び名です」

九鬼は言った。

「青酸性の毒物を使いながら、服毒死ではない、となったら、たしかに、あのひとのほかには……」

九鬼はつづけた。

「青酸性毒物は、経口ばかりではない、皮膚の損傷部から体内に侵入しても、死をもたらします。藤さんが胸に巻いた晒。あれに毒を塗りつけることのできたのは、桑野さんだけだ。龍次くんの手に包帯をまいたのも、桑野さんだった」

「でも、ずいぶん時間がたってから……。あれは、即効性のものではないんですか」

安岐が口をはさんだ。

「法医学の本にこういう例がのっています。固形の青酸カリを下着の下にかくしていた女性が、五時間後に死亡した。右大腿部に皮膚潰瘍があって、そこから、毒が体内に入ったんですね。毒を塗った部分を肌に密着させず、上のほうにしておけば、汗で徐々に溶け、しみこんでゆく。ある程度、時間がたってから、死にいたる。たぶん、心中とみられることを桑野さんは期待して、龍次くんも巻き添えにしたのではないでしょうか」

「でも、なぜ……」

「動機は、わたしにも、わからないが……」

「九鬼さんはまた、どうして、毒物のことにそんなに詳しいんですか」

芦野は訊いた。

「笛師と毒の知識。およそ、結びつかない」

「ゆきづまって、死を考えた時期がある。そのころ、どうやったら楽に死ねるか、とか、研究しましたよ」

いまは、抜け出ることができましたが、と、九鬼は笑みをみせた。

「桑野さんも、毒にひかれて、いろいろしらべたことがあるのかな」

「そんなふうに見えませんでしたけどね、あの人」

芦野は言った。

「いつも、おだやかな笑顔をつくっていました」

そう言ってから、〝作っていた〟のか。そうだったのか。芦野は、吐息をついた。

しかし、彼にはまだ、なぜ、桑野が藤に殺意をもったのか、想像がつかなかった。――朧舟……。朽ち果てた舟か……。

皺を濃い化粧でぬりかくした、若作りの桑野が、目の底に浮かんだ。九鬼に目をむけた。

九鬼は、しずかに瞑目《めいもく》していた。

後記

男が放り投げた一輪の薔薇は、黒い壁に当たったとたん、消えました。

劇団の演出家と知己《ちき》を得、舞台の台本を書きませんか、と誘われました。たいそう興味はあるのですが、とても新作を書く自信はありません。『変相能楽集』を中央公論社から刊行してさほど時経たぬころでしたので、「この中の一編を戯曲化できないでしょうか」と読んで頂き、採用されたのが「幽れ窓」でした。全編ほとんど会話で成り立っているので、戯曲化しやすいと私も思ったのですが、舞台用に書き直すのは、予想以上に難しかったです。演出家のアイディアで、幕開け、主人公がカウンターでひとり手品をして遊んでいる、そこに女がくる、という設定にしました。主人公が薔薇を宙に投げると、消える、とたんに、女があらわれる、というふうにしてみました。こんなこと、できるかしらと思ったのですが、できました！　一見《いっけん》ふつうの黒い壁ですが、実は、夥《おびただ》しい細いテープを密着させて枠に張ったものなのです。スタッフの方たちの手作りでした。テープの間に吸いこまれるのが、消えた！としか見えないのでした。

『変相能楽集』（別冊婦人公論連載）の中の「冬の宴」は、最初から脚本形式で書きました。いくつかの役を一人が兼ねることで、主題が観客に伝わると考えて書いたのですが、字面《じづら》で読むだけでは、わかりにくかったようです。謡曲から日本の古典、フランスの詩までコラージュし、本人は一番楽しんで書いたのですが、編集の方に、まったく理解不能と言われました。『能楽集』終了の後、引き続いて同誌に連載するようお話を頂き、ミステリーの連作にしますと言ったら、編集の方はほっとした顔をなさいました。

皆川博子

編者解説

日下三蔵

〈皆川博子コレクション〉第四巻の本書には、二冊の連作短篇集『顔師・連太郎と五つの謎』『変相能楽集』に加えて、〈皆川博子作品精華〉の幻想小説編『幻妖』に初めて収められた二篇と、単行本未収録の二篇を収めた。

第一部の連作短篇集『顔師・連太郎と五つの謎』は、一九八九年十一月に中央公論社から刊行された。現代ミステリを数多く書いていても、いわゆる名探偵と呼ばれるキャラクターを作ってこなかった著者には珍しく、シリーズ探偵が登場するミステリである。

「顔師」というのは日本舞踊の踊り手の顔の化粧を専門に行う職業で、連太郎が巻き込まれる事件も日本舞踊の関係者の間で起こったものになっている。第三十八回日本推理作家協会賞『壁・旅芝居殺人事件』、第九十五回直木賞受賞作『恋紅』、第三回柴田錬三郎賞『薔薇忌』、あるいは長篇ミステリ『妖かし蔵殺人事件』などで一貫して芝居や古典芸能の世界を描いてきた皆川博子にとっては、これは得意のフィールドであった。

各篇の初出は、以下のとおり。

春怨　「別冊婦人公論」89年春号（4月）
笛を吹く墓鬼　「別冊婦人公論」88年秋号（10月）
ブランデーは血の香り　「別冊婦人公論」89年冬号（1月）
牡丹燦乱　「別冊婦人公論」89年夏号（7月）
消えた村雨　「小説新潮」87年7月増刊号

単行本では最終話にあたる「消えた村雨」が、実は最初に発表されているのが面白い。初出誌の「小説新潮」増刊号は「名探偵総登場」という特集で、西村京太郎の十津川警部もの、戸板康二の中村雅楽もの、泡坂妻夫のヨギ・ガンジーもの、山村美紗のキャサリンものなど、おなじみの名探偵が登場する作品が並んでおり、各篇に「名探偵のプロフィル」という囲み記事が添えられている。本篇のものは、以下のとおり。

顔師・連太郎
●職業　邦舞の会の舞台化粧を専門にする顔師。三十歳　独身　**●癖**　孤独癖　**●分身**　五郎と名付けた、身の丈一メートル余りの由緒ありげな、顔のない人形。つねにカバンに入れて持ち歩く。役者のようにあらゆる顔をもち、連太郎の内奥の声を発す

特集に合わせて新たに創造されたこの名探偵の事件簿は、発表の場を「別冊婦人公論」

に移して書き継がれることになる。連載時のシリーズタイトルは「顔師・連太郎の四つの謎」で、これに「消えた村雨」を加えて、『顔師・連太郎と五つの謎』として刊行されたわけだ。

最初に発表された「消えた村雨」は、作中の時系列では最終話に位置しており、単行本で巻末に置かれたのは当然である。山田風太郎の荊木歓喜シリーズ『帰去来殺人事件』や都筑道夫『銀河盗賊ビリイ・アレグロ』のように、読者がもっとこのシリーズを読みたいなと思っても、最終話できれいに完結していて、続きをねだるのが野暮に思えてくる連作がたまにあるが、この『顔師・連太郎と五つの謎』も、そうした連作短篇集のひとつといっていいだろう。

第二部の連作短篇集『変相能楽集』は、一九八八年四月に中央公論社から刊行された。三島由紀夫に謡曲の翻案戯曲集『近代能楽集』があるが、本書はその皆川版というべき一巻である。各篇の初出は以下のとおり。

景清　「別冊婦人公論」87年夏号（7月）
幽れ窓　「婦人公論」86年12月増刊号（「ステーション・ホテル」改題）
夜光の鏡　「別冊婦人公論」87年秋号（10月）
冬の宴　「別冊婦人公論」87年春号（4月）
青裳　「婦人公論」87年11月増刊号

それぞれの下敷きとなった作品は目次に明記されている。本書の初刊本は作品の内容が凝っているだけでなく、配列にまで配慮が行き届いた贅沢な単行本であった。初出の第一話である「ステーション・ホテル」が「凼れ窓」と改題されたことで、目次に並んだタイトルの文字数が美しい対称形となっているのも心憎い趣向である。
この単行本の帯には、以下のような著者のコメントがあった。

能の曲に発想の基を置き、あとはイメージの拡がりに筆をゆだね、たのしみながら書いた連作集である。趣向は能より歌舞伎のけれんに近いだろう。「景清」（景清）はせりふを極度におさえた映像的な世界、「凼れ窓」（蟬丸）は逆にせりふのからみ合いで成り立たせ、「冬の宴」（野守）は詞華のコラージュ、と、さまざまに遊んでいる。

白泉社の愛蔵版〈皆川博子作品精華〉のうち東雅夫氏が編集した幻想小説編『幻妖』（01年12月）は、著者の幻想短篇を三十篇も収めた大部の一巻だが、『変相能楽集』全五篇のうち「景清」「凼れ窓」「冬の宴」と、実に三篇までが同書に採られていることからも、この連作のレベルの高さが分かっていただけるだろう。
東氏による『幻妖』の「作品解説」は、二十四ページにも及ぶ力のこもったものだったが、なんとその半分に当たる十二ページ分が「冬の宴」一篇のみの解説に費やされている。「「冬の宴」をめぐるプチ精華集の試み」と題されたそのパートは、作品のコラージュに使用された原典の数々を丁寧に引用しながら、皆川博子の技法を解析していくという画期的なものだった。第一級の資料にして論考であり、これは本書でもご紹介したいところだったが、さすがに長過ぎて断念せざるを得なかった。興味を持たれた向きは、図書館などで『幻妖』を探してぜひ確認していただきたい。

第三部の二篇は、前述の〈皆川博子作品精華〉『幻妖』（01年12月）に初めて収められた作品である。各篇の初出は以下のとおり。

禱る指「小説現代」91年6月号
メリーゴーラウンド「婦人公論」80年11月増刊号

いずれも死者と生者、過去と現在が妖しく交錯するミステリアスな皆川流の幻想小説である。

なお、『幻妖』の初収録作には、もう一篇「空の色さえ」があるが、これは後に短篇集『蝶』（05年12月／文藝春秋）に収められ、そのまま文春文庫にも入っているので、文庫未収録作品だけを集めた本コレクションでは対象外となる。

第四部の二篇は、これまで著者の単行本に収められたことのない作品である。各篇の初出は以下のとおり。

青眉「月刊Asahi」89年10月号
朧舟「小説宝石」89年10、12月号

いずれも舞台をテーマに書かれた作品であり、演劇、幻想、ミステリの各要素が渾然となった本巻のボーナストラックとしてふさわしいと思っている。

「朧舟」は掲載誌が一年にわたって行った犯人当ての懸賞ミステリ企画「あなたの探偵眼テスト」の第十一回として書かれたもの。初出では前編の末尾に「問題編おわり」、後編のタイトルに添えて「解答編」のクレジットがあった。懸賞企画であることが明記されている雑誌と違って、単行本では犯人当てのミステリであることが分からない。作品の途中で「ここまでが問題編」と明かすのは読者に不親切なので、本書では前編にも「問題編」のクレジットを加えさせていただいたことをお断りしておく。

［著者紹介］
皆川博子
（みながわ・ひろこ）

1930年、京城生まれ。東京女子大学外国語科中退。72年、児童向け長篇『海と十字架』でデビュー。73年6月「アルカディアの夏」により第20回小説現代新人賞を受賞後は、ミステリー、幻想、時代小説など幅広いジャンルで活躍中。『壁——旅芝居殺人事件』で第38回日本推理作家協会協会賞（85年）、「恋紅」で第95回直木賞（86年）、「薔薇忌」で第3回柴田錬三郎賞（90年）、「死の泉」で第32回吉川英治文学賞（98年）、「開かせていただき光栄です」で第12回本格ミステリ大賞（2012年）、第16回日本ミステリー文学大賞を受賞（2013年）。異色の恐怖犯罪小説を集めた傑作集「悦楽園」（出版芸術社）や70年代の単行本未収録作を収録した「ペガサスの挽歌」（烏有書林）などの作品集も刊行されている。

［編者紹介］
日下三蔵
（くさか・さんぞう）

1968年、神奈川県生まれ。出版芸術社勤務を経て、SF・ミステリ評論家、フリー編集者として活動。架空の全集を作るというコンセプトのブックガイド『日本SF全集・総解説』（早川書房）の姉妹企画として、アンソロジー『日本SF全集』（出版芸術社）を編纂する。編著『天城一の密室犯罪学教程』（日本評論社）は第5回本格ミステリ大賞（評論・研究部門）を受賞。その他の著書に『ミステリ交差点』（本の雑誌社）、編著に《中村雅楽探偵全集》（創元推理文庫）など多数。

◉おことわり◉本書には、今日の人権意識に照らしてふさわしくないと思われる語句や表現が使用されております。しかし、作品が発表された時代背景とその作品的価値を考慮し、当時の表現のままで収録いたしました。その点をご理解いただけますよう、お願い申し上げます。（編集部）

Minagawa Hiroko COLLECTION

皆川博子コレクション

4 変相能楽集

2013年9月15日　初版発行

著　者　皆川博子

編　者　日下三蔵

発行者　原田　裕

発行所　株式会社 出版芸術社
〒112-0013 東京都文京区音羽1-17-14 YKビル
電　話　03-3947-6077
F A X　03-3947-6078
振　替　00170-4-546917
http://www.spng.jp

印刷所　近代美術株式会社
製本所　株式会社若林製本工場

ISBN 978-4-88293-443-1 C0093